Die Königin der Nacht Teil 1

GERT G. A. ERICHSEN

Die Königin der Nacht

Teil 1: UNTERGANG

Saga einer ungewöhnlichen Liebe

Bibliografische Information der Deutschen Nationalbibliothek
Die Deutsche Nationalbibliothek verzeichnet diese Publikation in der
Deutschen Nationalbibliografie; detaillierte bibliografische Daten sind im
Internet über http://dnb.dnb.de abrufbar.

© 2015 Gert G. A. Erichsen
Satz, Umschlaggestaltung, Herstellung und Verlag: BoD – Books on Demand
ISBN 978-3-7357-0777-2

Meine Mary Poppins, das Kindermädchen Anna, trinkt den Tee, den ich ihr eingeschenkt habe. Bildschön sitzt sie im Sessel, mit strahlend blauen Augen und einem Lächeln, um welches Mona Lisa sie beneiden würde. Ihre Brustwarzen unter der weißen Bluse winken mir zu. Ich knöpfe die Bluse auf, und ich sehe, dass die Achtzehnjährige rosa Warzenhöfe hat. »Schön«, sage ich, wir schauen uns tief in die Augen, ab jetzt sind wir Geliebte.

»Anna, kommst du morgen wieder?«

»Natürlich«, sagt sie, »ich komme nach der Schule. Aber ich kenne mich in diesem Teil der Stadt nicht aus. Kannst du mich bei der Stadtbahn abholen? Die Hausaufgaben mache ich oben im Schlafzimmer, dort stören die Kinder nicht.«

Auch wenn die Welt unterginge, würde ich sie abholen, die Patienten in der Klinik müssen warten.

Ich kaufe für Anna ein Handtuch, einen Bademantel, eine Haarbürste für ihre langen roten Haare, die ihr bis zum Po reichen, dazu eine Zahnbürste und, als Geschenk zu ihrem neunzehnten Geburtstag, Perlenohrringe und eine goldene Halskette mit einer Perle als Hänger. Einen Hausschlüssel benötigt sie auch, ich lasse einen für sie anfertigen. Alles muss vor morgen erledigt sein, denn dann kommen die Kinder von der Mutter zurück.

Mein Anwalt hatte nur gelächelt, als ich ihm sagte, dass es für mich mit der Liebe für immer vorbei sei.

»Innerhalb von sechs Monaten sieht die Welt anders aus«, hatte er gemeint.

Etwa ein halbes Jahr ist vergangen, seit meine Frau mich verlassen hat. Morgen kommt die große, unvernünftige Liebe wieder.

Jetzt schnell etwas essen und dann los zur Nachtschicht als Notarzt. Das Taxi, das mich zu meinen Hausbesuchen bringen wird, treffe ich in einem Hinterhof in Nørrebro, einem Arbeiterviertel von Kopenhagen, viele dunkle Treppen, viele Drogenabhängige und viel Geld zu verdienen. Ein gefährlicher Stadtteil, aber für einen fast pleite gegangenen Arzt ein Eldorado. Mit der schweren, als Waffe geeigneten Tasche in der linken Hand springe ich aus dem Taxi und rase die Treppen rauf und runter. Fiebernde Kinder, röchelnde Alte, Rezepte schreiben und die ersten Tabletten auf den Nachttisch legen.

»Kann dir jemand morgen den Rest in der Apotheke abholen?«

Drogenabhängige drohen mir mit einem großen Messer auf dem Tisch, sie wollen Morphin. Warum das Leben riskieren? Rein mit der Spritze, raus aus der Tür – ich habe ein schlechtes Gewissen, aber ich bin immer noch am Leben. Hausbesuch nach Hausbesuch, bis um zwei Uhr nachts.

Heute kommen viele Patienten in die Sprechstunde. Kinder heulen, die Alten tauschen den neuesten Klatsch aus, die Mütter und Väter sitzen unruhig auf ihren Plätzen.

»Wir müssen zur Arbeit. Sind die Kinder zu krank für die Kinderkrippe, den Kindergarten oder die Schule? Und wenn ja, wann können sie wieder hin?«, fragen die Eltern.

In der telefonischen Sprechstunde zwischen acht und neun klingelt es ununterbrochen. Die Krankenschwester versorgt einige Patienten mit von Krampfadern angeschwollenen Beinen, eine Frau mit Herzinfarkt wird mit Blaulicht in die Notaufnahme transportiert. Das Summen in meinem Kopf will nicht leiser werden. Warum redet der junge Mann über Schmerzen in den Knien nach dem Joggen? Wer bekäme die nicht bei zwanzig Kilometer täglich? Er will einen Marathon laufen und zwar besser als die anderen im Klub.

»Du bist nicht dafür gebaut, du hast fixierte Plattfüße«, erkläre ich ihm, ich duze ihn, wie es in Dänemark üblich ist.

Davon will er nichts wissen. Ich schicke ihn in die Sportklinik, vielleicht können die Spezialisten ihm Vernunft einreden. Womöglich nicht, aber zumindest habe ich meine Ruhe.

Endlich bin ich in der Klinik fertig und sitze in meinem Citroën, um die Hausbesuche zu erledigen. Es ist kalt im Wagen und das Auto gerät ein paar Mal ins Schlittern. Es sollte bereits Frühling sein, aber überall liegt noch dreckiger Schnee.

Die alte Frau Jensen bekommt keine Luft, das Antibiotikum hatte keinen Effekt auf ihre Lungenentzündung. Ein Krankenwagen wird bestellt, sie muss ins Krankenhaus. Der alte Hansen braucht mehr Morphin, sein Krebs frisst ihn auf. Mitfühlende Worte von mir für die Ehefrau.

»Nein, Frau Hansen, es gibt keine Hoffnung mehr, jetzt dreht es sich um einen gnädigen Tod.«

Ich benachrichtige die Krankenschwester, die für die Pflege zuständig ist.

Nächster Punkt im Programm ist, Marie aus dem Kindergarten und Lasse von der Schule abzuholen. Marie sieht – wie immer, wenn sie von der Mutter kommt – vernachlässigt aus. Sie schaut mich mit großen Augen an und will vorne sitzen.

»Vati, ich bin müde«, klagt sie.

Lasse geht jetzt in die zweite Klasse. Gut, dass er aus der katholischen Privatschule raus ist. Die gemeindliche Volksschule mit den beiden altmodisch strengen Lehrern bekommt ihm gut. Jetzt ist er ein ausgeglichener, lieber Junge mit blonden

Locken und trotziger Unterlippe. Er drückt sich gegen mich und setzt sich hinter Marie.

»Du bist dumm, Lasse«, hänselt Marie, Lasse klopft ihr auf den Schädel.

»Kinder, wir müssen einkaufen.«

Ein freier Parkplatz direkt vor dem Irma-Supermarkt in der Jägersborg Allee! Wie es bei den anarchistischen Reichen üblich ist, überholen sie mich in ihren protzigen Autos, während ich rückwärts einparke.

»Vati, ich will ein Eis.«

»Ich auch.«

Sobald ich im Geschäft bin, bekommen die beiden ein Eis in die Hand gedrückt und als Erstes stecke ich für ihre Schmierfinger einige Küchenrollen in den Einkaufswagen. Bei der Kasse legt Lasse ein Technoauto aufs Band und Marie ein Plüschkaninchen. Ich sage nichts dagegen, die beiden sind heute so schön friedlich. Ja nicht die Stimmung verderben, aber die Dame an der Kasse regt sich auf.

»Was ist das für Eis? Das ist ja von hier. Das ist unglaublich. Die klaust du einfach.«

»Schon gut, schon gut, hier ist die Packung, ich bezahle sofort. Nichts für ungut, aber was weißt du von Scheidung, von Kindern und vom Überleben?«

Um zehn nach drei halte ich vor der Station in Hellerup. Anna kommt die Treppe hoch. Mein Herz klopft, der schwere Kopf ist plötzlich leicht, aber voller unruhiger Gedanken. Ich steige aus, öffne ihr die Tür, beide Kinder sitzen hinten. Wir küssen uns, ihre vollen Lippen brennen wie Feuer, ihr Mantel steht offen. Beim Einsteigen kann ich ihre rosigen Brustwarzen ahnen, einen Büstenhalter trägt sie nicht. Unangenehm mit der Erektion in den strammen Jeans, es ist seltsam, wieder achtzehn zu sein. Der Motor springt an, wir sind auf dem Weg nach Hause.

Der Nachbar, Graf Trampe, Hofmarschall der Königin, begrüßt uns beim Aussteigen freundlich.

»Kaltes Wetter, ja, ja, aber der Frühling kommt, was haben Sie für schöne Haare, Fräulein.«

Die Kinder drängeln zum Haus, ich ächze unter den schweren Beuteln. Als ich ausgepackt habe, hat Anna Marie schon in die Badewanne gesteckt. Lasse isst schnell etwas und will dann los, um Sebastian zu besuchen. Er ist ein echter Partymensch, immer muss etwas passieren. Gut, dass er jetzt in der Schule in Gentofte bei Frau Møller und Herrn Gamst ist. In der katholischen Privatschule ist zu viel passiert. Er hat die Lehrerin an der Nase herumgeführt und sie meinten, ich solle mit ihm zum Psychologen.

»Marie, was hat sie für Unterhosen an? Und ihre Haare sind in einem verheerenden Zustand«, sagt Anna und schüttelt den Kopf.

»So ist es immer, wenn sie von ihrer Mutter kommt. Ich muss jedes Mal wieder alles neu kaufen. Ich habe aber Reserven, damit wir für sie genügend saubere Wäsche haben.«

Wir? Ich kenne sie ja kaum! Anna kämmt Maries Haare gründlich durch und danach lege ich meine kleine Tochter in ihrem Zimmer zur Ruhe. Bereits nach fünf Minuten Märchen vorlesen schläft sie ein.

Im Schlafzimmer steht Anna nackt da, sie lächelt wie Mona Lisa und hat unergründliche blaue Augen, die so tief zu sein scheinen wie das Eismeer. Ich küsse ihre rosa Brustwarzen, greife mit meinen großen Händen um ihre Taille. Wie schmal sie ist, meine Hände können sie ganz umfassen. Anna streichelt meinen steifen Schwanz. Wir vögeln im Bett, nachher betrachte ich ihren jungen, weißen Körper. Sie ist eine echte Rothaarige, mit einem roten, getrimmten Streifen Haare über ihren Schamlippen.

»Ich muss meine Hausaufgaben erledigen, ich bin die Beste in der Klasse und so soll es bleiben.« Sie schaut mich streng an, ich greife mir gehorsam eine medizinische Fachzeitschrift, die *Lancet*, und lese das Neueste aus der Forschung.

»Vati, Vati!« Marie ist aus ihrem Mittagsschlaf erwacht. Ich drücke sie an mich, beruhige sie und ziehe sie an. Wir gehen in die Küche und während wir Kartoffeln schälen, erfahre ich von Marie das Neueste aus dem Kindergarten. Plötzlich ist der Flur voller Geräusche. Schuhe fliegen durch die Gegend – Lasse ist zu Hause.

»Nächste Woche brauchst du uns nicht abholen«, sagt Lasse.

»Wieso?«, frage ich erstaunt.

»Muttis Freund hat uns nach Japan eingeladen. Irgendwas mit einer japanischen Universität, wo er Professor ist.«

Der neue Mann meiner Frau ist Chefarzt und weltbekannter Forschungsprofessor, nicht so ein kleiner Hausarzt wie ich. Er ist einer, der meine Kinder nach Japan einladen kann.

»Er hat mir versprochen, dass ich einen echten Samurai treffe«, sagt Lasse und schaut mich aufgeregt an. Anna kommt zum Mittagessen runter. Nachher spüle ich das Geschirr und mache mit Lasse, der sich zwar tapfer wehrt, aber schnell lernt, Hausaufgaben. Dann sehe ich mit Marie Kinderfernsehen und lese den beiden Kindern etwas vor. Und zum Schluss: »Gute Nacht.«

»Andreas, ich schlafe heute bei dir.«

»Was sagen deine Eltern dazu, dass du statt zu Hause bei fremden Männern übernachtest?«

»Die sagen nichts. Du bist Arzt und meine Mutter Kranken-schwester. Für Mutti bist du Gott und kannst nichts falsch machen.«

»Anna, ich habe was für dich«, sage ich verlegen und gebe ihr den Schlüssel fürs Haus, die Haarbürste, den weißen Bademantel, eine Zahnbürste und ein rosa Handtuch.

»Vielen Dank, Andreas, jetzt brauche ich nicht dauernd alles hin und her schleppen.«

Ich gehe nochmals über die alten, knirschenden Dielen und schaue nach den Kindern. Lasse muss auf die Toilette, sonst ist alles ruhig. Als ich ins Schlafzimmer zurückkehre, hat die alte, schwarze Katze sich in unserem Bett breitgemacht.

»Schön, dass du eine Katze hast«, sagt Anna. »Als Kind hatte ich auch eine.«

Anna sieht glücklich aus. Wir fallen einander noch einmal in die Arme, die Katze zieht sich beleidigt in den Sessel zurück. Menschen, die Sex haben, gefallen ihr nicht. Katzen sind ruhige Tiere und wir machen viel Lärm. Ein Glück, dass die Kinder am anderen Ende der Etage schlafen.

Am nächsten Morgen steige ich früh aus dem Bett. Als Anna runterkommt, stehe ich schon in der Küche am alten Gasherd. Die Eier sind fertig, der heiße Kaffee ist frisch gebrüht. Die Kinder und Anna werden von mir verpflegt, dann stecke ich sie alle ins Auto. Vor der Station in Hellerup ein flüchtiger Kuss.

»Kommst du wieder?«, frage ich ängstlich.

»Ja, schon morgen, ich liebe dich.«

Mich, den vierunddreißigjährigen Arzt der sich mitten in einer Scheidung befindet, der zwei Kinder hat und finanziell ums Leben kämpft? Ihre helle Gestalt verschwindet in dem dunklen Schlauch aus altem Beton, der zu den Gleisen führt. Er sieht aus wie der Eingang zur Unterwelt, aber sie ist nicht Eurydike. Mit ihrer Figur sieht sie eher wie Venus aus, und morgen ist sie wieder da. »Vati, Vati!« – Weiter, die Kinder müssen in den Kindergarten und in die Schule! Ich hebe fünf Minuten zu spät den Hörer ab: »Doktor Fuglsang, was kann ich für dich tun?«

Nach zwei Patienten rufe ich Birgit, meine Frau, an, die jetzt mit dem hochwürdigen Professor Lars Nielsen zusammenlebt. Von der bin ich bald getrennt und dann schnellstens geschieden.

»Was ist mit Japan, Birgit? Das haben wir nicht verabredet. Das kommt nicht in Frage.«

»Ach was, ich bin die Mutter und weiß am besten, was für die Kinder gut ist.«

»Und die Schule?«

»Alles geregelt. Schule kann man immer haben, aber eine Reise nach Japan ist schon was.«

»Und deine Arbeit, Birgit?«

»Als Ärztin in der Abteilung von Lars wird meine Reise bezahlt. Ich begleite ihn als seine Assistentin.«

»Eine Dienstreise mit deinem Liebhaber?«

»Genau, es ist günstig, mit einem berühmten Professor zu leben. Du kannst da nichts machen, ich bin die Mutter! Vierzehn Tage sind wir weg. Inzwischen kannst du ordentlich Geld für den Termin verdienen. Als deine Frau bezahle ich nichts, bevor wir geschieden sind.«

Ich lege den Hörer auf, das Telefon klingelt sofort. Frau Hansen aus der Buskager fünfundvierzig bekommt seit gestern kaum Luft.

»Ich werde sie vor der Sprechstunde zu Hause besuchen«, sage ich, die Schwester am Telefon ist zufrieden.

Anna ruft mich heute noch an, meine Hand zittert, mein Magen zieht sich zusammen.

»Ich liebe dich«, sage ich.

»Und ich liebe dich. Ich habe den Stadtplan studiert, morgen komme ich mit dem Bus. Der hält fast vor deiner Tür, ich muss nur einmal umsteigen. Ich komme, sobald ich kann, hab ja den Schlüssel.«

»Anna, du kannst alles benutzen, wie du willst, du gehörst jetzt dazu.«

»Danke, Andreas. Kuss, bis morgen.«

Schuhe ausziehen, Toilette, Händewaschen, Kinder füttern, wir sind wieder zu Hause. Anna sitzt zusammengerollt wie eine Katze in dem einzigen verbliebenen Sessel in der Stube.

»Du hattest Besuch«, sagt sie. »Ein älterer, fremder Mann lief in den Räumen herum und räumte die Bücherregale aus. Er behauptete, er wäre dein Schwiegervater und dass die Bücher seiner Tochter gehören würden. Er stellte sich vor, Poul Berntsen.«

»Darum haben wir so wenig Möbel im Haus und fast kein Geschirr im Schrank. Die Kinder reisen nächste Woche für vierzehn Tage mit ihrer Mutter und dem Professor nach Japan. Weil bald Fälligkeitstag ist, muss ich dann nachts viel als Notarzt arbeiten. Aber wir werden uns die Zeit nehmen, dir bei Ikea fürs Schlafzimmer einen Schrank zu kaufen.«

»Ich brauche auch einen Schreibtisch mit einem Stuhl. Nächstes Jahr mache ich Abitur und dann studiere ich Rechtswissenschaft. Ich möchte den Schreibtisch und den Stuhl aus meinem Zimmer.«

»Wir werden ihn bei deinen Eltern abholen. Für deinen Schreibtisch ist im Wagen genug Platz.«

Mittwochs ist abends Sprechstunde und fürs Einkaufen und Kochen habe ich keine Zeit. Ich hole darum nach der Sprechstunde Anna und die Kinder ab, und wir besuchen das alte Café a Porta auf der Kongens Nytorv, gegenüber vom Königlichen Theater. Toni, der Wirt, heißt uns willkommen und führt uns zu einem Tisch. Er setzt sich zu uns. Seine Frau ist mit den Kindern zurück nach Genua gezogen. Sie will nichts mehr von ihm wissen. Wir beide sprachen sonst von Mann zu Mann über die treulosen Frauen, damit ist aber jetzt Schluss.

»Schöne Frau«, sagt Toni und küsst Anna die Hand. »Möchten Sie meinen besten Pizza und eine Tomatensuppe?«

»Ja, bitte, und dazu ein Glas Wein und nachher Apfelkuchen mit Crème fraîche und Espresso.«

»Mutti sagt, du seist pädophil.« Lasse schaut mich ernst an.

»Was ist pädophil?«, will Marie wissen.

»Mutti sagt, das sind alte Männer, die mit jungen Mädchen schlafen«, sagt Lasse.

»Ich bin achtzehn Jahre alt und werde bald neunzehn. Ich kann schlafen, mit wem ich will. Ich liebe euren Vater und er wird mich nie mehr los.«

Verlegen verschwindet Toni in die Küche, Anna und ich schauen uns an. Ich komme nie mehr von ihr los? Ich versinke im tiefen, blauen Eismeer ihrer Augen. Warm ist es, im blauen Wasser treiben nackte Männer und Weiber vorbei. Sie winken mir zu, küssen, ficken und werden von Orgasmen durchschüttelt.

Wir sitzen stumm und essen, ich betrachte die alten Tapeten aus Leder, dazwischen fleckige Spiegel, die mich anglotzen, und Ornamente, die wie Schlangen die Wände hochkriechen. Ein leises Klingeln der venezianischen Kronleuchter warnt die Welt vor solchen Leuten wie mich, den Pädophilen!

›Genau, so ist das mit uns‹, sagt eine Stimme in mir. ›So kann es nicht weitergehen.‹ – Ich ertrinke im Eismeer.

›Doch, es geht weiter‹, sagt das Eismeer. ›Nur durchs Sterben wirst du mich los.‹

Wir gehen zu meinem Citroën. »Vati, ich bin müde«, sagt Marie. Sie wird in einen Teppich eingepackt, auch Lasses Kopf sinkt auf die Seite, Anna gibt ihm eines der Kopfkissen, Kinder an Bord.

Die Nacht war ohne Liebe, aber voller Richter, die mich strafend ansahen. ,Du bist ein Schwein', stand auf der Tafel hinter ihnen.

»Andreas, ich kann die Kinder abliefern, mein Unterricht fängt erst um neun Uhr an.«

Kaum sind Anna und die Kinder aus dem Haus, tönt das schrille Klingeln des Telefons.

»Du bist ein Schwein. Das kommt dir teuer zu stehen, ich habe dem Staatsamt Bescheid gesagt.«

»Guten Morgen, Birgit, du lebst noch?«

»Andreas, ich werde beide Kinder bekommen. Das Sorgerecht hast du dir versaut.«

»Aber dein Professor ist neunzehn Jahre älter als du.«

»Das ist etwas ganz anderes. Ich bin schließlich eine vierunddreißigjährige Ärztin und weiß, was ich tue, du Schwein!« Der Hörer wird aufgelegt.

»Sieh mich nicht so an.« Schwarze blinzelt, streckt sich und sagt leise: »Miau.«

Durchs offene Fenster tönen die Laute des Frühjahrs, Vögel, die gerne vögeln möchten.

»Das wird schwierig«, sagt mein Rechtsanwalt Terkel. »Gegenüber dem Staatsamt hast du nicht viele Chancen. Aber wir können die Entscheidung über Jahre verschieben, indem wir mit dem Beschluss des Staatsamtes zum Amtsgericht gehen und, wenn nötig, ins Landesgericht. Deine Tochter bekommst du wahrscheinlich nicht, aber bei deinem Sohn hast du eine kleine Chance.«

»Aber Marie ist mein Kind. Vier Jahre habe ich nur Nachtschichten gemacht und mich tagsüber um sie gekümmert, damit Birgit ihr Studium abschließen konnte. Keine Kinderkrippe, immer nur ich.«

»Ich weiß«, sagt Terkel, er zieht an seiner Zigarre. »Sie ist die beste Freundin meiner Tochter. Aber so ist die Welt halt eingerichtet. Auch ich habe von meinen Kindern aus erster Ehe nicht viel. Aber weil dein Sohn vor dem Urteil mehrere Jahre bei dir gewohnt hat, wird dir vielleicht vom Landesgericht das Sorgerecht für ihn zugesprochen.«

Es wird die Medizin so eingenommen, wie Terkel sie verordnet: erst Staatsamt, dann Amtsgericht und zum Schluss Landesgericht. Terkels Zigarre stinkt, sein Tee ist bitter, seine Ratschläge sind richtig.

Ich halte vor dem Gymnasium Sankt Jørgen mit seinen steilen Giebeln und dem Efeu, der am alten Mauerwerk hochklettert. Schieferdach, geschwärzte Backsteine, Dannebrog-Fenster, blaue Seen und die Innenstadt Kopenhagens, ehrwürdiger und dänischer kann man es sich nicht vorstellen. Hier warte ich, der Mephisto, auf das unschuldige Mädchen, die mir ihre Seele verschrieben hat. Die helle Gestalt tritt aus dem dunklen Tor.

»Hej, Anna«, ich halte ihr die Tür auf. »Gib mir bitte deine Tasche, wie bist du schön.«

»Ist das aber peinlich«, sagt die Unschuld. »Jetzt weiß mein ganzes Gymnasium Bescheid.«

Wir küssen uns trotzig vor den Augen der ganzen Welt, die hinter den Fenstern lauert. Der Motor springt an, wir fahren an den Seen vorbei: am Sankt.-Jørgens-See, am Peblinge-See und am Sortedams-See, dann über die Fredensbro, vorbei am Reichskrankenhaus, über die Nørre Allee mit den Fælledparken rechts, wo die Arbeiter bald den Ersten Mai feiern werden, links Universitetsparken, wo die Jugend sich bildet. Überall radeln Studenten mit Taschen über ihren Schultern. Die Autobahn Lyngbyvej, der vierspurige Bernstorffsvej mit den ehrwürdigen Villen und dann die Toftholm Allee mit dem weißen Stuckhaus und dem alten Birnenbaum davor.

»Anna, heute Abend gehen wir essen. Ich habe keinen Dienst und Birgit und die Kinder sind in Japan. Wir gehen ins Bøf & Ost am Gråbrødretorv, wenn es dir lieb ist.«

»Kostet das nicht viel Geld? Ich bin eine arme Gymnasiastin und du hast nicht vier gleiche Teller im Schrank.«

»Keine Sorge, ich verdiene als Notarzt erheblich. Das regelt sich nach der Teilung des Vermögens – oder eher der Schulden.«

Anna zieht sich um. Bezaubernd sieht sie aus in ihrem weißen Kleid. Schwarze bekommt einen Hering, den sie knurrend verschlingt.

»Du trägst ein schönes Kleid.«

»Nichts Besonderes, das habe ich selbst genäht, es ist mein einziges.«

Ich halte ihre Hand, es ist, als wäre sie elektrisch geladen. Die blauen Augen schauen mich an und ich verschwinde von dieser Welt. Mit ihr zusammen treibe ich im Eismeer auf einer mit Palmen bewachsenen Eisscholle. Wir küssen uns, ich fasse ihr unters Kleid. Es ist das Einzige, was sie anhat. Ihre Muschi ist weich und feucht.

»Ich habe einen Tisch bestellt. Wir müssen sofort los.«

Glücklicherweise ist vor dem Dom, der Frue Kirke, ein Parkplatz frei. Der Dom erhebt sich in seinem roten Stuck vor dem dunklen Abendhimmel, die Glühbirnen in den alten Gaslampen spenden ein spärliches Licht. Wir gehen durch die Skindergade und sind fast schon am Gråbrødretorv.

»Das alte Schwein mit der Schlampe, die verhauen wir!«, brüllen drei junge Männer und laufen drohend auf uns zu. Wir ergreifen die Flucht, erreichen Gott sei Dank unbehelligt den Gråbrødretorv, der voller Leute ist.

»Andreas Fuglsang ist mein Name. Wir haben einen Tisch reserviert.«

»Ach ja, hier entlang, folgt mir bitte.«

Für uns ist der grobe Holztisch mit dem rot karierten Tischtuch ganz hinten links in der Ecke vorgesehen. Ich schiebe den steifen Holzstuhl unter Anna und setze mich ebenfalls.

»Möchten Sie etwas zu trinken, einen Aperitif?«

»Ein Glas Champagner, bitte.«

»Und Ihre Tochter?«

»Der Champagner ist für sie, die übrigens nicht meine Tochter, sondern meine Freundin ist. Ich bin mit dem Auto da.«

Anna und ich küssen einander, ihr Kleid ist kurz und man ahnt, dass sie kein Unterhöschen trägt. Verdammt, mein steifer Schwanz ist eingeklemmt, das eine Ei schmerzt.

»Bitte sehr, die Karte«, sagt die Kellnerin.

Sie sieht beleidigt aus, verschwindet schnell zwischen den groben Holztischen unter dem weißen Gewölbe. Anna bekommt ihren Champagner, ich ein Glas Wasser, danach Boeuf Bernaise mit einer halben Karaffe Rotwein und als Dessert Crème Brulée und dazu einen Espresso.

»Hej, hej.«

»Hej, meine Freundinnen Maria und Helen, das ist mein Freund, Andreas.«

»Der dich bei Sankt Jørgen abholt?«

»Genau der.«

Zwei Paar neugierige Augen schauen mich an. Das eine Paar blau und nordisch, das andere fast schwarz und asiatisch. Zwei verlockende junge Weiber, von Kopf bis Fuß nur auf Liebe eingestellt. Anna hat es eilig.

»Bis morgen, hej«, sagt sie, nimmt mich bei der Hand und zieht mich in Richtung Auto.

Der Gråbrødretorv ist voller Menschen, alle Tische vor den Restaurants sind besetzt. Es ist der erste Abend im Jahr, an dem man draußen essen kann, ohne vor Kälte zu zittern. Auch die Skindergade ist jetzt belebt und wir erreichen ohne Zwischenfälle unser Auto.

»Komm, Andreas.« Anna führt mich an der Hand um den Dom herum. Wir stehen vor dem alten Hauptgebäude der Universität Kopenhagen. Schweres, goldbraunes Stuckgemäuer, nach dem englischen Bombardement von Kopenhagen im Jahr 1807 in klassizistischem Stil neu erbaut. Eine breite Treppe führt zum Haupteingang mit seiner riesigen, dunklen, zweiflügeligen Tür aus alter Eiche.

»Da werde ich studieren und mein Staatsexamen ablegen. Ich habe die besten Zensuren von Sankt Jørgen. Ich kann studieren, was ich will. Ich werde Jura und nicht Medizin wählen. Arzt zu sein bedeutet zu viel Blut und zu viele Nachtschichten.«

»Warum Rechtswissenschaft, Anna? Ist doch furchtbar langweilig mit den vielen Paragrafen.«

»Bei mir zu Hause durfte man nur zustimmen. Diskussionen und verschiedene Ansichten verunsicherten meine Eltern. Mutti regte sich dann auf und Vati haute auf den Tisch. Jetzt bin ich dran, ich will diskutieren, argumentieren und recht haben.«

Wir gehen die Treppe hinauf, Anna klopft an die Tür.

»Bald bin ich der erste Akademiker in der Familie, mein Vater, der Schlachter aus Südjütland, wird staunen.« Anna wendet sich um und sagt: »Ich muss mal.«

Sie geht langsam die Treppe hinunter, schaut mir in die Augen, hält meinen Blick fest und setzt sich zwischen zwei Autos. Ein leises Rieseln zwischen ihren Beinen, es bildet sich ein kleiner See. Ihre nackten weißen Schenkel und ihr Hintern leuchten im Widerschein der alten Laternen. Sie schüttelt ihre Muschi und wir gehen zum Auto. Ich halte ihr die Tür auf, sie steigt ein. Sie öffnet ihr Kleid und sitzt mit nacktem Oberkörper da.

In der Nørre Allee muss sie schon wieder. Ich halte am Rande von Fælledparken. Anna zieht ihr Kleid aus und hockt sich hin. Nochmals rieselt es. Ein Mann steht unter den Bäumen und betrachtet im trüben Licht der Laternen meine nackte Geliebte auf dem Rasen. Anna ist fertig, schüttelt ihre Muschi, wendet sich dem Mann zu und schaut ihn an. Sie steht vor ihm, eine weiße Venus im Zwielicht. Dann geht sie langsam zum Auto. Ich öffne ihr die Tür, sie beugt sich vorwärts, schiebt den Vordersitz ganz zurück und klappt die Rücklehne nach hinten. Fasziniert betrachte ich ihren wohlgeformten Hintern und die angeschwollene Muschi zwischen ihren Schenkeln. Ich steige ein und drücke aufs Autolock. Anna liegt bereits mit gespreizten Beinen auf ihrem Sitz. Wir ficken wie noch nie. Der Orgasmus färbt ihre Wangen rot, sie stöhnt wie ein verwundetes Tier. Der Motor springt an, sie liegt auf dem Sitz, das Sperma läuft aus ihrer Muschi. Endlich erreichen wir die Toftholm Allee, das Auto hält in der Einfahrt direkt vor der Haustür. Nackt steigt Anna aus dem Auto, geht ohne ein Wort nach oben ins Bett und schläft sofort ein.

Ein schöner, sonniger Samstagmorgen, ich stehe in der Küche und brühe den Kaffee, nehme die warmen Croissants aus dem Ofen, dann pflücke ich Krokusse im Garten. Das Frühstück für Anna ist bereit.

»Aufwachen, schönes Weib, Frühstück.«
    Sie sieht mich verwirrt an, ich versuche sie zu küssen, sie weigert sich.

»Das gestern, ich weiß nicht, was mit mir los war. Ich schäme mich, Andreas. Können wir überhaupt auf diese Art weitermachen?«

»Anna, ich liebe dich so oder so oder gerade deshalb. Ich habe mir als Teenager geschworen, nie eine Ehe wie die meiner Eltern zu haben. Und das gestern Abend haben meine Eltern nie getan. Wegen zu wenig Sex war mein Vater oft schlechter Laune. Unser Hausarzt hat meiner Mutter männliche Hormone verschrieben, damit sie geil wird, natürlich ohne Effekt. Mutti mochte gern nackt baden, draußen beim Übungsgelände des Militärs, wo die Soldaten sie im Feldstecher beobachteten. War mein Vater gut gelaunt, lachte er und griff fest in ihren Arsch. ›Ruth‹, sagte er, du träumst von teuren Hotels mit breiten Treppen, die du halb nackt hinunter schwebst. Am Ende der Treppe stehen viele elegante Herren, die nur auf dich warten.‹ Anna, du tust und bist das, wovon meine Mutter geträumt hat, und du hast ihre Figur.«

Ich schaue Anna verliebt an, sie küsst mich.

»Ich will auch kein Leben wie das meiner Eltern«, sagt Anna und sieht mich erleichtert an. »Meine Kindheit zu Hause war langweilig, jeden Tag das Gleiche. Darum liebte ich meine Schule, das Institut Sankt Joseph, da passierte immer etwas: Freunde, die Schwestern, unsere Schuluniformen, die Messe, der Pfarrer aus Italien, im Unterricht immer etwas Neues. Ich will das Außergewöhnliche. Nichts ist so langweilig wie das Leben der anderen.«

Wir setzen uns auf den kleinen Balkon des Schlafzimmers mit Blick in Richtung Süden. Die Sonne wärmt unsere Körper und Seelen. Wir blicken direkt in einen Garten, wo zwei nackte, sonnengebräunte, junge Frauen Blumen pflücken. Es sieht aufregend aus, wie die jungen Brüste in der Sonne tanzen.

»Da, siehst du«, sage ich erfreut. »Wir wohnen in Hellerup

zwischen den Reichen und Berühmten. Da kann man sich alles erlauben.«

Mein Schwanz steht schon wieder, Annas Möse schwillt an und wird dunkelrosa.

»Rein ins Bett, Andreas, ich möchte dich dringend zwischen meinen Beinen.«

Als wir in den Wagen einsteigen, begrüßt Graf Trampe uns freundlich.

»Schönes, junges Fräulein, sind Sie schon bei dem Doktor eingezogen? Der kann es brauchen, nur drei Monate hat er hier mit seiner Frau gewohnt. Nichts ist so schön wie die Liebe und es ist gut für die Kinder, dass Sie da sind.«

»Vielen Dank, Herr Graf, nett, wie Sie mich willkommen heißen.«

Der Wagen springt an. Wir fahren zwischen Patriziervillen mit großen, alten Gärten. Überall leuchten die Frühlingsblumen, dann das Krankenhaus von Gentofte, in gelbe Backsteine und rote Ziegeldächer verpackt und gefüllt mit Elend. Die Stadtmitte von Gentofte ist voller Menschen, die bummeln. Eine provinzielle Stadtmitte wie so viele in Dänemark: niedrige, graue Geschäftshäuser mit kleinen Läden, ein Irma-Supermarkt, eine Konditorei, eine Apotheke. Wir biegen in den Brogaardsvej ein und passieren die Station von Gentofte, die schläfrig in der Frühlingssonne vor sich hindämmert. Nur bei der Wurstbude vor dem Bahnhof der Stadtbahn ist es belebt. Dort stehen graue Männer in Windjacken, die ihr Leben mit Würstchen verkürzen. Die blaue Oberfläche des Gentofte-Sees spiegelt den Himmel und die Ewigkeit. Schon vor dem Nybrovej fängt, wie jeden Samstag, die Autoschlange vor Ikea an. Im Schritttempo bewegen wir uns vorwärts, endlich halten wir auf dem Parkplatz vor dem Möbelhaus. Zwei Autofahrer streiten sich wegen eines kleinen Unfalls, Mütter bringen ihre Kinder vor den hitzigen Männern in Sicherheit. Beton, scharfes Licht, Gewühl und Geruch nach Armschweiß, Anna findet einen Schrank, der in das Schlafzimmer passt. Schlange stehen vor der Kasse, Möbelpacker nehmen den Schrank sofort mit. Eine halbe Stunde später liegt ein großes Paket in unserem Schlafzimmer. Den Rest des Nachmittags verbringen wir mit Schraubenzieher und Verzweiflung, bis der Schrank mit Spiegel und allem Drum und Dran dasteht.

»Andreas, der ist ja viel zu groß für meine wenigen Klamotten.«

»Anna, hast du ein Fahrrad?«

»Nur ein altes, das ich billig gekauft habe. Ich habe kein Geld. Meine Eltern wollen nicht, dass ich arbeite, und sie geben mir nur wenig Taschengeld.«

Ich überlege. Ich bezahle etwa siebzig Prozent Steuern von den zuletzt verdienten Kronen, Anna hingegen bezahlt so gut wie keine, solange sie wenig Geld verdient.

»Du kannst meine Buchhaltung machen, du bist doch mathematisch-biologisch versiert?«

»Genau.«

»Gut, zwei Stunden die Woche und du bekommst dafür viertausend Kronen im Monat, so viel bekommst du jetzt gleich für den vergangenen Monat. Dafür kannst du dir sofort ein ordentliches Fahrrad kaufen. Morgen rede ich mit meinem Steuerberater, damit ich weniger Steuern bezahle.«

Wir essen einen Salat, Beefsteak und Bratkartoffeln und nachher schlafe ich einige Stunden, denn um eins Uhr früh fängt die Nachtschicht an. Anna sitzt unten in der Stube mit ihren Hausaufgaben, sodass sie mich nicht stört. Als der Wecker klingelt, liegt sie mit der Bettdecke zwischen ihren Beinen neben mir.

Anna hat Geburtstag, mein junges Weib wird neunzehn und ist halt immer noch Teenager. Wie soll das nur weitergehen? Andere Leute machen es uns nicht leicht. Werden sie unser Glück zerstören? Ist es überhaupt ein Glück oder nur ein Wahn? Schön ist sie, meine als Venus verkleidete, intelligente Athene. Warum hat sie nicht eine dicke Hornbrille, kurz geschnittene Haare, Segelohren, große Füße und schiefe Zähne? Sie ist doch immerhin eine hochintelligente Mathematikerin. Stattdessen sieht sie traumhaft aus. Marilyn Monroe hatte die Maße 90-60-90; Anna hat 88-60-90 – und sexuell machen wir einander verrückt. Ist das der Fehler, die Schlange im Paradies, alles nur Sex und keine Menschlichkeit, denn so ist der Mensch nicht, oder etwa doch? Sind es die anderen, die ihre Seele zerreißen, sind das die Unmenschen? Kann das mit uns gut gehen: so anders, so erotisch, so menschlich und beneidenswert? Gut, dass das Mittelalter vorbei ist. Wir würden, verhöhnt und verspottet vom Pöbel, auf dem Scheiterhaufen verbrannt werden. Vielleicht sollte ich mir nicht so viele Gedanken machen. Mein Leben war lange nicht mehr so schön und Streit gibt es auch nicht!

Das Frühstückstablett für Anna ist fertig: Frisch gepflückte Winterlinge, Dannebrog, Café au Lait, ein kleines Glas Wasser, ein halbes Croissant, ein halbes Brötchen, Marmelade, Käse, Ei und entrahmter Joghurt mit Heidelbeeren und Müsli, aber keine Butter, ich bin ja schließlich Arzt. Schwarze streicht um meine Beine und schnurrt, ein Tropfen fällt von ihrer Nase. Die Katze geht mit mir die Treppe hoch ins Schlafzimmer. Der neue Schrank ist fast leer, morgens spiegelt Anna sich nackt im Türspiegel und in meinen Augen. »Guten Morgen« – ein Kuss, verschlafene Augen, überall rote Haare und ein glückliches Lächeln.

»Herzlichen Glückwunsch zum Geburtstag, Anna. Bitte sehr, dein Geschenk.«

Anna sitzt im Bett, die Perlenringe in den Ohrläppchen, dazu eine goldene Halskette mit Perlenanhänger um den Hals, die rosa Brustwarzen schweben über dem Frühstück, das Schwarze interessiert begutachtet.

»Passe auf, Anna, die Katze liebt es, zu klauen. Wenn sie die Gelegenheit hat zu klauen, kann sie alles essen und trinken.«

Schwarze sieht mich beleidigt an.

Nachmittags kommt Anna mit einer Schachtel unter dem Arm aus der dunklen Pforte von Sankt Jørgen.

»Was hast du da?«, frage ich, während ich ihr die Tür aufhalte.

Die helle Gestalt steigt mit einem ernsten Gesicht in den Citroën.

»Ein Geburtstagsgeschenk meiner Freundinnen.«

Etwas krabbelt in der Schachtel. Ich schaue in ein paar winzige, braune Augen.

»Sieht aus wie eine Maus.«

»Ja, Andreas, eine Wüstenmaus. Meine Freundinnen haben ihn auf deinen Namen, Andy getauft.«

Wir schauen uns an. Annas Augen sehen jetzt anders aus, kein blaues Eismeer, nur Einsamkeit.

»Andreas, Mäuse ekeln mich an, wie werden wir ihn los?«

»Wir können ihn Schwarze überlassen«, sage ich, aber das will Anna nicht.

Wir fahren die Seen entlang. Die Sonne scheint, Enten und Schwäne überall, das Geflatter von Möwen, beim Søpavillonen die Optimisten-Jollen mit ihren kleinen Segeln.

»Anna, wir können ihn in Fælledparken freilassen. Er kann da den Ersten Mai feiern: Fassbier, Würste, Rote Mutti und Lone Kellermann mit Arbeitermusik und Reden der roten Politiker.«

Anna lacht und sieht erleichtert aus.

»Nein«, sagt sie. »Besser ist die Rygaards Skole am Bernstorffsvej bei den katholischen Schwestern. Da sind wir fast zu Hause und es gibt dort einen Pfarrer und eine Kirche. Ein Platz im Paradies ist ihm dann gesichert. Wir treffen ihn nie wieder.«

Verloren sitzt das winzige Tier im Rygaard Park, bevor es mit einem Sprung unter einem Busch verschwindet.

Wir biegen vom Bernstorffsvej in die Toftholm Allee ein, Schwarze sitzt vor dem Haus und begrüßt uns. Wir streicheln die Katze, die uns majestätisch ansieht und es sich gefallen lässt. Graf Trampe geht mit seinem Cairn Terrier vorbei und grüßt freundlich. Sein störrischer Hund bellt und zieht an der Leine, um Schwarze zu erwischen. Das lässt die sich nicht bieten. Sie wächst zur doppelten Größe, springt auf den Hund und krallt sich fest. Alle ihre Zähne pflanzen sich in den Schädel des Hundes. Der heult, der Graf lässt die Leine los und der Terrier ergreift jaulend die Flucht. Als wäre nichts geschehen, geht die Katze auf steifen Beinen ins Haus. Der Graf lacht und klopft mir auf die Schulter.

»Doktor, ist die eine Amazone. So setzt man sich durch. Björn, komm her.«

Wir sitzen auf dem Schlafzimmerbalkon in der Sonne. Bald werden die Apfelbäume blühen, das geile Frühjahrskonzert der Vögel tönt aus allen Richtungen.

»Anna, wie lange kennst du deine beiden Freundinnen schon?«

»Maria seit der ersten Klasse. Wir besuchten zusammen das Institut Sankt Joseph. Ich habe einen großen Teil meiner Kindheit bei ihren Eltern in Dronningens Tværgade verbracht. Ihr Vater ist Kellermeister bei Peter Junke, ihre Mutter ist Lehrerin. Sobald ich konnte, bin ich vor der Langeweile bei meinen Eltern und dem Bauernfressen einer Mutter zu Maria geflohen.

Ihr Vater wurde in Südfrankreich ausgebildet, er kocht auf französische Art. Marias Mutter kann gerade mal ein Brötchen streichen, aber über alles diskutieren. Bei Marias Eltern war immer etwas los, Gäste, Wein und viel Leben. Mehrmals habe ich meinen Urlaub mit ihnen in Griechenland verbracht. Mein erster Freund war mir mit Maria untreu. Wir haben uns halt alles geteilt. Helen kenne ich erst seit dem Gymnasium. Sie ist die Tochter eines vor Kurzem verstorbenen Chefarztes. Sie wohnt zusammen mit ihrer Mutter in einer Villa in Holte. Ihre Mutter ist Rechtsanwaltsfachangestellte.«

»Anna, das war nicht nett von ihnen mit der Wüstenmaus.«

»Genau, aber so ist es scheinbar, wenn man nicht das vorgeschriebene Leben lebt.«

»Helen sieht asiatisch aus, kommen ihre Eltern daher?«

»Nein, sie wurde adoptiert.«

Das Telefon klingelt, nackt laufe ich zum Apparat, Peder F. ist dran.

»Kommst du uns morgen Nachmittag besuchen oder musst du arbeiten?«, fragt er.

»Nein, das letzte Wochenende ohne Birgit im Lande habe ich mir freigehalten. Aber ich komme nicht allein. Anna wohnt bei mir und kommt mit.«

»Die junge Schlampe, von der Birgit erzählt hat?«

»Glaube nicht alles, was Birgit dir sagt. Anna und ich leben jetzt zusammen und hoffentlich bleibt es so. Bis morgen um drei Uhr.«

»Anna, wir sind morgen Nachmittag bei Peder F. eingeladen.«

»Ist das der bekannte Bauunternehmer, von dem man oft in den Zeitungen liest?«

»Genau, er ist unser Nachbar in Nakkehoved. Dort habe ich ein Sommerhaus, das ich jetzt selten benutze, weil mein ehemaliger Schwiegervater ebenfalls ein Nachbar ist. Er hat einen

Tennisplatz, auf der wir alle spielen. Möglicherweise triffst du morgen bei Peder F. den Besitzer von Peter Junke.«

Anna erblasst ein wenig. Schweigend zieht sie sich an, setzt sich in den Sessel und macht ihre Hausaufgaben.

Abends gehen wir im französisch-österreichischen Restaurant l'Alsace essen. Es ist mild, die Stimmung in der Innenstadt ist, wie immer an den ersten Frühlingsabenden in Kopenhagen, hektisch. Wir gehen vom Strøget durch die enge Pistolstræde. Anna klammert sich an meinen Arm, es ist mit den hohen Absätzen schwierig für sie, auf dem Kopfsteinpflaster zu gehen. Ihre schönen geraden, weißen Beine leuchten in der engen, von ockerfarbigen Fachwerksgebäuden gesäumten Gasse. Franz Stockhammer, der Wirt, begrüßt uns in der Tür, der gebürtige Elsässer Franck Dietrich steht in der Küche.

»Wir haben einen Tisch für zwei reserviert.«

»Bitte sehr.« Der Wirt führt uns an einen Tisch, der mit einem weißen Tuch, großen weißen Servietten und Kristallgläsern gedeckt ist.

»Andreas, du kennst den Wirt?«

»Nein, aber ich war ein paarmal mit den Jungs von *Gasolin* hier.«

»*Gasolin*, die Band? Woher kennst du die?«

»Durch Lone Kellermann. Die habe ich im Café Theater kennengelernt. Wir waren befreundet, aber sie wollte mehr und dann war halt Schluss.«

»*Gasolin*, die haben wir, als ich vierzehn war, dauernd gehört«, sagt Anna voller Sehnsucht.

Wir bestellen eine Flasche Riesling, eingebackene Fischsuppe, Kalb mit frischem weißen Spargel und zuletzt das Lieblingsdessert des Prinzgemahls, Île Flottante. Anna strahlt, wir sind glücklich.

Hand in Hand verlassen wir das Restaurant. Die Nacht ist mild, überall fröhliche Menschen, Anna geht neben mir. Wir kommen an einer neuen Tanzbar vorbei.

»Komm, Andreas, die Nacht ist jung, lass uns tanzen.«

Wir tanzen und setzen uns dann, ich bestelle für Anna ein Glas Chablis und für mich eine ungesunde Cola.

»Tanzen Sie?«

Anna steht auf und tanzt mit dem jungen, schönen Mann. Dicht aneinander bewegen sie sich, Unterleib gegen Unterleib, Genitalien gegen Genitalien. Sie bedankt sich und setzt sich wieder zu mir. Die Eifersucht tobt in mir, aber ich bin wie gelähmt, mein Schwanz sprengt fast meine Hose.

»Tanzen Sie?«

Zwei junge Männer tanzen abwechselnd mit Anna, jedes Mal dicht umschlungen, Genitalien gegen Genitalien.

»Ich bin müde«, sagt Anna, greift mich bei der Hand und zieht mich aus der Tanzbar.

Auf der Straße bekomme ich einen brennenden Kuss. Den ganzen Weg nach Hause sitzen wir im Auto Hand in Hand, nur bei den Ampeln lasse ich sie los, um zu schalten. Kaum sind wir zu Hause, stürzen wir ins Bett. Ich ficke sie von hinten wie ein Tier. Ich halte die verdammte Schlampe fest und dringe tief in sie ein, greife hart um ihre linke Brust und klemme zu. Sie stöhnt und verschwindet im Orgasmus.

»Kleine Schlampe.«

Ich greife die linke Brustwarze und ziehe daran. Sie schreit, nochmals ihr Orgasmus, mein Sperma fließt in ihre Vagina, hoffentlich ganz hinauf zu ihrem Gehirn.

»Ich liebe dich, Andreas.«

Wir liegen erschöpft nebeneinander. Anna küsst mich und schläft ein, Schwarze will raus in die Nacht.

Anna sitzt bereits aufrecht und lernt. Ich schaue das unheimliche Weib neben mir an. Oben ein T-Shirt, unten nichts. Süß sieht sie aus, aber verdammt gefährlich.

»Andreas, was ist mit meiner linken Brustwarze?«, fragt sie besorgt. »Ach ja, gestern Abend … , schön.«
Ihre großen, feuchten Lippen schicken einen glühenden Lavastrom durch meinen Körper, ein Vulkan steht zwischen meinen Beinen. Alles ist hinterher im Bett durcheinander: Bücher, Bleistifte, Kugelschreiber, Heft. Anna schaut mich an, ich verschwinde im Eismeer ihrer blauen Augen. Wir treiben auf der Scholle mit den Palmen. Allerorts fremde nackte Männer und Weiber, die uns zuwinken. Anna fasst die Männer an ihren Ständern, die Frauen packen meinen.
»Ich habe Hunger«, sagt Anna. Brav steige ich aus dem Bett und gehe in die Küche. Schwarze wartet vor dem Fenster auf mich. Ich lasse sie herein, sie pflanzt sich mitten auf den Küchentisch, beobachtet mich und stiehlt Müsli.

Frühstück im Bett, Schwarze liegt in ihrem Sessel. Ich kann es nicht lassen, muss Anna fragen.
»Tanzt du immer so eng mit fremden Männern?«
»Ja, es ist schön, mit ihrem steifen Schwanz gegen meinen Unterleib. Ihre Begeisterung gefällt mir und so fühle ich es deutlich. Du brauchst nicht eifersüchtig zu sein. Mit dir ist es anders, echte Liebe und Leidenschaft wie noch nie. Das andere ist nur Sex. Der Mensch braucht eben die Abwechslung.«
»Sag mir, hast du viele Männer gekannt?«
»Vor dir nur zwei. Den von der Schule, den alle haben wollten. Der wollte dauernd ficken, aber ich hatte nicht viel davon. Komisch, die Eltern glauben immer, man kann nur bei Nacht ficken, und darum musste ich abends spätestens um acht Uhr zu Hause sein. Aber wir haben es einfach tagsüber im Park

getrieben und bei ihm in seinem Zimmer. Seine Eltern kamen spät von der Arbeit. In der zehnten Klasse, kurz vor dem Gymnasium, haben wir uns gestritten. Er verpasste mir eine Ohrfeige und dann war Schluss. Ja, und dann noch Peter Mogensen, der Soziologe, der auf dem Sankt Jørgen Sozialwissenschaft unterrichtet. Helen und Maria haben ihn als Lehrer. Die sozialwissenschaftliche und sprachliche Richtung, die Mathe nicht rafft. Der Mogensen ist sehr sozial, trägt immer ein Partisanenhalstuch und Jeans, und er hat den Che Guevara an der Wand. Durch meine Freundinnen habe ich ihn kennengelernt. Nach einer Party im Gymnasium ging ich mit ihm nach Hause. Er legte mich auf sein Bett, zog mich aus und hat mich gefickt. Ich bewegte mich kaum und wartete nur darauf, dass es überstanden war. Das hätte ihm sehr gefallen, sagte er mir hinterher. Sex mit mir wäre fast wie ein Missbrauch. Ich stand hinterher stundenlang unter der Brause. Aber Schluss damit, wenn ich heute Nachmittag mitkommen will, muss ich jetzt Hausaufgaben machen.«

Ich stehe barfüßig im Badezimmer auf dem kalten Terrazzo, wir wollten modernisieren, aber dann zog Birgit aus. Der Spiegel ist klein und fleckig, die Verchromung der Wasserhähne abgewetzt. Die freistehende Badewanne mit den Löwenfüßen ist verschlissen, mit einem gelbbraunen Streifen beim Ablauf. Alles ist quasi antik, aus der Zeit vor dem letzten Weltkrieg. Romantisch, aber weder praktisch noch hygienisch. Hier kämpft die Putzfrau vergebens. Die kommt übrigens morgen. Ich muss daran denken, ihr Geld unter den Spiegel in der Halle zu legen. Rasieren, Zähneputzen, dann in der kalten Badewanne unter die Dusche, richtig warm wird es im Badezimmer nie. Ich ziehe mich an: Jeans, die Uniform der dänischen Akademiker unter vierzig. Diese habe ich mit Anna gekauft. Die Hosen, die ich vorher trug, waren nur für alte Männer. Und alt bin ich noch nicht, dafür würde sie schon sorgen.

Ich gehe in den Garten. Das Gras des kleinen Rasens vor dem Haus ist glücklicherweise noch zu kurz, um schon gemäht werden zu müssen. Der alte Birnenbaum mitten auf dem Rasen hat geschwollene Knospen. Um das ganze Grundstück herum zieht sich ein Lattenzaun, viel Gartenarbeit ist somit nicht nötig. Den Mann drüben links bei dem gelben, alten Haus kenne ich doch.

»Thorsten, was machst du hier? Das ist ja lange her.«

»Ich schaue mir das Haus an, Andreas. Meine alte Tante ist tot und ich habe das Haus geerbt. Ich wollte es verkaufen, aber Lise, meine Frau, hat sich in das Haus verliebt, und wir ziehen bald ein.«

»Lise, ich dachte, du lebst mit Mie zusammen?«

»Nein, Lise ist jetzt seit einigen Jahren meine Gefährtin. Verheiratet sind wir nicht, da kennst du mich ja. Glücklicherweise habe ich nur ein Kind und das mit Lise. Aber wie ist es mit dir, immer noch Birgit?«

»Nein, ich bin mitten in der Scheidung, leider zwei Kinder. Die, mit der ich jetzt zusammenlebe, heißt Anna.«

Wir gehen um das Haus herum. Thorsten begutachtet das Fundament, das Dach, die Dachrinnen und die Schornsteine.

»Sieht alles ganz ordentlich aus«, meint er. »Nur neue Fenster sind notwendig und die kommen nächste Woche.« Wir umarmen uns. »Bis dann.«

Heute besuchen wir Peder F., Lunch ist darum nicht notwendig, bei ihm gibt es immer reichlich zu essen. Aber Cocktails sollte man bei ihm nicht trinken. Aus Versehen trank ich mal einen, mir wurde ganz schlecht.

»Anna, hast du Hunger? Ich kann dir ein Brot streichen.«

»Nein danke, du sollst mich nicht stören.«

Ich setze mich in den Korbstuhl und lese das *Wochenblatt für Ärzte*. Was gibt es für dänische Ärzte Neues vom Gesundheitsamt? Neue Verordnungen. Glücklicherweise sind auch einige Artikel aus der Wissenschaft dabei. Als Arzt ist es meine Pflicht, mich ständig weiterzubilden.

Wir fahren über die Allee, die zur Bärenburg, das Heim von Peder F. und seiner Frau Charlotte führt. Das riesige Haus ist von einem großen Park umgeben. Auf beiden Seiten streben dunkle, schlanke Tannen zum Himmel.

»Sieht aus wie auf dem Kirchhof«, meint Anna, sie ist weiß im Gesicht, das blaue Eismeer ist aus ihren Augen verschwunden.
  Wir parken neben großen, amerikanischen Autos ein, auf denen ›Chevrolet‹ steht. Als wir zum Haupteingang gehen, knirscht der Kies unter unseren Schuhen.
  »Willkommen.«
  Charlotte, die Frau des Hauses, steht wie immer strahlend in der breiten Tür. Man küsst sich auf die Wange, genießt die Figur von Charlotte, fast wie die der Schauspielerin Sophia Loren. Anna verschwindet zwischen den üppigen Attributen, dann Peder F, ein tiefer Bass aus der breiten Brust, riesige Hände, struppiges Haar und warme, braune Augen. Einmal tief einatmen und dann die Umarmung, hoffentlich erstickt Anna nicht. Sie taucht wieder auf, winzig, ihr langes rotes Haar rahmt ihre Figur wie ein Feuer, das Eismeer ihrer Augen ist in Aufruhr. Hoffentlich geht das gut! Vielleicht sollte ich mir doch einen Cocktail genehmigen. Leider nicht möglich, denn ich bin mit dem Auto da. Wir werden in die Küche geführt. Am Tisch sitzen die beiden Kinder des Hauses, der Sohn ist im gleichen Alter wie Anna. Aus dem amerikanischen Kühlschrank strömt ein Geruch von Delikatessen: Lachs, frische Garnelen, echter Kaviar und Foie gras. Peder F. drückt auf einen Knopf und aus dem Kühlschrank springen Eiswürfel für Cocktails. Aus einem der zahlreichen Backöfen nimmt Char-

lotte frischgebackenes Brot. Überall rotbraune Mahonie, alles ist sehr amerikanisch.

Nach dem Essen muss Peder F. etwas Geschäftliches erledigen. Er verschwindet mit einem Cocktail in der Hand. Anna spricht mit dem Sohn des Hauses über das Gymnasium, beide machen nächstes Jahr Abitur. Charlotte nimmt mich mit in die Küche, redet dort auf mich ein.

»Süß ist sie, deine Anna, aber sehr jung. Die jungen Mädchen heutzutage sind launisch. Du solltest halt nicht zu viel erwarten. Die wechseln in dem Alter schnell ihre Meinung. Bald will sie in die Disco, tanzen, reisen und auf Abenteuersuche gehen.«

»Ich traf Anna in einem Französischkurs, so gar nicht Disco, kennst du die Alliance Française?«

Nein, Charlotte kennt die Alliance Française nicht. Für sie existieren nur Dänemark, England und die USA.

»Ich hatte sie als Kindermädchen angestellt, für mittwochs, wenn ich spät aus der Klinik komme. Sie wollte nicht, aber sie bekam Mitleid mit mir: die Scheidung, die Kinder mit mir in die Klinik, die ganze Scheiße. Als sie die leeren Stuben fast ohne Möbel sah, mochte sie kein Geld von mir. Hab ich sie halt mit den Kindern ins Café a Porta eingeladen und dann haben wir uns verliebt.«

»Klingt sehr romantisch, Andreas, aber in ihrem Alter ist das schnell vorbei!«

Charlotte lächelt überlegen. Sie kennt die Welt. Ich bin nur ein dummer, verliebter Mann. Gehts noch dümmer?

»Andreas, kommst du zu unserem Sankt-Hans-Fest?«

»Ich werde Anna fragen, ob wir kommen.«

Charlotte schaut mich überrascht an, sagt aber nichts. Wir gehen zurück in die Stube mit den schweren Ledermöbeln. Anna spricht mit dem Sohn des Hauses, lacht verführerisch, viel zu schön, viel zu jung. Charlotte lächelt mir zu, als sage sie: ›Da siehst du!‹.

Peder F. kommt zurück, Anna setzt sich zu mir. Er sieht aus wie ein Torero, der gerade dem Stier den Todesstoß verpasst hat. Er ist ein guter Freund, aber geschäftlich rücksichtslos. Jetzt sollen wir ihm zujubeln. Charlotte kennt ihre Pflicht, sie blickt ihn bewundernd an.

»Ist er nicht fantastisch?«, sagt sie. »Der König meines Lebens, der König von der Bärenburg.«

»König Peder F. der Erste«, sage ich.

Anna drückt sich gegen mich, ergreift meine Hand und küsst mich.

»Du bist kein König«, flüstert sie mir ins Ohr. »Du bist mein Mann für den Rest deines Lebens.« Sie beißt in mein Ohrläppchen. Wir reden über das Wetter, die letzte Reise von Peder F. und seiner Frau nach London, die Suite für zwanzigtausend Kronen die Nacht, Charlotte strahlt. Wir bewundern den neuesten Ring mit einem protzigen Diamanten, den Peder F. ihr geschenkt hat, Charlotte strahlt.

»Wohin verreist ihr in den Sommerferien?«, fragt Charlotte.

»Nach Kreta«, antwortet Anna, »Hotel Doma, wenn noch verfügbare Plätze vorhanden sind.«

»Birgit und ich teilen uns die Ferien mit den Kindern. Knapp vierzehn Tage im Sommerhaus meines Vaters und vierzehn Tage Anna und ich alleine auf Kreta. Anna, kommen wir zum Mittsommerfest bei Peder F?«

»Natürlich, Andreas, kommen Birgit und ihr Professor auch?«

Charlotte hat das Strahlen verlernt.

»Ich muss morgen eine schriftliche Arbeit im Gymnasium abliefern«, sagt Anna. »Die Lehrerin ist ohne Erbarmen.«

Wir verabschieden uns, Kuss links, Kuss rechts, dann zurück in unser Refugium, das Schlafzimmer, der einzige Raum im Hause, der allein uns gehört. Schwarze begrüßt uns ungewöhnlich freundlich. Hat sie Mitleid mit uns?

Sonntag ist Feiertag. Anna arbeitet an ihrer schriftlichen Aufgabe, ich springe in einer Schicht als Notarzt ein. Ein Kollege ist erkrankt, von vierzehn bis etwa einundzwanzig Uhr laufe ich die Treppen rauf und runter. Hoffentlich komme ich nicht auf die Titelseite des *Ekstra Bladet*. Ein Journalist rief mich an, er wollte wissen, warum ich als Notarzt so viel Geld verdiene. Ich habe ihm erklärt, dass ich immer einspringe, wenn ein Arzt fehlt. Lieber versuchen, nicht daran zu denken: mein Gesicht auf der Titelseite! Doch genug davon, jetzt gibt es nur ängstliche Mütter, fiebrige Kinder, röchelnde Alte, die verdammten Drogensüchtigen, Angst, Depression, Migräne, alles beim Alten, das Leiden hört nie auf. Und dann gibt es noch mich verrückten Affen, der die Treppen rauf und runter turnt und um sein Leben kämpft, für Anna, die Kinder und die Menschheit. Und dann stellt mich das Schmutzblatt, das *Ekstra Bladet*, zur Rede. Gut zu verdienen ist halt verdächtig. Ich bin ein Ausbeuter des Volkes – schluss mit dem Philosophieren. Wir halten vor dem nächsten Treppenhaus, raus aus dem Taxi, Treppen rauf, die Klingel gedrückt: »Doktor Fuglsang, was kann ich für dich tun?«

Abends um halb zehn bin ich wieder zu Haus. Wir streichen uns ein Stück Brot, unterhalten uns, schauen einander in die Augen. Anna hält meine Hand, sie füllt die Badewanne mit heißem Wasser, in dem wir langsam untertauchen. Wir seifen uns ein, Anna meinen Rücken und ich den ihren und sicherheitshalber auch ihren Po, ihre Brüste und ihren Bauch. Auf dem Wasser schwimmen der Schaum, ihre rosa Brustwarzen und die blaue Eichel meines steifen Schwanzes, man hat auch nie seine Ruhe. Darum schnell aus der Badewanne und rein ins Bett. Nachher taumeln wir ins Badezimmer: Zähneputzen,

Wasser aus der Badewanne lassen, wieder ins Bett. Schwarze springt von ihrem Sessel zu uns, sie will auch die Liebe.

Montagmorgen, Anna ist auf ihrem neuen Fahrrad auf dem Weg zur Hellerup-Station. Von dort fährt sie mit der Stadtbahn nach Vesterport, dann noch zehn Minuten zu Fuß zum Gymnasium. Nach der Telefonsprechstunde kaufe ich auf dem Weg zur Klinik das *Ekstra Bladet*. Willkommen auf der Titelseite, Andreas – aber nein, ein Kollege lächelt mich von dort aus an. Glücklicherweise bin ich nur der Verdiener Nummer zwei. Darum steht mein Name ohne Bild erst auf der vierten Seite. Wie immer Gesichter von Politikern, die jetzt tatkräftig etwas tun wollen: Unerhört, dass die Fleißigen mehr verdienen als die Faulen. Aber was können die schon tun? Wer will schon Heiligabend, Ostern, Pfingsten und überhaupt rund um die Uhr arbeiten, wenn nicht arme Schlucker wie ich?

Ich hole Lasse von der Schule ab, Marie ist bei Anna in der Toftholm Allee. Anna hat sie sicherlich in die Badewanne gesteckt, ihr etwas zu essen gegeben und im Bett ein Märchen vorgelesen.

»Vati, Vati, ich habe in Japan einen richtigen Samurai besucht. Ein Freund von Lars ist Arzt und Samurai. Er konnte fast genau so viel Englisch wie ich. Lars hat mir ein Schwert gekauft. Das ist jetzt bei Mutti.«

Lasse isst schnell etwas und will zu seinem Freund Sebastian. Er muss einfach das japanische Abenteuer mit dem echten Samurai loswerden und Sebastian ist ein guter Zuhörer. Marie schläft schon, Anna sitzt im Schlafzimmer und macht Hausaufgaben. Das Telefon klingelt, Anna hebt den Hörer ab, spricht mit jemandem, sagt: »Na klar weiß ich das.« Dann zu mir: »Kein Patient, Andreas, das ist Birgit am Telefon, sie will dich sprechen.« Sie reicht mir den Hörer.

»Andreas, ich komme heute Abend vorbei, wir müssen reden.«

Anna geht in die Stube mit dem alten Eichenparkett. Wir setzten uns in die beiden Korbstühle am Fenster und schauen auf den Birnenbaum.

»Was wollte Birgit?«, fragt Anna.

»Heute Abend kommt sie vorbei und will etwas mit mir besprechen. Worum es geht, wollte sie nicht sagen. Sie ist immer so melodramatisch.«

Anna schaut mir tief in die Augen. »Sie hat mich gefragt, ob ich wüsste, dass ihr immer noch verheiratet seid. Dass ich mit einem verheirateten Mann zusammenlebe! Habe ihr gesagt, dass ich es wüsste, obwohl es nicht stimmt.«

»Die hat gut reden«, sage ich empört. »Sie wohnt schon seit einem Jahr bei einem anderen Mann. In zwei Wochen sind wir getrennt. Dann bist du keine Ehebrecherin mehr. Tut mir leid.« Ich küsse Annas Nacken.

Halb neun steht Birgits Wagen vor der Tür. Seit Anna eingezogen ist, gehen die Kinder früh schlafen. Alles hat jetzt seinen Platz und die Kinder auch. Ich gehe schnell raus und setzte mich auf den Beifahrersitz.

»Hej, was willst du, Birgit?«

Sie sieht mich mit ihren großen, braunen Augen an. Sie ist schwedischer Abstammung, aber sie sieht aus wie eine Spanierin. Es war irgendetwas mit spanischen Köhlern, die mal nach Schweden ausgewandert sind, um den Einwohnern dort ihre Kunst beizubringen. Birgits Temperament zumindest stammt ganz bestimmt aus Spanien. Sie hat mich mal mit einem Küchenmesser verfolgt. Ich bin abgehauen und es dauerte eine Weile, bevor ich mich wieder nach Hause traute. Und als ich ihr mit einer Krankenschwester untreu war, musste ich mich auf eine Mauer retten, denn Birgit wollte mich mit dem Auto überfahren. Und zahlreich sind die Tassen und Teller, die sie zerschmettert hat. Untreu war sie auch, im Laufe unserer Ehe mit vier verschiedenen Männern. Aber das habe ich erst vor Kurzem erfahren. Dachte immer, ich wäre der einzige Verbrecher in der Familie.

Jetzt sitzt sie da, macht sich klein, blickt mich von unten an und sagt: »Andreas, das ist alles sehr schwierig. Lars hat drei Söhne, die bis jetzt bei ihm gewohnt haben. Seine Exfrau arbeitet wissenschaftlich mit ihm zusammen. Sie leitet ein Institut für Statistik an der Universität von Kopenhagen.« Birgit sieht mich hilflos an.

»Vielleicht könnten wir es nochmals versuchen?«, fragt sie, fährt fort: »Wenn du willst, kann ich anfangs in das Haus meines Bruders ziehen. Wir können dann ganz von vorne anfangen. So wie damals. Wenn alles gut geht, ziehe ich später wieder bei dir ein. Dann brauchst du keine Nachtschichten mehr zu machen. Ich habe letztes Jahr viel Geld geerbt, fällt aber alles unter die Gütertrennung. Ohne mich hast du nichts davon.« Sie sieht mich fast verliebt an.

   »Birgit, ich wohne jetzt mit Anna zusammen.«

   »Ach was, Andreas, die ist jung und verlässt dich, sobald die erste Verliebtheit verflogen ist. Du arbeitest viel, hast kein Geld und tust du nicht, wie ich will, mache ich dich fertig. Ohne mich bist du eine schlechte Partie.« Ich sitze wie gelähmt da, das hatte ich nicht erwartet.

   »Ich werde es mir überlegen. Hörst du nichts von mir, sind wir in ungefähr zwei Wochen offiziell getrennt«, sage ich, steige aus dem Auto und gehe ins Haus.

Anna sitzt immer noch im Korbstuhl am Fenster. Ich küsse sie, ihre Lippen sind kühl.

   »Andreas, was wollte sie?«

»Besprechen, wie wir uns in den nächsten Wochen die Kinder teilen.« Wir legen uns schlafen.

»Gute Nacht«, sagt Anna, wendet mir den Rücken zu.

»Kannst du schlafen?«, frage ich.

»Nein.«

»Ich auch nicht. Anna, sie will mich wiederhaben.«

»Und?«

»Ich habe ihr gesagt, ich würde es mir überlegen. Jetzt habe ich es mir überlegt, es bleibt bei Anna und Andreas.«

Hand in Hand liegen wir dicht nebeneinander und warten auf den Schlaf, der erst nicht kommen will. Aber dann Annas spitze Zunge, die sich zärtlich meiner Eichel widmet. Ich stoße in sie hinein, als hänge unser Leben davon ab. Nachher ein tiefer Schlaf, morgens das Klingeln des Weckers, das das Gehirn zersägt. Wir taumeln aus dem Bett, Kinder, Küche aber keine Kirche.

In den Osterferien reist Anna mit ihren Freundinnen nach Paris. Das war schon lange verabredet. Anna mochte nicht, dass ich sie zum Flughafen in Kastrup begleite. Die Kinder sind im Sommerhaus mit ihrer Mutter. Ich verdiene Geld und unterhalte Schwarze. Ein Hering ist alles, was sie von mir verlangt. Sie liegt in ihrem Sessel im Schlafzimmer und wartet, täglich kommt Luftpost von Anna.

»Andreas, du fehlst mir, nachts träume ich von dir, ich bin bald wieder zu Hause, hohle mich bitte an der Station in Hellerup ab. Heute sahen wir einen Exhibitionisten auf Place de la Concorde. Er stand im offenen Mantel nackt da in all seiner männlichen Pracht. Wir haben so gelacht, dass sein Schwanz schlapp wurde und er beleidigt abhaute.«

Ich kaufe ein, wasche Wäsche und fülle die Tiefkühltruhe mit Lebensmitteln aus der Metro, bezahle Rechnungen und spiele

Tennis in unserem neuerdings sehr vornehmen Klub. Unerwartet bekamen wir ein neues Klubhaus und dann zwei neue Mitglieder, die beiden dänischen Prinzen. Sie sehen wie ein paar nette Burschen aus. Heutzutage ist es nicht gerade ein attraktiver Job, Prinz von Dänemark zu sein. Sie tun mir leid. Wenn sie im Klub sind, können wir uns sicher fühlen, weil zwei Leibwächter mit Maschinenpistolen über uns wachen. Mein Schwiegervater ist im Vorstand des Klubs, weshalb es Zeit ist, dass ich mir einen anderen Sport suche. Thorsten war früher ein begeisterter Jogger. Sobald er einzieht, kann ich ihn fragen, ob er jemanden zum Mitlaufen braucht.

Anna kommt mit ihrem Rucksack aus dem dunklen Zementschlauch, der zu den Gleisen führt. Sie trägt Jeans und eine weiße Bluse, durch die hindurch man ihre Brustwarzen ahnt.
»Guten Tag, Hund«, sagt sie und drückt sich an mich.
»Hund?«, frage ich.
»Ja, du siehst aus wie ein Hund, der seinen Herren verloren hat.«
»Dann ist es ja gut, dass der Herr wieder da ist.«
Wir küssen uns, ich nehme ihr den Rucksack ab und halte ihr die Tür auf. Den Rest des Sonntags verbringen wir im Schlafzimmer. Ich bereite das Essen zu, trage es zu ihr hoch und das schmutzige Geschirr wieder runter, spüle es und stelle es in den Schrank. Nach vier Jahren, in denen ich allein den Haushalt geschmissen habe, während meine Frau studierte, kann ich das im Schlafe. Bei den vielen Nachtschichten habe ich aber richtigen Schlaf nötig.

Anna schaut mich streng an, sagt: »In Paris hatte ich Zeit zum Überlegen.«
Zieht sie jetzt wieder zu ihren Eltern, ist es aus?
»Hund, von jetzt ab übernehme ich das Kochen. Ich mag viel lieber meine eigenen Gerichte als deine. Aber du darfst weiterhin einkaufen, Geschirr spülen und dein Frühstück ist einfach

klasse. Ich übernehme die Wäsche, also bitte die Gebrauchsanweisung für deine Miele-Waschmaschine im Keller. Von jetzt ab kommt die saubere Wäsche wieder in den Schrank. Die hängt nicht mehr auf der Wäscheleine, bis wir sie anziehen. Morgen werden wir, um dich richtig vorzustellen, meine Eltern in ihrem Sommerhaus besuchen.«

Sie wendet sich um, nimmt den Vierfüßlerstand ein, ihre Muschi ist angeschwollen und dunkelrosa.

»Fick mich oder ich bereue es.«

Wir fahren nach Jægerspris, ein Provinznest mit zwei Attraktionen: Poulsen-Eis und Schloss Jægerspris, das Liebesnest von Frederik dem Siebten, dem wir die Verfassung und die Demokratie verdanken. Im Schloss wohnte Louise Christine lensgrevinde af Danner, geborene Louise Christine Rasmussen. Sie war ein uneheliches Kind, wurde Balletttänzerin und die Geliebte von Frederik und heiratete zuletzt den König zur linken Hand. Die Bourgeoisie und der Adel waren empört, die Gräfin Danner wurde darum schikaniert, weshalb Louise und Frederik sich in das Schloss Jægerspris zurückzogen. Anna kennt den Park von ihrer Kindheit her und sagt wehmütig: »Andreas, im Park des Schlosses befinden sich uralte Eichen aus der Zeit der Wikinger: Storkeeg, Kongeeg und Snoeg. Die habe ich als Kind oft besucht.«

Nach dem militärischen Übungsgelände sind wir da, ein schwarz geteertes Sommerhaus wie hunderttausende in Dänemark.

»Guten Tag. Willkommen.«

Wir werden sofort an den Tisch im Freien gesetzt: Heringe, Garnelen, Leberwurst, Fischfilet mit Remoulade. Es stellt sich heraus, dass Annas Vater wie ich aus Südjütland kommt. Seine Eltern waren vor dem Ersten Weltkrieg aus Zwickau eingewan-

42

dert. Sein Vater nahm am Ersten Weltkrieg auf deutscher Seite als Sanitäter teil. Er kam als einziger Überlebende seiner Kompanie mit einer Gaslunge aus dem Krieg zurück. Trotzdem ernährte er nachher seine Frau und neun Kinder, indem er jeden Werktag vierzig Kilometer mit dem Fahrrad fuhr, um bei den Fischern frische Fische zu kaufen. Anschließend radelte er von Bauernhof zu Bauernhof und verkaufte sie dort mit Gewinn. Bei der Abstimmung um die Zugehörigkeit Nordschleswigs im Jahr 1920 stimmten er und seine Frau dänisch, weil die armen Leute es in Dänemark besser hatten als in Deutschland.

Der Vater meiner Mutter, der Rechtsanwalt aus Brandenburg, nahm als Etappenhengst ebenfalls am großen Krieg teil. Er stimmte deutsch, führte in Nordschleswig den deutschen Bodenkampf und war eine leitende Person in der deutschen Volksgruppe. Im Zweiten Weltkrieg flog er zweimal nach Berlin und wurde von der Gestapo verhört, warum er kein Nazi sein wollte. Er hat beide Male überlebt. Nach dem Zweiten Weltkrieg saß er ein Jahr in dänischer Einzelhaft und wurde ohne Urteil entlassen, aber man nahm ihm seine Pension und sein Vermögen. Auf diese Weise entging er gleich nach der Kapitulation der Hinrichtung durch ein Standgericht. Sein einziger Sohn hatte sich auf den Rat seines Vaters freiwillig zur Wehrmacht gemeldet, er war Arzt bei der Waffen-SS und fiel in der Schlacht um Berlin. Wir lächeln und sind uns einig: Nationalismus ist scheiße. Annas Vater ist behaart und hat eine große Nase wie ich. Na klar, sonst hätte Anna sich nicht in mich verliebt.

Anna und ich gehen Hand in Hand zum Strand. Der schmale, asphaltierte Weg schlängelt sich zwischen schwarzen Holzhäusern hindurch. Ein verfallener Bauernhof mit rostigen Maschinen im Garten erinnert an andere Zeiten. Nach dem Hof ein schmaler Feldweg, der bergab zum Isefjorden führt, links ein Wald mit Ferienhütten, rechts Felder mit Reitpferden. Der weite Blick auf dem Isefjord mit der blauen See, eine Bootsbrücke, vor den Sommerhäusern weht die rote Fahne – *Dannebrog* mit dem weißen Kreuz.

Wir gehen durch mannshohes Schilf. Angekommen am Strand, ziehen wir uns aus und liegen dann nackt im Sand und genießen die Sonne. Es ist einsam, wir waten im eiskalten Wasser. Zwei junge Männer tauchen aus dem Nichts auf, kommen auf uns zu, starren begehrlich auf das junge, nackte Weib neben mir. Anna lächelt ihnen zu, dreht sich um und beugt sich vorwärts, um einen kleinen Krebs zu fangen und damit die beiden ihre Muschi besser begutachten können. Ihre Muschi schwillt an und wird dunkelrosa. Ich greife die kleine Schlampe bei der Hand und ziehe sie hinter das Schilf, zwinge sie nieder, halte sie fest und ficke die Hure. Nachher sind wir sehr verliebt, sehr zärtlich.

Nachmittags gibt es, weil Annas Mutter aus Nordjütland stammt, Kaffee und Kuchen. Wir starren auf die Berge von Kuchen. Der Kaffee ist stark und kann Tote zum Leben erwecken. So hat Annas Mutter die Nachtschichten als Krankenschwester überlebt. Hat sie Kaffee in den Adern? Wir essen kaum etwas, aber trinken jede Menge von dem schwarzen Teer. Dann auf Wiedersehen, wir müssen heim. Heute liefert Birgit, weil die Osterferien vorüber sind, die Kinder früh bei mir ab.

Zu Hause warte ich auf Birgit, während Anna Hausaufgaben macht. Müdigkeit erlaubt das Krankenschwesterelixier nicht. Endlich das Auto von Birgit: müde, hungrige und verwahrloste Kinder, die essen und dann von mir in die Badewanne und danach ins Bett gesteckt werden. Nachts hat Marie einen Albtraum und schläft die übrige Zeit zwischen mir und Anna, morgens genießen die Kinder das Frühstück in unserem Bett. Wie Anna das macht, ist ein Wunder.

»Die Kinder können nichts dafür«, sagt sie einfach.

Als ich aus dem Haus komme, halten Handwerker auf unserem Weg. Das Haus von Thorsten wird renoviert, bald wird er einziehen.

Nachmittags kommt der lang erwartete Brief von den Behörden, ich bin jetzt ein getrennter Mann. »Herzlichen Glückwunsch, Andreas«, sage ich zu mir. »Leider hast du das Sorgerecht über deine Kinder verloren. Willst du diese völlige Freiheit?«

Donnerstag sitzen Anna und ich bei Terkel, meinem Rechtsanwalt, im Büro.

»Wir gehen vor Gericht«, sagt Terkel, seine Zigarre glüht, wir trinken dampfenden Tee aus riesigen Tassen. Terkel thront wie ein Gott in seinem Stuhl hinter dem schweren Schreibtisch.

»Die Rechtsanwältin deiner Ex hat mir geschrieben, dass Birgit ein Haus in Gentofte kaufen wird, und dann will sie beide Kinder.« Asche fällt von seiner Zigarre.

»Ich rate dir, Marie auszuliefern und Lasse zu behalten. Das Sorgerecht für Lasse bekommst du vor Gericht vielleicht, das von Marie nie.« Wie Terkel es befiehlt, wird es beschlossen.

Wir verabschieden uns von Terkel, denn wir haben es eilig, müssen die Kinder abholen. Anna wird abgesetzt, um Hausaufgaben zu machen, ich und die Kinder gehen einkaufen. Anschließend sitze ich mit ihnen vor dem Fernseher, während Anna etwas kocht. Wie immer das feste Programm: Essen, Geschirrspülen, Lasses Hausaufgaben, Marie in die Badewanne stecken und dann lese ich ihr ein Märchen vor. Lasse besucht noch kurz Sebastian, dann der schrille Ton der Klingel, Thorsten steht vor der Tür.

»Komm doch bitte herein. Anna, meine Freundin, Thorsten, ein Kollege, wir haben zusammen studiert.«

Thorsten sieht bedrückt aus, steht unschlüssig in der Tür, kommt aber dann endlich rein.

»Andreas, in vierzehn Tagen ziehen wir ein«, sagt er zögernd. »Wir würden euch gerne einladen ...«

»Ist es wegen Anna?«

»Du und Birgit damals, eure Hippiepartys, da liefen alle nackt herum und es geschah einiges.«

Anna drückt sich gegen mich. Das Eismeer kocht, die Scholle ist in die Tiefe verschwunden.

»Ich bin jetzt Psychiater und arbeite im Reichskrankenhaus in der sexologischen Klinik. Mein Fachgebiet sind die sexuellen Subkulturen. Um diese besser kennenzulernen, haben Lise und ich an ihrem Leben und auch an ihrem Sexualleben teilgenommen. Wir gewannen Freunde, deren Geschlechtsleben ansteckte. Ein Geschlechtsleben, das freizügig und anders ist. Anna ist sehr jung ...«

Anna ist begeistert, sieht mir in die Augen und öffnet Knopf nach Knopf ihre weiße Bluse. Hoffentlich springen ihre Brüste nicht gleich in die neugewonnene Freiheit hinaus.

»Das vertrage ich ganz bestimmt«, sagt sie.

»Diese Freunde würdet ihr bei uns kennenlernen und es wird einiges passieren.«

»Ich freue mich schon«, sagt Anna, sie strahlt, ihre eine Brustwarze tanzt vor meiner Nase herum.

»Na, dann bis bald, Samstag in drei Wochen, um neunzehn Uhr.«

»Was zieht man denn da so an?«, will Anna wissen.

»Als Frau sexy Unterwäsche, Korsett, ein durchsichtiges Kleid oder sonst irgendetwas Erotisches, aber ja keine Strumpfhosen. Als Mann einen schwarzen Anzug oder eine schwarze Lederhose«, sagt Thorsten und verabschiedet sich.

»Deine Anna ist eine geile Frau. Da hast du Glück gehabt.«
Er sieht mich anerkennend an, wir umarmen einander, ich muss nochmals los, um Lasse bei Sebastian abzuholen. Mein kleiner glücklicher Sohn hat die Zeit vergessen.

Lasse ist schnell geduscht, dann lese ich ihm *Die Mumins* aus Finnland vor, die Geschichte über das Kind, das seiner Erziehung zur Unsichtbarkeit entkam, wie Anna und ich jetzt unserer anerzogenen Sexualität entkommen werden. Herzlichen Glückwunsch, Andreas, jetzt bringt dir das Eismeer das Schwimmen bei. Mit breiten Beinen und einer roten Fotze wartet das Meer im Schlafzimmer. Die Kinder schlafen, die Sucht nach Anna führt mich zu ihr.

»Ich liebe dich, liebe dich, liebe dich«, sagt das Eismeer, küsst mich leidenschaftlich, ihre Augen strahlen, mein Phallus sinkt langsam in ihre Venusmuschel. Bin ich für immer verloren?

Das Telefon klingelt, Birgits dunkle Stimme sagt: »Bald werden wir Beinahe-Nachbarn. Ich habe preiswert ein Haus auf Granhøjen gekauft, gleich um die Ecke von dir. Staatsminister Anker Jørgensen und sein finanzieller Absturz haben es möglich gemacht. In zwei Monaten ziehen wir ein und dann können die Kinder bei mir wohnen, direkt bei dem Kindergarten und der Schule.«

»Ich gehe vor Gericht«, sage ich.

»Das wird dir nichts nützen. Was glaubst du, was sie von dir und deiner Kinderhure denken werden?«

Der Hörer wird aufgelegt.

»Hund, du gibst nicht auf«, sagt Anna entschieden und sieht mich streng an. »Du tust, wie Terkel es vorgeschlagen hat. Ich habe mich bei deinem Steuerberater erkundigt, als ich mit ihm über die Buchführung sprach. Terkel ist ein Rechtsanwalt, auf

den man sich verlassen kann. Ein harter Hund, der für seine
Siege im Gericht bekannt ist. Für seine Klienten scheut er keine
Mittel. Terkel ist bei seinen Gegnern verhasst. Er ist der beste
Verteidiger, den du dir wünschen kannst.«

Ich habe eine ruhige Woche geplant. Meine Klinik mit ihren
nur etwa sechshundert Patienten, immerhin doppelt so viele
wie am Anfang, fordert täglich vier bis fünf Stunden Arbeit.
Dazu kommen im Laufe der Woche zwei Nachtschichten als
Notarzt. Die Kinder sind gesund und munter, ich verbringe
schöne Abende im Bett mit Anna und ihren Hausaufgaben.
Der Birnbaum im Garten blüht, Schwarze schnurrt zufrieden,
die Ruhe tut uns gut. Mittwochs gehen wir bei Toni im Café
a Porta essen. Toni ist bedrückt, er vermisst seine Kinder, will
vielleicht nach Genua zurück. Scheidung gibt es bei ihm nicht,
er ist katholisch verheiratet.

»Toni, auch ich bin für ewig mit meiner Ex verheiratet, weil wir
in der Kirche Sankt Therese katholisch getraut wurden. Birgit
lebt als Katholikin in Unzucht. Darum darf sie an der Messe
in Sankt Therese nicht teilnehmen, was sie natürlich trotzdem
tut. Machs wie sie, Toni, scheiß auf die Tradition und die
bescheuerten Regeln.«
Toni schüttelt melancholisch den Kopf und stapft in seine
Küche. Das Café von 1792, im Jugendstil von 1884 eingerichtet, hüllt sich in einen geheimnisvollen Schein von Tristesse
und Vergänglichkeit. Anna sitzt da wie ein Leuchtturm der
Sinnlichkeit und der Intelligenz, vereint in einem allzu schönen Körper. Marie und Lasse sind unwirklich wie zwei Geister
aus meiner Kindheit. Wir zahlen, Kongens Nytorv im kalten
Abendlicht, ein eisiger Nordostwind treibt uns am Königlichen Theater vorbei. Die beiden Statuen vor dem Theater, die
Dichter Ludvig Holberg und Adam Oehlenschläger, sehen an

uns vorbei, endlich erreichen wir das Auto in der Tordenskjoldsgade.

Das Wochenende verbringen wir ohne Kinder, die sind mit Birgit im Sommerhaus. Anna streckt sich im Bett.
»Wir haben nichts zum Anziehen«, gähnt sie. »Nichts Passendes für den Abend bei Thorsten.«
Eine Katze mit ihrer Beute, ich bin die Maus. Statt mit mir zu spielen, hält sie mich mit ihrer Liebe fest, sodass ich sie nie verlasse. Die morgendliche Toilette, ich beiße in ihre rosa Brustwarzen. Wir ziehen uns an, Anna lacht, während ich meinen steifen Schwanz in die Jeans stopfe, Schwarze bekommt einen halben Hering. Eine viertel Stunde später halten wir in Ny Østergade, Parkplätze sind noch frei, es ist gerade zehn Uhr. Erst versuchen wir es bei Stig P in der Kronprinsensgade. Dort ist schon viel los, rote Lippen, lange, lackierte Fingernägel, wippende Brüste, verführerische Blicke, hübsche Hintern in strammen Hosen oder Röcken. Anna geht in die Umkleidekabine und taucht verwandelt aus ihr wieder auf. Stilettos, Stay-ups, tief dekolletiert, man ahnt, dass sie kein Unterhöschen trägt, ihre Brüste sieht man deutlich. Ich bin begeistert. Anna stellt sich vor einen Spiegel, dreht sich langsam um sich selbst. Ich beobachte einen männlichen Kunden, der sein Staunen nicht verbergen kann.
»Hund, ich habe mir etwas anderes vorgestellt, vielleicht bei Flying A.«
»Wo hast du die Stay-ups her«?
»Von Wolford am Strandweg in Hellerup.«

Bei Flying A finden wir zuerst nichts, dann an der Wand hoch oben ein Kleid: Straußenfedern, schwarz, durchsichtig, tief dekolletiert und vorne ein Schlitz fast bis zur Muschi.
»Entschuldigung, das Kleid oben an der Wand, welche Größe hat es?«, fragt Anna.

»Das weiß ich nicht genau, aber ich kann es für dich runterholen.«

Die junge Verkäuferin steigt auf eine Stehleiter, schöne Beine, ein kleiner, strammer Popo, wenig Taille, aber schwere Brüste.

»Bitte sehr, es ist die Größe vierunddreißig, der Stoff ist elastisch, passt sich dem Körper an.«

»Vierunddreißig ist meine Größe, nur hier ist es oft zu eng«, sagt Anna und fasst sich auf den Traum vieler Männer, ihren schönen Popo. Sie verschwindet in die Anprobe, kommt verwandelt wieder raus. Sie steht da, eine liebliche, großzügige, erotische Königin der Nacht, nicht die Fehlanzeige des kleinlichen, rachsüchtigen Bürgertums in der *Zauberflöte*. Der schwarze, durchsichtige, elastische Stoff folgt ihren Kurven, der Schlitz vorne reicht tatsächlich bis zu ihrer Muschi, nur die Straußenfedern bedecken notdürftig ihre Möse und verhindern den totalen Skandal. Das Kleid ist tief dekolletiert, ihre Brüste sind fast nackt, ich genieße den Anblick schweigend. Gott sei Dank, dass wir hinten im Geschäft verborgen in einer Ecke stehen, meine Hose ist wieder viel zu eng. Anna geht zu einem Spiegel mitten im Lokal, schaut sich an und dreht sich herum – hoffentlich hält der Stoff meiner Hose.

»Was kostet das Kleid?«, fragt Anna.

»Siebenhundert Kronen«, die Verkäuferin schluckt kurz.

»Vierhundert«, sagt Anna. »Ich bin die Einzige in Kopenhagen in der Größe vierunddreißig, die den Mut hat, dieses Kleid zu kaufen und anzuziehen.«

»Einen Augenblick, ich hole die Chefin.«

Es bleibt bei vierhundert, Anna verlässt Flying A mit ihrem Traum in der Tüte.

Leider müssen wir noch einen schwarzen Anzug und ein schwarzes Hemd für mich kaufen. Ich hasse das Anprobieren, vorm Spiegel zu stehen, die Verkäufer, die behaupten, es passe wie angegossen, wobei es eigentlich katastrophal ausschaut.

Erst versuchen wir Armani, Gucci und Balmain, nicht gerade meine Statur, dann Hugo Boss. Anna langweilt sich in einem Sessel, ich sehe den Verkäufer wütend an. Er nimmt verzweifelt Anzug nach Anzug von der Stange. Ich ziehe an und aus, werde hitzig und laufe mit meinem nackten, haarigen Oberkörper im Geschäft herum.

»Kann ich Ihnen eine Tasse Kaffee anbieten?«, fragt der Verkäufer verängstigt.

Anna und ich bekommen einen Kaffee, eine Kundin glotzt mich an. Hat sie noch nie einen richtigen Mann gesehen? Kein Wunder, dass sie mit ihrem kurzen, praktischen Haarschnitt so verkrampft aussieht.

»Wir haben ein günstiges Angebot, einen Anzug der letzten Saison.«

Es geschieht ein Wunder, der passt beinahe. Nur ein paar Änderungen sind nötig. Anna ist zufrieden, ich bin erleichtert, am nächsten Mittwoch ist der Anzug fertig. Es ist ein günstiges Angebot, wenn auch immer noch ziemlich teuer. Aber was tut ein Mann nicht alles, um endlich seine Ruhe zu haben?

Wir gehen zu Toni, um den Erfolg zu feiern, bestellen einen Apfelkuchen mit Crème Fraîche und dazu eine Caffé Latte. Wir bekommen auf der überdachten Terrasse in der vordersten Reihe zur Straße einen Tisch. Toni ist heute nicht da, er besucht seine Frau und Kinder in Genua. Die ganze Welt flaniert auf dem Fußsteig vor dem Café a Porta vorbei.

»Hej, hej«, da stehen sie, Annas Freundinnen Helen und Maria. Wohlerzogen winken wir sie rein, sie setzen sich zu uns.

»Darf ich euch etwas anbieten?«, frage ich. »Vielleicht dasselbe wie wir?«

»Ja, bitte«, sagen die Furien.

»Für die beiden Damen Apfeltorte mit Crème Fraîche und dazu Café Latte.«

»Was hast du gekauft?«, fragen sie, Anna errötet.

»Nichts Besonderes, nur ein Kleid für einen Abend bei den neuen Bewohnern auf unserem Weg. Die ziehen nächstes Wochenende ein und haben uns zu einer kleinen Party eingeladen. Wir werden vier oder fünf Paare sein, alles sehr ruhig und gemütlich.«

»Was trägt man den bei einer solchen Party im vornehmen Hellerup?«, fragen die beiden. »Zeig mal her.«

Anna kapituliert, nimmt das Kleiderpaket aus der Tüte und packt es aus, erst sagen die beiden gar nichts.

»Sehr ruhig und gemütlich!« Helen hebt die Augenbrauen, Maria rollt mit den Augen.

»Ein alter Kumpel von mir, er ist Psychiater in der sexologischen Klinik bei Professor Preben Hertoft, es wird halt ein bisschen anders.«

»Das könnte man sagen«, meint Maria. »Warum werde ich nie zu einer solchen Party eingeladen?«

Anna wechselt das Thema, fragt: »Wie läuft es mit dem Lernen für die Prüfungen? Es geht ja bald los, Anfang Juni. Wir schließen dann in zwei Fächern ab und die Noten zählen für das Abitur.«

»Nicht so gut. Das Wetter ist nach dem langen, dunklen Winter zu schön«, sagen Helen und Maria und lachen sorglos. »Aber wir werden es schaffen. Für dich muss es echt schwierig sein, mit den Kindern und all dem Drum und Dran.«

»Nein, es geht fast wie von selbst. Kein Fernseher, der immer lärmt, wie zu Hause bei meinen Eltern. Andreas mag nicht fernsehen, er schaut nur Sendungen zusammen mit den Kindern. Wohin geht es in den Ferien?«

Helen und Maria wollen zusammen nach Griechenland, erst nach Athen und dann von Insel zur Insel. Wir fahren zuerst zwei Wochen mit den Kindern in das Sommerhaus meines Vaters und dann zwei Wochen alleine nach Kreta.

»Honeymoon.« Helen und Maria lachen.

»Das kann man nicht so sagen, wir leben ja schon Monate zusammen«, sagt Anna. »Romantisch war unser Verhältnis nie, nur eben Liebe und Erotik.« Die beiden verabschieden sich.

Wir gehen auf Kongens Nytorv spazieren. Vor dem Königlichen Theater sehen die Statuen von Ludvig Holberg und Adam Oehlenschläger bei dem schönen Wetter ganz freundlich aus. Was hätte der große dänische Dichter der Romantik, Adam Oehlenschläger, von unserem Verhältnis gehalten? Wir biegen rechts in die Nyhavn ein, wo mal die Seeleute zusammen mit den Nutten rund um die Uhr feierten, und wo, laut Erzählungen, unser Seemannskönig Frederik IX. von oben bis unten tätowiert wurde. Von Nyhavn bis zum Königsschloss sind es ungefähr fünfhundert Meter. Es kommt mir wahrscheinlich vor, dass er nach einer spießigen, königlichen Tafel die Seeleute, die Nutten und den Tattoo-Ole besucht hat. Der Volksmund will es jedenfalls so wissen. Eine einzelne Kneipe gibt es noch, unten im Keller. Da sitzen sie, die Besoffenen, und trotzen dem Bürgertum, die ihre Kneipen in Restaurants umgewandelt haben. Unter Sonnenschirmen wird jetzt gegessen und Weißwein getrunken, wo früher betrunkene Seeleute taumelten und über das Bollwerk in den Hafen fielen. Die Weiber sind jetzt nur noch zum Ansehen da und nicht wie früher zum Ficken. Und das nennt man Fortschritt?

Anna will zum Schloss, die Toldbodgade ist der direkte Weg, den vielleicht auch Frederik IX. bei seinen angeblichen Ausflügen nach Nyhavn benutzt hat. Arm in Arm schlendern wir in der Sonne durch die Toldbodgade und bald liegt Amalienborg links und der Hafen rechts von uns. Wir betreten den achteckigen Schlossplatz mit der Reiterstatue in der Mitte und den vier königlichen Herrenhäusern, vermutlich die schönsten Rokokogebäude Skandinaviens. Beeindruckend sind die Gardisten in ihren flotten Uniformen mit den Hüten aus Bärenfell. Wir genießen die königliche Pracht, aber bald treibt eine drohende schwarze Wolke uns zum Auto und dann zur Toftholm Allee. Der Platzregen trommelt auf den Wagen, wir stürzen ins Haus.

In der nächsten Woche ist Arbeit, Kinder, Küche und Sex angesagt. Anna arbeitet in unserem Schlafzimmer, Schwarze liegt im Sessel. Das Kleid von Flying A und die drohende Party treiben uns zu sexuellen Exzessen. Vielleicht sollten wir absagen? Denn Angst haben wir, unsere Erziehung sagt nein, aber unsere Vernunft sagt ja. Eine Einladung wie diese bekommen wir im Leben nicht wieder. Zwei andere hingegen sagen bedingungslos ja, nein, sie verlangen es geradezu: mein Schwanz und Annas Muschi. Mit denen kann man nicht diskutieren, die wollen es einfach.

»Andreas, ich will dir etwas zeigen. Dies ist das Buch, das mein Sexleben gerettet hat.«
Anna holt einen kleinen, grauen Band aus der Schublade in ihrem Nachttisch.
»Seit meinem zehnten Lebensjahr habe ich onaniert. Die ersten Male zog ich mir heimlich geklaute Strumpfhosen an, damit es klappte, aber das hat es ganz und gar nicht. Auch die Anstrengungen meines Freundes waren vergebens, nie ein Orgasmus. Letztes Jahr fand ich dieses Buch in einem Buchkasten vor einem Antiquariat in der Innenstadt. Auf der zwölften Seite kommt der Orgasmus vor.« *Geschichte der O* steht auf dem Büchlein, das kenne ich. Als Studenten haben wir einander daraus vorgelesen. Ich, meine damalige Freundin, ihr Vetter und seine Freundin. Die ersten zwölf Seiten sehen verdammt verschlissen aus. Anna muss den Orgasmus fleißig geübt haben.

»Anna, du magst die Peitsche, die Handschelle, die Fessel und das glühende Eisen?«

»Nein, Schmerzen vertrage ich nicht, das weißt du doch. Ich stöhne und beim kleinsten Schmerz stehen mir die Tränen in den Augen. Was mich echt geil macht, ist, dass O zur Verfügung steht. Ihre Brüste und ihre Muschi sind immer nackt. Wenn ein Mann es sich wünscht, kann er sie ficken, sie darf und kann nicht nein sagen. Die Männer sind angezogen, betrachten sie, untersuchen sie, Frauen waschen O und rasieren ihre Muschi, damit die Männer sie ficken können, ohne dass sie sich wehren kann.« Anna ist erschöpft, sie fängt an zu weinen.

»Verlässt du mich?«, schluchzt sie. »Jetzt, wo du weißt, was mit mir los ist.«

Das Eismeer ihrer Augen ist öde, kein Wind rührt sich, ein einsamer Sturmvogel schreit wie eine verlorene Seele. Ich versinke in das unendliche blaue Meer ihrer schönen, großen, traurigen Augen, ich küsse sie.

»Ich liebe dich, liebe dich«, flüstere ich ihr ins Ohr.

Wir ficken, langsam, langsam, als sollte es bis zum Orgasmus ewig dauern.

Freitag hält ein Möbelwagen vor dem Haus von Thorsten. Wir sind neugierig, begutachten seinen Geschmack.

»Nicht gerade Ikea, mit den Ledermöbeln wird seine Wohnstube eher zu einer sinnlichen Lounge.«

»Und das Sofa ist für die Psychotherapie, oder?«

»Vielleicht hat er überall Haken, an denen man Weiber fixieren kann, damit die Männer sie ausnützen können?«

Die Kinder sind im Garten, sie können uns nicht hören, Anna muss lachen.

»Hund, wollen wir es am nächsten Samstag wagen?«

»Natürlich, er ist mein alter Kumpel aus dem Studium und wir wollen doch nicht neugierig sterben.«

Ein alter Volvo biegt um die Ecke, das kann nur Thorsten sein. So etwas fährt ein Psychiater, ganz sicher. Raus steigen Thorsten, eine schöne blonde Frau und ein Mädchen in Maries Alter. Bravo, endlich ein Kind auf unserem Weg, mit dem Marie spielen kann. Da wird sich Birgit ärgern. Sollten wir sie nicht zum Essen einladen? Das kann man, wenn man umzieht und Kinder hat, brauchen. Aber ist das nicht zu umständlich für Anna?

Anna schaut mich an, fragt: »Ich habe eine Lammkeule im Ofen, die für das Wochenende gedacht war. Andreas, wollen wir sie nicht einladen? Du kannst morgen etwas anderes für Samstag und Sonntag einkaufen.«

Wir werden uns einig, das wird also nur für mich umständlich. Wir gehen zu den Kindern im Garten, nehmen Marie bei der Hand und nähern uns dem Möbelwagen. Thorsten ist mit seiner Tochter bereits im Haus.

»Ja?«, fragt die Blonde.

»Andreas, ich bin ein alter Freund von Thorsten. Das ist Anna, meine Freundin, und das meine Tochter, Marie.« Eine Naturblonde ist sie nicht, die Haarwurzeln sind zu dunkel.

»Ach ja, ich erinnere mich, ihr seid bei uns am nächsten Samstag eingeladen, ich heiße Lise.«

Wir geben uns die Hand.

»Willkommen, wenn ihr wollt, könnt ihr heute um neunzehn Uhr bei uns essen«, sage ich.

»Danke, sehr gern, Gott sei Dank dann keine Pizza.«

»Nein, Annas Lammkeule.«

»Hoffentlich nicht Annas, sondern von einem Lamm«, sagt Lise lächelnd.

»Ich habe ein Kleid gekauft und Andreas einen schwarzen Anzug. Wir freuen uns auf die Party.«

»Bis dann.«

Lise ist eine echte Diana, eine Göttin der Jagd wie alle Frauen von Thorsten. Sie hat lange Beine, einen kleinen Popo, schmale Hüften, kleine Brüste und breite Schultern. Sie ist eine Göttin der Jagd, aber ist sie auch eine Göttin der Liebe? Ich habe nicht denselben Fehler wie Thorsten gemacht. Anna und Birgit sind wie Tag und Nacht: Birgit ist schwarzhaarig, hat braune Augen, braune Haut, wenig Taille, braune Brüste mit braunen Brustwarzen, eine braune Muschi, ist hitzig, ein Geschöpf der Sonne und des Südens. Anna dagegen hat dekadent weiße Haut, eine Taille wie eine Wespe, blaue Augen, rote Haare, weiße Brüste mit rosa Brustwarzen und eine rosa Muschi. Sie ist lieb und ein Geschöpf des Eismeers, der Nacht und des Nordens. Aber eines haben die beiden gemeinsam, sie wollen jeden Tag vögeln. Mit Birgit funktionierte das bis zum letzten Tag. Sind es die Frauen oder ist es mein Einfluss? Ich muss Thorsten fragen. Sex ist ja schließlich sein Arbeitsgebiet.

Auf die Minute genau klingelt es, drei hungrige Gäste stehen vor der Tür. Kuss auf die eine Wange, Kuss auf die andere, wir umarmen einander und duzen uns, wie es nach 1968 in Dänemark üblich ist. Daran wird meine deutsche Familie sich nie gewöhnen. Sagt man in Deutschland: »Professor, was meinst du damit?«, wird man wahrscheinlich gleich nach Sibirien versetzt. Wir setzen uns sofort an den Tisch, es herrscht eine stille Andacht beim Essen. Ehrfurcht vor der Lammkeule im eigenen Saft, den ersten neuen Kartoffeln von der Insel Samsø und dazu Sommerkohl.

»Wir essen wegen der schlanken Linie keine Nachspeise«, sagt Anna.

»Wir auch nicht, bei unserem Sexleben können wir uns das nicht erlauben. Die ewige Jagd!«

Lasse wird ganz still, er will alles mitbekommen. Marie und die Tochter von Lise und Thorsten haben den Tisch verlassen und schauen Kinderfernsehen. Schwarze streicht um unsere Beine, platzt fast von dem vielen Lammkeulenfleisch, das sie gefressen hat. Sie ist ganz sicher das wichtigste Mitglied der Familie.

Lasse und die beiden Mädchen verschwinden nach oben, sodass wir vier Erwachsene unter uns sind.

»Ziehst du dein Kleid an?«, fragt Lise und lächelt freundlich.

»Ich weiß nicht recht, es ist vielleicht zu obszön.«

»Lass mal sehen, dann entscheiden wir das«, meint Lise.

Anna geht nach oben und kommt nach einer viertel Stunde mit einem übergeworfenen Mantel wieder herunter.

»Sind die Kinder immer noch oben?«, fragt sie Lise.

»Ja, du kannst den Mantel ausziehen.«

Schüchtern, mit rosa Brustwarzen, einem kleinen Unterhöschen, Stay-ups und Stilettos, steht sie im Kleid von Flying A vor uns. Lise steht auf und geht zu Anna, betrachtet sie von allen Seiten.

»Zieh bitte die Unterhose aus.« Anna gehorcht Lise, steht jetzt mit entblößter Muschi da.

»So ist es recht, so kommst du Samstag«, kommandiert Lise. Sie sieht Anna scharf an und setzt sich wieder.

»Es kommen, damit etwas passiert, auch Herren ohne Begleitung«, sagt Lise. »Die Herren brauchen Konkurrenz, wir Frauen Bedienung.«

Anna verschwindet im Mantel nach oben, fünf Minuten später sitzt sie wieder am Tisch, jetzt als meine Anna.

Ich sitze schweigend da und überlege, am Samstag meine Anna in diesem Kleid ohne Unterhöschen? Ich versuche, an etwas anderes zu denken, frage deshalb: »Thorsten, joggst du noch wie damals?«

»Nur zweimal die Woche. So ist es halt. Das kennst du ja. Arbeit, Kinder, die Ehefrau, da ist nicht viel Zeit übrig.«

»Darf ich mitlaufen?«

»Schaffst du das, Andreas? Ich laufe jeden Sonntag den Eremitagen-Lauf, etwa fünfzehn Kilometer im Tiergarten.«

»Ich glaube schon, die vielen Treppen als Notarzt und dazu noch Tennis geben Ausdauer. Ganz schlecht kann meine Kondition nicht sein.«

»Abgemacht, dann sehen wir uns am Sonntagmorgen bei Fortunen, um zehn Uhr an der roten Pforte.«

Unsere Gäste sind erschöpft, denn ein Umzug ist anstrengend. Sie verabschieden sich. Ohne ein Wort zu wechseln, räumen wir ab. Anschließend stecke ich die Kinder in die Badewanne, dann lese ich Marie ein Märchen vor.

»Mutti sagt, dass ich nach den Sommerferien bei ihr wohnen werde.«

»Ja, das haben wir so vereinbart. Deine Mutter hat gleich um die Ecke ein Haus gekauft. Du kannst mich jeden Tag besuchen und hin und her laufen, dein Zimmer bei mir behältst du. Deine Mutti verreist viel und du wirst oft bei mir wohnen.«

Marie ist eingeschlafen und ich lese für Lasse *Sturm im Mumintal*. »Gute Nacht«, einen Kuss auf seine Stirn, die Bettdecke geschüttelt und zurechtgelegt, wieder runter in die Küche, um das Geschirr zu spülen.

Anna liegt, unter der Decke begraben, im Bett, ihr rotes Haar sieht man kaum. Ich krieche dazu, sage nichts, durch die Tür zum Balkon tönt der Gesang der Vögel, eine Kakofonie der Geilheit.

»Kannst du schlafen?«

»Nein.«

Wir wenden uns den Rücken zu, starren gegen die Wand.

Der Lärm der verdammten Vögel kommt mir vor wie das Stöhnen der gequälten Seelen im Fegefeuer. Eine weiche Hand auf dem blöden Schwanz, der natürlich steif wie ein Brett ist. Dann weiche Lippen, eine Zunge im Loch in der Mitte der Eichel. Mein Körper zuckt, mein Unterleib ist elektrisiert, mein Gehirn fiebert. Mein Weib ist drüben bei Lise und Thorsten. Lises Hand ist in Annas Muschi begraben, ein fremder Mann hat einen festen Griff um Annas Brüste, ihre Brustwarzen sind zum Platzen angeschwollen.

»Ich bin fertig«, sagt Lise zu dem Fremden. »Sie gehört dir.«

Der Mann nimmt Anna bei der Hand, gehorsam folgt sie ihm in einem anderen Raum. Ich bin wie gelähmt, höre sie beim Orgasmus jammern und heulen, wieder und wieder. Sperma des Fremden läuft ihr die Oberschenkel herunter, lächelnd setzt sie sich zu mir. Breite Beine, ich lecke ihre dunkelrote, angeschwollene Muschi, der Geschmack des Mannes auf meinen Lippen. Mein Orgasmus reißt mich aus meiner Fantasie, durchschüttelt mich, ich halte die kleine Hure fest, spritze in die stöhnende Nutte, mit der ich zusammenlebe.

»Ich liebe dich«, sagt die Hure, wir küssen uns.

Hand in Hand in einem unruhigen Schlaf segeln wir in unserem Bett in die Zukunft.

Samstagmorgen, Krümel vom Frühstück und die Kinder sind mit in unserem Bett.

»Bist du auch meine Mutti?« Marie drückt sich gegen den warmen, weichen Körper von Anna.

»Nein, jeder hat nur eine Mutti, aber vielleicht so etwas Ähnliches wie eine ältere Schwester.«

»Komm, wir machen einen Ausflug nach Langelinie, da können wir ein Eis essen.«

Marie und Lasse sind begeistert und darum ohne Streit schnell angezogen.

»Da liegt meine Volksschule«, sagt Anna.

Wir sind auf der Dag Hammarskjölds Allee, halten vor einem Gebäude aus roten Backsteinen mit schwarzen Ziegeln auf dem Dach.

»Zehn Jahre meines Lebens habe ich dort verbracht. Ich liebte die Schule, das Institut Sankt Joseph war für mich der Weg zur Bildung und zur Freiheit.«

»Du siehst ganz erhellt aus.«

»Bin ich auch, das Institut war meine Rettung. Da drüben ist die amerikanische Botschaft.«

Ein heller, moderner Bau mit einem flachen Dach, umgeben von einem hohen, eisernen Gitter mit einer amerikanischen Fahne, überall Videokameras und amerikanische Marinesoldaten. Lasse ist außer sich, was haben die für schöne Waffen!

»Ich habe alle Demonstrationen mitbekommen, Vietnam, Anti-Atomkraft, für Palästina und gegen Israel. Da waren heulende Sirenen, Tränengas, Polizisten in Kampfuniformen.«

»Echt?«, sagt Lasse und sieht Anna staunend an. Wir fahren nach Amalienborg und begrüßen die Gardisten mit ihren Gewehren. Die haben wegen des drohenden Terrorismus jetzt ganz moderne Waffen. Ein Parkplatz in der Amaliegade ist frei, wir halten fast im Hinterhof der Königin und gehen von einem Gardisten zum nächsten. Marie spricht mit jedem, aber keiner verzieht eine Miene oder sagt etwas.

»Warum stehen sie nur so herum?«, fragt sie mich.

»Marie, anderes ist ihnen nicht erlaubt.«

Lasse möchte gerne die Waffen anfassen. Keines der Kinder bewundert die Reiterstatue von Saly, die mitten auf dem achteckigen Schlossplatz steht, oder die vier hellen Rokoko-Herrenhäuser.

Zurück fahren wir durch die Toldbodgade an der Gefion-Fontäne vorbei.

»Was für riesige Ochsen.«

»Das sind die vier Söhne der Göttin Gefion«, erklärt Anna den Kindern, »die vor ihrem Pflug gespannt sind. Gefion verwandelte ihre vier Söhne, die Riesen waren, in ebenso riesige Ochsen. Mit ihnen vor dem Pflug gespannt, hat sie nach der Sage im Laufe einer Nacht Seeland aus Schweden herausgepflügt. Seeland ist die Insel, auf der wir wohnen.«

»Da die alte Festung Kastellet und da hinten das Freiheitsmuseum, das nach dem Zweiten Weltkrieg gebaut wurde«, sagt der kluge Papa.

»Geil, der Panzer mit der Kanone«, mein Herr Sohn ist begeistert.

Die Kleine Meerjungfrau wollen die Kinder nicht besuchen, sie möchten ein Eis.

Wir fahren den Kai mit den Kreuzfahrtschiffen entlang. Riesige Container für ältere Menschen, die sich langweilen und sich an Bord durch Essensberge fressen. Nachher kommen sie bei mir in die Klinik, um von den Folgen der Fresssucht geheilt zu werden. Wir sind jetzt am Ende des Langelinie-Kais bei dem kleinen Leuchtturm mit der Bank drum herum angekommen, aber am wichtigsten: Wir stehen vor der Eisbude.

»Vier Eiswaffeln bitte, kleine, mit nur einer Kugel.«

»Nur eine«, schmollt Lasse.

»So ist es, wenn man einen Arzt zum Vater hat. Eis macht dick, also nur die eine.«

Wir setzen uns auf die Bank, schauen über den Außenhafen von Kopenhagen. Die Kinder drücken sich gegen mich, Anna sitzt neben Marie und streicht ihr über die Haare. Gut, dass Birgit nicht hier ist, sie würde Anna in dem Hafen stoßen.

»Vati, Vati, noch einer.«

Alle Augenblicke kommt ein Tragflügelboot vorbei, eingehüllt im Schaum des vom Boot aufgewirbelten Meeres. Die Tragflügelboote pendeln zwischen Kopenhagen und Malmø, bringen durstige Schweden nach Dänemark, die Sprit einkaufen wollen. Platsch! – Möwenkacke auf meiner linken Schulter. Anna und die Kinder lachen. »Das bringt Glück.« Wir bekommen von der Eisbude einige Servietten.

»Nun siehst du wieder ordentlich aus«, sagt Anna zufrieden.

»Da draußen, die komische Insel, wie heißt die?«, fragen die Kinder mich.

»Das ist Trekroner, eine alte Festung, die Kopenhagen verteidigen sollte. Leider war sie im Jahre 1807 noch nicht fertig, als die Engländer die Stadt bombardierten und in Brand schossen.«

Auf dem Weg nach Hause will Anna den Hafen von Hellerup besuchen. Darum fahren wir über die Østerbrogade und kommen am Sortedam-See vorbei. Vor den Restaurants an der Nordseite des Sees sitzen die Gäste unter Sonnenschirmen und genießen das Wetter. Wir passieren Trianglen und Tuborg und sind endlich in Hellerup. Der Hafen ist belebt. Auf den Tennisplätzen schwitzen die Spieler in der Sonne. Vor dem Kinderspielplatz stehen Fahrräder und Kinderwagen. Die Eltern sitzen und schwatzen und ein Gewühl von Kindern kämpft um die Plätze auf den Spielgeräten. Im Rosengarten herrscht Ruhe, auf den Bänken nur einige Alte, vertieft in den Anblick der Rosen, die in den Beeten wie Soldaten aufgereiht stehen.

Die Jugend ist um die Jollen versammelt, die, sobald sie klargemacht sind, ins Wasser gesetzt werden. Unter vollen Segeln geht es mit jungen Leuten, die über der Reling hängen, raus in den Öresund. Im Hellerup-Segelklub stehen die Senioren herum und reden kluges Zeug, dann gehen sie langsam zu ihren Jachten. Im Hellerup-Kajakklub wird geschleppt, die Kajaks sollen ins Wasser. Wir wandern die Mole entlang zum Strand. Marie und Lasse ziehen Schuhe und Hose aus und waten im kalten Wasser. Sie fangen Krebse und kämpfen darum, wer den größten erwischt. Wir sitzen im Sand und warten, bis die Kinder vor Kälte zittern, damit sie schön brav mit uns zum Auto zurückwollen. Endlich ist es so weit, die Kinder werden in den Wagen gepackt und kurz danach halten wir in unserer Einfahrt in der Toftholm Allee. Drüben bei Thorsten werden die letzten Möbel ins Haus geschleppt. Die Kinder sind hungrig und müde, sie sind schnell verpflegt und halten dann einen Mittagsschlaf.

Samstagabend, die Kinder schlafen früh, wir schauen uns an und grinsen.

»Andreas, wir haben nicht alle Tassen im Schrank, aber ich finde es echt geil. Nicht gerade das Leben unserer Eltern.«

»Anna, wir wollten es so. Jetzt haben wir es, schön, oder? Wir können noch absagen«, fühle ich nach. »Deine Muschi will hin, die ist ja wie besessen, glatt, offen und nass. Sie tropft.«

»Dein Schwanz ist auch nicht ganz ohne, blau und am Explodieren.«

Sie streichelt ihn mit weichen Händen. Ich erzähle Anna von meiner Fantasie gestern, meine unpassenden Gedanken, während wir gefickt haben: Sie, eine junge Frau, zart und voller romantischer Vorstellungen, in der Gewalt eines alten Lüstlings.

»Ich schäme mich, Andreas, aber du musst mir versprechen, dass es wie in deiner Fantasie wird. Absagen kommt gar nicht in Frage.«

Wir vögeln, ich bin wieder drüben bei Thorsten, eine dunkle Schönheit reitet mich. Ihre braunen Brüste tanzen vor meinen Augen, Anna wird auf einer Liege von zwei brutalen Männern benutzt. Ihre Muschi ist von einem riesigen Schwanz ausgefüllt, sie küsst heiß ihren Bezwinger, von dem Schwanz des

Mannes tropft Sperma. Ich explodiere – was bin ich für ein Mensch?

»Ich liebe dich«, sagt mein junges Weib unter mir. »Du darfst mich nie verlassen.«

Anna klammert sich an mich.

»Andreas, ganz egal, was ich tue, das musst du mir versprechen.«

Am nächsten Tag um zehn Uhr stehe ich in meinen Tennisklamotten vor Thorstens Haus. Sportlich schreitet er aus der Tür, perfekt angezogen in seiner Hose, seinem Hemd und den Schuhen von Nike. Ich bin der Clown des Tages. Hoffentlich fallen die Hirsche im Dyrehaven nicht vor Lachen um, wenn sich mich sehen. Wir fahren zu der roten Pforte bei Fortunen, joggen los, Gott sei Dank fängt der Weg mit einer abschüssigen Strecke an.

»Thorsten, ich möchte dich etwas fragen. Meine erste Frau und ich fickten bis zur Trennung täglich, dasselbe tun Anna und ich. Liegt es an mir?«

»Herzlichen Glückwunsch, ihr gehört zur Sex-Elite, dass schaffen nur etwa drei Prozent der Paare. Bei allen anderen geht es schnell bergab, letztlich nur einmal jede zweite Woche.«

Keiner sagt etwas, vor uns laufen zwei schöne Frauen. Ihre Pobacken und Brüste hüpfen im Takt ihrer Schritte, wir genießen den Anblick und den Duft des Parfums, Opium. Schöne Augen haben sie, sehe ich noch, dann sind wir vorbei. Rechts *Bakken*, der Vergnügungspark mit den Karussells, Schießbuden und Bierstuben. Überall gibt es hier am Waldrand Brennnesseln. Der Volksmund behauptet, dass man sie um den Bakken herum gesät hat, damit auf dem Boden des Waldes nicht gefickt wird.

»Warum gerade ich, so sexy bin ich nicht?«, frage ich, wir sind bei Kirsten Piils Quelle, vor dem Restaurant steht ein Pferdewagen mit Kutscher und Passagieren. Die scheinen etwas zu feiern, es herrscht gehobene Stimmung, sie haben rote Ballons und in den Gläsern Champagner.

»Andreas, wir Sexologen sind uns nicht sicher. Aber aus der Forschung wissen wir, dass Sicherheit und Gemütlichkeit Sexkiller sind.«

Wir laufen auf Asphalt, kurz vor der roten Pforte bei Klampenborg drehen wir nach links auf einen sandigen Feldweg ab. Hirsche stehen in einer Lichtung, meine Lungen pfeifen, aber ich muss es wissen.

»Ist das der Grund? In meiner ersten Ehe war viel los. Wir haben uns viel gestritten und waren beide viermal untreu, das heißt achtmal über zehn Jahre.«

»Genau, Andreas, die Forschung sagt, Unsicherheit ist der sichere Weg zu viel Sex.«

Jetzt eine steile Steigung hinauf zum Schloss Eremitage, das Jagdschloss der Könige. Meine Beine sind wie Blei, ich schnappe nach Luft, sind es die letzten Meter meines Lebens? Endlich sind wir oben, ein weiter Blick bis zum Öresund und auf der anderen Seite liegt, voller Rudel mit Hirschkühen, die Eremitage-Ebene.

»Andreas, wir laufen lieber direkt zurück nach Fortunen, du bist erledigt.«

Es geht leicht bergab, ich bekomme wieder Luft. Trifft also das, was Thorsten gesagt hat, auf uns zu?

»Wie passt das zu Anna und mir? Wir streiten uns nicht und waren uns bis jetzt nicht untreu.«

»Ihr habt vielleicht dasselbe Triebschicksal. Das macht euch unsicher, weil es eurer Erziehung und Moral widerspricht.«

Es geht aufwärts, mir bleibt die Luft weg. Dann der Spurt, den Thorsten natürlich gewinnt. Wir dehnen uns zum Abschluss.

»Triebschicksal, wie meinst du das?«

»Halt alles Mögliche, Exhibitionismus, Sex mit mehreren, ein bisschen Dominanz und Masochismus, all der gewöhnliche Kram, den die Leute nicht auszuleben wagen und deshalb stattdessen in einem asexuellen Verhältnis leben. Ihr wollt es wagen und darum fickt ihr dauernd. Kommt ihr am Samstag?«

»Ganz sicher kommen wir.«

Sonntagabend um zwanzig Uhr habe ich eine Schicht als Notarzt in Nørrebro, ein Arbeiterviertel auf der Nordseite der Seen. Sie riefen mich um achtzehn Uhr an und fragten, ob ich einspringen könnte, ein Arzt sei erkrankt. Ich jage mit schweren Beinen die Treppen rauf und runter, die Strecke im Tiergarten war immerhin acht Kilometer lang. Klingeln, die Tür öffnet sich, eine nackte Frau um die zwanzig steht vor mir. Sie ist braun, hat dunkle, freundliche Augen, ihre Brüste hängen einladend.

»Doktor Fuglsang, was kann ich für dich tun?«

Sie lächelt, behauptet, sie hätte Halsschmerzen, aber sie hat weder angeschwollene Mandeln oder Lymphdrüsen noch eine Rötung am Hals.

»Dir fehlt nichts.«

Sie steht lächelnd da, ihre Muschi ist glatt, braun, verführerisch.

»Auf Wiedersehen.«

Ich bin schon wieder auf der Treppe. Die muss jemand anderen erwartet haben. Vielleicht den Arzt, den ich ablöse? Der schöne Anblick verfolgt mich über den Rest des Abends. Endlich bin ich wieder zu Hause, steige schnell in die alte Badewanne und dusche im Sitzen, Zähneputzen, dann die Kinder verarzten, sie bekommen jeder einen Kuss. Als ich die Bettdecken schüttle, schaut Marie mich an, sagt: »Vati«, und schläft wieder ein. Lasse will auf die Toilette, er geht wie ein Zombie, schläft auch sofort.

Anna liegt mit der Bettdecke zwischen den Beinen, den weißen, vollen Po an der frischen Luft. Ich starre in die Dunkelheit, bin müde, die braune nackte Frau lächelt mich an.

»Schöner Arzt, warum fickst du mich nicht?«

»Ist verboten, darum.«

Ich lege mich auf den Magen, verdammt, er steht schon wieder. Meine Hände greifen um Annas Hüfte, halten sie fest, mein Phallus dringt in ihre Muschi ein, die nass und weich ist. Mit harter Hand greife ich um Annas eine Brust, klemme zu, sie stöhnt und jetzt bildet sich in ihrer Vagina ganz tief drinnen ein Ring. Mein Phallus schwillt an, Anna klagt wie ein verwundetes Tier und dann unser Orgasmus.

»Danke«, raunt sie, ein Kuss und wir schlafen.

Montag, uns fehlt der Appetit, dabei ist das Frühstück eigentlich die beste Mahlzeit des Tages, irgendetwas stimmt nicht.

»Anna, der Kaffee schmeckt heute komisch, schmeckt nach Samstagabend bei Lise und Thorsten.«

»Gefällt es dir nicht, dass ich so eine bin?«, sagt Anna und sieht mich traurig an. »Eine Hure!«

»Wahrscheinlich habe ich mich gerade deshalb in dich verliebt. Damals im Französischkurs dachte ich, du wärst mindestens fünfundzwanzig und hättest wenigstens drei Liebhaber. Du bist furchterregend schön und siehst aus wie eine verhängnisvolle Frau aus einem französischen Film.«

»Das verstehe ich nicht. Ich bin ja nur ich.«

»Anna, Thorsten hat mir etwas von einem Triebschicksal erzählt. Entweder folgen wir genau wie die Schwulen diesem unserem Triebschicksal und haben darum ein deftiges Sexualleben, oder wir sind wie die meisten schön brav und haben darum ein Sexualleben, das kaum der Rede wert ist.«

»Reden Männer über so etwas, wenn sie joggen?«

»Wohl eher nicht, aber er ist Sexologe und Arzt und ich bin

Arzt. ‚Er ist Arzt und sie ist auch ein Schwein‘ – ein Sprichwort, das ich von meinem Vater gelernt habe.«

»Andreas, wenn ich an Samstag denke, tut mein Magen weh. Appetit habe ich keinen, aber es wird bestimmt toll, in einem solchen Kleid zu einer Party zu gehen. Die Männer alle angezogen und ich fast nackt.«

Neben mir im Bett sieht Anna sehr klein, sehr jung, sehr unschuldig aus. Nur ihre Muschi will es anders, sie will alles erleben.

Dienstag kommt die Einladung zu Sankt Hans: Büttenpapier, goldene Buchstaben. Charlotte und Peder F. möchten gerne mit uns Mittsommer feiern. Um achtzehn Uhr soll es losgehen, erst Champagner, dann Essen und anschließend das Feuer mit der Hexe. Bekleidung sommerlich und ungezwungen, der Text des Mittsommerliedes steht auf der Rückseite der Einladung, damit alle mitsingen können, nicht vergessen!

»Wir sind zu Sankt Hans bei Peder F. eingeladen, kommen wir? Birgit und der Professor werden auch da sein.«

»Hund, allerdings kommen wir, aber mir fehlt etwas zum Anziehen.«

»Wir finden etwas Passendes für dich. Es darf nur nicht zu sexy sein. Das kann Charlotte nicht ausstehen und wir würden nicht wieder eingeladen werden.«

Ich setzte mich an Annas Schreibtisch und schreibe eine Zusage. Triebschicksal, davon will Charlotte bestimmt nichts wissen. Eine gutbürgerliche, anständige Ehe ist ihr Gott und Charlotte ist sein Prophet.

Mittwochmorgen ist Birgit am Telefon.

»Kommt ihr auch?«, fragt sie.

»Worüber redest du?«

»Bei Peder F., Sankt-Hans-Abend.«

»Ich komme mit Anna.«

»Wie kannst du nur, die kleine Schlampe, du blamierst dich.«

»Das geht schon, ich bin stolz auf sie. Sie ist klug und mutig.«

»Du Pädophiler bist eine Schande.«

»Vielen Dank, Birgit, du bist immer so freundlich.« Der Hörer wird aufgelegt, ich atme auf.

»Wer hat angerufen?«

»Birgit, sie wollte wissen, ob wir Mittsommer bei Peder F. feiern.«

»Und?«

»Und dann hat sie gelästert.«

Später ruft Professor Lars Nielsen an. »Guten Tag, Lars am Apparat, können wir uns bei mir in der Abteilung treffen? Dieser Ton ist ja nicht auszuhalten. Wir müssen uns doch wie Erwachsene verständigen können.«

»Sicher, Lars, wie wäre es morgen Nachmittag?«

»Komm einfach in meiner Abteilung vorbei. Ich bin in meinem Kontor.«

»Abgemacht, bis morgen.«

»Wer war das?«, fragt Anna unruhig.

»Professor Lars Nielsen, der will Frieden stiften und seine Ruhe haben.«

»Ruhe haben, kann man das mit Birgit?«

»Nein, aber das weiß er noch nicht. Birgit kann ohne Drama nicht leben. Ich werde mich morgen mit ihm treffen. Wir Männer müssen gegen die Übermacht zusammenhalten. Wir sitzen ja schließlich alle, außer den Schwulen, in der Venusfalle.«

»Schon gut, komm mal her, meine Falle braucht dich.«

Donnerstag, bald ist Samstag, wenn ich daran denke, fange ich an zu schwitzen. Anna kann kaum etwas essen.

»Hund, hast du Schlaftabletten für Freitagnacht?«

»Nein, Anna, aber ich werde welche besorgen. Vielleicht sollten wir absagen.«

»Nein, lieber vor Angst sterben, als mein schönes Kleid im Schrank lassen.«

Ich fahre in die Klinik. Die Ampeln sind rot, alle fahren langsam wie Schnecken, nicht auszuhalten.

Endlich bin ich in der Klinik fertig. Lars Nielsens Abteilung liegt im Erdgeschoss, eine mollige Sekretärin heißt mich willkommen.

»Lars ist gleich so weit, er erwartet dich, möchtest du eine Tasse Kaffee?«

»Ja, bitte mit Milch.«

»Bitte sehr.«

»Danke.«

Ich setze mich auf einen Arne-Jacobsen-Stuhl, eine PH-Lampe sorgt für Licht. Eine junge Ärztin verlässt mit Unterlagen unter dem Arm das Kontor. Lars erscheint in der Tür, geht auf mich zu und schüttelt meine Hand. Wir gehen in sein Büro, das voller Papiere ist.

»Forschung aus aller Welt, an der ich teilnehme. Ich habe mit Birgit gesprochen. Ihr seid ja beide die Eltern der Kinder, ich habe selbst auch drei.«

»Lars, an mir soll es nicht liegen. Nach den Sommerferien wohnt Marie bei euch auf Granhøjen, dann ist Birgit beschäftigt, vier Kinder ist schon was.«

Lars sieht betroffen aus, zögert, sagt endlich: »Meine drei wohnen jetzt bei ihrer Mutter.«

Wir schweigen, sehen uns an, schütteln uns die Hand.

»Ich werde mein Bestes tun, auf Wiedersehen, Lars.«

Ich fahre zur Apotheke und hohle die Schlaftabletten.

»Wie war das Gespräch mit Lars?«, fragt mich Anna.

»Sehr friedlich, er ist ein netter Mann. Er tut mir leid. Birgit hat seine drei Söhne vertrieben. Die wohnten nach seiner Scheidung hauptsächlich bei ihm. Anna, wie war dein Tag im Gymnasium?«

»Morgen ist der letzte Schultag vor den Sommerferien. Das wird gefeiert, aber ich komme früh nach Hause. Samstag darf ich nicht müde sein.«

Hoffentlich kommt sie morgen heim. Dort gibt es Jugend, Frühjahr, Alkohol und Fete, bei mir lasten auf ihren schmalen, jungen Schultern die Bürde, erwachsen zu sein, der Ernst des Lebens, die Kinder und die Verantwortung. Wir packen einen Koffer für die Kinder, Marie bekommt ihren Lieblingsbären mit, Lasse sein Taschenmesser. Birgits Wagen hält vor der Tür, die Kinder laufen zu ihrer Mutter. Ich bekomme einen brennenden Blick, dann ist die Hexe weg. Die Hexe für den Scheiterhaufen am Sankt-Hans-Abend?

»Bereust du, dass du mit mir zusammenlebst? Dein Leben wäre doch viel einfacher ohne mich.«

»Nein, Andreas, ich kann ohne dich nicht leben, küss mich.«

Wir nehmen jeder eine Schlaftablette ein, liegen Hand in Hand, bis das Sandmännchen uns erwischt. Freitagmorgen haben wir einen schweren Kopf, wir essen schweigend unser karges Frühstück. Weil kein Müsli zum Stehlen da ist, langweilt Schwarze sich. Anna schaut mir in die Augen, sagt verzagt: »Wenn morgen etwas passiert, darfst du nicht eifersüchtig werden, Andreas. Es ist ja nur Sex, so bin ich halt. Rausschmeißen darfst du mich auf keinen Fall.«

»Keine Angst, als Strafe ficke ich dich gewaltsam zehnmal täglich.«

»Schön, dann werde ich alles tun, damit etwas passiert.«

Abends ist Anna schon um acht Uhr wieder da.

»Maria und Helen fanden es lächerlich, dass ich so früh wegwollte. Sie haben gefragt, ob ich deine Sklavin wäre. Du hast mir gefehlt.« Anna zieht ihr Kleid für morgen an, steht in hohen Absätzen vor dem Spiegel, ihre Muschi wird von den Federn eingerahmt.

»Ich hoffe, dass morgen meine Brüste von fremden Männern geküsst werden und, sei mir nicht böse, dass fremdes Sperma aus meiner Muschi läuft.«

»Du sollst mit fremden Männern ficken, Anna.«

Anna entledigt sich langsam ihres Kleides, kommt in hohen Absätzen auf mich zu, ihre Muschi ist angeschwollen und dunkelrosa. Sie steht mit gespreizten Beinen vor mir. Ich lecke ihre glatt rasierte Möse mit dem roten Streifen getrimmtem Haar. Nachher liegen wir Hand in Hand erschöpft im Bett. ›Das hätte ich nicht sagen sollen. Keiner darf meine Anna ficken! Das ist nicht wahr, Andreas, sobald du geil bist, willst du es. Du würdest sie festhalten, damit andere Männer in sie reinkönnen. Runter mit der Schlaftablette, Ruhe im Kopf!‹

Samstagmorgen, wir drücken uns gegeneinander. Es ist schwer, mit einer Hand zu frühstücken, Hand in Hand sinken wir in die Tiefen des Meeres.

»Du bekommst keinen Sex, Andreas, das muss bis heute Abend warten.«

Der Verräter ist steif. Er will weder etwas von Vaterland noch Anstand, Romantik oder Treue wissen. Der Schuft glaubt nur an Liebe und Lust. Mit dem kann man nicht verhandeln. Versucht man es, ist es aus mit der Lust. Annas Brüste machen mich geil. Sie tanzen mit angeschwollenen, rosa Warzen vor meinen Augen. Bald werden sie fremden Männern gehören. Schwarze ist beleidigt, sie will raus. So langweilig waren wir noch nie.

»Komm, wir fahren in die Innenstadt und kaufen ein Kleid für Mittsommer.«

Bei Nørgaard på Strøget finden wir ein passendes Kleid: kurz, ohne Ärmel, pastellfarben, vorne geknöpft, leicht ausgeschnitten, unschuldige Jugend, dazu Ballerina-Schuhe. Wir gehen Arm in Arm auf dem Strøget, nehmen nur die Schönen, die Auffälligen und die Bunten wahr. Die Grauen, ohne Gesicht, ohne Existenz, ohne Eigenschaften, passieren an uns vorbei. Sie sind Zombies der Kultur im Gleichschritt der Tradition und der Sitte.

Ich sehe Anna in die Augen, das Eismeer, in dessen Tiefen ich mich befinde, wir küssen uns.

»Bitte tief einatmen.«

»Hej Helen, hej Maria.«

»Hej, hej.« Ein Paar blaue und ein Paar schwarze Augen lächeln uns zu.

»Kommt ihr auf einen Café Latte mit?«, fragen sie.

Wir kommen mit, sitzen im Café Sommersko in der Kronprinsensgade, ein Treffpunkt für Künstler und für alle, die es gerne sein möchten.

»Was habt ihr denn eingekauft?«, fragen die Weiber und beobachten dabei Anna.

»Ein Kleid für mich für Sankt Hans. Wir sind bei Peder F. eingeladen.«

»Echt Anna, bei *dem* Peder F? Du warst doch Kommunistin und jetzt feierst du mit den Kapitalisten?«

»Ich bin halt keine vierzehn mehr.«

Ich zahle, wir lassen die beiden am Tisch zurück. Beim Fischhändler auf Kildegaardsvej kaufen wir einen Hering für Schwarze, bei Schlachter Everts auf Bernstorffsvej für Sonntag zwei Cordon Bleus.

Nachmittags versuchen wir zu schlafen, doch schon nach kurzer Zeit fragt Anna: »Schläfst du?«

»Nein, komm mit deiner Hand.«

Ich krieche unter Annas Bettdecke, fühle ihren warmen, weichen Körper.

»Hund, deine Haare kitzeln.«

Sie zieht mich an meinen Brusthaaren, beißt mir in die Brustwarzen, wir lachen.

»Du ungezogener Schwanz«, sagt sie. »Du musst bis heute Abend warten.«

Wir fallen in einen unruhigen Schlaf. Anna ist verschwunden, auch sonst ist keiner da. Ich suche sie in dem leeren Haus von Thorsten. Das Stöhnen von Anna wird lauter und lauter, ihr Orgasmus. Mit wem fickt sie? Ich wache auf, es ist schon fast fünf Uhr, Anna sitzt in der Badewanne. Duschen, Zähneputzen, oben und unten rasieren, ich habe Durchfall, muss nochmals duschen. Ich ziehe das schwarze Hemd und den Anzug an, auch eine Unterhose? Nein, besser nicht. Ich warte, muss noch mal. Anna ist fertig: schwarze Sandalen mit hohen Absätzen und einem Riemen um die Knöchel, schwarze Stay-ups und das durchsichtige Kleid mit den Straußenfedern, die ihre Muschi umrahmen.

»Andreas, sollte ich einen String anziehen?«

»Lieber nicht, du wärst sicher die Einzige.« Anna legt einen Schal über die Schultern.

»Guten Abend, junge Frau, Sie sehen bezaubernd aus.«

Graf Trampe nimmt Annas Hand und küsst sie. Anna knickst, wie die Schwestern es ihr beigebracht haben.

»Wir sind auf dem Weg zu einer Party, drüben bei den Neuen.«

»Schöne Frau, ich wünsche Ihnen einen erlebnisreichen Abend.«

Der Schal hat sich verschoben und verbirgt jetzt kaum noch etwas.

»Wäre man nur jung wie Sie, Fräulein, heutzutage, mit den vielen Möglichkeiten. Guten Abend und danke.«

Wir klingeln, Lise öffnet.

»Ein Glück, dass ihr früh kommt. Anna, kannst du mir mit meinem Korsett helfen?«

Lise ist unten glatt rasiert, sie hat eine schöne, kleine Muschi. Kuss links, Kuss rechts, zwei feste Brüste mit dunklen Brustwarzen drücken sich gegen meine Brust. Ihre langen Beine stecken in Sandalen mit hohen Absätzen, natürlich trägt sie wie Anna Stay-ups.

»Bitte, Andreas, kannst du uns Champagner einschenken?«, sagt Lise und geht vor mir her, ich bewundere ihren kleinen, strammen Po. »Andreas, öffne bitte zwei Flaschen.«

Anna schnürt Lise, ein Ring funkelt zwischen ihren Beinen, als sie sich nach vorne beugt. Ich schenke ein, der Champagner perlt auf unseren Lippen, »Prost.« Es klingelt. Thorsten erscheint in Lederhosen und schwarzer Jacke und heißt zwei Paare willkommen. Kuss links, Kuss rechts, die Namen merke ich mir nicht. Beide Frauen sind glatt rasiert, die eine hat Ringe in den Brustwarzen. Der eine Mann trägt einen schwarzen Anzug, der andere wie Thorsten Lederhosen und eine schwarze Jacke, es klingelt wieder.

»Komm mit, Anna«, sagt Lise. »Wir beiden werden öffnen, das sind die Herren.«

Lise nimmt Anna mit zur Haustür. Es dauert etwas, tiefe Männerstimmen, eine Frau spricht mich an.

»Lotte, ich unterrichte Französisch im Gymnasium und schreibe einen Roman.«

Lotte hat ein süßes Katzengesicht und kleine, hübsche Brüste.

»Es gefällt mir nicht, als Lehrerin zu arbeiten.«

»Ich bin Arzt, habe meine eigene Klinik.«

Endlich ist Anna wieder da. Sie wird von einem schwarzhaarigen Mann begleitet, dessen Hand einen festen Griff an ihrem nackten Po hat. Ihre Brüste sind entblößt. Anna löst sich von dem Mann, holt ihm ein Glas Champagner und stellt sich neben ihn. »Prost.« Die eine Hand des Mannes befindet sich zwischen den Beinen von Anna. Lise dirigiert uns an den Tisch, ich werde neben sie platziert, mir gegenüber das Katzengesicht, Anna sitzt zwischen den beiden Herren. Der Schwarzhaarige küsst ihren Nacken, was ihr zu gefallen scheint.

»Bitte sehr, fangt an.«

Austern, auf Eis angerichtet, das ist mein erstes Mal. Ich mache es wie die anderen: Zitrone auf das lebendige Tier, das sich zusammenzieht, löse es dann von der Muschel ab und runter damit. Es schmeckt wie das Meer und die Muschi von Anna. Der Schwarzhaarige zeigt Anna, wie man es macht, führt eine Auster an ihre Lippen. Sie lachen, verstehen sich, Annas Brustwarzen sind steif, mit dem Kopf zur Seite sieht sie ihn von unten an.

»Ich habe deine Anna ausgepackt und sie an den Herrn verschenkt. Dein Weib ist ein schöner Anblick und es gefällt dir anscheinend«, sagt Lise.

Sie hat durch meine Hose einen festen Griff um meinen Ständer.

»Ich schaue mal nach.« Sie zieht den Reißverschluss runter und hält mein Glied in beiden Händen. Langsam bewegen sich ihre Hände von unten nach oben, wieder und wieder.

»Noch zu früh zum Spritzen«, meint sie und klemmt meine Hoden.

Das Katzengesicht liegt auf den Knien vor ihrem Mann und leckt seine Brustwarzen. Mit einem festen Griff in ihren Haaren führt er ihr Gesicht nach unten, es verschwindet zwischen seinen Beinen, bewegt sich hin und her, er brüllt, dann sein

Orgasmus. Ich suche Anna mit den Augen, kann sie nirgends erblicken.

Lise sieht mich an, sagt: »So willst du es, dein Weib mit einem Fremden. Was stellst du dir vor, das die beiden jetzt tun? ... Ist der schön.« Ihre Zunge reizt meine Eichel. Dann steht sie auf, verschwindet in die Küche. Fünf Minuten später taucht sie mit einer Platte voller Sushi wieder auf, Anna ist nach wie vor nirgends zu sehen.

Zwei winzige Handschellen sind in den beiden blitzenden Ringen der Brustwarzen schräg gegenüber befestigt, dazwischen eine blanke Stahlkette. Ihr Mann ergreift die Kette und zieht seine Frau zu einem roten Lederpuff. Er zwingt sie auf die Knie, die Brustwarzen sind vom Zug der Kette ausgestreckt, sie stöhnt. Er hat jetzt eine Peitsche in der Hand, schlägt zu, zeichnet ein rotes Muster auf dem Po seiner Frau, kein Laut kommt aus ihrem Mund. Er winkt den Herrn zu sich, hält sie dabei an ihren hüftlangen hellen Haaren und an der Kette fest. Der Herr öffnet seine Hose, ein riesiger Schwanz steht steif und leuchtet mit einer blanken, blauen Eichel. Er kniet zwischen den gespreizten Beinen, stößt zu, das Weib seufzt. Rhythmisch spannen sich die Muskeln in seinem Hintern und seinen Schenkeln. Sie beginnt im selben Rhythmus zu stöhnen, dann ein Heulen wie von einem Tier, der Herr brüllt und sinkt über sie zusammen.

»Komm mit.« Lise nimmt mich bei der Hand und führt mich zu einer mit rotem Leder bezogenen Couch. Sie legt sich auf den Rücken, spreizt die Beine. »Leck.« Ich lecke ihre kleine, glatte, elegante Muschi mit dem Ring, halte sie an den langen, schlanken Oberschenkeln fest, ist es Anna, die heult? Es klingt wie sie. Mein Schwanz schmerzt, er ist angeschwollen wie noch nie, was macht die kleine Hure? Ich ziehe Lise zu mir hin, meinen Phallus stoße ich in ihre stramme, glatte Muschi. Sie schlingt ihre langen Arme und Beine um mich, da gibt es kein Entkommen. Schön ist der schlanke Körper, der sich unter mir windet, der feste Griff der Muschi um meinen Schwanz. Wir verschmelzen, ein Tier aus uralten Zeiten, das sich auf der Couch bewegt, schneller und schneller, ich fülle ihren Unterleib mit Sperma. Wir küssen uns, lieben uns, sehen einander tief in die Augen.

»Wie schön du bist«, flüstere ich. »Dich werde ich nie vergessen.«

Anna ist wieder da, steht eng umschlungen mit dem Schwarzhaarigen, ihre langen Haare sind durcheinander. Sie wendet sich ihm zu, küsst ihren Herrn, lange rote Streifen leuchten auf dem weißen Hintern. Sie sagt etwas, fällt auf ihre Knie und küsst seine Hoden, steht auf, kommt zu mir. Es tropft von meiner Eichel, Lise liegt mit breiten Beinen, der Ring blitzt in ihrer Muschi.

»Fühl mal«, sagt Anna, spreizt ihre Beine, ihre Fotze ist dunkelrot angeschwollen, glänzt vom fremden Sperma, ihre Oberschenkel sind glatt und nass.

»Schmecke mal.«

Ich schmecke, trinke den Saft aus ihrer Fotze. Sie riecht und schmeckt fremd. Mein Phallus schwillt an, schmerzt, ist geil und voller Begierde.

»Nein, nicht jetzt, der Abend ist noch nicht vorbei«, sagt die Hure, führt mich bei der Hand an den Tisch, ein Kuss, Anna setzt sich zu ihrem Herrn.

»Wo arbeitest du, Lise?«, frage ich und betrachte die verführerische Schlange neben mir.

»Ich bin Volkswirtin an der Universität in Århus und arbeite als Chefökonomin in einer Bank.«

Wir essen ein paar Sushis, trinken ein Glas Champagner. Der Herr links von mir ist Jurist, der Mann mir gegenüber, Carsten, Volkswirtschaftler von der Uni in Kopenhagen.

»Darf man Ihre Dame benutzen?«, fragt der Herr links, sieht mich fragend an, grüßt mit seinem Glas.

»Kann ich nicht genau sagen. Sie gehört heute Abend dem schwarzhaarigen Herrn.«

»Carsten bewirbt sich um eine Stellung bei der Europäischen Kommission. Sollte es ihm gelingen, ziehen wir noch vor Weihnachten nach Belgien«, sagt Lotte lächelnd. »In Brüssel kann ich in Ruhe meinen Roman fertigschreiben. Aber ich behalte meine Wohnung in Kopenhagen. Ich werde oft in Dänemark sein, um mit meinem Verleger zu sprechen.«

Wir räumen den Tisch ab. Das Weib mit den Ringen in ihren Zitzen hilft fleißig mit. Sie hat ein süßes Gesicht. Plötzlich kniet sie vor mir nieder, leckt meine Hoden, ihr viel zu kurzes Kleid bedeckt sie weder oben noch unten. Ich befreie mich von ihr. »Entschuldigung«, sagt sie und steht auf. Anna geht dicht an mir vorbei, sieht mich nicht, eine ihrer Titten hat einen großen, blauen Fleck. Im Wohnzimmer mit den roten Ledermöbeln setzt sie sich zu ihrem Herrn: nackt, Stay-ups, hochhackige Sandalen und mit breiten Beinen, damit die Herren sich bedienen können.

Ich setze mich zu Lise. Keine Frau ist so schön wie die, mit der ich soeben leidenschaftlich gefickt habe, die mir ihr Herz und ihre Beine geöffnet hat.

»Lise, die Liebe ist kompliziert, die Sexualität passt oft nicht dazu.«

»Da kannst du recht haben, Andreas. Thorsten und ich lieben

uns, aber dass es die große romantische Liebe wie in einem Hollywoodfilm ist, das kann man nicht sagen. Dein Weib macht mich geil, mit der habe ich noch etwas vor. Du hast sicher nichts dagegen, du magst ja, dass sie benutzt wird.«

Die Herren teilen sich Anna, sie kniet jetzt vor dem Schwarzhaarigen. Er hält sie an den Haaren fest, sein Schwanz bewegt sich tief in ihrem Mund, tiefer als meiner es jemals war. Der andere hat sich ausgezogen, liegt hinter Anna zwischen ihren gespreizten Beinen. Sein Schwanz ist steif, blau und drohend. Er stößt zu, ihre Muschi ist um seinen Phallus ausgespannt, ihre Brüste hüpfen hin und her, schneller und schneller. Sein Körper spannt sich im festen Rhythmus, der Schwarze hält Anna dabei fest. Sein Schwanz, nicht mehr in ihrem Mund, steht jetzt, wartet darauf, dass er dran ist. Anna stöhnt, heult – es ist vorbei, der Herr zieht seinen tropfenden Phallus aus ihr heraus. Der Schwarze steht auf, schleppt die willige Hure an den Haaren hinter sich her und verschwindet mit ihr aus dem Wohnzimmer.

Die Dame mit den durch eine Kette verbundenen Ringen in ihren Zitzen liegt im Vierfüßlerstand, rote Streifen ziehen sich über ihren Rücken, ihr Arsch ist rot angeschwollen. Lise geht zu ihr, legt sich auf den Rücken daneben.
»Leck mich.«
Ich betrachte die beiden: lange Beine, die Zitzen der Dame in Ketten, ihre Zunge in Lises Muschi. Lise macht sich frei, zieht einen Latexhandschuh an, streicht Gleitcreme auf den Handschuh und steckt ihre Hand zwischen die Beine der Unglücklichen. Zwei Finger, drei Finger, nein, die ganze Hand ist jetzt drinnen, die Muschi ist über Lises Handgelenk ausgespannt. Unerbittlich bewegt sich Lises Hand hin und her, schneller und schneller, die Dame wird vom Orgasmus geschüttelt.

»Jetzt bist du dran.«

Thorsten nimmt den Platz zwischen den Schenkeln der Dame in Ketten ein. Er ist dran, bis seine Hoden leer sind und sie voll ist.

Anna ist zurück, rote Streifen auf ihren Brüsten, rote Streifen auf der Innenseite ihrer Oberschenkel, ihre Muschi ist dunkelrot angeschwollen, glänzend und halb offen. Der Schwanz des schwarzen Herrn hängt schlapp zwischen seinen Beinen, er ist nackt wie Anna. Er setzt sich auf die Couch, sie vor ihm auf den Teppich, sie leckt die letzten Tropfen von seinem Phallus. Sie leckt gut, die kleine Hure, der Schwanz schwillt langsam wieder an. Nochmals liegt sie im Vierfüßlerstand auf dem roten Leder der Couch. Er dringt in sie ein, sie stöhnt vor Schmerz, er reitet sie, als wäre sie ein Tier. Ihren Oberkörper drückt er fest gegen das Leder, hart stößt er in sie hinein, sie jammert und heult, er greift ihr Haar und dreht ihr Gesicht, sie küssen sich leidenschaftlich. Er lässt ihre Haare los, weiter geht der geile Ritt, ihre Pobacken und Hüften bewegen sich wie Wellen im Sturm. Es scheint eine Ewigkeit zu dauern. Annas Gesicht errötet, der Orgasmus kommt wieder und wieder, langsam zieht er sich aus Anna heraus, es tropft von seiner Eichel.

»Ich bin müde.« Winzig steht Anna vor mir, das Eismeer ihrer Augen ist trübe: eine blaue Titte, überall rote Streifen. »Ich will schlafen, komm.« Wir verabschieden uns.

»Wollt ihr schon gehen?«, fragt Lise. »Anna, ich habe noch etwas mit dir vor.«

»Ein anderes Mal«, sagt die geknickte Königin. »Ich bin müde, auf Wiedersehen.«

Kuss links, Kuss rechts. »Bis bald.«

Anna zieht ihr Kleid an, findet ihren Schal und wir gehen über die Straße. Schwarze will raus. Erst Zähneputzen, dann fallen wir ins Bett. Sie riecht nach Mann und Sperma, überall auf ihrem Leib die Spuren von anderen.

»Ich brauche dich in mir, jetzt!« Sie greift meinen steifen Schwanz. »Vorsicht, langsam, meine Muschi tut weh.« Ihre Fotze ist weich, angeschwollen, vom Sperma der anderen glatt wie noch nie.

»Du bist eine Hure.«

»Ja, eine dreckige Hure«, stöhnt sie, mein Orgasmus ist kräftig wie kaum jemals zuvor.

Sonntagmorgen, wir haben jeder einen schweren Kopf mit düsteren Gedanken.

»Was geschah mit mir, was tun wir uns an?«, fragt Anna, im Bett sitzend, kaum rührt sie das Frühstück an. »Bin ich das?« Sie steht auf, betrachtet sich im Spiegel.

»Fick mich, Andreas, noch einmal.« Nachher geht sie ins Bad, packt ihre Bücher.

»Ich schlafe bei meinen Eltern, muss überlegen. Können wir beide zusammenleben? Kann das gut gehen? Wer will schon mit uns etwas zu tun haben, zwei Perversen wie wir?«

Viele Fragen, auf die ich keine Antwort habe, die Haustür fällt hinter Anna ins Schloss.

Schwarze will rein, sie streicht um meine Beine, frisst einen halben Hering, legt sich auf ihren Sessel im Schlafzimmer, steht wieder auf und streift unruhig durch die menschenleeren Räume.

›Bist einsam, wie, fehlen dir Anna und die Kinder?‹, scheinen ihre Augen zu fragen.

»Schwarze, die Kinder kommen morgen, Anna wahrscheinlich nie wieder und in einem Jahr sind die Kinder vielleicht auch nicht mehr da.«

Ich nehme Schwarze auf den Schoß, sie fängt an zu schnurren.

»Nur wir beiden Alten werden übrig bleiben und das Haus werde ich nach der Scheidung verkaufen. Wir werden ganz von vorne anfangen«, sage ich und laufe wie ein alter Hund durchs Haus, Bilder von gestern im Kopf, Einsamkeit im Herzen. Nachmittags will ich schlafen, liege schon bald im Bett, denn um eins Uhr in der Früh fängt meine Schicht an. Es klingelt, Thorsten steht in seinen Nike-Hosen und Schuhen vor der Haustür, fragt: »Kommst du mit Joggen?«

Ich komme mit, habe mir ein Paar Nike Pegasus gekauft. Wir stehen bei der roten Pforte, ein Pferd ohne Reiter kommt uns im vollen Galopp entgegen. Es ist auf dem Weg zurück zur Reitschule Fortunen.

»Heute erst einmal ganz langsam …, mein Kater«, flehe ich, wir laufen bergab.

»Toll, deine Anna gestern. Eine schöne Frau und so mutig. Auf die kannst du stolz sein.«

»Thorsten, ich weiß nicht recht, sie ist heute zu ihren Eltern zurück. Sie konnte das gestern nicht verkraften.«

Wir schweigen, hören die Musik vom Bakken her und unsere Beine folgen dem Rhythmus, bei Kirsten Piils Quelle zwei Pferdewagen voller glücklicher Leute mit Bierflaschen in den Händen.

»Andreas, damals, als ich Lise traf, verschwand sie plötzlich. Die große Liebe und dann war sie weg. Ich war wütend und verzweifelt. Zwei Tage vergingen und Lise war wieder da, tat, als wäre nichts gewesen.«

Wir laufen weiter, der Kater ist vergessen. Wir überholen einen Pferdewagen voller singender Leute mit Ballons, Blumen und natürlich Bierflaschen.

»Was tat sie in den zwei Tagen?«

»Ein anderer Mann, zwei Tage mit einem anderen Mann.«

»Echt, was hast du getan?«

»Ich wollte sie rausschmeißen, sie nie wiedersehen. Sie hat geweint, sagte, sie könne nicht anders. Wir leben immer noch zusammen. Ich kann auch nicht anders. Ich habe mich daran gewöhnt, bin stolz, dass sie mit anderen fickt. Andreas, ich müsste mich bei dir bedanken, war sie gut?«

»Gut? Eine halbe Stunde gab es nichts anderes in der Welt als nur deine Lise.«

Wir laufen den Hügel hinauf zum Jagdschloss.

»Thorsten, warum heißt das Schloss Eremitage?«

»Weil die königliche Jagdgesellschaft im Schloss, ›en Eremitage‹, also in Einsamkeit ohne Diener essen kann.«

Vom Schloss geht es bergab über die Eremitage-Ebene, überall Hirsche. Bei der roten Pforte vor Hjortespring laufen wir durch dichtes Gebüsch zurück zum Fortunen, wo ein Krankenwagen steht. Sie haben den Reiter gefunden, es ist nichts Ernstes, nur ein unkomplizierter Beinbruch, wir dehnen uns zum Abschluss.

»Lise ist mein Triebschicksal, wie du das Triebschicksal von Anna bist. Ohne dich wird sie eine frustrierte Frau mit kurzen Haaren, einem bitteren, schmalen Mund und einer scharfen Zunge. Und ohne Anna bist du, genau wie die meisten Männer, bald ein unzufriedener Mann mit einem lächerlichen Sexualleben.«

Montagmorgen frühstücke ich und halte gleichzeitig von acht bis neun die telefonische Sprechstunde ab.

»Ich verstehe, das muss schwierig für dich sein, ich werde mein Bestes tun«, sagt der empathische Doktor Fuglsang. Mein Herz ist im eisigen Meer gefroren, mein Kopf schmerzt vor Müdigkeit. Nachmittags hole ich die Kinder ab, erst Lasse vor der Schule, dann Marie aus dem Kindergarten, anschließend kaufe ich im Lebensmittelgeschäft und beim Schlachter teuer ein. Das ist mit den Kindern einfacher so.

»Vati, Vati, ich will mit Kirsten spielen.«

»Kirsten, wer ist Kirsten?«

»Die Neue da drüben.«

»Du meinst Lises und Thorstens Tochter?«

Marie und ich gehen über die Straße, klingeln, keiner ist da. Wieder zurück im Haus, stecke ich Marie in die Badewanne, dann einen Snack für die Kinder. Lasse will los, um seinen Freund Sebastian zu besuchen.

»Erst pinkeln und Händewaschen, dann kannst du abhauen«, sagt sein weiser Vater.

Marie und ich sitzen vor dem Fernseher, sehen *Schneewittchen*. Es klingelt, Lise samt ihrer Tochter stehen vor unserer Haustür.

»Kirsten will gerne mit Marie spielen. Passt es dir?«

»Ja natürlich, kommt rein, es war gestern schön bei euch.« Lise setzt sich an den Küchentisch, Marie und Kirsten gehen hinauf in Maries Zimmer, ich mache zwei Espressos.

»Ist Anna da?«, fragt Lise.

»Nein, sie schläft bei ihren Eltern.«

»Ach so, sie hat ein schlechtes Gewissen, schämt sich.«

»So etwas Ähnliches, kennst du das?«

»Ja, Andreas, jedes Mal, aber man gewöhnt sich daran. Hast du den verbotenen Apfel gekostet, ist er wie eine Sucht. Keine Angst, Anna kommt wieder. Du wirst sehen, in einigen Tagen ist sie wieder da.«

»Hoffentlich, Lise, aber ich bin mir nicht sicher. Es ist einfacher, wie die anderen zu sein. Unsere Sexualität löst bei den Leuten nicht gerade Bewunderung aus. Wir halten es ja kaum selbst aus.«

»Glaub mir, Andreas, sie ist bald wieder da, und eines Tages macht eure Sexualität euch stolz.«

Lise geht, ich koche, rufe bei Sebastians Eltern an, damit sie Lasse nach Hause schicken.

»Vati, Vati, darf Kirsten mitessen?«

»Ich werde Lise fragen. Ja, das darf sie.«

Fliegende Schuhe, die Haustür knallt zu, Lasse ist im Haus. Schwarze sitzt auf dem Küchentisch, stiehlt eine Kartoffelschale und schnurrt. Essen, Kirsten nach Hause bringen, Kinder ins Bett stecken, dann Märchen und *Die Mumins* vorlesen, Geschirr spülen und schlafen. Nein, nicht schlafen, an Anna denken, steifer Schwanz, die kleine Hure, ich möchte sie ficken, bis sie schreit, endlich schlafe ich ein.

Dienstag regnet es, Schwarze verlässt kaum das Haus.

»Wo ist Anna?«, fragt meine Tochter.

»Bei ihren Eltern.«

»Ich will Anna, sie soll meine Haare kämmen.«

»Marie, heute musst du dich mit mir zufriedengeben.«

Wir gehen runter und frühstücken. Lasse schaut mich an, sagt besorgt: »Hoffentlich ist Anna heute Abend wieder da. Ihr Essen schmeckt besser.«

Mir fehlt nur noch, dass Schwarze sich beschwert. »Miau«, sagt Schwarze, wendet mir den Rücken zu, geht auf steifen Beinen aus der Küche. Abends ist Anna immer noch nicht zurückgekehrt, wie soll es nur weitergehen? Morgen habe ich Nachtschicht, was mache ich dann mit den Kindern? Soll ich Birgit anrufen, ob sie sie nehmen kann? Nein, dann melde ich mich lieber krank. Noch eine unruhige Nacht voller Titten mit blauen Flecken, einer Anna mit traurigen Augen und einer angeschwollenen Muschi, aus der Sperma tropft.

Mittwochnachmittag sitzt sie im Schlafzimmer an ihrem Schreibtisch. Schöne, junge, unschuldige, kluge Anna in flachen Schuhen, weißem Hemd und Jeans, wir küssen uns.

»Ich liebe dich«, sagt die Kleine. »Ohne dich, Andreas, geht es einfach nicht. Was sind wir für furchtbare Menschen.«

»Furchtbar oder nicht, Anna, ich liebe dich.«

Ich sitze in Schwarzes Sessel mit Anna auf dem Schoss, will sie nie mehr hergeben.

»Hund, ich brauche Luft, lass mich bitte los.«

Sie zieht sich aus, steht mit ihrer blauen Titte und ihrem blutunterlaufenen Po vor mir. Ihre Muschi riecht und schmeckt nach fremden Männern, ich schließe die Tür.

»Du stinkst wie eine Hure.«

»Ist halt geil.« Der Sex ist schnell, tierisch und heiß, im Erdgeschoss warten die Kinder.

»Meine Muschi juckt, kannst du etwas tun?«

»Anna, das ist Candida, ein Pilz, den man bekommt, wenn man mit einem neuen Mann fickt. Mein Schwanz juckt auch. Ich kaufe für uns beide Fluconazol, dann ist das Jucken schnell vorbei. Die Patienten betrügen sich selbst, sie reden sich ein, sie wären besonders empfindlich, aber die meisten haben einen untreuen Ehepartner. Penicillin, Zuckerkrankheit oder AIDS können auch Ursachen dafür sein, aber das sind eher Ausnahmen, Untreue ist die Regel. Die Leute wollen es halt nicht wissen. Es ist einfacher so. Anna, hast du Zeit für einen Termin bei meinem Wirtschaftsprüfer? Du machst die Buchhaltung und meine Wirtschaft ist jetzt auch die deine.«

»Nach meiner Prüfung, Hund. Dienstag nächste Woche.«

»Danke, Anna, ich werde es mit ihm verabreden.«

»Andreas, betreffend die Reise nach Kreta ohne Kinder habe ich mich erkundigt. Tjæreborg verfügt über das Hotel Doma in Chania. Wenn du Zeit hast, können wir buchen.«

»Wie ist es dir heute ergangen?«

»Eine Eins, die zählt bei meinem Abitur.«

Ich halte ihr die Tür, wer lauert da hinter den Fenstern des Gymnasiums? Würden sie Steine werfen, wenn sie es wüssten?

Wir fahren zu meinem Wirtschaftsprüfer in der Toldbodgade. In der Amaliegade, dicht beim Schloss der Königin, ist ein Parkplatz frei.

»Guten Tag, Steuerberater Hansen.«

»Bitte sehr, nehmt Platz, möchtet ihr einen Kaffee?«

»Ja, bitte, mit entrahmter Milch.«

»Dein Mann verdient zwar gut, bezahlt aber viele Steuern und hat Fälligkeitstermine, wo er große Summen bezahlen muss. Er besitzt in zweiter Reihe im exklusiven Nakkehoved ein neues Ferienhaus. Vor Kurzem hat er eine Villa im teuren Hellerup gekauft. Es ist alles bis zum Schornstein verschuldet.«

»Es wird nur bis zur Scheidung schlecht laufen«, verteidige ich mich. »Danach übernimmt Birgit das Ferienhaus in Nakkehoved. Kannst du mit der Bank sprechen? Ich brauche für die Ferien zusätzliche zwanzigtausend Kronen Kredit.«

»Zehntausend genügen, ich habe gespart, wir schaffen es mit zehntausend«, unterbricht Anna uns.

»Respekt, deine Frau hat deine Wirtschaft im Griff.«

Während ich aus dem Fenster schaue, besprechen Anna und Steuerberater Hansen, wie es weitergeht. Anna ist da, sie wird den Laden schmeißen. Ich verdiene das Geld und Anna verwaltet es, das kann nur gut gehen. Sie ist es gewohnt, fast ohne Geld auszukommen.

Ein Wochenende ohne Kinder, weshalb wir viel Zeit haben. Anna und ich fahren in die Innenstadt. Die Sonne scheint, darum gibt es allerorts junge Frauen mit entblößten Schultern, schwankenden Brüsten unter dünnen Blusen und mit kurzen Röcken. In den Hosen der jungen Männer ahnt man vorne kräftige Beulen. Wir sitzen im Freien in einem Café, Anna im kurzen Rock, sie trägt kein Unterhöschen.

»Hej.« Vor uns steht Annas Herr von neulich in schwarzen Hosen und im Hemd ohne Ärmel.

»Darf ich?«, er schiebt Annas Rock nach oben, man sieht ihre Muschi, Anna legt das eine Bein über das andere. Er schaut sie streng an, gehorsam spreizt Anna ihre Beine.

»Kommst du mit, ich wohne in der Nähe?«, fragt er. Anna steht auf, der Herr knöpft ihr Hemd auf.

»Nein, Anna kommt nicht mit.«

Anna steht erst wie erstarrt, setzt sich dann zögerlich. Ich knöpfe ihr Hemd zu, der Herr wendet sich um, geht, ohne zu grüßen.

»Wir brauchen Zeit, Anna, ein anderes Mal.«

»Gott sei Dank, ich weiß nicht, was mit mir los ist.«

»Nichts ist mit dir los«, beruhige ich sie. »Du bist halt eine aufregende Frau. Fräulein, wir möchten zahlen. Anna, wir müssen uns beeilen, Tjæreborg schließt bald. Besser, dass wir schnellstens den Flug nach Kreta buchen, so lange noch etwas frei ist.«

Bei Tjæreborg ziehen wir eine Nummer und müssen warten. Endlich kommen wir dran, eine freundliche Dame schaut auf die Tafeln, ruft uns dann nochmals auf.

»Ihr habt Glück«, sagt sie. »Es gab soeben eine Absage, ein Doppelzimmer mit Meeresblick und Balkon im Hotel Doma, aber leider nur mit einem Doppelbett. Geht das mit deiner Tochter?«

»Ich bin seine Frau, wir haben nur nicht denselben Namen.«

Ich bin wohl der Einzige, der Anna älter einschätzt. Ist es, weil ich ihre schwarze Seele sehe? Wird dies unser Triebschicksal sein, das uns für immer vereint?

»Bitte sehr, eure Papiere für die Reise und die Tickets für den Flug.«

»Anna, ich bereue es, dass ich dich nicht mit dem Herrn gehen ließ.«

»Darf ich das nächste Mal mitgehen?«

»Du darfst nicht nein sagen. Wenn du ihn triffst und er es will, musst du ihm folgen.«

»Ich will dich jetzt«, sagt Anna und ist schon auf dem Weg ins Schlafzimmer. Die Bluse schmeißt sie in der Halle auf den Boden, den Rock auf die Treppe, während sie nach oben geht. Schwarze sieht es kommen und flüchtet aus dem Schlafzimmer: ‚Die beiden Menschen haben nicht alle Tassen im Schrank‘.

Nachher liegen wir im Bett und lesen. Anna bereitet sich auf die nächste Prüfung vor, ich mich auf den nächsten Herzkranken. So, so, bei einer chronischen Insuffizienz der linken Herzkammer sollte man es als Erstes mit einem ACE-Hemmer versuchen, aber vorher nicht die Blutprobe für Kreatinin und Kalium vergessen und dann noch mal nach sechs Wochen!

»Terkel hat mir geschrieben. Der Termin für das Gerichtsverfahren betreffend das Sorgerecht und endlich die Scheidung ist für Dienstag den sehsundzwanzigsten Februar festgelegt, etwas früher als erwartet.«

»Andreas, du musst es anders machen als damals im Staatsamt. Birgit schrieb doch ein Tagebuch darüber, wie viele Tage die Kinder bei ihr sind und wie viele bei dir.«

»Genau, Anna, ein Tagebuch, das nicht ganz der Wahrheit entsprach, aber die Juristinnen im Staatsamt haben ihr geglaubt.«

»Hund, die Erzieherinnen aus dem Kindergarten können ganz sicher die Wahrheit bezeugen. Die wissen kaum, wie Birgit aussieht.«

»Da kannst du recht haben. Ich habe schließlich die Kinder dort immer morgens abgeliefert und später wieder abgeholt, erst Lasse und jetzt Marie. War etwas mit den Kindern, haben die Erzieherinnen sich an mich gewandt. Ich werde es Terkel wissen lassen.«

»Nein Andreas, ich werde es ihm sagen. Ich will mit zur Sitzung. Das mit Birgit muss ein Ende haben und zwar zu deinem Vorteil.«

Das Telefon klingelt, hoffentlich ist es nicht Birgit, ich hebe mit klopfendem Herzen ab.

»Hast du es erfahren? Schon sehr bald das Gerichtsverfahren, im Februar bist du am Ende.«

»Ganz egal, wie das Urteil ausfällt, Birgit, sind wir beide die Eltern der Kinder. Soll es ihnen im Leben gut gehen, müssen wir uns einigen.«

»Das werden wir sehen, Andreas. Ich bekomme das Sorgerecht, du tanzt nach meiner Pfeife. Die Kinder sollen nicht unter deiner Schlampe leiden.«

»Auf Wiedersehen, Birgit.« Anna schüttelt den Kopf.

»Abgemacht, Anna, Montag verabrede ich mit Terkel einen Termin, der dir passt, wenn möglich nach deiner Prüfung.«

Sonntag jogge ich mit Thorsten und um vierzehn Uhr geht es als Notarzt los. Es regnet ein wenig, aber trotzdem stehen wir tapfer bei Fortunen an der roten Pforte. Los geht es, zunächst schön bergab.

»Andreas, hier fallen die Leute tot um, der Spurt geht bergauf und kurz vor dem Ziel ab ins Paradies.«

»Wer ist so dämlich und hat den Eremitagen-Lauf so eingerichtet?«

Thorsten grinst. »Natürlich ein Arzt, das ist Ärztehumor.«

Wir lachen, sind halt auch Ärzte und der Tod ist unser Gefährte.

»Wie geht es mit deiner Anna?«

»Es ist wie mit deiner Lise, man gewöhnt sich an den Wahnsinn. Jedenfalls ein bisschen, aber normal sind wir nicht und einfach wird es nie.«

Wir laufen wie besessen, das nasse Hemd klebt uns am Körper. Bergauf zum Eremitage-Schloss wird mir schwindlig, vielleicht wäre es besser, wenn ich jetzt tot umfalle – Pech gehabt, ich bin noch am Leben. Heute geht es bergab zu Raadvad mit dem Krug rechts oben am Hang, dann die alten historischen Fabrikgebäude. Wir laufen am Ufer des Mühlenstroms entlang, erreichen den aufgestemmten Mühlendamm und über die Brücke geht es zurück in den Wald. Die alte Wassermühle aus der Kindheit der Industrialisierung und im Damm das treue Schwanenpaar mit ihrem Nest sind zum Kotzen romantisch. Wir sind zwei Männer im Disneyland mit Frauen vom Blocksberg. Wir laufen bergauf durch den Wald, dann runter nach Hjortekær mit einer weiteren roten Pforte, links die Eremitage-Ebene und in der Ferne auf dem Hügel das kleine Schloss. Wir folgen dem Pfad, durch dichtes Gebüsch verborgen vor den Augen der Welt, direkt zurück nach Fortunen.

»Willst du normal sein oder ein Sexualleben haben?«, fragt Thorsten.

»Ist es nicht einfacher ohne?«

»Aber langweilig, Andreas.« Wir sind am Ziel.

Bei der Prüfung bekommt Anna wieder eine Eins. Wir fahren los, finden einen Parkplatz und steigen die dunkle Treppe zum Kontor des Rechtsanwalts hinauf: schwere Türen in Mahagoni, imposante Türgriffe in Messing, an den Wänden die Täfelung aus dunklem Holz.

»Wir haben einen Termin bei Herrn Terkel.« Die Frau in der Rezeption lächelt freundlich.

»Guten Tag, du bist die mutige Frau, die bei dem Doktor eingezogen ist«, sagt Terkel, während er uns mit ausgestreckter Hand entgegenkommt. »Bitte sehr, Kaffee oder Tee?«

»Tee bitte.«

Terkel setzt sich an seinen Schreibtisch. Vor ihm steht eine riesige Tasse Tee, im Aschenbecher raucht eine Zigarre. Freundlich fragt er Anna: »Du besuchst das Gymnasium?«

»Genau, nächstes Jahr mache ich Abitur und dann werde ich Jura studieren.«

Terkel schaut in seine Papiere, sitzt schweigend da, sagt endlich: »Ein schwieriger Fall. Birgit ist Ärztin und sie ist weder geisteskrank noch rauschgiftsüchtig oder Alkoholikerin, deine Chancen sind nicht groß. In so einem Fall ist es noch nie einem Mann in Dänemark gelungen, das Sorgerecht zu bekommen, jedenfalls nicht nach 1950.«

»Wir haben Zeugen, die Erzieherinnen vom Kindergarten können zum Vorteil von Andreas aussagen. Die kennen hauptsächlich Andreas. Er bringt die Kinder zum Kindergarten und holt sie wieder ab, mit ihm sprechen sie, wenn etwas ist.«

Terkel zieht an seiner Zigarre, die abscheulich stinkt und nimmt einen Schluck Tee. »Das wäre eine Möglichkeit, das werden wir tun, wie war dein Name?«

»Anna.«

»Du hast vielleicht doch eine Chance, Andreas. Die Aussagen der Erzieherinnen bedeuten in solchen Fällen viel. Nur, sie sind Frauen, hoffentlich hat das keinen Einfluss auf ihre Aussagen.«

Anna unterbricht ihn: »Ich habe mit ihnen gesprochen, die sind ganz auf Andreas Seite. Die haben noch nie einen Mann wie ihn erlebt. Ich meine, der sich in dem Maße für die Kinder einsetzt.«

»Andreas, ich brauche Informationen von deinem Steuerberater über dein Jahreseinkommen und deine Vermögensverhältnisse.«

»Ich werde mit dem Steuerberater sprechen«, sagt mein Weib.

»Da bist du also auch schon am Ruder, Anna «, sagt Terkel, dabei lächelt er freundlich und zieht an seiner Zigarre.

»Hier und hier musst du unterschreiben, Andreas.« Anna sieht mich streng an. »Hast du die Steuererklärung durchgelesen?«

»Ja, ja, Anna, ist aber furchtbar langweilig.«

»Und alle Konten eingesehen, damit du weißt, woher dein Geld kommt und wo du sparen kannst? Deine Krankenschwester bekommt, mit all den Zuschlägen, ein viel zu hohes Gehalt. In der Klinik verdienst du weniger als deine Angestellte. Du musst mehr an die Kosten denken, Andreas. Dein Geld kommt nicht von allein und du hast Kinder.«

»Jawohl, Mutti.« Anna lächelt, aber Gnade gibt es keine, sie kommt eben aus einfachen Verhältnissen.

Es ist Sankt-Hans-Abend. Schwarze langweilt sich, die Kinder sind bei Birgit im Sommerhaus. Wir ziehen uns um. Ich trage eine helle Hose und ein Hemd von Lacoste, Anna ein pastellfarbenes Kleid ohne Ärmel, mit kleinem Ausschnitt und vorne geknöpft, und dazu Ballerina-Schuhe. Einen Strauß für Charlotte kaufen wir in der Jägersborg Allee, aber wegen ihrer schlanken Linie keine Schokolade. Auf der Autobahn nach Norden stehen wir im Stau, da die meisten Kopenhagener den Sankt-Hans-Abend an der Nordküste in einem Ferienhaus verbringen. Anna sagt kein Wort, sitzt, winzig und viel zu jung, zusammengekauert neben mir. Wir nehmen die Ausfahrt nach Hornbæk, die nächsten fünfzehn Kilometer auf engen Straßen geht es durchs Bauernland, die letzten Kilometer durch die Ferienwüste. Holzhäuser, Grills, Eltern in alten Klamotten, umgeben von Kindern, die Jugend sexy, fast nackt und parfümiert, es ist seit zehn Jahren der erste warme Sankt-Hans-Abend. Rechts das Meer, in der Ferne im Nebel die schwedische Küste, kleine Dünen, Dronningmølle mit dem Campingplatz, überall Menschen in Badehosen oder Bikinis, viele Frauen oben ohne. Beim weiß gekalkten, in Fachwerk gebauten Dronningmølle-Krug stehen junge Menschen in leichter Festkleidung und warten sehnsuchtsvoll auf die Nacht der Hexen, der Fruchtbarkeit und der Liebe, die Mittsommernacht. Bei Nakkehoved drehen wir rechts auf den engen, sandigen Privatweg ab, der zu den exklusiven Ferienhäusern mit eigenem Strand führt. Überall Autos, wir bekommen einen Platz in der Einfahrt von Birgits und meinem Sommerhaus. Das liegt in der zweiten Reihe hinter dem meines früheren Schwiegervaters. Lasse und Marie laufen auf uns zu, »Vati, Vati!« Ein schneller Kuss und sie sind weg. »Willkommen.« Jemand drückt uns ein Glas Champagner in die Hand.

Charlotte begrüßt uns, einen Kuss links, einen Kuss rechts, tiefer Ausschnitt, zwei große, braune Brüste, beinahe oben ohne, es ist halt Sommer in Dänemark. Peder F. steht bei dem riesigen Grill, er kontrolliert, dass alles in Ordnung ist. Grillen ist Männersache. Ein Schlachter und sein Geselle stehen ebenfalls dort wie Riesen aus alten Tagen, blutige Ferkel und Stücke vom Rind in den Händen. Peder F. stinkt nach Testosteron und Charlotte ist glücklich. Spieße werden durch die Ferkel gejagt, langsam drehen sie sich über glühenden Kohlen. Peder F. hat Schweiß auf der Stirn, es ist ein heißer Abend.

»Guten Abend, angenehm, woher kennt ihr Charlotte und Peder F.?«, fragt eine falsche Blonde.

»Wir sind hier in Nakkehoved Nachbarn und spielen Tennis zusammen«, antworte ich.

Drüben steht Birgit mit dem Professor, der mir die Frau geraubt hat. Ich war ihm böse, aber jetzt tut er mir leid. Noch ein Glas Champagner, das wird bald das letzte sein, ich werde noch Auto fahren, denn Anna hat keinen Führerschein. Wir setzen uns auf ein Sonnenbett, die üppige, gefärbte Blonde setzt sich zu mir.

»Seit wann kennst du Peder F.?«, fragt sie.

»Seit vier Jahren spielen wir miteinander Tennis, und du, woher kennst du die beiden?«

»Ich bin mit Peder aufgewachsen. Wir waren Nachbarn am Bernstorffsvej. Mein Mann und Peder F. spielen Golf.«

»Spielst du auch?«, frage ich die Üppige.

»Nein, mich langweilt es. Ich sitze in der Bar im Golfklub meines Mannes. Da finde ich meine Liebhaber, sehr praktisch. Der Klub hat Zimmer zum Ausruhen, die man abschließen kann. Wenn du willst, kannst du irgendwann vorbeikommen. Bei einer so blutjungen Liebhaberin hast du sicher für so etwas Verständnis. Das muss aber unter uns bleiben, Charlotte darf es nicht wissen.«

»Ich bin Arzt und habe Schweigepflicht. Ist die schöne braune Dame drüben beim Tisch ein Model?«

»Nein«, sagt sie, »die hat ihr eigenes Geschäft für Frauenmode, mit dem sie viel Geld verdient.«

»Der Mann, mit dem sie zusammensteht, ist das ihr Mann?«

»Nein, er ist einer ihrer vielen Verehrer. Charlotte glaubt, dass sie ihr nur zu Füßen liegen, aber die liegen auch zwischen ihren Beinen. Der Einzige, mit dem sie selten Verkehr hat, ist ihr Ehemann. Darf Charlotte aber auch nicht wissen, das musst du mir versprechen.«

»Mein Ehrenwort.«

Anna hat den Platz gewechselt, sie sitzt jetzt drüben auf einem Sofa und winkt mir zu, ich gehe zu ihr hinüber.

»Anna, kommst du zurecht?«, frage ich.

»Geht schon, Hund, ich habe einen Verehrer, der mir ein Glas Weißwein und etwas zu essen holt.«

»Ich werde mir auch etwas holen, ich habe Hunger. Anna, kannst du einen Platz für mich freihalten?« Wir küssen uns.

»Küsst du meine Freundin?« Ein Mann mit einem Teller und einem Glas in der Hand sieht mich feindselig an.

»Da musst du dich schon dran gewöhnen, Anna ist meine Frau.«

Hand in Hand gehen Anna und ich zum Grill. Der Riese schneidet für jeden von uns von einem Ferkel eine ordentliche Scheibe ab, am Buffet bekommen wir Salat und Kartoffeln von der Insel Samsø. »Wir setzen uns drüben in die Ecke.« Anna und ich genießen unser Essen und beobachten die anderen Gäste.

»Sei doch nicht so langweilig, Andreas«, ruft Charlotte mir zu, als sie uns entdeckt. »Komm mit rüber zu meinem Tisch und Anna, du gehörst zu den jungen Leuten, wir Alten sind viel zu langweilig.«

Charlotte führt mich zu ihrem Tisch, setzt Anna bei der Jugend ab.

»Wie lebt man mit einem so jungen Mädchen?«, fragt mich eine ganz in Weiß gekleidete Mollige. »Deine Geliebte ist im selben Alter wie meine Älteste und die hat nur Reisen, Feiern, Jungs und Freundinnen im Kopf und natürlich Shopping.«

»Wir halten einfach zusammen. Geht irgendwie von selbst. Anna ist hochintelligent und wir haben dieselben Interessen.«

»Es muss mit einer so jungen, heißen Frau schön sein.«

»Was meinst du?«

»Bei uns passiert nicht mehr so viel«, gesteht die Mollige.

»Das muss an euch liegen, meine Ex und ich hatten bis zum Schluss täglich Sex.«

Anna kommt zu unserem Tisch, sie setzt sich auf meinen Schoß und gibt mir einen langen, heißen Kuss.

»Ich langweile mich.« Ihre Stimme murmelt ein bisschen.

»Jedenfalls trinkst du zu viel, Anna. Bitte sehr, ein Glas Wasser.«

»Habt ihr einen Swimmingpool?«, will die Mollige wissen.

»Nein, das können wir uns nicht leisten.«

»Mein Mann kann dir preiswert einen liefern.«

»Nein danke, ich habe kleine Kinder, das ist mir zu teuer

und zu gefährlich. Schau mal, Anna, der Mond drüben über der schwedischen Küste.«

Wir genießen den bildschönen Blick über den Öresund im hellen Licht des nordischen Sommers. Auf dem Meere zahlreiche weiße Segel, im Nebel links der kleine schwedische Berg Kullen, der sich in den Öresund stürzt. Wir gehen den Hang hinunter zum Strand. Annas Beine sind für den steilen Pfad zu wackelig, aber mit meiner Hilfe kommen wir unten ohne Unfall an. Peder F. marschiert den Strand auf und ab, er sammelt Brennholz für sein Feuer.

»Andreas, kannst du mir helfen.«

Peder F. hat einen alten Balken gefunden. Zu zweit tragen wir ihn zum Feuer und richten ihn auf.

»Pass auf die Hexe auf, dass wir sie nicht hinunterstoßen«, sagt Peder F, hundertzehn breitschultrige Kilo stehen dampfend wie ein Stier in der Arena. Eine dunkle Gestalt, die in den hellen nordischen Abendhimmel ragt. Ich lege meinen Arm um Annas schmale Taille, wir küssen einander. »Ich liebe dich.«

Die Gäste kommen den Hang hinunter, es ist Zeit für das Feuer und das Mittsommerlied. Peder F. nimmt eine Zeitung und zündet damit das Feuer an. Das Holz ist trocken, die Flammen verzehren die Hexe schnell. Die Hitze treibt uns vom Feuer weg, wir stehen neben Birgit und Lars. »Guten Abend«, kein Kuss links oder rechts, aber wir lächeln uns zu. Marie und Lasse sind plötzlich da. »Vati, Vati!« Marie umarmt mich und dann Anna. Birgits Augen werden schwarz wie die Nacht in Andalusien. Charlotte fängt an zu singen: »Wir lieben unser Land«, wir singen mit. Anna und ich sehen uns in die Augen, Marie und Lasse stehen bei ihrer Mutter. Die ganze dänische Öresund-Küste entlang leuchten die Feuer. Die Kinder schleppen neues Brennholz heran und schmeißen es in die Flammen, der Abend darf nicht zu Ende gehen. Der Abend geht trotzdem zu Ende, es wird Mitternacht, es ist die Zeit der hellen nordischen Nächte. Im Südosten bildet der Mond eine silberne Brücke vom Meer in den Himmel, im Westen am Himmel das Abendrot, das um diese Jahreszeit kaum enden will. Die Nacht ist heiß wie sonst nie, die Gäste ziehen sich aus, sie wollen baden.

»Nicht hier, Anna, dort hinter der Mole ist ein Sandstrand.«
Anna und ich gehen am Strand entlang, zweihundert Meter und wir sind allein. Hand in Hand tauchen wir nackt in das lauwarme Wasser, schwimmen, umarmen uns, ihr warmer junger Körper gegen den meinen, wir küssen uns. »Ich liebe dich.« Etwas bewegt sich im silbernen Widerschein des Mondes, hinter Anna taucht ein nackter Mann aus dem Meer auf, ein Gott der Sehnsucht und der Lust. Wir erstarren, schauen ihn an, der Gott lächelt uns zu.

»Darf ich?«, fragt die Nixe und lässt meine Hand los. Ich zögere, entschließe mich dann aber.

»Du sollst«, sage ich mit heiserer Stimme.
Anna geht ihm zögerlich entgegen, steht schweigend vor ihm, er nimmt ihre Hand, ein Lachen. Ihre Hand bewegt sich zärtlich über seine Brust und über seinen Bauch nach unten. Seine Hände sind jetzt auf ihrer Hüfte, er zieht sie an sich, sie küssen sich leidenschaftlich. Anna wendet sich mir zu, schaut mir in die Augen, zwei Männerhände bewegen sich auf ihren Körper nach oben, greifen um ihre Brüste. Sie beugt sich vorwärts, sie schließt ihre Augen, stöhnt. Die Hände des Fremden bewegen sich nach unten. Die eine liegt auf ihren Bauch, die andere dringt von hinten zwischen ihre Beine in sie ein, bewegt sich

rhythmisch in ihrer Möse. Ich beobachte unruhig das Geschehen, mein Unterleib brennt, Annas Körper verkrampft sich im Orgasmus. Ich gehe auf sie zu, wir greifen das geile Weib, schleppen sie zur anderen Seite der Mole.

Die weiche Venus zwischen zwei harten Männerkörpern, zwei drohenden Ständern, die in sie eindringen möchten. Im seichten Wasser hinter der Mole, verborgen vor den Blicken der Welt, zwingen wir sie nach vorne. Brutal spreizen wir ihre Beine, der Fremde geht in die Knie, ein Stöhnen dringt aus ihrer Kehle, sein Schwanz stößt in sie hinein. Erst langsam, dann immer schneller tanzen ihre Pobacken und Brüste, ein tierisches Stöhnen und es ist vorbei. Anna beugt sich nieder, küsst den Schwanz des Fremden. »Danke«, flüstert sie. Der Mann verschwindet in der hellen Sommernacht. Sie wendet sich um, küsst mich.

»Ich liebe dich«, sagt sie. Mein Magen ist verkrampft, auf meinen Lippen der Geschmack vom Sperma. Anna stützt sich auf die Mole, nochmals tanzen ihre Titten, ihre Fotze ist glatt und angeschwollen. Sie heult und stöhnt lauter und lauter, aus meinem Schwanz pumpt Sperma tief in sie hinein. Ich liebe sie.

Eng umschlungen sinken wir in die lauwarme See, klammern uns aneinander, küssen uns wieder und wieder, nie mehr alleine, wir möchten für immer im Meer verbleiben.

»Mir ist kalt.« Anna zittert, ich lege einen Arm um ihre Schultern und wir waten zum Strand. Meine Unterhose stecke ich in die Tasche, die Hose und das Hemd sind schnell angezogen, Annas Kleid ist nass und durchsichtig.

»Hier, zieh dein Unterhöschen an, wir müssen uns von Charlotte verabschieden.« Wir gehen den Strand entlang.

»Da seid ihr ja«, sagt Charlotte, sie steht breitbeinig in ihrem Bikini da, ein Anblick für Fellini.

»Wir möchten uns gerne für den schönen Abend bedanken, wir müssen schon los, ich habe morgen Dienst als Notarzt.«

Kuss links, Kuss rechts, Charlottes weiche Brüste fallen fast aus dem zu kleinen Bikini heraus. Ich fahre durch die helle Sommernacht, Anna schläft neben mir.

Samstagmorgen, Anna will mich küssen, ich stoße sie weg.

»Nein, Anna, nicht jetzt, das geht einfach nicht, rühre mich bitte nicht an.«

Ich springe aus dem Bett, gehe in die Küche und bereite unser Frühstück vor. Ich esse in der Küche, Anna im Bett mit Schwarze, die Müsli stiehlt. Als ich ins Schlafzimmer komme, um abzuräumen, steht Anna mit gesenktem Kopf nackt auf dem Balkon, ihr langes Haar hängt herab.

»Willst du mich rausschmeißen?«, fragt sie.

Ich kann es nicht lassen, lege meine Arme um sie, auf meinen Lippen der Geschmack von Salz. Ich knie nieder, ihre Muschi schmeckt wie die Austern, säuerlich nach Meer und Sperma. »Du bist eine Hure«, flüstere ich, es tropft aus Annas Fotze. Ich trage sie zum Bett, lege sie im Vierfüßlerstand und stoße in sie hinein. Es macht mich geil, meinen Schwanz im Sperma mehrerer Männer zu baden. Hinterher liegen wir Hand in Hand.

»Lieben wir uns wieder?«, fragt Anna, ich gehe im blauen Eismeer ihrer Augen unter.

»Wir lieben uns, aber es kann so nicht weitergehen.«.

»Andreas, bevor ich dich kennenlernte, war ich ganz anders, scheu und vorsichtig. Ich weiß nicht, was mit mir geschieht, aber mit dir fühle ich mich frei, kann mir alles erlauben.«

»Anna, in mir tobt die Eifersucht, aber das Begehren, dich von anderen Männern ficken zu lassen, ist stärker. Die brennende Leidenschaft in mir, wenn sie in dich eindringen, wenn du jemand ganz anderem gehörst, wenn du mit fremdem Sperma eingeschmiert bist. Das geht einfach nicht, es muss aufhören.«

»Unsere Liebe wird es schaffen, Andreas. Wir werden es, wie alle die anderen, unterdrücken.«

Sonntag steht Thorsten vor der Tür. Ich trage das Neueste von Nike, bin von Kopf bis Fuß nur auf Joggen eingestellt. Das Wetter ist schön, aber viel zu warm zum Laufen. Ein Parkplatz, hundert Meter von der roten Pforte entfernt, ist frei. Wir joggen mit nacktem Oberkörper, nutzen den Schatten unter den Bäumen. Leider liegt nur etwa die Hälfte der Strecke im Schatten des Waldes. Sobald die Sonne uns erwischt, tropft der Schweiß von unserer Stirn. Der einzige Trost sind die Läuferinnen, deren dünne Blusen vom Schweiß durchsichtig geworden sind, und die Frauen, die oben ohne picknicken.

»Was wäre das Leben ohne schöne Frauen, Andreas.«

»Langweilig, aber einfach, Thorsten.« In der prallen Sonne laufen wir bergauf und dann oben am Eremitage-Schloss vorbei. Bergab tauchen wir bei Rådvad in den kühlen Schatten des Waldes ein, erst bei Hjortekær trifft uns wieder die pralle Sonne.

»Heute den ganzen Eremitagen-Lauf, Thorsten.«

»Wie du willst.«

In der Sonne joggen wir etwa zwei Kilometer über die Ebene aufwärts zum Schloss.

»Wir werden es versuchen«, keuche ich.

»Was wollt ihr versuchen?«

Wir laufen in der prallen Sonne bergab über die Ebene in Richtung Fortunen. Ein Rudel Hirschkühe eilt vor uns über den Pfad.

»Unser Triebschicksal zu ändern, Thorsten.«

Wir drehen nach links ab, eine kleine Steigung und dann geht es bergab in den tiefen Schatten des Wolftales. In einer kleinen Lichtung liegen zwei Nattern in der Sonne.

»Das könnt ihr nicht.«

Wir laufen schweigend die Strecke des Todes, erst in der Sonne bergauf, kurz eine Neigung und dann der lange Spurt, ebenfalls bergauf. Der Schweiß tropft von mir, mir bleibt die Luft weg, Seite an Seite laufen wir ins Ziel.

»Ungefähr fünfzehn Kilometer, Andreas. Ihr könnt zwar euer Triebschicksal unterdrücken, aber damit ändert ihr auch eure Lust.«

Wir packen, morgen kommen die Kinder von Birgit nach Hause und dann geht es ab in das Ferienhaus von meinem Vater.

»Anna, mein Vater wird sich freuen, dass du Rechtswissenschaft studieren willst. Sein Wunsch war, Anwalt zu werden, er studierte nach dem Ersten Weltkrieg in Marburg Jura. Sein Vater wiederum war Textilkaufmann, er wurde von einem Dänen aus Vejle betrogen und wäre fast pleitegegangen. Er konnte darum das Studium meines Vaters nicht weiter finanzieren. Dieses Unglück meines Vaters war eine Folge des verlorenen Krieges. Nach der Abstimmung am zehnten Februar 1920 wurde Nordschleswig dänisch, weswegen mein Großvater der Ansicht war, dass es besser wäre, sein Geschäft an einen Dänen zu verpachten. Das wurde auf Ehrenwort zwischen den Männern verabredet, nichts Schriftliches, plötzlich waren das Warenlager und das Geld weg.«

Erschöpft sinken wir nach dem Kofferpacken ins Bett. Anna ist bezaubernd, aber die Lust will sich nicht einfinden.

Die Kinder werden von Birgit zu spät abgeliefert. Marie bekommt eine frische Unterhose angezogen, die braungelbe von Birgit endet im Mülleimer, mit den Kindern sammeln wir Spielzeug für die Reise zusammen. Die Kinder sind müde und Anna legt Kopfkissen und Bettdecken ins Auto. Schwarze ist im Keller eingesperrt, damit sie nicht abhaut, wenn sie merkt, dass wir verreisen wollen. Erst die Kinder in den Wagen, dann alle Fenster und Türen zu. Als Letztes wird Schwarze eingefangen und kommt auf Annas Schoß. Damit ist sie nicht zufrieden, sie kriecht in den Bodenraum hinter meinem Sitz.

Wir fahren los, haben es eilig, damit wir noch die Fähre erreichen, auf der wir einen Platz reserviert haben. Über Seeland gibt es dichten Ferienverkehr, aber keinen Stau, im letzten Augenblick kommen wir in Halskov an. Vor der Fähre halten tausende von Autos, die keine Reservierung haben. Wir werden an Bord der ‚Dronning Ingrid‘ gewinkt, andere ohne Vorbestellung müssen etliche Stunden warten. Ich nehme die Kühltasche über die Schulter und die fast schlafende Marie auf den Arm. Anna nimmt Lasse bei der einen Hand und eine Tasche mit Spielzeug in die andere, nur Schwarze verbleibt auf ihrem Platz auf dem Boden des Wagens. Eingeklemmt in eine Schlange von Urlaubern steigen wir die steilen Treppen hinauf zu den Decks. In den Kantinen, den Toiletten und Restaurants ist ein Gewühl von Menschen, neben die Cafeteria erobern wir einen Tisch beim Kinderspielplatz. Marie wird plötzlich hellwach, die Kinder sind im Paradies. Anna und ich können in Ruhe unsere mitgebrachten Butterbrote verzehren, dazu gibt es aus der Thermoskanne Kaffee mit entrahmter Milch.

»Vati, Vati, wir haben Hunger.«

Sie sind wieder da, bekommen Saft und Brotschnitten, dann packen wir zusammen und stehen Schlange, die Kinder wollen ein Eis. Wir steigen auf das Sonnendeck, können dort die Möwen fast mit den Händen greifen. Backbord passiert uns die Fähre ‚Arveprins Knud‘, die auf den Weg nach Seeland ist, die ‚Dronning Ingrid‘ läuft in den Fährhafen auf der Insel Fyn ein. Aus den Lautsprechern tönt: »Wir sind in wenigen Minuten an Land, bitte geht zu den Autos.« Schnell noch mit den Kindern auf die Toilette, Lasse mit mir und Marie mit Anna.

Die Treppen hinunter wieder eine Schlange. »Vorsicht, Schwarze darf nicht aus dem Auto.« Türen zu, Schwarze ist noch da. Sobald wir über die Rampe die ‚Dronning Ingrid‘ verlassen, schlafen die Kinder ein: Autobahn, Landstraße, die Brücke über den Kleinen Belt nach Jütland, wieder Autobahn und noch mal Landstraße. Nach Hadersleben biegen wir ab in Richtung Kelstrup, dann fahren wir zwischen Ferienhäusern weiter und endlich sind wir im flachen, sandigen Hejsager. Mein Vater sitzt auf der Terrasse, der Kaffee ist frisch zubereitet. Schwarze wird ins Haus getragen und bekommt einen Hering und Wasser. Die Kinder kriechen verschlafen vom Hintersitz hervor. »Guten Tag, Großvati.« Wir setzen uns zu dem alten Herrn.

»Guten Tag, Anna, sprichst du Deutsch?«

»Einigermaßen, das habe ich von meinem Vater gelernt. Bei ihm zu Hause sprachen sie Deutsch. Seine Eltern haben, genau wie viele der dänischen Könige, nie gelernt, ordentlich Dänisch zu sprechen.«

Die Kinder bekommen aus dem Kühlschrank ein fettarmes Eis und ein Glas entrahmte Milch, mein Vater kennt seinen hysterischen Sohn.

»Wir wollen baden«, betteln die Kinder. Wir packen aus, finden zwei Baderinge und ein Segelboot, Badehosen und Bademäntel. Anna geht mit den Kindern die hundert Meter zum Strand, ich fahre zum Lebensmittelgeschäft und zum Schlachter im Wald, um einzukaufen.

Anna ist vom Strand zurück, ich bin vom Einkaufen wieder da und die Kinder haben Hunger. Nach zwanzig Minuten hat Anna es geschafft, es gibt Hacksteaks, neue Kartoffeln und Spitzkohl, dazu ein bisschen Butter. Die Kinder sitzen brav auf ihren Stühlen und verschlingen das Essen.

»Mein Kompliment, Anna, so friedlich waren die Kinder noch nie«, sagt mein Alter und sieht sie anerkennend an. Anna, Vati und die Kinder sitzen auf der Terrasse, ich stehe in der Küche und spüle das Geschirr. Damit meine Mutter alles mitbekam, wurde die Küche so angelegt, dass sie einen Teil der Stube ausmacht. Aber sie bekam trotzdem nicht alles mit, sie starb jung an Krebs. Ich sehe sie vor mir: Mutti im Krankenbett mit dem eine Woche alten Lasse auf dem Arm, Krebsknoten auf der rechten Seite ihres Halses und im Gesicht. Sie sah ihn an, lächelte entzückt. Am nächsten Tag reisten wir ab und am selben Abend starb sie. Wir drei Erwachsene genießen ein Glas Wein, eine Flasche Spätlese aus dem Rheingau mit einem Adler auf der Plakette.

»Die habe ich in Kiel gekauft, meine Freundin hat ihn mir empfohlen.«

»Vati, du hast eine Freundin mit einem guten Geschmack.«

»Morgen fahre ich nach Kiel und besuche sie, dann habt ihr eure Ruhe.«

Ich bin in der Küche fertig und begleite die Kinder zu der warmen Dusche, die unter freiem Himmel im Hinterhof steht. Anschließend werden sie ins Hochbett gesteckt, Lasse schläft oben und Marie unten. Marie lese ich ein Märchen vor und Lasse *Die Mumins*, Kinder sind unerbittlich.

Eingehüllt in den Duft der Kiefern, die ich als Kind mit meinem Vater in den Sand gepflanzt habe, sitzen wir drei auf der Terrasse. Die Kiefern kamen aus dem kargen Boden in Skærbæk, drüben an der windigen Westküste, woher auch die Familie meines Vaters stammt, Nordfriesen in der Gewalt des Meeres und des Windes. Das Leben meines Vaters war der Gewalt der Geschichte ausgesetzt. Er hat es, wie die Friesen, immer wieder geschafft, auch wenn »de grote Mandränke« schon fast alles zerstört hatte. Der Abendhimmel ist rötlich, richtig dunkel will es nicht werden, es ist die Zeit der hellen nordischen Nächte.

»Du willst Rechtswissenschaft studieren?«, fragt mein alter Herr Anna.

»Ja, damit ich selbst bestimmen kann und niemals pekuniär von einem Mann abhängig werde.« Eine Mücke hat sich auf Anna gesetzt, klatsch – und sie ist tot.

»Die haben es auf dich abgesehen, Anna.«

»Klar, Andreas, ich schmecke am besten«.

»Auf Wiedersehen, ihr beiden«, mein Vater verabschiedet sich. »Wir sehen uns in vierzehn Tagen wieder.«

Vati fährt in seinem Passat auf dem Feldweg zur Straße, in der Ferne der Leuchtturm von der Insel Alsen. Ein Kutter draußen in der Bucht, morgen können wir beim Fischer frische Fische kaufen.

Wir gehen zur Ruhe, schlafen im Doppelbett meiner Eltern. Das Schlafzimmer verfügt über eine gläserne Wand mit einer ebenfalls gläsernen Tür zur Terrasse, sodass wir vom Bett einen weiten Blick über die Ostsee haben. Nachts über steht die Tür stets offen, wir schlafen im Duft meiner Kindheit. Wir haben Geschlechtsverkehr, ein geregelter Verkehr mit roten Ampeln und begrenzter Geschwindigkeit. Ich küsse meine Anna, schaue in ihre blauen Augen, dort ist kein Eismeer zu sehen, sondern ein seichter, mooriger Teig. »Komm«, flüstere ich, gehorsam öffnen sich ihre Schenkel, ich dringe in sie hinein, es ist schnell überstanden.

Wir wandern den Strand entlang, um beim Fischer frisch geräucherte Makrelen zu kaufen. Die Kinder haben ein Milcheis in der Hand.

»Den kenne ich, der da auf der Terrasse vor dem neuen Ferienhaus hockt. Anna, den werden wir grüßen.«

»Hej, Christian.«

»Hej, Andreas.«

»Dein Sommerhaus ist klasse.«

»Das ist neugebaut, Andreas. Wir haben das Grundstück von meinem Schwiegervater geerbt und die alte Bude abgerissen.«

»Du bist weiterhin mit derselben verheiratet?«

»Ja, immer noch mit der Tochter von unserem Nachbarn. Wir haben zwei Kinder und alles ist beim Alten.«

»Ich wurde vor Kurzem geschieden, das sind meine beiden Kinder und das ist meine neue Frau, Anna.«

»Guten Tag, angenehm.« Wir begrüßen die Frau des Hauses, die uns Kaffee serviert, sitzen auf der Terrasse, schauen über die Ostsee, wo heute eine leichte Brise weht – bin ich das da draußen in der Segeljolle?

»Du bist in Kopenhagen Arzt und hast eine eigene Klinik?«

»Ja, und in den Ferien wohnen wir im Sommerhaus meines Vaters. Was machst du?«

»Ich bin Ingenieur, lebe in Hadersleben und arbeite in einer Firma in Kolding. Das sind meine beiden Kinder«, sagt er und deutet auf ein Mädchen und einen Jungen, die vom Strand hochkommen.

»Wir müssen uns beeilen, sonst sind die geräucherten Makrelen ausverkauft, auf Wiedersehen.« Beim Fischer kaufen wir seine letzten Makrelen, im Lebensmittelgeschäft neue Kartoffeln und Schnittlauch.

»Christian wohnte gegenüber von uns, ich kenne ihn fast seit meiner Geburt. Seit der zweiten Klasse war er in die Tochter meines Nachbarn verliebt und hat sie später geheiratet. Die war übrigens meine erste große Enttäuschung. Vier Jahre alt, wollte ich ihre Muschi sehen und habe ihr dafür eine Krone angeboten. Sie hat nein gesagt. Das habe ich ihr nie verziehen.«

»Andreas, eine Muschi trägt keinen Schaden davon, wenn

sie vorgezeigt wird. Ganz im Gegenteil, die wird nur schöner, wenn sie bewundert wird.«

»Anna, die Frauen sind geizig, sie haben das Glück des Lebens zwischen ihren Beinen, aber sie geben es nicht her. Es bleibt der Welt verborgen, vergammelt und zuletzt klebt die Muschi zusammen. Das habe ich mehrmals in der Klinik bei alten Frauen erlebt. Man kommt nicht mehr hinein und kann sie nicht untersuchen.«

»Andreas, das darf mir nie passieren.« Anna stellt sich vor mich hin, zieht das Oberteil ihres Bikinis herunter, damit ich ihre rosa Brustwarzen bewundern kann. Von jetzt ab ist Anna bei schönem Wetter oben ohne und wir baden nur nackt.

»Hund, wir sind die Einzigen.« Sie steht in der Sonne mit dem roten Streifen, der wie ein Pfeil auf ihre Muschi zeigt, und fragt: »Glaubst du, dass wir verhaftet werden?«

»Kaum, Fräulein, in Dänemark darf man an jedem Strand nackt baden. Nur, wir sind im Hejsager meiner Kindheit, hier hat sich nichts verändert. Die Haderslebener sitzen vor ihren Ferienhäusern, trinken ihren Kaffee aus alten Zeiten, da darf sich nichts ändern, kein nackter Arsch darf ihnen den Kaffee trüben.«

Wir und die Kinder baden trotzdem ohne Klamotten. Die beiden Gören tauchen mit Tauchermaske und Netz bewaffnet im blauen Meer, Anna wendet ihren Hintern den Wellen zu und genießt es, wenn der Meeresgott ihre Muschi küsst. Nachher liegen wir im Sand auf unseren Bademänteln, die Kinder bauen eine Wasserburg und bevölkern den Wassergraben mit Krebsen und kleinen Fischen. Männer beobachten Anna verstohlen, während sie nackt den Strand entlangschlendert. Die Kinder sind müde und hungrig, bekommen etwas zu essen und werden ins Bett gesteckt, wir gehen in das Schlafzimmer meiner Eltern. Das Eismeer ist wieder da, ich tauche in das klare Wasser, wir ficken, kein Verkehr, keine Regeln.

»Vati, Vati, was sind das für Stiefel?«, fragt mein wissbegieriger Sohn. Lasse war hinten in der Werkstatt und hat im Schrank ein paar alte, schwarze Stiefel gefunden.

»Das sind Großvatis Stiefel, er war bei der Waffen-SS.«

»War er Nazi?«

»Ja, er war Nazi wie alle, die eine einfache Lösung auf die Probleme des Lebens suchten.«

»War mein Großvater ein richtiger Nazi?«

»Er war halbherzig dabei, aber er sah keinen anderen Ausweg, als sich freiwillig zum deutschen Kriegsdienst zu melden. Nach der Besetzung Dänemarks am neunten April 1940 machte Vati Geschäfte mit der Wehrmacht. Das durfte man aber nicht und die Dänen leiteten ein Gerichtsverfahren gegen ihn ein. Um diesem zu entgehen, wurde er deutscher Soldat. Glücklicherweise hatte dein Großvater einen Herzfehler und er kam nie an die Front. Stattdessen arbeitete er bei der Wehrmacht als Sachverständiger für Textilien. Aber dann ging es für die Nazis mit dem Krieg schief. Es fehlten ihnen Soldaten und Großvater hatte Angst, dass sie ihn als Aufpasser in ein Konzentrationslager schicken würden. Durch seine Landsmannschaft, die Nibelungia Marburg, hatte er Verbindungen zu einer Eminenz im Dritten Reich. Er wurde mit dessen Hilfe als Dolmetscher nach Kopenhagen versetzt, wo er in Prozessen gegen dänische Freiheitskämpfer übersetzte. Nach der Kapitulation am fünften Mai 1945 ist er untergetaucht, damit er nicht einfach erschossen wurde. Die Wut in Dänemark war nach den fünf verfluchten Jahren groß. Als das Schlimmste überstanden war, hat er sich gestellt, aber die Kommunisten verlangten, dass man ihn zum Tode verurteilt. Meine Mutter hat ihm sein Leben gerettet. Sie war mit mir im siebten Monat schwanger, ist aber trotzdem nach Kopenhagen gereist und hat Widerstandskämpfer aufgesucht, die bezeugen konnten, dass er immer zu ihrem Vorteil gedolmetscht hatte. Zwei Jahre saß er im Knast, wodurch er, wie die meisten Deutschen, einen Knacks bekam. Er wurde jähzornig und ungeduldig, ist aber mit den Jahren ruhiger geworden. Ich war nie der Sohn, den er sich erwünscht hatte. Er wollte einen Soldaten und bekam einen intellektuellen Träumer. Er hat mich oft ausgeschimpft und mir mit seinem Gürtel den Hintern versohlt. Er schleppte mich dafür die Kellertreppe runter und durch den dunklen Keller zu einem Holzklotz. Ich sollte mir die Hose runterziehen und mich darüberlegen, dann verprügelte er mich mit dem Gürtel. Das habe ich ihm nie verziehen. Nicht die Schmerzen, die ich lächerlich fand, sondern die Demütigung.«

»Andreas, mein Vater bekam fünfundvierzig ein Gewehr in die Hand gedrückt und eine Uniform angezogen und hat im Lager für Flüchtlinge in Oksbøl auf internierte Deutsche aufgepasst.«

»Anna, dein Vater war klüger als meiner.«

»Mein Vater war schlau und hat mich nie geschlagen, dagegen schlug meine Mutter mich mit dem Bügel.«

Stille Tage in Hejsager mit sonnigem Wetter und Kindern, die unterhalten werden wollen. Wir sind Kopenhagener, weshalb die eingeborenen Kinder nicht mit den meinen spielen. Das hat sich seit meiner Kindheit nicht geändert. Also bin ich derjenige, der für die Unterhaltung verantwortlich ist. Wir wandern am Noor entlang, mit Fischnetzen, Schaufeln, Eimer, einer Angel und einem Picknickkorb ausgestattet. Im Noor stehen Fischreiher unbeweglich in der Sonne, Möwen fliegen kreischend über unseren Köpfen, um ihre Nester im Strandhafer zu verteidigen. Junge Rinder laufen hinter uns her, stoppen plötzlich und glotzen uns an, Marie klammert sich an meinem Arm. Wir sind gründlich mit Sonnenschutz eingeschmiert, ein Sonnenbrand ist halt schädlich für die Haut und die gute Laune. Annas nackte Brüste hüpfen verlockend in der Sonne. Wir ziehen uns aus, waten über das Noor, das hier in die Ostsee mündet, hinüber zum Land der Nudisten. Für Lasse wird es nicht nötig sein, jemandem eine Krone anzubieten, um eine Muschi zu sehen. Die Kinder fangen mit ihren Netzen Kleintiere im seichten Wasser des Noors. Ich erwische neben der Mündung, wo das Land steil in die Tiefen des Meeres abfällt, einige Hornfische.

Zwei junge Männer gehen vorbei, Anna spreizt ein wenig ihre Schenkel, damit sie etwas zu gucken haben, es rührt sich was zwischen meinen Beinen. Wegen der Kinder wende ich mich dem Meere zu. Wir baden, die Kinder haben wieder Hunger, weshalb wir picknicken. Anschließend gehen wir den Strand entlang zum Haus. Morgen werden wir mit dem Boot von Hadersleben nach Dammende fahren. Die Kinder schlafen früh, wir beide gehen im Eismeer unter. Der trübe Teich verschwand, als die Blicke der fremden Männer in Annas Muschi eindrangen, darum kein Geschlechtsverkehr mit roten Ampeln und Regeln, nur tierisches Ficken.

Am Innendamm warten wir auf das Boot. Die Kinder haben jeder ein Eis in ihrer Faust und wir sind mit Servietten bewaffnet. Mit Rentnern und deren Enkelkindern gehen wir an Bord und das Boot legt ab. Da habe ich als Kind gespielt, dort auf der Tanneninsel. Die Insel daneben, mit einem Schwarm kreischender Möwen am Himmel, ist die Möweninsel. Von der kamen die Möweneier, die ich als Kind gegessen habe. Einige Möwen verfolgen uns, bis wir in Dammende anlegen, wo Fischreiher unbeweglich auf beiden Seiten der Bootsbrücke im seichten Wasser stehen. Wir steigen den steilen Hang hinauf, oben liegt das Restaurant mit Torte, Kaffee und Kakao. Nach dem Kaffee trinken wandern wir, wie ich damals mit meinem Opa, im Wald den Kanal entlang. Mein lieber Opa, er war ein Träumer wie ich. Als wir von der Wanderung zum Restaurant zurückkehren, ist alles in Aufruhr. King, ein kanadischer Husky, der hinter dem Restaurant an eine Kette gefesselt war, ist verschwunden.

»Das letzte Mal hat er vierzig Enten getötet«, sagt die Wirtin verzweifelt. »Wer hat ihn nur losgelassen?«

»Das habe ich, er sah an seiner Kette so traurig aus«, schluchzt Marie betroffen, keiner sagt etwas. Einem Kind von vier Jahren kann man nicht böse sein, wenn es aus Mitleid einen Fehler macht. Wir steigen ins Boot und fahren zurück in die Wirklichkeit der Gegenwart. Heute wird früh geschlafen, aber vorher haben wir Geschlechtsverkehr im Bett meiner Eltern. Morgen kommt meine Familie aus Hamburg ins Ferienhaus nebenan. Die Mieter sind heute nach Deutschland abgereist, den ganzen Tag hat die Hausfrau in der Hitze geputzt, sie muss gut erzogen sein.

Wir frühstücken auf der Terrasse, es ist elf Uhr, Schwarze liegt in einer Ecke mit einer Maus, die verzweifelt um ihr Leben ringt. Am Himmel schweben Lerchen, die singend um Revier und Sex kämpfen. Hinter uns an der Wand klebt ein Schwalbennest voller gieriger Kinder, die ständig gefüttert werden wollen. Wir faulenzen, sind Urlauber, die das Leben genießen. Auf dem Feldweg kommt uns der große, lange Citroën der Hamburger entgegen, auf dem Dach Surfboards, hinten Fahrräder. Aus dem Auto springt der Häuptling, noch im Wagen werden die Kinder angewiesen, schnell ist alles ausgepackt und ab geht es im Gänsemarsch zum Strand. Voran schreitet der Häuptling mit seinem Surfboard, hinter ihm drei Kinder mit noch einem Board.

»Wollt ihr mit, ihr Gammler?«, ruft er uns zu.

»Nein danke, wir gammeln weiter, haben schließlich Urlaub.«

Der Mann brüllt vor Lachen, mit seinem Testosteron könnte man Fenster putzen.

»Kommt ihr heute Abend auf einen Schnaps rüber? Die Kieler und die Münchener kommen heute noch mit ihren Wohnwagen.« Eine nette deutsche Hausfrau fragt das, drei Kinder, ein Putztuch.

»Wir kommen, sobald die Kinder schlafen.«

»Sprichst du Deutsch, Anna?«

»Ja, einigermaßen, aber ich trinke keinen Schnaps.«

»Wir haben auch Bier und Wein, bis dann.« Die Hausfrau eilt davon, sie sieht meiner Mutter ähnlich.

»Anna, das wird heute Abend die große, deutsche Tragödie.«

»Echt?«

»Etwa um dreiundzwanzig Uhr, wenn der Schnaps seine Wirkung getan hat, werden sie weinerlich und die Gespenster der Weltkriege tauchen auf. Und dann machen sie mir Vorwürfe, weil ich mich nach Kopenhagen abgesetzt habe und meine Kinder kein Deutsch sprechen. Aber wie stellen sie sich das vor? Die Familie von Birgit war aktiv im Widerstand gegen die deutschen Besetzer.«

Anna hält mich an der Hand. »Komm mal her«, sagt sie, streichelt mich, zieht an den Haaren auf meiner Brust und beißt mich in die eine Brustwarze. »Armer Andreas.«

Abends gehen wir rüber, für die Hausfrau haben wir einen Strauß Blumen gepflückt. Alle sind da: mein gemütlicher Vetter aus München mit seiner pummeligen Frau, aus Kiel mein akademischer Vetter mit der kühnen Adlernase und seiner rothaarigen Walküre vom Bodensee sowie mein Vetter aus Hamburg mit seiner Hausfrau. Er ist der Anführer, der den Schnaps einschenkt.

»So, lieber Vetter, ist ja eine schöne, junge Frau, die du dir da angelächelt hast, hier ein Schnaps, willkommen, Anna.« Wir kippen alle unseren Schnaps hinunter, Anna verzieht ihr Gesicht.

»Bisschen zu stark für die junge Frau?«, fragt die Testosteronbombe.

»Das hat sie mir schon gesagt, bitte sehr, Anna, ein Glas Wein, wir Frauen müssen zusammenhalten«, zeigt sich die Hausfrau mit Anna solidarisch.

»Ich soll dich von meiner Mutter grüßen«, sagt der Kieler und sieht mich freundlich an, seine Walküre ist Forscherin und spricht mit Anna Englisch. Wir kippen und reden, jetzt passiert es.

»Ich habe dich immer beneidet, dass du deinen Vater gehabt hast, meiner ging mit der ‚Wilhelm Gustloff‘ unter«, sagt der Kieler. Er sieht mich an, als wäre ich persönlich für sein Unglück verantwortlich.

»Ich weiß, lieber Vetter, aber er saß doch schon im Rettungsboot. Er kehrte zurück zu seinen Patienten im Lazarett tief unten im Schiff. Er wollte es so. Deine Mutter hat gesagt, er sei nach den Jahren im Kriegslazarett nicht mehr derselbe gewesen. Mein Gott, er hat das Leid und die Grausamkeit nicht abgekonnt. Dein Vater war ein guter Mensch, ein Arzt, kein Menschenschinder.«

»Andreas, du hast dich nach Kopenhagen abgesetzt, statt wie wir das Schicksal des deutschen Volkes zu teilen.«

»Genau, lieber Vetter, ich kam damals zu dem Schluss, dass das, was im Zweiten Weltkrieg geschehen war, nicht nur von großer Grausamkeit zeugte, sondern vielmehr von großer Dummheit. Vorstellungen wie Volkstum, die deutsche Volksseele, Blut und Boden – das sind Gedanken des Stillstandes und des Todes.«

»Wie kannst du das behaupten? Tradition und Abstammung sind für uns alle wichtig«, meint der Vetter aufgeregt.

»Tradition und Abstammung, von wegen, das sind Gedanken, die dich voreingenommen machen, die den lebhaften Geist lähmen, dich dabei behindern, zu lernen, dich anzupassen und Neues zu entwickeln. Darum war das Dritte Reich blind und taub, trampelte durch Europa und zerstörte alles Fremde.«

»Ja, aber dafür gab es einen Grund, das deutsche Volk wurde nach dem Ersten Weltkrieg verraten. Man hatte das Recht, sich zu rächen.«

»Kann sein«, sage ich mit erhobener Stimme, »aber der Zeitgeist hatte die europäische Jugend schon lange vorher verraten. Die Vorstellung vom romantischen Liebestod und dem ebenso romantischen Helden führte die Jugend auf Abwege. Die Verehrung des unschuldigen, jungfräulichen Mädchens versperrte den Frauen den Weg zu sich selbst. Der romantische Held sollte sich nach der unschuldigen Jungfrau sehnen, statt sie zu ficken, bis sie nicht mehr sitzen kann. Wie in Wagners Opern, wo die Männer sich aus Angst vorm Sexuellen mit ihrem Heldentum lächerlich machen. Mit der Vorstellung eines romantischen Heldentodes auf dem Schlachtfeld aus Liebe zum Vaterland und durch die Angst vorm Sex wurden die jungen Männer zu Kanonenfutter gemacht.«

»Schon gut, du warst immer ein Spinner, komm her mit deinem Glas, du brauchst einen Schnaps, um klar denken zu können«, sagt der Anführer, er will Frieden stiften.

Es wird an diesem Abend noch weiter über das Unglück des deutschen Volkes, die Juden, die Russen, die Engländer, die Franzosen, die Amis geredet, sie weinen in ihr Glas. Der deutsche Volksgeist muss auch herhalten, der ist angeblich wegen all den Fremden im Lande unter Druck. Ich kann es nicht lassen, rufe: »Schaut in den Spiegel. Keiner von uns sieht aus, wie Hitler sich das gewünscht hat. Das deutsche Volk ist ein Bastard und verändert sich ununterbrochen. Deutschland liegt mitten in Europa. Da sind alle vorbeigekommen und haben mit den deutschen Frauen gevögelt. Selbst auf den dänischen Färöern im Atlantik ist es so. Während die eigenen Männer zur See waren, haben die Frauen mit schönen, spanischen Walfängern gefickt. Darum haben so viele Färöer schwarze Haare, braune Haut und braune Augen. Die haben sich nicht, wie bei Richard Wagner, tugendhaft nach ihren Helden auf dem Meer gesehnt, sondern sich mit fremden Männern amüsiert.«

»Andreas, ich bin müde und die Kinder sind alleine zu Hause. Es ist Zeit, dass wir uns verabschieden.«

»Gute Nacht, bis morgen.«

»Wollt ihr schon gehen?«

»Ja, die Kinder.«

Es ist der letzte Tag vor der Abreise. Wir putzen wie besessen, Vati kommt zum Abendessen. Natürlich ist der Wettbewerb mit den deutschen Hausfrauen, die mit ihren Fingern immer irgendwo Staub finden, vergebens. Schwarze fängt eine Maus, die Kinder schleppen Sand ins Haus, trotzdem sitzt Vati gemütlich auf der Terrasse. Wir trinken ein Glas Weißwein, vergessen die Katze, die Maus und den Sand. Wir schauen über das Meer, Anna kämpft mit den Mücken, heute gehen die Kinder spät ins Bett.

»Vati, vielen Dank, dass wir das Haus leihen durften.«

»Anna und Andreas, viel Glück in Kopenhagen.« Er steigt in sein Auto, der Alte will in seiner Wohnung in Hadersleben schlafen.

»Leicht hast du es in deinem Leben nicht gehabt, Vati.«

»Nein, da hast du recht.« Er fährt auf dem Feldweg, dann rechts ab in Richtung Hadersleben.

Zähne putzen, Kinder ins Bett, wir legen Klamotten für die morgige Reise bereit und stellen die gepackten Koffer ins Auto. Morgen früh kommen die Bettdecken auf den Hintersitz. »Ich liebe dich.« Wir küssen uns, haben Sex im Bett meiner Eltern.

»Dein Vater gefällt mir.«

»Ich weiß, er ist ein Jurist wie du, gute Nacht.«

Morgens locken wir Schwarze mit einem halben Hering an und fangen sie ein, die Maus wird lokalisiert und rausgeschmissen. Die Kinder werden angezogen und frühstücken auf der Terrasse, damit keine Krümel ins Haus kommen. Anna hilft den Kindern beim Zähneputzen und liest ihnen im Auto *Die Mumins* und Märchen vor. Ich schmiere Butterbrote ohne Butter für die Fähre, spüle Geschirr, staubsauge noch einmal die Stube und ziehe die Betten ab.

»Gute Reise, fahrt vorsichtig, lieber Vetter.«

»Ich wünsche euch noch schöne Tage in Hejsager.«

Wir fahren auf dem Feldweg, dann nach rechts ab, das Land meiner Kindheit versinkt hinter uns. Auf der Landstraße winkt die Freiheit uns zu, unser Ziel ist das Kopenhagen der Königin, wo unser Triebschicksal uns erwartet. Wieder in der Toftholm Allee. Der Rasen muss, bevor wir nach Griechenland fliegen, noch gemäht werden, das Telefon klingelt. Birgit hat uns nicht vergessen, sie wohnt neuerdings fast nebenan in einem großen Haus.

»In einer Stunde hole ich die Kinder ab.«

Marie geht an der Hand ihrer Mutter aus der Einfahrt, von jetzt an wohnt meine Tochter nicht mehr bei mir. Lasse bekommt noch schnell einen Kuss, er hat seine Wasserpistole und sein Fischnetz vergessen. Wir sind allein, Lise und Thorsten stehen in der Tür.

»Ihr könnt heute Abend bei uns essen, dann braucht ihr nicht einzukaufen. Ihr fliegt doch morgen sehr früh nach Griechenland?«

»Vielen Dank, wir kommen.«

Anna wäscht die Wäsche, ich fahre Schwarze ins Katzeninternat, anschließend schneide ich den Rasen, der Graf nebenan ist mit der Königin auf Reisen. Ein schöner Abend, Lise und Thorsten haben im Garten unter einem Apfelbaum gedeckt: Beefsteak vom Grill, Salat und Kartoffeln von der Insel Samsø.

»Wie war es in Südjütland?«

»Wie immer, wehmütig und eine große Erleichterung, dass die verdammte Kindheit überstanden ist. Als Achtzehnjähriger habe ich meine Schulbücher verbrannt und die Flucht nach Kopenhagen ergriffen. Jedes Mal, wenn ich zurückkehre, habe ich das Gefühl, dass ich wie Lots Frau zu einer Salzsäule erstarre. Es ist halt wie in einem Hollywoodfilm: Never look back.«

»Ja, oder wie bei Sokrates: Willst du leben und weise sein, musst du dich von allen Vorurteilen und Traditionen befreien«, sagt Lise. »Übrigens, erinnert ihr euch an Lotte und Carsten?«

»War das das Paar bei eurer House-Warming-Sex-Party, das nach Brüssel wollte?«

»Ja genau, er hat die Prüfungen bestanden und wird bei der Kommission arbeiten. Die beiden veranstalten im Oktober eine Abschiedsfete und lassen fragen, ob ihr mitkommt.«

»Lise, nur eine Abschiedsfete oder eine richtige Fete?«

»Eine richtige Fete, Anna, die Frauen unten ohne«, Lise lächelt. »Hoffentlich kommst du, Anna, ich habe etwas mit dir vor.«

»Natürlich kommen wir, Andreas freut sich schon.«

Das Eismeer hat gesprochen, da kann ich nichts machen, mein Ständer ist mit ihr einig.

Das Taxi steht vor der Tür, ich schleppe die Koffer herbei und wuchte sie in den Kofferraum, denn der Fahrer hat es im Rücken. Der Wind hat im Laufe der Nacht von Südost nach Südwest gewechselt, Kopenhagen schläft im Regen. Kein Mensch auf den Straßen, Kongens Nytorv liegt öde da, kein Stau auf der

Knippelsbro hinüber nach Amager, der Dannebrog hängt über dem Folketing schlapp im Regen. Wir fahren auf dem Amager Strandweg den Öresund entlang, die Küste von Schonen ist vom Regen verschleiert. Flughafen Kastrup, überall Menschen, wir stehen in einer Schlange, Check-in, wir frühstücken im Flughafen, stehen dann nochmals an, endlich fliegen wir. Sobald wir in Chania aus dem Flugzeug steigen, werden wir von einer duftenden, warmen Wand getroffen – willkommen in Griechenland.

Der Bus setzt uns vor einem alten, hübschen Hotel an der Küste über Chania ab. Im Hotel ist es kühl, von unserem Zimmer haben wir einen weiten Blick über das Mittelmeer und die Stadt mit dem Hafen. Wir denken an die Fete im Oktober, werden geil, ficken in dem großen Bett, Annas Brustwarzen wollen misshandelt werden. Sie stöhnt vor Schmerz, als meine ganze Hand langsam in ihre Fotze eindringt. Ihr Orgasmus kommt, während meine Hand sie langsam fickt. Ich lege die kleine Hure in den Vierfüßlerstand und dringe nochmals in sie ein. Schade, dass ein Fremder sie nicht an ihren Brustwarzen festhält, dass kein steifer Schwanz nach mir in sie eindringen wird. Ihr Gesicht wird rot, ich brülle, während mein Samen in sie hineingepumpt wird. Ein Glück, dass es die Pille gibt, sonst hätten wir jetzt Zwillinge.

Erst zwei Stunden Mittagsschlaf, dann gehen wir unter die Dusche. Wir haben Hunger und nehmen ein Taxi zum Hafen mit den farbigen Lampen und der kitschigen Romantik. Wir gehen den Kai entlang, keine helle nordische Sommernacht, aber die Lampen und Scheinwerfer sorgen für Feststimmung, Musik tönt aus den Restaurants und Bars. Wir wählen ein Restaurant mit griechischer Musik und einfachen Holztischen, gehen mit dem Wirt, Dimitri, in die Küche und bestellen. Dimitri setzt sich zu uns, er will wissen, woher wir kommen.

»Aus Dänemark, Kopenhagen, wie die Prinzessin Marie, die mit eurem König Konstantin verheiratet ist.«

Dimitri lächelt freundlich, er muss sich anderer Kundschaft widmen.

Wir sitzen an unserem Tisch, genießen die Wärme und die romantische Stimmung, betrachten die Touristen auf dem Pier. Hinten am Ende des Hafens ragt ein dunkler Felsen von Scheinwerfern beleuchtet in den schwarzen Himmel. Nachher gehen wir, wie alle anderen, an der Mole entlang, spazieren in die schmalen Gassen hinter dem Hafen, kaufen uns jeder einen Sarong. Alles ist richtig, romantisch, entspannend und schön. Am nächsten Morgen wandern wir nach dem Frühstück auf der Küstenstraße zur Haltestelle und nehmen den Bus zum Strand. Es ist heute heiß, der Busfahrer redet von einer Hitzewelle, wir kaufen einen Sonnenschirm und liegen im Schatten. Das Wasser ist lauwarm und wir planschen stundenlang zwischen kleinen Fischen und Touristen. Der eine Tag ist wie der andere: Strand, Hafen, Dimitri, schwitzender Geschlechtsverkehr. Wir lieben uns auf langweilige Art, entspannt und erholsam werden wir jeden Tag älter, taumeln dem Grab entgegen.

Wir sitzen in unserer Ecke, Dimitri kreist um unseren Tisch. Meine junge Frau im hellen, kurzen Kleid mit dem tiefen Ausschnitt gefällt ihm trotz des sittsamen Unterhöschens.

»Wie ist es hier betäubend schön, Anna.«

»Sicher, Andreas, aber irgendwie ein bisschen langweilig, könnten wir doch nur nackt baden.«

»Hej, seid ihr Dänen?«

»Ja, aus Kopenhagen, und du?«

»Theo Hvid von der Schauspielerschule in Kopenhagen, darf ich mich setzen?«

»Ja, bitte«, sagt Anna, »wenn du einen freien Stuhl findest.«

Dimitri hat noch einen Stuhl für Theo, er setzt sich.

»Was macht ihr hier?«, fragt Theo.

»Dasselbe wie alle, essen, baden, Bücher lesen und schlafen, und du?«

»Ich mache tagsüber Ferien und abends verdiene ich Geld, indem ich Feuer spucke. Ich habe als Kind jeden Sommer im Zirkus gearbeitet, da habe ich das Feuerspucken gelernt. Wie ein Drache stehe ich mit meinem feurigen Atem abends am Ende des Kais. Kommt ihr morgen mit zum Strand Paradies?«

»Warum der Name, ist er so einzigartig?«, fragt Anna.

»Es ist der einzige Strand, wo man nackt baden darf.«

»Gerne, Theo, wir kommen mit, da sind wir uns doch einig, Andreas?«

Mein Schwanz ist einig und ich sage: »Ja.«

»Ich muss los, um Geld zu verdienen, bis morgen um zehn Uhr bei der Bushaltestelle.«

Theo steht auf und geht in Richtung Felsen. Wir essen fertig und machen unsere Abendpromenade, diesmal aber um den beleuchteten Felsen herum. Hinter ihm sehen wir in der schwarzen Nacht eine feuerspuckende Silhouette. Um die Silhouette herum haben sich applaudierende Zuschauer versammelt, vor ihr steht ein Hut voller Drachmen. Wir gehen zur Silhouette.

»Da seid ihr ja! Wenn du willst, kann ich es dir beibringen. Wie war dein Name?«

»Anna.«

»Anna, ein schöner Name. Pass mal auf, man nimmt etwas von dieser Flüssigkeit in den Mund, aber Vorsicht, nicht schlucken oder einatmen, sie ist giftig. Also Anna, erst Flüssigkeit in den Mund und dann durch die Nase einatmen, danach pustest du das Zeug in die Fackel.«

Er macht es ihr vor, eine Flamme leuchtet in der Dunkelheit, er legt einen Arm um ihre Taille.

»Jetzt bist du dran«, sagt der listige Drache.

Anna nimmt etwas von der Flüssigkeit in den Mund, die Fackel hält sie in der anderen Hand. Sie pustet, von der Fackel ausgehend, entfaltet sich eine lange Flamme, die Leute klatschen. Anna versucht es wieder und wieder, Theos Hand hat jetzt einen festen Griff um ihre rechte Brust, sie kann gar nicht genug bekommen.

»Komm, Anna«, sage ich, »bis morgen um zehn Uhr.«

Wir nehmen schnellstens eine Taxi, ich fühle nach, ihr Unterhöschen ist durchnässt und mein Schwanz steif wie ein Brett. Glücklicherweise haben wir den Schlüssel nicht in der Rezeption abgegeben. Raus aus den Klamotten, die kleine Hure will gefickt werden.

»Willst du Theos Schwanz?«

»Ja«, stöhnt sie, »ganz tief rein und immer wieder.« Mein Orgasmus kommt schnell, aber ihre spitze Zunge auf meinem Phallus hat sofort wieder Wirkung. Das zweite Mal wird sie gründlich gefickt, sie zieht sich einen blauen Fleck auf ihrer rechten Titte zu und einen roten Arsch.

Ich wache mit einem Ständer auf, aber Anna lässt sich nicht überreden.

»Das muss bis später warten, Andreas. Es gefällt mir, dass du den ganzen Tag geil sein wirst.«

Wir gehen unter die Dusche, putzen die Zähne und essen Continental Breakfast, das heißt Toast, Marmelade, Honig, Butter und Kaffee, wir küssen uns.

»Andreas, was mache ich nur mit dem blauen Fleck auf meiner Brust? Ich habe auch einige auf meinem Po.«

»Kein Problem, Anna, richtige Männer werden davon angezogen. Nehmen wir Badezeug mit?«

»Sicherheitshalber, Hund, man kann nie wissen.«

Wir packen unsere Badehandtücher, eine Badehose und einen Bikini ein, stehen nackt da und schmieren unsere Körper gegenseitig in Creme mit 30-fachem Sonnenschutzfaktor ein. In einer Kühltasche nehmen wir vier Liter Wasser mit, Geld für den ganzen Tag haben wir in meinem Gürtel, den Rest verschließen wir im Safe. Wir wandern auf dem Weg an der Küste entlang zum Bushalteplatz, zehn Minuten vor zehn sind wir da.

»Gut, dass ihr so früh hier seid, sonst würden wir keinen Platz mehr im Bus bekommen.«

»Guten Morgen, Theo.«

Wir folgen Theo zum staubigen Bus mit der Aufschrift ‚Paradise Beach‘. Das rostige Fahrzeug ist voller Beulen und vollbepackt. Wir erobern einen Platz auf der Bank ganz hinten. Theo und ich sitzen eng zusammen mit Anna auf unserem Schoß. Noch mehr Menschen drängeln sich in den Bus, endlich geht es los. Der Schaffner klettert über die Menschen, wir entwerten unsere Fahrkarten, Anna sitzt festgeklemmt mit breiten Beinen auf Theo und mir. Unter ihrem kurzen Kleid kriechen unsere Hände ihre nackten Schenkel hinauf, treffen sich in ihrer Muschi. Finger von zwei Männern dringen gleichzeitig in sie ein. Anna sieht uns wütend an, kann sich aber nicht wehren. Ihr Körper zuckt mehrmals, Saft läuft aus ihrer Fotze, ein Unterhöschen hat sie vergessen anzuziehen. Wir sind da, taumeln aus dem Bus, wandern einen steilen Hang hinab, unten gibt es zwei Tavernen. Theo und ich gehen nebeneinander, Anna folgt uns schmollend, am Strand sind weit und breit keine Nudisten zu sehen.

»Wir müssen dahinten um den Felsen herumwaten und dann sind wir da«, sagt Theo.

Hinter dem Felsen erstreckt sich über etwa einen Kilometer

ein Sandstrand mit kleinen Bäumen, die Schatten spenden. Wir finden hinter ein paar niedrigen Felsen einen schattigen, Geborgenheit spendenden Platz, von dem aus wir einen Blick auf das Meer haben. Anna zieht sich als Erste aus.

»Pass auf unsere Sachen auf, Andreas.«

Sie läuft über den heißen Sand und stürzt sich ins Meer. Blitzschnell ist Theo nackt hinter ihr her, ich bleibe als Wächter zurück. Eifersüchtig beobachte ich ihr Liebesspiel in der See, es brennt in meiner Brust, ein Vulkan steht zwischen meinen Beinen. Hand in Hand mit Theo läuft sie auf mich zu, Wassertropfen blitzen wie Edelsteine auf ihrem Körper, lachend wirft sie sich auf ein Handtuch.

»Geh baden, Hund«, ruft sie mir zu.

Ich bin dran, laufe mit wippendem Glied durch den heißen Sand, tauche im warmen Meer unter, neben mir zwei zum Ficken schöne deutsche Frauen. Als ich nach einer Weile aus dem Meer steige, habe ich immer noch eine peinliche Erektion und laufe schnellstens zu unserem Platz. Anna und Theo trinken Retsina, ich setze mich mit meinem steifen Phallus zu ihnen.

Anna nimmt meine Hand. »Fühl mal.« Ihre Muschi ist angeschwollen und schleimig, voll von fremdem Sperma.

»Ist doch echt geil«, flüstert sie und greift meinem zum Sprengen steifen Schwanz.

»Fick mich, jetzt«, sagt sie und legt sich auf die Seite. Ich dringe von hinten in sie hinein, während Theo sie an ihren Titten festhält. Die kleine Hure kommt nochmals, stöhnt leise beim Orgasmus. Nachher trinken wir Wein, Anna küsst uns beide. Es wird uns zu heiß, wir baden alle drei, unsere Sachen liegen auf dem Strand, wo wir sie beobachten können. Die zum Ficken schönen deutschen Frauen belauern aus der Ferne, wie Anna uns beide wieder geil macht. Darauf versteht sie sich, küsst den einen, lässt gleichzeitig den anderen kurz in sich hinein, eng umschlungen mit Theo und dann mit mir. Wie zwei Satyrn stehen wir im Meer. Die beiden deutschen Frauen sind vergebens zum Ficken schön.

»Ich habe Hunger«, sagt die kleine Nutte.

Gehorsam packen wir zusammen und folgen Anna zu den Tavernen.

»Als Kind habe ich auch eine Zirkusschule für Kinder besucht und dort das Jonglieren und die Akrobatik gelernt. Jeden Sommer war ich zwei Monate mit dem Zirkus unterwegs und habe Geld verdient.«

»Fantastisch«, wispert Anna, sie greift Theos Hand, küsst ihn und rückt dichter an ihn heran. Ich schaue über das Meer, sitze allein, trinke mein Glas Wein und esse meinen gegrillten Schwertfisch.

»Komm, Andreas, ich habe schon bezahlt.« Anna küsst mich, ihre Zunge dringt tief in meinen Mund ein. Kaum sind wir um die Klippe herum, geht Anna nackt zwischen uns beiden, unser schattiger Platz hinter den Klippen ist noch frei. Sie küsst mich wieder und flüstert mir ins Ohr: »Geh bitte baden, ich möchte mit Theo allein sein. Nachher bist du dran.«

Die verdammte kleine Hure, aber schon laufe ich mit dem obszönen Ständer durch den heißen Sand. Die beiden deutschen Frauen tun mir leid, niemand hat sie gefickt. Zucht und Ordnung lohnen sich nicht. Ich schwimme und tauche, laufe zurück, da liegt Anna, ihre Beine um Theo geschlungen. Rhythmisch spannen seine Muskeln sich an, während er in sie hineinstößt. Ihre Muschi wird von seinem dicken Schwanz ausgedehnt, sie krallt sich an seinem Rücken fest. Ich komme näher, nehme ein Handtuch für meine verbrannten Füße. Ich beobachte, wie sein Ständer in ihrer Fotze arbeitet, wie ihr Körper sich im Orgasmus verspannt, wie sie stöhnt, wie Sperma aus ihr hinausläuft, als er sich endlich zurückzieht. Sie küssen sich. »Ich liebe dich«, flüstert sie, Anna sieht mich stehen, wendet sich langsam mir zu.

»Komm, Andreas«, sie greift meine Hand, sieht nur mich. »Ich liebe dich wie keinen anderen«, flüstert sie mir ins Ohr. »Mich wirst du nie los.«

Langsam sinke ich in das blaue Eismeer, zögerlich bewegt sich mein Schwanz in ihrer schleimigen Fotze, wir treiben in der Unendlichkeit, über uns ein schwarzer Himmel voller Sterne. Sie klammert sich an mich, schwebt auf den Flügeln der Lust, ihre Brüste tanzen gemächlich im Takt, ihr Körper verspannt sich im Orgasmus, wieder und wieder.

»Das war schön wie noch nie, Andreas.«

Wir packen, waten an der Küste entlang, steigen den Hang hinauf, taumeln in den Bus.

»Meine Freundin kommt morgen, wir sind seit Jahren zusammen und haben kaum noch Sex.« Theo schaut aus dem Fenster, wir schweigen. Endstation, aussteigen, Theo umarmen, er verschwindet im Menschengewühl. »Taxi«, bald sind wir im Hotel.

»Soll ich mich duschen?«

»Nein, mir gefällt der Geruch von Ehebruch und Männerschweiß.«

»Du kannst schon wieder?«, fragt Anna, sie nimmt meinen Phallus in ihre Hand, bewegt sie gelassen über meine Eichel, es zuckt in meinem Körper.

»Nehmen Sie den Schlüssel mit, ab acht ist keiner mehr an der Rezeption.«

»Rufen Sie uns bitte ein Taxi.«

Während der Fahrt zum Hafen zieht Anna ihr Unterhöschen aus. Damit man ihre Zitzen im tiefen Ausschnitt ahnt und beim Sitzen ihre Fotze, knöpft sie ihr Kleid auf.

»Echt, wollen wir Theo mit ins Hotel nehmen?«

»Klar, Anna, krankhaft, aber wahr.«

Beim Essen sitzt Anna mit gekreuzten Beinen, bis Theo auftaucht und sich zu uns setzt.

»Theo, in dem Hemd siehst du fabelhaft aus«, sagt Anna.

Sie lächelt ihn mit schrägem Kopf bewundernd von unten an, rückt näher zu ihm, knöpft sein Hemd auf und streichelt ihm über die Brust. Ihre Beine sind jetzt gespreizt, seine eine Hand liegt auf der Innenseite ihres Oberschenkels, berührt ihre Muschi. Sie beugt sich vorwärts, ein flüchtiger Kuss. Ich gehe in die Küche, um zu zahlen, Anna und Theo bleiben, vertieft im Gespräch, sitzen.

»Dein Leben ist fantastisch«, sagt Anna, ihr Kopf ist wieder zur Seite gebeugt, sie sieht ihn von unten her lächelnd an, zwei seiner Finger sind in ihrer Fotze.

Wir wandern am Pier entlang, Anna ist Theo zugewandt, ich folge schräg hinter ihnen. Wir gehen um den Felsen am Ende des Kais herum in die Dunkelheit. Anna spuckt Feuer, jedes Mal sieht man im tiefen Ausschnitt ihre entblößten Brüste mit den rosa Brustwarzen. Die Leute klatschen, der Hut ist schnell mit Drachmen gefüllt, die Nacht ist heiß. »Taxi«, ich sitze neben dem Fahrer, Anna mit Theo hinten. Ist sein Schwanz in ihrer Muschi? Im Hotel muss ich noch etwas mit der Abreise klären, Anna und Theo sind schon oben. Als ich die Treppe hinaufsteige, höre ich ihr Stöhnen, sie liegt im Vierfüßlerstand. Ich knie nieder und halte sie fest, damit Theo sie ohne Gnade ficken kann. Sie kämpft dagegen an, aber vergebens, sein großer dicker Schwanz dringt in sie ein, sie windet sich heulend vor schmerzhafter Lust, bis er sich in ihr entleert. Wir behalten sie im Griff, nur ist es meiner, der sie jetzt unerbittlich fickt. Theo hat ihre Nippel ergriffen, ihre Zitzen werden lang gezogen und bewegen sich, wie zwei Saiten einer Gitarre. Sie schreit, stöhnt und windet sich, wird endlich durch ihren und meinen Orgasmus erlöst.

»Andreas, ich muss, aber kann nicht. Theo, wo ist Theo?«

»Der ist losgezogen, bevor die Rezeption von jemand besetzt wurde. Er wollte noch etwas schlafen, bevor seine Freundin kommt. Du kannst nicht?«

»Nein, ihr habt mich stundenlang abwechselnd gefickt und meine Muschi ist jetzt angeschwollen und wund.«

»Anna, du hast eine Stehmuschi. Die kühlst du am besten unter der kalten Dusche, dann kannst du bald wieder.« Anna nimmt die Dusche in die Hand, nach fünf Minuten kann sie pinkeln.

»Ich will schlafen, nur schlafen, Andreas. Morgen darfst du wieder, aber jetzt nicht. Ihr beide konntet abwechselnd schlafen, aber in mir war immer jemand.«

»Klar, meiner ist auch empfindlich und braucht eine Pause.«

Wir schlafen ein, liegen wie Tote da. Bis Anna mich aus dem tiefen Schlaf reißt, eine Hand auf meinem Ständer.

»Andreas, ich bin geil, kann nicht schlafen, bitte, fick mich.«

Ich tue vorsichtig meine Pflicht, die Muschi ist richtig rot angeschwollen, mit einem kleinen Bluterguss in der rechten Schamlippe. Ihre Fotze ist so angeschwollen wunderbar zu ficken, weich und schleimig-glatt, sie reagiert heftig auf jede Bewegung. Wir sind schnell am Ziel, ich brülle, sie stöhnt, wir können weiterschlafen.

Heute ist der letzte Tag auf Kreta, morgen geht es zurück in die Salzminen des Sozialstaates. Aus Solidarität mit den Armen, Kranken und Dienstuntauglichen tun wir unsere Pflicht und liefern unseren Gewinn ab. Von Solidarität mit uns selbst ist nicht die Rede. Wir müssen dankbar sein, weil wir gesund und arbeitsfähig sind und Tag und Nacht für andere da sein dürfen. Dass wir jeden Tag ficken und überhaupt ein blühendes Geschlechtsleben haben, müssen wir verheimlichen. Das ist gegen die öffentliche Moral und zerstört die Ehe, das Fundament des Sozialstaates.

»Du siehst sauer aus, Andreas.«

»Ach, Anna, wir lieben uns und leben auf unsere Art und Weise, aber keiner darf wissen, wie. Die Empörung würde kein Ende nehmen.«

»Warum, glaubst du, dass ich dich liebe und dich nie verlassen werde? Es gefällt mir nicht, wie Theos Freundin oder unsere Mütter zu den Langweiligen zu gehören.«

»Anna, wir müssen jeder hundertfünfzig Milligramm Fluconazol einnehmen, sonst haben wir bald das süße Jucken, so nannte man in alten Zeiten nach den Flitterwochen das Jucken in den Genitalien.«

»Hast du denn so etwas mit?«

»Klar, bei unserem Triebleben habe ich immer eine Menge dabei. Wir sind ja nicht ganz dicht.«

Wir nehmen zum nächstgelegenen Strand ein Taxi, es ist schon Nachmittag. Wir baden, liegen im Schatten unter dem Sonnenschirm und lesen unsere Bücher. Wir verbringen unseren Urlaub wie die anderen, entspannt, ohne Stress und Aufregung. Abends essen wir an der Ecke bei Dimitri, heute den letzten Retsina und die letzten Calamares, plötzlich steht Theo mit seiner Freundin vor uns. Sie ist eine schöne Katalanin, die an der Uni in Kopenhagen studiert.

»Hier für euch beide Tickets für die Premiere von *Der widerspenstigen Zähmung* von William Shakespeare am fünften August im Grönnegårds Theater. Ich habe da eine winzige Rolle.«

»Danke, Theo, wir werden aufkreuzen.«

Theo und die schöne Katalanin verschwinden in der Menschenmenge auf dem Kai.

»Was will die mit ihm?«, sagt Anna, schüttelt ihren Kopf.

»Theo hat einen sexy Körper und ist ein guter Fick. Das ist zwar viel, aber genug ist es nicht, und Sex haben sie nur noch selten. Ich habe übrigens seine Adresse von ihm bekommen. Vielleicht werde ich ihn ab und zu besuchen.«

Flugplatz Kastrup, es regnet, ist windig und kalt – willkommen in Dänemark. Die Kinder sind noch eine Woche bei Birgit im Sommerhaus. Mit dem Taxi fahren wir durch das nasse Kopenhagen, überall in der Innenstadt wandern unter ihren Regenschirmen Touristen umher, die Hafenanlagen sind vom Regen verschleiert. Anna kauft bei dem Lebensmittelgeschäft an der Ecke eine Klatschzeitung mit dem Neuesten aus dem Königshaus. Die Königin ist mit ihrem Schiff in Grönland, auf den Bildern trägt sie die Nationaltracht der Inuit: Pelzstiefel aus Seehundsfell, sogenannte Kamikken, dazu Pelzhosen und einen perlenbesetzten Anorak. Ich fahre ins Katzeninternat und hole Schwarze, die beleidigt in einer Ecke hockt. Anna hat einen Hering für sie aufgetaut, mit dem sie sich knurrend unter einen Busch im Garten zurückzieht. Wir liegen im Bett mit offener Tür zum Balkon, kuscheln uns unter die Bettdecken.

»Du riechst wie eine Hure nach vielen Männern«, ich lecke ihre Muschi, »und so schmeckst du auch.«

Wir ficken, sinken ins Eismeer, die Königin der Inuit winkt uns zu. Wir müssen noch einmal aus dem Bett, unser Kühlschrank ist leer, aber gleich am Hauptbahnhof können wir einkaufen. Montag geht es in die Klinik und abends habe ich Nachtschicht. Anna schmeißt den Haushalt, streichelt Schwarze und liest Romane. Gut, dass unsere Putzfrau bald kommt, die deutschen Hausfrauen der Familie würden bei all dem Staub in den Ecken vor Entsetzen ohnmächtig werden. Als Kind sagte meine Mutter zu mir, dass Frauen, die perfekt putzen, in Sachen Sex eine Niete sind. Das hatte sie in *Tidens Kvinder* gelesen, einem Magazin für die Frauen der Bourgeoisie. Mutti könnte recht gehabt haben. Weder meine erste noch meine zweite Frau können putzen, aber studieren und ficken, darauf verstehen sie sich.

Freitags liefert Birgit die Kinder bei mir ab. »Die werden sich bei dir in der Stadt langweilen. Was können sie schon unternehmen und deine Schlampe hat davon keine Ahnung. Sie ist ja selbst noch ein Kind.«

»Das geht schon, viel Spaß auf deiner Reise mit Lars. Du triffst sicher viele weltberühmte Forscher.«

»Ja klar, bei dem Festbankett habe ich einen alten, berühmten Mann als Tischherrn, der mir ins Essen spuckt und kaum hören kann, was ich sage.«

»Alles hat seinen Preis, Birgit, amüsiere dich.«

Gott sei Dank, kaum ist Birgit abgefahren, hält Thorsten mit Familie vor seinem Haus. »Kirsten, Kirsten«, Marie stürzt über die Straße, ein Glück, dass es auf der Toftholm Allee fast keinen Verkehr gibt. Die beiden Gören umarmen sich, den Rest der Ferien ist für Maries Unterhaltung gesorgt. Lasse besucht seinen Freund Sebastian, heute Abend wollen die beiden bei uns übernachten, denn Sebastians Eltern haben Pläne.

Samstags kommt der Wind aus Südost, weht aus dem Ostblock den Geruch von Braunkohle, Armut und Umweltverschmutzung herüber. Ein Hochdruckgebiet sorgt für Sonnenschein und Wärme. Nachmittags fahren wir zum Charlottenlund Strand. Auf dem Bregnegårdsvej steht vor einer Villa im Funktionalismus-Stil ein Schild, auf dem ‚Zu verkaufen‘ steht.

»Halt mal an, Andreas, da möchte ich gerne wohnen.« Wir steigen aus, im Garten sitzt eine alte Frau.

»Dürfen wir uns das Haus kurz anschauen?«

»Ja, bitte, wenn es sein muss.«

Ein schöner, wild wachsender Garten, das Haus ist eine verfallene Ruine, da muss viel saniert werden. Die Kinder sind bereits in einen der alten Apfelbäume geklettert.

»Da siehst du, Andreas, den Kindern gefällt es.«

»Anna, zuerst müssen wir die Scheidung im Gericht hinter uns bringen, danach verkaufen wir das Haus in der Toftholm Allee und dann werden wir weitersehen.«

»Aber dann ist es sicher schon lange verkauft.«

»Junge Frau, da bin ich mir nicht so sicher, fast keiner kommt vorbei, um es sich anzuschauen. Sie wissen doch, der wirtschaftliche Absturz wegen der Sozialdemokraten.«

»Auf Wiedersehen, vielleicht nächstes Jahr.«

Wir fahren durch den Wald von Charlottenlund, drehen nach rechts ab und weiter auf der Jægersborg Allee am Schloss Charlottenlund vorbei, das bis 1935 von der Königsfamilie bewohnt wurde. Wir haben Glück und finden auf dem Strandweg einen Parkplatz. Am Ende der Allee, die vom Strandweg durch den englischen Schlossgarten führt, liegt auf einem Hügel das weiße Schloss im französischen Renaissancestiel. Auf der gegenüberliegenden Seite des Weges befinden sich die Festung und der blaue Öresund. Die Kinder wollen ein Eis, Kirsten und Marie möchten gleich zum Strand, aber die Jungs wollen sich erst die Kanonen anschauen. Wir gehen über die Brücke, die über den Wassergraben der Festung führt, im Graben schwimmen etwa hundert Enten und ein paar Schwäne.

»Guck mal, Vati, die vielen Zelte und die Wohnwagen.«

»Marie, in der Festung ist der einzige ordentliche Campingplatz von Kopenhagen eingerichtet. In den alten Kasematten, wo einst die Soldaten wohnten, hat man jetzt Speisesaal, Küchen, Toiletten und Duschen eingerichtet.«

»Die Kanonen!« Lasse und Sebastian klettern auf die Geschütze. Anna geht mit Marie und Kirsten an den Händen die Treppen hinauf, um sich das Ganze von oben anzusehen.

»Da wollen wir rauf.« Marie und Kirsten stürzen zu einer weiteren Treppe, die zum höchsten Punkt der Festung führt. Wir laufen hinterher. Oben haben wir einen weiten Blick über den Öresund bis zur schwedischen Küste und auch nach Kopenhagen, zum Schloss und zu den beiden Festungen draußen im Sund, Flakfortet und Middelgrundsfortet.

»Genug, wir wollen baden«, sagt Anna.

Wir legen uns in der seichten Bucht bei den Kinderfamilien an den Strand, stürzen uns ganz nackt ins kalte Wasser, Anna, ich, Marie und Lasse. Kirsten und Sebastian zögern erst, machen es uns dann aber nach. Andere, die auch gerne nackt baden möchten, aber sich nicht trauen, legen sich zu uns, wir sind nicht mehr die Einzigen.

»So zerstört man die öffentliche Ordnung und Moral«, sagt eine Mutter neben mir, lächelt uns zu, sie ist jetzt auch unten ohne. »Guten Tag, dich kenne ich von Maries Kindergarten. Fängt Marie wie meine Tochter nach den Sommerferien in der Gentofte-Schule an?«

»Nein, Marie wohnt neuerdings bei ihrer Mutter und kommt in die Rygaards-Schule.«

»Zu den Schwestern in die katholische Privatschule?«

»Ja, ihre Mutter ist Katholikin. Das ist Anna, meine neue Lebensgefährtin.«

Die Frau lacht. »Dann kann es mit uns beiden nichts werden. Ich bin gerade geschieden.«

»So schön, wie du bist, tut es mir echt leid, aber Anna lässt mich nie wieder los.«

Anna legt sich dicht neben mich, sagt: »Er ist meiner«, und küsst mich. »Aber vielleicht darfst du ihn mal leihen.«

»Sehr modern«, die Frau steht auf, packt ihre Sachen und ihr Kind zusammen. »Ich bin Krankenschwester und muss zur Arbeit.«

Sonntags joggen wir wegen der Hitze schon um neun Uhr morgens. Nackter Oberkörper, nur kleine Shorts, aber trotzdem läuft der Schweiß in Strömen.

»Du siehst aus, als hättest du in die Hose gepinkelt.«

Wir lachen, zwei Männer in der freien Natur, weit weg von der Fuchtel der Frau. Doch dort läuft sie, die Fuchtel, ein Arsch in winzigen Shorts.

»Nicht zu schnell, die dürfen wir nicht überholen.«

Wir folgen dem Arsch, bei der Klampenborg-Pforte läuft er in Richtung Bellevue-Strand, wir beide biegen zum Schloss Eremitage ab.

»Thorsten, wir fanden auf Kreta unser Triebschicksal wieder.«

»Da habt ihr Glück gehabt. Die meisten vergessen in der Ehe ihre Begierde für immer.«

»Wir sind nicht verheiratet.«

»Andreas, ihr lebt zusammen, der Unterschied ist allein juristischer Natur.«

Wir joggen, es gibt nichts mehr zu sagen, am Ende geht es halb tot bergauf, dann bergab und zuletzt der Todesspurt in der prallen Sonne nach oben. Was kann uns schon passieren? Anna und Lise warten auf uns!

In der letzten Urlaubswoche ist sonniges Wetter, tagsüber sehen wir von den Kindern so gut wie nichts. Lise und Thorsten haben ebenfalls Urlaub, Marie und Kirsten sind unzertrennlich, Lasse hat seinen Freund Sebastian. Nach der Arbeit gehe ich mit den Kindern baden, aber meistens sind Anna und ich die

Einzigen, die es zum Strand zieht. Samstagmorgen hält Birgit vor der Tür, um die Kinder ins Sommerhaus mitzunehmen.

»Ich will nicht«, Marie ist in Tränen aufgelöst. »Vati, Vati, ich will bei dir bleiben.« Lasse ist verschwunden.

»Nächstes Wochenende bist du wieder bei mir, Marie. Hier, Anna hat dir eine Tasche mit Spielzeug gepackt.«

»Andreas, ich warte eine Stunde auf Granhøjen, wenn Lasse dann nicht da ist, sage ich dem Staatsamt Bescheid«, faucht Birgit.

»Ich werde ihn finden, Birgit, sonst fahre ich ihn nach Nakkehoved, sobald er wieder auftaucht.«

Lasse war bei Sebastian und eine halbe Stunde später sitzt er in Birgits Auto auf dem Weg ins Sommerhaus.

»Andreas, hast du die Premiere heute Abend im Gønnegårds Theater vergessen?«

»Ist das schon heute? Wie hieß das Stück noch?«

»*Der Widerspenstigen Zähmung*, von William Shakespeare.«

»Ach ja, Anna, ich erinnere mich. Die Komödie beschreibt, wie man eine eigensinnige und aufregende Frau in eine langweilige Ehefrau verwandelt. Da können die meisten Ehemänner lernen, wie man es falsch macht.«

»Sei nicht so negativ, Andreas. Sei brav, wir müssen noch für das Picknick im Garten vor dem Designmuseum einkaufen. Vor der Vorstellung ein Picknick ist Tradition.«

Im großen Irma-Supermarkt in der Jægersborg Allee besorgen wir Lebensmittel für einen Salat mit griechischem Feta, Hackfleisch für Frikadellen, ein Baguette und einen französischen Käse, dazu eine Flasche Amarone, die im Angebot ist.

Wir sind früh unterwegs, weil man sonst im Garten des Designmuseums keinen ordentlichen Platz mehr bekommt. So sitzen wir bald auf unserer Sommerdecke und packen aus. »Hej.« Da stehen Maria und Helen, ebenfalls mit einem Korb, sie setzen sich zu uns.

»Wie waren eure Ferien?«, fragen die beiden Abenteurerrinnen uns langweilige Eheleute.

»Friedlich, wir waren auf Kreta, ruhig und gemütlich, wie es sich für ältere Menschen gehört.«

»Wir hatten aufregende Ferien in Griechenland, fuhren mit den Fähren von Insel zu Insel und haben gefeiert. Maria hat jetzt einen griechischen Freund, Giorgios, der ist Koch und kommt bald nach Kopenhagen.«

»Und du, Helen?«

»Nichts Festes, ich warte immer noch auf meinen Prinzen.«

Die Ehrengäste kommen, bekannte Schauspielerinnen und Schauspieler, die verführerisch lächeln und mit strahlenden Augen die Menge betrachten, als wären sie in jeden Einzelnen verliebt. Wir essen und staunen, fühlen uns als die Auserwählten. Die Vorstellung beginnt, der Kesselflicker Schlau geht seinem betrunkenen Schicksal entgegen. Die hier gezeigte Tragödie der meisten Ehen, die Verwandlung eines aufregenden Weibes in eine langweilige Ehefrau, bringt die Leute zum Lachen. Sie wissen nicht, dass sie weinen sollten. Nach der Vorstellung kommt Theo, begleitet von seiner Freundin und bekannten Schauspielern, zu uns.

»Kommt ihr beiden mit, wir wollen noch feiern?«

Maria und Helen machen Augen, sie werden nicht eingeladen.

»Wohin geht es?«, fragt Anna.

»Zum Restaurant Vita in Store Kongensgade, da kann man bis fünf Uhr morgens Enten essen.«

Im alten Restaurant mit der roten Vertäfelung werden Tische zusammengestellt, es ist günstig für den Ruf und das Geschäft, dass viele prominente Schauspieler unter den Gästen sind. Die Boulevardpresse ist auch dabei, die Kameras blitzen, wir ducken uns, müssen an Birgit und Scheidung denken. Der unbeschwerte Arzt mit seiner allzu jungen Geliebten, nicht die richtige Überschrift vorm Gericht.

»Meine Haarwurzeln schmerzen«, sagt eine geknickte Königin neben mir. Schwarze wagt nicht, Miau zu sagen, sie betrachtet Anna mit großen Augen.

»Mir ist schlecht.« Meine verworfene Venus stürzt ins Badezimmer, um zu kotzen. Ich halte ihr Haar zur Seite und mache anschließend im Badezimmer sauber.

»Heute bitte keinen Kaffee, sondern nur Tee«, stöhnt sie, ich küsse sie.

»Andreas, wie kannst du mich aushalten?«

»Anna, du bist die schönste und aufregendste Frau der Welt.«

Abends viel zu spät wird Lasse von Birgit schlafend bei mir abgeliefert. Ich trage ihn ins Haus, putze seine Zähne, er muss noch mal und schläft in seinem Bett weiter. Die kommenden Wochen sieht mein Tageslauf so aus: Aufstehen, Frühstück vorbereiten, für mich und Lasse Butterbrote ohne Butter streichen, Lasse in der Schule abliefern, in die Klinik, Lasse in der Schule abholen, Einkaufen, Küche putzen, Kind ins Bett.

»Nein, Lasse ist schon von seiner Mutter abgeholt worden«, sagt man mir in der Schule, ich rufe Birgit an.

»Ich arbeite nicht mehr und werde ihn jeden Tag abholen. Da bist du wehrlos.«

Ab sofort ist jeder Tag ein Wettlauf zur Schule, damit Birgit ihn nicht erwischt. Gewinne ich den Wettlauf, kaufen Lasse und ich ein. Mindestens zweimal in der Woche habe ich eine Nachtschicht und, was sehr erfreulich ist, Anna verlangt täglich Sex von mir.

»Meine Freundinnen Helen und Maria haben uns für kommendes Wochenende zu einer Party eingeladen. Andreas, wir brauchen für Samstag ein Kindermädchen.«

»Anna, was ziehe ich an?«

»Jeans und ein Hemd, es ist alles sehr locker. Theo hat mich angerufen, ich besuche ihn heute Abend.«

»Kannst du es nicht lassen?« Mein Magen schmerzt, mein Herz klopft, mein Phallus schwillt an.

»Wenn ich könnte, würde ich es lassen, aber ich brauche es.«

»Wann bist du wieder zu Hause«?

»Kann ich genau nicht sagen, aber spätestens morgen.«

Nach dem Mittagessen geht Anna ins Bad, wäscht ihre Haare, rasiert ihre Beine und ihre Muschi, nur der schmale rote Streifen bleibt übrig. Die Nägel werden neu lackiert, das Haar wird getrocknet, Schatten werden über die Augen gelegt und Lippen rot bemalt. Sie sieht in ihren Sandalen mit hohen Absätzen und Stay-ups aufregend aus. Sie zieht ein durchsichtiges Kleid an und darüber einen dünnen Mantel, säuselt: »Fährst du mich zur Hellerup-Station?«

Ein treuer Hund wie ich kann es nicht lassen. Ich fahre sie zur Station, halte ihr beim Aussteigen die Tür auf und sehe sie verliebt an.

»Ich liebe dich, Andreas. Vorsicht, mein Lippenstift«, sagt sie, ein schneller Kuss und sie geht zum Betonschlauch, der zu den Gleisen führt.

Der Abend will kein Ende nehmen: Hausaufgaben mit Lasse, Zähneputzen und *Mumins* laut vorlesen, dann ich in die Badewanne, Schwarze rauslassen, eine Schlaftablette einnehmen. Ich benötige den Schlaf, um drei Uhr nachts klingelt das Telefon.

»Bitte, kannst du mich abholen, Nørrebrogade fünfzig, ich sehne mich nach dir.«

»Spätestens in zwanzig Minuten bin ich bei dir.«

Raus aus dem Bett, mein Kopf ist schwer, Hose, Hemd, Sandalen und los. Unterwegs schüttle ich mehrmals den Kopf, damit ich beim Fahren nicht einschlafe. Lygten, Nørrebrogade, Geschäfte, Bars, Türken, Araber, graue Mietskasernen, sie steht auf dem Bürgersteig in hohen Absätzen und dünnem Mantel, ihr Haar ist durcheinander. Ich halte ihr die Tür auf, sie sieht wegen der Schminke unter den Augen aus wie ein Pandabär. Sie küsst mich. »Ich liebe dich«, sagt sie, steigt ein, ihr Mantel steht offen. Ich betrachte durch den dünnen Stoff ihre Brüste, das Kleid ist heraufgerutscht, die Muschi rot angeschwollen und glänzend vom Sperma. Ich schließe die Tür, das Licht geht aus. Ich steige auf meiner Seite ein, greife hart in ihre feuchte Fotze, sie stöhnt und spreizt ihre Beine, ich küsse die kleine Sau.

Sie geht vor mir ins Haus, zieht in der Halle Mantel und Kleid aus und geht in Sandalen mit hohen Absätzen die Treppe hinauf.

»Mach ein paar Bilder.«

Sie steht auf der Treppe, ich fotografiere sie. Sie dreht sich herum, damit ich ihren Arsch draufbekomme, schaut dabei über ihren Rücken, dann noch Porträts von ihrer geilen Fotze.

»War es schön bei Theo?«

»Er hat mich mehrmals gefickt. Konnte er nicht mehr, habe ich ihn geküsst und die Eichel seines Schwanzes geleckt. Er hielt mich an den Haaren fest und drang so tief wie nie zuvor in meinen Mund ein.«

»Du bist eine Hure.«

»Deine Hure.«

»Er hat mich in den Vierfüßlerstand gelegt, mich runtergedrückt und festgehalten, sodass ich mich nicht mehr bewegen konnte. Meine Haare hat er gegriffen, mir den Kopf umgedreht und mich geküsst, tief drang er in mich ein und ich habe geschrien. Das war die vierte Ladung, die er in mich hineinspritzte.«

Meine Nutte stinkt nach Mann. Ich schleppe sie ins Bett, nein sagen gibt es nicht. Voller Wut und Liebe ficke ich sie, reite sie wie ein Tier. Ihre Titten, mit blauen Flecken von fremden Händen, tanzen im wilden Ritt. Die geile Fotze kann wieder, sie stöhnt und schreit beim Orgasmus.

»Danke, Andreas.« Später bezwinge ich sie nochmals. »Danke, Andreas.«

Es ist Samstag und wir wollen mit der Jugend feiern. Für Lasse und Marie kommt ein Kindermädchen, das Thorsten uns empfohlen hat. Um zwanzig Uhr sollen wir da sein.

»Morgen besuche ich Theo.«

Anna geht ins Badezimmer, sie rasiert sich unter den Armen, die Muschi, die Beine: Haare waschen und trocknen, Schatten über die Augen legen, Lippenstift auftragen und zuletzt Nagellack. Sie liegt im Bett, man darf sie nicht anrühren, der Nagellack ist noch nicht trocken.

»Du willst wieder mit ihm ficken?«

»Ich kann es nicht lassen und du kannst nicht die Vorstellung entbehren, dass er mich wie ein Tier reitet.«

Anna zieht ihr Kleid vom Sankt-Hans-Abend an. Süß sieht sie aus in dem pastellfarbenen Kleid mit dem kleinen Ausschnitt. Vorne ist es geknöpft und dazu trägt sie Ballerina-Schuhe, Unterhöschen und Strumpfhosen. Das Kindermädchen ist da, ich zeige ihr das Buch mit den Märchen und die Bücher mit den Mumins. In Holte halten wir vorm Haus von Helens Mutter, eine große, alte Patriziervilla. Helen öffnet. »Hej.« Gut, dass ich schwarze Jeans, ein Hemd und Loafers trage, nur meine beginnende Glatze passt nicht ganz. Heiße Musik, junge Menschen, die überall herumstehen und klug reden. »Bitte sehr, ein

Bier.« Ich stehe wie alle anderen mit einer Flasche in der Hand. Wir tanzen, bewegen uns in wilden Rhythmen, als würden wir ficken, und dabei bleibt es, man tut so, als ob. Ich setze mich aufs Sofa, Helen kommt zu mir.

»Wie gefällt es dir, Andreas?«

»Sehr aufregend, Helen.«

Sie greift meine Hand, will tanzen, ich schaue in ihren tiefen Ausschnitt, wo große, feste Titten im Rhythmus schaukeln. Geil, wie sie sich an mich drückt, meinen Ständer spürt sie ganz bestimmt.

»Andreas, lass uns frische Luft schnappen, oben ist ein Balkon.«

»Nein danke, Helen, ich werde schauen, was Anna macht.«

Anna finde ich auf einem Sofa mit zwei jungen Männern. Sie hat keine Strumpfhosen mehr an und zieht sich gerade ihren String aus, den sie einem der beiden schenkt.

»Anna, komm mit.«

Wir gehen nach oben ins Schlafzimmer mit dem Balkon und ficken. Anschließend stehen wir Hand in Hand auf dem Balkon, nackt unter den Sternen.

»Entschuldigung.«

Helen steht in der Tür, schließt sie eiligst, wir sind wieder allein unter der Ewigkeit.

»Freust du dich auf Theo, darauf, dass du nackt in seiner Wohnung stehst und er dich benutzen kann, wie er will?«

»Küss mich, ja, ich freue mich darauf, dass er mich dazu zwingen und immer wieder ausfüllen wird.«

Ich brauche Anna nicht zu zwingen, noch einmal. Horcht Helen hinter der Tür?

Wir sind erschöpft, können nicht mehr, die Musik ist nur noch Lärm, wir verabschieden uns.

»Wollt ihr schon gehen?«

»Die Kinder warten, bin halt alt und langweilig, amüsiert euch.«

»Hier, dein Unterhöschen«, ein junger Mann reicht Anna ihren String.

»Das kannst du behalten«, sagt Anna, »das Abenteuer deines Lebens.«

Im Auto sitzen wir Hand in Hand, nur wenn ich den nächsten Gang einlege, lasse ich sie los. Ich fahre das Kindermädchen nach Hause, Anna steckt die Kinder ins Bett, der Schlaf überwältigt uns. Morgens frühstücke ich schnell mit Anna und dann los zum Joggen.

»Andreas, wurde es gestern spät?«

»Ein bisschen, Thorsten, aber es geht.«

Im Wald der Geruch von Erde, ein Paar vögelt auf dem Waldboden.

»Könnt ihr euer Triebschicksal meistern?«

»Nein, Thorsten, es meistert uns. Anna hat einen Geliebten und ich kann nicht nein sagen.«

Wir sind bei dem Jagdschloss, wo die Könige en Eremitage, in Einsamkeit essen und feiern konnten. Auch die hatten sicher ein Triebschicksal, von dem das Volk nichts wissen sollte.

»Kenne ich, Lise schläft auch nicht jede Nacht zu Hause.«

»Die Eifersucht peinigt mich, aber der Trieb, Anna von anderen ficken zu lassen, ist stärker.«

Bergab geht es zum dunklen Mühlendamm im träumerischen Wald. Lauern die Unterirdischen wie in den skandinavischen Märchen und Volksliedern unter der Brücke auf uns? Wir keuchen bergauf, es riecht unter den Bäumen nach Verwesung. Die Eremitage-Ebene breitet sich vor uns im Sonnenschein aus, überall Hirsche, bald geht es los, der Herbst steht vor der Tür, der Kampf wird beginnen.

»Wir sind nicht bei Trost«, sage ich. »Die kämpfen um ihre Frauen und wir genießen es, wenn jemand unsere fickt.«

»Und?«

Wir laufen über die Ebene nach oben. In meiner Nase ein starker Geruch von den brünstigen Tieren, es geht am Schloss vorbei weiter über die Ebene, dann bergab durchs Wolfstal.

»Thorsten, ich bin hoffnungslos pervers, es macht mich geil, ich muss sie dauernd ficken. Ich liebe sie am meisten, wenn fremder Sperma aus ihr tropft.« Der Todesspurt geht bergauf, bergab, bergauf, kann unser Verhältnis diesen Wahnsinn überleben?

Nachmittags bin ich Hausvater, die Kinder sind friedlich, Schwarze liegt in ihrem Sessel und schnurrt, Anna macht einen Mittagsschlaf. Marie, Kirsten, Sebastian und Lasse sind da. Ich bin Butler und Diener, der alle hütet, der das Eis holt, das Spielzeug der Kinder aufräumt, Schwarze füttert, Kinder füttert, Kinder wäscht, Geschirr spült, Kinder anzieht und wieder auszieht. Anna steht auf, kocht im Jogginganzug schnell etwas.

»Kannst du uns etwas vorlesen, Anna?«

»Ich habe heute Abend eine Verabredung, das muss euer Vater tun.«

Anna geht nach oben, eine Stunde später steht sie im dünnen Mantel in der Halle, mit ihren roten Lippen, roten Haaren und Sandalen mit hohen Absätzen.

»Fährst du mich?«

»Ja, ich fahre dich.«

Der Bernstorffsvej mit den großen Villen, der Hellerup-lund-Kirche, der französischen Rygaards-Schule mit einer englischsprachigen, internationalen Abteilung für Kinder aus aller Welt und der Sankt-Therese-Kirche.

»Öffne deinen Mantel, damit ich deine Brüste und deine Muschi sehe«, kommandiere ich.

Anna tut, wie ihr befohlen. Ihr kurzes, durchsichtiges Kleid ist nach oben geschoben, ihre Beine breit, ihre Brüste im tiefen Ausschnitt des Kleides sind der ganzen Welt ausgestellt. Wir biegen nach rechts in den Tuborgvej ein, bei der nächsten Ampel halten wir neben einem BMW mit vier jungen Arabern. Sie lachen, machen obszöne Gesten, winken ihr zu.

»Echt geil, dass sie sehen können, welch kleine Nutte du bist.« Ich drücke auf den Knopf links von mir, das Fenster des Beifahrers rollt hinunter.

»Zeig ihnen deine Brüste.«

Anna wendet sich ihnen zu, mit den Händen unter ihren Brüsten. Die Ampel wechselt, grüne Welle, zwei Ampeln weiter fahren wir links in den Tagensvej, dann rechts in die Lygten und sind dann in Nørrebrogade, wir und halten vor der Nummer Fünfzig. Ich habe zwei Finger in ihre Fotze.

»Du bist echt geil, es läuft regelrecht aus dir heraus.«

»Ich kann es gar nicht abwarten, dass er in mir ist. Holst du mich ab?«

»Natürlich.« Ich halte ihr die Tür auf. Sie verschwindet in einer Nebenstraße.

Der Abend mit den Kindern ist wie ein fiebriger Traum. Ich bin wie ein Roboter, der sie küsst und streichelt, Lasse bei den Hausaufgaben hilft, Marie Märchen vorliest, Lasse vorliest und ihm den tieferen Sinn der Mumins erklärt, die Bettdecken um die Kinder herum einsteckt, dann noch das *Wochenblatt für Ärzte* liest, stundenlang in der Badewanne liegt, sich schlaflos im Bett wälzt, bis er plötzlich vom Klingeln des Telefons aufgeschreckt wird.

»Holst du mich ab? Du fehlst mir.«

»Spätestens in zwanzig Minuten bin ich in der Nørrebrogade fünfzig.«

Auf der öden Nørrebrogade wartet ein schmächtiger Teenager im dünnen Mantel und mit Pandabär-Augen auf mich. Sie küsst mich, ich halte ihr die Tür auf, ihr Mantel steht offen, das Kleid trägt sie nicht mehr. Ich steige ebenfalls ein. »Ich liebe dich.« Ich sauge an einer ihrer Brustwarzen.

»Das tat Theo auch vor Kurzem.«

Meine Hand spannt sich um ihre Brust, die Warze schwillt zwischen meinen Lippen an, sie stöhnt, ich beuge mich nieder, sage: »Du riechst wie eine Hure.«

»Koste mal«, sie stemmt ihr Unterleib nach oben.

»Du schmeckst nach fremdem Sperma.«

Der Motor springt an, Anna öffnet meine Hose, ihre Hand bewegt sich langsam auf meinem Ständer, zärtlich, aber bestimmt, an der Grenze zum Orgasmus.

»Fotografiere mich«, sie steht mit offenem Mantel auf der Treppe in der Halle.

»Sperma lief an meinen Oberschenkeln hinunter, wieder viermal. Ich liebe es, wenn er mich an den Haaren festhält und seinen Schwanz tief in meinen Mund zwingt. Das erste Mal hat er mich, kaum war ich in seiner Wohnung, an die Wand gedrückt und mich hart rangenommen.«

»Deine Muschi ist dunkelrosa angeschwollen und glitzert.«

»Er hat mich stundenlang gefickt, wieder und wieder, seine ganze Hand war in mir und hat mich zum Orgasmus gezwungen.«

Ich dringe in ihre angeschwollene, weiche, feuchte Muschi ein, genieße, wie sie vor Schmerzen stöhnt, wenn ich zustoße. Ich ficke sie langsam und zögerlich, wie es ihr gefällt. Ihr Körper spannt sich, folgt den Bewegungen meines Phallus, langsam treibe ich sie in die Tiefen des Eismeeres, gespannt wie eine Saite, wird ihr Körper endlich vom Orgasmus erlöst. Wir lieben uns.

Montagmorgen, ein schwerer Kopf, Birgit hält vor der Tür, um Marie abzuholen.

»Die Zeit vergeht, Andreas, bald ist es Februar und alles wird anders.«

Anna ist mit ihrem Fahrrad unterwegs zur Hellerup-Station. Sie konnte kaum auf dem Fahrradsattel sitzen, morgens habe ich sie nochmals gefickt.

»Birgit, erstens wird es anders und zweitens, als man denkt. Aber was auch immer geschieht, ich bin trotzdem der Vater.«

Marie bekommt einen Kuss. »Halt die Ohren steif«, flüstere ich ihr zu.

Lasse ist wie immer bis zum letzten Augenblick beschäftigt, ich fahre ihn zur Schule, damit Birgit ihn nicht erwischt und er den Unterricht versäumt. Fünf Minuten zu spät bin ich zurück, hebe den Hörer ab.

»Doktor Fuglsang, was kann ich für dich tun?«

»Hier ist dein Vater, wollte nur sagen, dass ich Probleme mit der Leber habe. Mein Arzt hat mich ins Krankenhaus in Sonderburg geschickt.«

»Ist es schlimm?«

»Glaube nicht, ich bin ein wenig müde und habe ein paar Kilo abgenommen.«

»Wieso die Leber?«

»Die Blutproben deuten darauf hin und jetzt wollen sie in Sonderburg eine Biopsie machen.«

»Wann ist dein Termin?«

»Am Dienstag, dem zweiten September.«

»Ich werde deinen Arzt anrufen und mit ihm reden. Sonst ist alles in Ordnung?«

»Ja, meine Freundin und ich fliegen bald nach Gran Canaria und wohnen dort in der Wohnung von der Schwester deiner Mutter.«

»Bis später, Vati, ich rufe dich an, sobald ich mit deinem Arzt gesprochen habe.«

»Hier ist Doktor Andreas Fuglsang, guten Tag, Doktor, ich rufe wegen meinem Vater an, Boy Fuglsang. Du hast meinen Vater zur Biopsie nach Sonderburg geschickt?«

»Boy Fuglsang? Ach ja, ich erinnere mich, es sieht nicht gut aus, wahrscheinlich Metastasen. Woher der Krebs kommt, wissen wir nicht. Aber er ist ja fast achtzig, so ist es halt.«

»Ich weiß, bin selbst Arzt, aber wenn es der eigene Vater ist, glaubt man immer, er lebt ewig.«

»Es tut mir leid, Doktor, aber eine präzise Diagnose haben wir bei deinem Vater noch nicht.«

»Vielen Dank und auf Wiederhören.«

Kaum habe ich den Hörer aufgelegt, klingelt es schon wieder. »Valby, Polizei, einer deiner Patienten ist tot aufgefunden worden, ein Peter Hansen in der Buskager dreißig. Kommt sein Tod überraschend?«

»Nein, er hatte Krebs und konnte jeden Augenblick sterben.«

»Dann werden wir nichts weiter unternehmen, der Fall ist abgeschlossen.«

Mittags rufe ich meinen Alten an.

»Tag, Vati, ich habe mit deinem Arzt gesprochen. Er konnte nicht Genaues sagen. Sicherheitshalber schickt er dich zu einer Biopsie, um Krebs auszuschließen.«

»Gut, dann brauche ich die Reise nicht abzusagen, auf Wiederhören, Andreas.«

Ich fahre los, um Lasse von der Schule abzuholen. Birgit ist schon da, aber sobald sie mich sieht, verschwindet sie wütend.

Lasse ist mit seinem Freund Sebastian unterwegs, die beiden wollen bei Sebastian spielen, ich muss noch Hausbesuche machen.

Anna kommt vom Gymnasium zurück, sie ist müde und will einen Mittagsschlaf halten. Wir gehen zu Bett, sie war zwar in der Badewanne, riecht aber trotzdem zwischen den Beinen wie eine Nutte. Ich ficke sie lange und gnadenlos.

»Danke, Andreas.« Bekommt die Hure nie genug? Erschöpft stehe ich auf, um einzukaufen.

»Hund, ich will dir was sagen.«

»Verlässt du mich?«

»Nein, Helen hat Peter Mogensen mit einem Kinderwagen gesehen. Erinnerst du dich, Peter Mogensen, der Soziologe, der am Gymnasium Sankt Jørgen Sozialwissenschaft unterrichtet?«

»Der dich einmal gefickt hat, während du die Tote simuliert hast?«

»Genau, das ist der Peter Mogensen, von dem ich rede. Um einen Skandal zu vermeiden, hat er, auf Verlangen des Rektors und der Eltern, eine Schülerin von einem anderen Gymnasium geheiratet. Sie wollte keine Abtreibung und jetzt schiebt der große Verführer einen Kinderwagen umher. Helen weiß auch, dass er schon einmal strafversetzt wurde, weil er die Schülerinnen nicht in Ruhe lassen kann. Ich werde von dir ein Kind bekommen, aber erst, wenn ich Juristin bin. Ich will eine Ausbildung machen und mein eigenes Geld verdienen, ich bin ja nicht blöd. Übrigens, hast du eine Kapsel für mich? Es juckt wieder.« Wir schlucken beide eine Kapsel Fluconazol.

»Anna, ich habe für dich ein Desinfektionsmittel mitgenommen. Für die Männer, bevor sie mit ihren Händen in dich eindringen.«

Um drei Uhr nachts klingelt das Telefon, ich taumele aus dem Bett, hebe den Hörer ab. »Doktor Fuglsang.« Es ist niemand am Apparat, der Hörer wird aufgelegt.

»Was war los?«

»Anna, das weiß ich nicht, es war keiner dran. Mein Vater ist krank, ich dachte, es wäre ihm etwas zugestoßen.«

»Andreas, ist es etwas Ernstes?«

»Wahrscheinlich, er wird es kaum überleben, Krebs, wie meine Mutter.«

Anna greift nach meiner Hand, streichelt meine Haare, wir liegen lange schweigend im Bett.

»Wann besuchst du wieder deinen Theo von Nørrebro?«, frage ich blöder Hund.

»Ich werde ihn anrufen.«

»Anna, ich hoffe bald, ich brauche es, dass andere Männer dich benutzen.« Ich dringe in sie ein, ihre Fotze ist angeschwollen und geil.

»Mehrere Männer, die mich haben können, wie sie es wollen? Ringe in meinen Brustwarzen mit ihrem Namen?«

»Ja, große, schwere Ringe«, stöhne ich.

Heute ist Freitag, mir ist nicht zum Einkaufen. Die Kinder sind beide bei Birgit, sie hat Geburtstag, und Lasse ist erst Montag wieder im Haus.

»Wir sehen uns erst heute Abend, nach der Schule besuche ich Theo. Du kannst mich um sieben Uhr abholen, Nørrebrogade fünfzig.«

»Gut, dann können wir Toni im Café a Porta besuchen.«

Nørrebrogade fünfzig, sieben Uhr abends, sie steht auf dem Bürgersteig in ihrem dünnen, engen, schwarzen Ledermantel. Die Geschäfte sind geöffnet, überall Türken, Araber und Pakistaner beim Einkaufen. Ich öffne ihr die Tür, sie steigt ein, ich lege ihre Schultasche in den Kofferraum, keine Pandabär-Augen heute. Der Reißverschluss ihres Mantels ist bis zum Hals geschlossen.

»Er hat mein Kleid behalten, damit ich wiederkomme. Er meint, wir wären das perfekte Paar. Als Juristin würde ich das Geld verdienen, als Schauspieler sorge er für die Unterhaltung und die Presse.«

»Und?«

»So einfach wirst du mich nicht los, er kann das Kleid behalten.«

Wir besuchen trotzdem das Café a Porta und essen unsere Tomatensuppe. Toni kommt an unseren Tisch.

»Dottore, große Neuigkeiten, ich ziehe für immer nach Genua, meine Frau und ich werden wieder zusammenleben.«

Anna zieht den Reißverschluss ihres Mantels ein bisschen herunter, man ahnt ihre Brüste.

»Herzlichen Glückwunsch, Toni, diesmal müsst ihr es besser machen.«

»Klar, Dottore, unsere Kinder sind groß, es wird gelingen.«

Anna küsst mich, der Reißverschluss öffnet sich noch ein wenig, man ahnt ihre Brustwarzen.

»Ich hole euch den Apfelkuchen«, sagt Toni verlegen, eilt in die Küche.

Ich halte ihre Hand, schaue in das tiefe, blaue Eismeer ihrer Augen, bin für immer in ihre langen roten Haare eingewickelt, es gibt kein Entkommen, die Venusfalle hat sich geschlossen. Wir verabschieden uns von Toni, klopfen ihm auf die Schulter, Kuss links und rechts.

»Viel Glück in Genua.«

»Anna, wir besuchen Café Zeze in Ny Østergade.« Von der Kongens Nytorv aus gehen wir über das mondäne Ende der Kopenhagener Fußgängerzone, dann rechts in die Ny Østergade. Die Bar von Zeze ist, wie jeden Freitag, voller Menschen, die sich auf eine lange Festnacht vorbereiten.

»Warte hier, ich hole dir ein Glas Weißwein und mir eine Latte.«

Ich stelle mich in die Schlange, endlich bin ich dran. Vorsichtig drängele ich mich durch die Menge zu Anna. Sie steht mit gebeugten Kopf und weit offenem Mantel vor dem Herrn.

»Zeig deinem Mann deine Titten.«

Gehorsam wendet Anna sich mir zu, ich betrachte ihre geilen Brüste und ihre angeschwollene Muschi.

»Ich rufe dich an, sobald du sie abholen kannst«, kommandiert er.

Mit offenem Mantel und gesenktem Kopf folgt Anna dem Herrn.

Meine Latte wird kalt, bevor ich ihn trinke. Frauen werfen mir Blicke zu.

›Willst du mich?‹, fragen ihre Augen.

›Nein, ich will kein ehrenwertes Leben mit euch.‹

Anständige Frauen hat der Teufel geschaffen, um die Männer zu Tode zu langweilen. Ich trinke aus, lasse Annas Glas Weißwein stehen und gehe durch die engen Gassen der Innenstadt. Gråbrødretorv ist voller Menschen, in Nyhavn überall Paare, die sich lieben oder jedenfalls so tun als ob. Da steht mein Auto, aber erst gehe ich zur Amalienborg: von Nyhavn durch die Store Strandstræde über den Sankt Annæ Plads und dann in die Amaliegade. Ich bin da, stehe auf dem achteckigen Platz, der umgeben ist von vier Rokoko-Herrenhäusern, in der Mitte Salys Reiterstatue. Die Statue kostete zehnmal so viel wie die vier Herrenhäuser, verrückte Welt. Von wem wird Anna gerade gefickt? Wird sie es genießen? Sicher, die kleine Nutte kann nicht anders. Es werden mehrere Männer sein. Wann sind sie mit ihr fertig? Der deutsche Arzt Johann Friedrich Struensee wurde im Jahre 1772 hingerichtet, weil er die Königin Caroline Mathilde fickte. Darf man so wie wir leben? Werden wir wie Struensee hingerichtet, jedenfalls in sozialer Hinsicht?

Da steht mein Auto, ich stoße gegen den Wagen hinter mir, gut, dass nichts passiert ist. Warum hupt die so? Ach, die Ampel war rot, fast wäre es schiefgegangen. Man sollte nicht Auto fahren, wenn die Geliebte von unbekannten Männern an einem unbekannten Ort gefickt wird. Schon gar nicht, wenn ein Herr sie bereits fast nackt mitgenommen hat. Endlich bin ich auf der Toftholm Allee, es sind keine Beulen im Wagen. Werde ich Anna ohne Schaden zurückbekommen? Schwarze liegt im Bett, sonst ist das Haus leer. Wird sie mich hassen, weil ich ihr gesagt habe, dass sie das nächste Mal nicht nein sagen dürfe? Schwarze miaut, sie ist hungrig und wird gefüttert, dann raus mit ihr in die Nacht. Soll ich eine Schlaftablette nehmen? Nein, dann kann ich nicht autofahren. Wann klingelt das verdammte Telefon? Es ist Mitternacht, wie lange wird es noch dauern? Schreit sie, wenn die großen Schwänze in sie eindringen, vielleicht auch in ihren Arsch? Küsst sie die Männer und bedankt sich bei ihnen? Bestimmt, sie küsst die Männer, Anna liebt die Männer, die sie fickt. Und ich mag es, wenn Anna zum Sex gezwungen wird, dass sie nicht nein sagen kann. Es ist eins Uhr, wie werde ich es aushalten? Ich setze mich auf dem Balkon, ich hätte sie nicht gehen lassen sollen ... muss eingeschlafen sein, das Telefon klingelt.

»Du kannst sie in zwanzig Minuten an der Store Kongensgade dreißig abholen.«

Es ist fünf Uhr in der Früh. Hose, Hemd, Sandalen, Führerschein und los, niemand steht vor der Nummer dreißig. Ich steige aus, warte. Ein Auto hält an, eine nackte Frau steigt aus dem Wagen, jemand reicht einen Ledermantel aus dem Fenster und lässt ihn fallen. Ich greife ihn, halte Anna die Tür auf, sie steigt ein, küsst mich.

»Vorsicht, ich kann fast nicht sitzen, dieses Mal waren es vier.«

Ich küsse ihre linke Brust, über die sich rote Streifen ziehen.

»Die sind von der Peitsche, wenn ich nicht ausreichend demütig war.«

Vorsichtig führe ich einen Finger in ihre Muschi, sie stöhnt.

»Sie ist empfindlich, die Männer haben sich abgewechselt. Ein Glück mit viel Sperma, der schmiert. Fahr los bitte, ich bin müde.«

Ich biege in die Einfahrt ein, schließe die Haustür auf und halte Anna die Tür auf, rote, blutunterlaufene Streifen auf ihrem Po. Wir stürzen nach oben, Hose, Hemd, Sandalen, ich dringe in sie ein, erst wehrt sie sich, aber dann folgt sie meinem Rhythmus.

»Nicht aufhören«, stöhnt sie, küsst mich und beißt mir in die Lippe, ich brülle und sie heult – es ist vorbei, vorsichtig ziehe ich mich aus ihr heraus.

»Danke, Andreas, dass du es mir erlaubst.«

Den Samstag verbringen wir im Bett. Schwarze muss sich mit dem Sessel zufriedengeben, für sie ist kein Platz im Bett.

»Der Herr hat als Stubenmädchen eine Philippinerin. Die hat mich bedient, meine Muschi rasiert und mich gewaschen. Dann hat sie mich geschminkt und in ein großes Zimmer geführt. Vier Männer warteten dort. Sie zogen Latexhandschuhe an und haben meine Körperöffnungen untersucht, auf einmal hatte ich Finger in allen dreien. Dann haben sie mich mit gespreizten Beinen an einem Kreuz festgebunden. Das Stubenmädchen steckte die ganze Hand in meine Fotze und brachte mich zum Orgasmus. Weil ich so geil war, haben sie meine Brüste und meine Fotze gepeitscht, vorsichtig, damit sie mich alle anschließend erbarmungslos ficken konnten. Es war ein Herrenabend und ich war die Unterhaltung. Ich weiß nicht, wie viel Male jeder mich gefickt hat, aber viele Pausen gab es nicht. Hoffentlich rufen sie bald an und benutzen mich noch mal. Ich habe ihnen meine Nummer gegeben. Sie sprachen davon, mich zu fesseln und meine Brustwarzen zu piercen, damit ich Ringe mit ihren Namen trage.«

»Mach deine Beine breit«, ich dringe in sie hinein.

»Große, schwere Ringe«, murmelt sie, stöhnt, oben in ihrer Fotze ein Ring, sie ist nach den vielen Männern nass, weich, glatt und sensitiv. Langsam, vorsichtig, zögerlich ficke ich sie. Die Nutte krallt sich an meinem Arsch fest, will meinen Schwanz tief in sich. Ich treibe ihn ganz hinein, sie hält mich mit ihren Beinen fest und beugt den Kopf nach hinten, ihr Gesicht errötet, sie stöhnt und heult im Orgasmus. Das Fenster steht offen, der Graf nebenan hat seine Unterhaltung.

Sonntagmorgen um neun Uhr jogge ich mit Thorsten. Bei der roten Pforte steht eine Horde von Läufern vom Verein gegen Herzkrankheiten, kerngesunde Menschen mit der Ausstrahlung guten Willens. Wir beide als krankhafte Perverse wählen eine Strecke rechts durch den Wald, so viel Lauterkeit vertragen wir nicht.

»Thorsten, wie geht es mit deiner Lise?«

»Sie war zwei Tage verschwunden, tauchte heute Morgen mit noch einem Ring in ihrer Fotze auf.« Unsere Strecke führt uns durch Bakken an Bierstuben, Karussells und Schießbuden vorbei.

»Meine Anna wurde am Freitag fast die ganze Nacht von vier Männern gefickt.«

»Der Herr?«

»Genau, der Herr. Sie kann das nächste Mal nicht abwarten.«

»Unsere Frauen sind reichlich aufregend.«

Beim Jagdschloss treffen wir die Lauteren wieder. Wir biegen, um all dieser Seligkeit zu entkommen, wieder rechts ab, laufen direkt zum Mühlenstrom, folgen ihm aufwärts zum dunklen Damm im Walde, von den Seligen ist keine Spur mehr zu sehen. Im Wolfstal treffen wir sie wieder, leider überleben sie alle den Todesspurt, sie wären sonst direkt in den Himmel aufgestiegen.

»Andreas, schaffst du es, mit einer so aufregenden Frau zusammenzuleben?«

»Thorsten, ich liebe Anna, ich kann nicht anders und wir ficken ununterbrochen. Vor mir war sie nicht so. Wir haben klar einen schlechten Einfluss aufeinander.«

»Ich kann Lise nicht entbehren. Mittlerweile macht es mich stolz, wenn andere sie ficken.«

Um vierzehn Uhr ist es Zeit, den Notarzt zu machen. Kuss. »Ich liebe dich, ich bin ungefähr um zweiundzwanzig Uhr wieder da.« Treppen rauf und runter, Hals, Rücken, Herz, Nieren und Darm, unversehens ist überall Polizei, jemand hat meinen Fahrer mit einer Pistole bedroht. Er wollte ihn, während ich oben bei einem Patienten war, ausrauben. Ein neues Taxi mit einem frischen Fahrer wird beschafft, eine Stunde verspätet geht es weiter, ich bin trotzdem um zweiundzwanzig Uhr wieder bei meiner Anna. Ich steige ins Bad, danach putze ich mir die Zähne, Anna schläft schon, mit der Bettdecke zwischen ihren Beinen. Wie sie so daliegt, sieht sie aufregend aus. Ihr wundervoller Arsch, ihre Fotze so ganz ohne Haare, wie der Herr es ihr befohlen hat. Ich dringe in sie ein, sie ist nass und angeschwollen, ihre Fotze sehnt sich nach ihrem Herrn. Herrlich, wie sie sich um meinen Schwanz windet, sie ist nur auf Männer eingestellt. Orgasmus, Feierabend. Im Tiefschlaf treibe ich im Eismeer, überall Weiber, die sich den Männern widmen.

Mittwochs rufe ich den Chefarzt in Sonderburg an.

»Hier spricht Doktor Fuglsang, es geht um meinen Vater, Boy Fuglsang. Ich möchte gerne wissen, was gestern bei der Leberbiopsie festgestellt wurde. Kann ich den Chefarzt sprechen?«

»Einen Augenblick, Doktor, er ist gleich verfügbar.«

Ein langer Augenblick, wie es nur im Krankenhaus möglich ist, aber endlich ist er dran.

»Bei der Ultraschalldiagnostik gestern hat man mehrere Metastasen in der Leber festgestellt. Etwas Genaueres können wir erst sagen, wenn wir das Ergebnis von der Pathologie haben. Dann wissen wir auch, welche Chemotherapie geeignet ist.«

»Keine Chemotherapie, das ist nur für Patienten, die an ein Wunder glauben. Mein Vater soll nicht, um nur wenige Monate länger zu leben, unter den Nebenwirkungen leiden.«

»Schon gut, Doktor Fuglsang, wenn wir die Diagnose haben, werden wir weitersehen.«

»Er soll die optimale palliative Therapie erhalten, alles andere ist Unsinn. Wenn du in ein paar Tagen die mikroskopische Diagnose erhältst, rufe ich dich wieder an und werde anschließend mit meinem Vater sprechen.«

Ich lege auf und rufe Anna an, sage: »Anna, wenn ich die histologische Diagnose habe, fahre ich zu meinem Vater und bespreche mit ihm die Lage.«

»Wann wird das sein?«

»Montag oder Dienstag, am Wochenende ist es wegen der Kinder nicht möglich. Ich schließe die Klinik und werde fünf Uhr morgens losfahren, damit ich noch am selben Tag Lasse von der Schule abholen kann.«

»Andreas, der Herr hat angerufen, er will mich heute Abend benutzen. Kannst du mich um halb acht in der Store Kongensgade dreißig absetzen. Ich traue mich nicht, nackt unter dem Ledermantel mit der Stadtbahn zu fahren.«

Nach dem Mittagessen taucht Anna im Badezimmer unter, um sich schön zu machen. Für mich ist Kinder, Kirche und in der Küche Geschirrspülen angesagt, für Anna Muschi rasieren, Lippenstift, Nagellack, Augenschatten und Abenteuer auf hohen Absätzen. Ich bestelle ihr ein Taxi, weil ich sie wegen der Kinder nicht fahren kann.

»Anna, du hast einen Ledermantel an, man sieht nicht, dass du nichts drunter trägst.«

Viertel nach sieben steigt sie in ein Taxi. Donnerstagabend ist um diese Zeit kaum Verkehr, Anna wird es rechtzeitig dorthin schaffen. Ihre Fotze ist vor Erwartung angeschwollen, rötlich gefärbt und aus ihr tropft die Lust. Sie stand vor mir, wollte, dass ich sie lecke, fast meine gesamte Hand war oben, kurzzeitig war mein Schwanz es auch, aber ich durfte nicht spritzen. Der Herr will sie frisch und unberührt, sie will mich geil und aufgeregt, sodass ich sie rücksichtslos ficken werde, wenn sie wieder da ist, damit sie sich nicht zu schämen braucht.

»Kannst du mich abholen«, hat sie gefragt.

»Na klar, die Kinder werden schlafen.«

»Vati, Vati.« Die Kinder können nichts dafür, dass wir bekloppt sind: Kinderfernsehen, Zähneputzen, Märchen und *Mumins Abenteuer*, Hausaufgaben, Kinderhintern waschen, die Küche putzen. Wie kann man sich das antun? Ich sollte in einem Kirchenchor singen, anstatt Frauen zu ficken.

Das Telefon will nicht klingeln, es spannt mich auf die Folter. Nicht einmal die langweiligste medizinische Zeitschrift der Welt, das *Wochenblatt für Ärzte*, kann mich beruhigen. Die Buchstaben führen vor meinen Augen einen geilen Tanz auf – endlich: »Kannst du mich in zwanzig Minuten abholen?«

Schwarze will mit raus, das Auto springt an, bald wird Anna

mit einer angeschwollenen Muschi, aus der Samen tropft, neben mir sitzen. Hat sie ihn geküsst? Hat sie Sperma von seinem Schwanz geleckt? Wie viele Male hat sie unter ihm im Orgasmus gestöhnt und geheult?

Ich warte vor der Store Kongensgade dreißig, sie steigt aus einem Auto, kommt auf dem Bürgersteig in hohen Absätzen nackt auf mich zu, hält ihren Mantel in der linken Hand. Eine weiße Venus in der Innenstadt, junge Männer rufen ihr zu, zwei Teenager kichern. Ich öffne ihr die Tür, wir fahren ab, auf dem Sitz ein nasser Fleck von ihrer Muschi.

»Vorsicht, meine Fotze ist empfindlich, er war ständig in mir.«

Wir sind im Haus, ich dringe unverzüglich in den schleimigen Kanal zwischen ihren Beinen ein. Die Fotze ist geübt, weiß, was von ihr erwartet wird, weiß, wie sie mit dem größten Genuss einen Schwanz auf die Folter der Sinnlichkeit spannt. Mein Körper verspannt sich, die Erlösung will nicht kommen. Ihre Fotze streichelt und foltert mich, mein Gehirn fiebert. Bilder vom Schwanz des Herrn, der in sie eindringt, von seinen Händen, die um ihre Titten greifen und sie festhalten. Ihr Mund sucht den seinen und küsst ihn begehrlich. Vor meinem geistigen Auge ein fester Griff in ihre Haare. Er zwingt seinen Schwanz tief in ihren Mund, genussvoll lässt sie sich wieder und wieder gewaltsam ficken, kann gar nicht genug von ihm bekommen. Ans Kreuz gefesselt, windet sie sich, während er ihre Muschi und ihre Brüste peitscht, sie sich den nächsten, gewaltsamen Koitus ersehnt. Ich brülle, sie heult, endlich die Erlösung. Ich bin kurz aus dem Eismeer heraus, sinke dann noch tiefer hinein, muss Anna mehrmals im Laufe der Nacht ficken, sodass ich nicht ertrinke.

Es ist schon Morgen. Der Verräter, der zwischen meinen Beinen hängt, ist verdammt empfindlich. Die kleine Nutte hat rote Streifen auf ihren Titten, ihrer Muschi, ihrem Unterleib und ihren Schenkeln.

»Kleine Sau, ich liebe dich.«

Auch der Verräter liebt sie wieder, sie hat ihn in ihrer kleinen, sinnlichen Hand, hängen tut er nicht mehr. Was werden Maria und Helen sagen, wenn sie in der Turnstunde Annas Streifen sehen? Hoffentlich glauben sie nicht, dass ich sie verdresche.

»Vati, Vati.«

»Kinder, ich komme sofort, hier sind saubere Unterhosen und was ihr sonst noch alles benötigt. Schmeckt euch mein Frühstück? Groß seid ihr geworden, meine Marie in der Vorschule, mein Lasse in der dritten Klasse. Bitte sehr, eure Butterbrote für die Schule, hoffentlich denkt ihr später beim Essen an euren alten Vater.« Anna ist unterwegs zur Hellerup-Station, auf dem Sattel ihres Fahrrades brennt die Sünde zwischen ihren Beinen.

Bevor ich in die Klinik fahre, rufe ich den Chefarzt in Sonderburg an. Wieder warten, hoffentlich verpasse ich nicht den ersten Termin in meiner Klinik.

»Guten Morgen, Doktor Fuglsang, für deinen Vater sieht es schlecht aus. Histologisch ist es ein Carcinoma, den primären Tumor konnten wir nicht feststellen. Darum wird es mit einer Chemotherapie schwierig.«

»Eine Chemotherapie kommt nicht in Frage. Ich werde am Montag mit meinem Vater sprechen.«

Wochenende mit den Kindern, was für mich echt einfach ist, Marie hat Kirsten, Lasse hat Sebastian. Ich kaufe ein, räume auf und kontrolliere, dass die Kinder warm genug angezogen und am Leben sind. Wenn sie sich langweilen, schalte ich den Fernseher an. Sonntags scheint die Sonne und wir unternehmen einen Ausflug zum Charlottenlund Fort, wo Folgendes auf dem Programm steht: Kanonen, Enten im Festungsgraben füttern, ein Eis essen, mit nackten Beinen im eiskalten Wasser waten und Krebse fangen. Anna will nicht mit, sie hat ihre Hausaufgaben vernachlässigt. Man kann halt nicht gleichzeitig nächtelang ficken und Einsen schreiben.

»Du bist heute alleine, hat das junge Ding dich verlassen?«

Neben mir ganz oben auf der Festung steht die schöne Krankenschwester, mit der wir nackt gebadet haben. ,Sexy Lady', denke ich und mein Schwanz, der auf dem Weg nach oben ist, doch dafür sind Jeans nicht gebaut.

»Nein, noch nicht, sie hatte keine Zeit, uns zu begleiten.«

»Schade, du gefällst mir, hier steht für alle Fälle meine Telefonnummer, du kannst mich anrufen, falls sie dich sitzen lässt.«

Ich stecke den Zettel in meine Geldbörse, ganz hinten, sicherheitshalber.

Montagmorgen um fünf fahre ich los. Butterbrote und eine Thermoskanne für die Fähre habe ich mit. Anna liefert gerade um die Ecke die Kinder bei Birgit ab. Es ist ein schöner Morgen, wie im Märchen, ein leichter Nebel hängt über den Feldern, Greifvögel kreisen am Himmel. Weil kein Verkehr herrscht, fahre ich früher als erwartet auf eine Fähre, die unverzüglich ablegt. Ich bin an Odense vorbei, bevor der Morgenverkehr hektisch wird, um viertel vor neun halte ich auf dem Parkplatz am Innendamm in Hadersleben.

Die Provinz ist gemächlich. Möwen sitzen auf der Anlaufbrücke und kacken, Enten werden von alten Damen gefüttert. Ich schreite durch schmale Gassen mit niedrigen Häusern am Marktplatz vorbei, der heute als Parkplatz dient. Ich drücke auf die Klingel, steige die Treppe hoch, der Alte steht in seinem grauen Anzug in der Tür. Er sieht wie ein Model aus der Zeit vor dem Jahre 1968. Ich stehe vor ihm, schaue ihn an, Vater und

Sohn. Er ist am Sterben, ich habe keine Zeit für einen solchen Luxus. Kinder und das Ficken zwingen mich, am Leben zu bleiben. Ich ziehe meine Sneakers von Nike aus und gehe barfüßig auf dem hellen Teppich zum grünen Sessel meiner Kindheit. Meine Jeans setzen sich in den Sessel, Andreas zieht seine Bikerjacke aus Büffelleder aus und legt sie auf den Teppich.

»Bitte sehr, der Kaffee ist noch warm.«

Er schenkt mir eine Tasse Kaffee ein, gießt mir Sahne hinein, wie es bei meiner Mutti üblich war. Wir schweigen, schlürfen Kaffee und betrachten den Staub, der in den Sonnenstrahlen wirbelt.

»Es sieht nicht gut aus?«, fragt mein Vater.

»Nein, es sieht nicht gut aus.«

»Krebs?«, fragt er, seine Augen sind voller Angst.

»Ja, Krebs.«

Draußen kracht es, jemand hat einen Unfall gebaut. Wir gehen ans Fenster: Aufgeregte Leute, zwei demolierte Autos, Fahrer, denen außer dem Ärger nichts zugestoßen ist.

»Kann man etwas machen?«

»Nein, mit einer Chemotherapie bekommst du vielleicht ein paar Monate Leid dazu, das ist alles.«

Die Polizei ist jetzt da, sie machen einen Bericht, sie vernehmen Zeugen, bald wird die Straße geräumt sein, das Leben wird weitergehen. Wir umarmen uns, nehmen Abschied.

»Ich möchte keine Chemotherapie.«

»Versprochen, ich werde es dem Chefarzt sagen.«

»Meine Freundin aus Deutschland wird alles vorbereiten.«

Das nächste Mal sehen wir uns bei der Beerdigung, er in der Kiste und ich dahinter.

»Ich muss los, die Kinder.«

Der graue Anzug steht in der Tür, ich schaue ihn nochmals an, er grüßt mit der Hand, ich bin wieder auf der Straße, mein

Leben wartet auf mich. Ich schaffe es nicht, Lasse wie geplant aus der Schule abzuholen. Es ist viel Verkehr und die Fähre gerade abgefahren, Lasse ist darum in Birgits Klauen und das mag er nicht. Er muss dann Klavier spielen und Französisch lernen, er kann nicht wie eine Katze seine eigenen Wege gehen.

Bei meiner Heimkehr sitzt Anna im Sonnenschein nackt an ihrem Schreibtisch. Ihr Körper scheint im grellen Licht wie aus Marmor gemeißelt. Aber eine angeschwollene, leicht errötete, geile Muschi und blaue Flecke auf ihre Brüste und Schenkel bezeugen, dass sie keine Statue ist.

»Hund, wie ist es dir heute ergangen? War es sehr schlimm?«

»Anna, meine Mutter sagte immer zu ihm: Sei doch ein bisschen heldenhaft, Boy. Heute war mein Vater heldenhaft. Wir haben uns wie zwei Fremde, die sich lieben und respektieren, in Ehren voneinander verabschiedet.«

Auf dem Schreibtisch liegen zwei Prospekte: *Frauenhäuser – Gewalt gegen Frauen* und *Gräfin-Danner-Stiftung* – Institutionen für Frauen, die von ihren Männern verprügelt werden? Will Anna ausziehen, weil ich ihr den Umgang mit dem Herrn erlaubt habe? Aber die kleine Hure kann ja gar nicht genug davon bekommen. Soll ich sie gegen sich selbst beschützen?

»Warum die Prospekte?«

»Die habe ich von Helen und Maria. Die beiden haben mich heute in der Schule zur Seite gezogen. Sie machen sich Sorgen um mich. Dass ich von dir unterdrückt werde, dass du mich verprügelst.«

»Was hast du ihnen gesagt?«

»Ich habe alles abgestritten, aber das haben sie mir nicht abgekauft. Sie sprachen von Polizei und Übergriff auf eine achtzehnjährige Angestellte, ich war ja dein Kindermädchen. Darum habe ich ihnen vom Herrn erzählt, dass das mein Trieb

sei, ich könne es nicht lassen. Sie haben mich angeschaut, als
wäre ich ein Ungeheuer. Jetzt bist du derjenige, mit dem sie
Mitleid haben.«

Da haben sie recht. Nur, ich liebe das Ungeheuer, eben weil
sie ein Ungeheuer ist. Ich bin wie sie, ein Opfer meiner Begier-
den. Ich genieße es und kann ohne sie nicht leben.

»Du bist das schönste und liebste Ungeheuer, das ich jemals
getroffen habe«, sagt der verliebte Narr Andreas. Wir küssen
uns, Anna kocht, ich befreie Lasse aus der Gewalt seiner Mutter. Nach dem Abendessen das Elterntheater: Hausaufgaben
mit Lasse, *Mumins*, Geschirr spülen und Küche putzen.

Erschöpft liegen wir Hand in Hand im Bett, ficken und fallen
in einen tiefen Schlaf. Beim Frühstück lese ich die Post, der
Termin des Gerichtsverfahrens ist auf den dritten Februar
festgelegt worden. Dann noch eine Einladung für den ersten Samstag im Dezember, das jährliche Weihnachtsfest bei
Peder F. Uns erwartet eine Gesellschaft von hundert Gästen,
dazu Diener und Dienstmädchen und eine, weil sie einen
so fantastischen Mann hat, zu Tränen gerührte Charlotte.
Dass er die Kinder verprügelt, ist da nur Nebensache, das
ist halt so.

»Ich wollte es dir gestern nicht sagen, ich bin für Samstag vom
Herrn zu einer Piercingparty eingeladen worden.«

Mein Unterleib ist in Aufruhr, mein Schwanz steht, mir wird
schwindelig, ich frage: »Wann soll es sein?«

»Um neunzehn Uhr, ich möchte, dass du mich ablieferst und
wieder abholst, ich bin die Einzige, die ganz nackt sein wird.
Die Philippinerin wird mich schön machen. Um acht Uhr
kommen die Gäste, für die ich zur Verfügung stehen werde.
Später werde ich gefesselt und gepierct, große schwere Ringe
mit dem Symbol des Herrn, sodass ich weiß, wem ich gehöre,

dann werde ich womöglich hart rangenommen. Bitte, darf ich?«

»Du musst, du darfst nicht nein sagen.«, sage ich, mein Magen verkrampft.

Lasse kommt runter, setzt sich zu uns in die Küche, wo wir heute alle drei frühstücken. Er verschlingt sein Essen und wird von mir in die Schule gefahren. Als ich zurückkehre, steht Anna auf hohen Absätzen und in Stay-ups in der Halle, aus ihrer tiefrot angeschwollenen Muschi tropft es. Es klingelt, ich drücke den Anruf weg, bin besetzt. Ich halte die kleine Hure fest, ziehe an ihren rosa Brustwarzen, dass sie wie Saiten gespannt sind. Rücksichtslos stoße ich meinen Schwanz in sie hinein, spiele auf ihrer wohltemperierten Fotze, bis sie schreit und fast den Verstand verliert. Ein Präludium und eine Fuge, wie der Himmel sie noch nie gehört hat.

Mittwochvormittag spiele ich im Hellerup-Hafen mit Peder F. Tennis. Peder F. hat dafür gesorgt, dass ich im HIK-Klub ab sofort Mitglied bin. Mein früherer Schwiegervater, Poul Berntsen, hat im HIK nichts zu sagen. Die Sonne scheint, wir schwitzen, Peder F. gewinnt jeden entscheidenden Ball, ich bin der Verlierer, sowohl in der Liebe wie auch im Spiel. Nachher setzen wir uns ganz außen auf die Mole, im Sonnenschein ist das Wasser wie Silber. Neben uns ruht eine graue, junge Möwe und beobachtet uns misstrauisch, auf dem Meer bewegen sich gemächlich weiße Segel.

»Andreas, kommt ihr uns besuchen?«

»Sonntag geht nicht, denn Samstag wird es spät, aber am nächsten Sonntag kommen wir gerne.«

»Geht ihr in die Disco?«

»Ja, so ist es halt mit Mädchen in dem Alter, sie wollen dauernd in die Disco.«

»Dafür bist du doch viel zu alt.«

»Ich weiß, in meinem Alter ist Disco langweilig, man hat alles viel zu oft erlebt.«

Wir gehen ins Klubhaus, um zu duschen. Peder F. hat es eilig und verabschiedet sich. Eingehüllt in ein Handtuch, sitze ich auf einer Bank vor dem Klub in der Sonne. Wie soll es weitergehen? Anna gehört jetzt auch einem anderen Mann, jedenfalls sexuell. Die Kinder haben sie gern. Sie sorgt für Ordnung und ist lieb, erzieht sie aber nicht, was mir wiederum lieb ist. Mein Schwanz steht – wie kann es dem steifen Verräter gefallen, dass andere Anna ficken? Ich weiß, ich bin derjenige, der nicht richtig im Kopf ist. Ich bin der Puppenführer, mein Phallus die Puppe. Anna würde es sein lassen, wenn ich es ihr verbiete, aber ich will es so. Geschlechtsverkehr genügt mir nicht, ich will hemmungslos ficken wie ein König, der sich alles erlauben kann.

»Kommst du mit in die Frauensauna? Da ist keiner.«

Die Krankenschwester steht vor mir, lächelt mich an. Ohne zu zögern, folge ich ihr, lege mein Handtuch auf die Bank, wir lassen die Tür offen. Ich fasse ihre vollen Brüste, beiße und lecke ihre steifen Brustwarzen. Sie setzt sich auf mich, mein Schwanz gleitet in ihre nasse Fotze. Sie vögelt mich, reitet mich wie ein Pferd. Ihre Brüste tanzen den wilden Tanz der Unzucht, während der Schweiß von ihnen tropft. Im Orgasmus fällt sie über mir zusammen, wir küssen uns, mein Sperma läuft aus ihrer Muschi.

»Komm, Andreas, wir gehen unter die Dusche.«

Ich seife ihren schönen, strammen Körper ein, ihre Hände und ihre spitze Zunge sind fleißig auf meinem Schwanz zugange. Sie dreht sich um, stützt sich gegen die Wand, steht mit breiten Beinen da. Ich greife ihre Hüfte, dringe in sie hinein, tue mein Bestes, außer Atem habe ich nochmals einen Orgasmus.

»Entschuldigung«, jemand macht schnell die Tür wieder zu.

»Vielen Dank für den Tanz«, sagt sie und küsst mich. »Sehen wir uns wieder?«

»Sicher, irgendwann.«

Eine viertel Stunde später halte ich vor der Schule. Lasse sieht, mit blonden Locken und trotziger Unterlippe, süß aus, ihm kann keiner was sagen. Hat er das von mir? Wir fahren einkaufen, Lasse schenke ich ein Taschenmesser.

Die verdorbene Königin der Nacht steht, mit langen, geraden, weißen Beinen auf hohen Absätzen, vor dem Spiegel. Ihre Hände straffen ihre Brüste, damit ihre rosa Brustwarzen wie zum Piercing angespannt sind. Sie wendet sich mir zu, ihre Fotze ist angeschwollen und dunkelrosa.

»Bald werde ich dem Herrn gehören, schwere Ringe in meinen Brustwarzen werden es bezeugen.« Ich greife sie, zwinge sie ins Bett, ficke sie mit Gewalt, falle anschließend in einen unruhigen Schlaf. Um Mitternacht klingelt der Wecker, meine Schicht als Notarzt fängt an, Anna küsst mich.

»Ich liebe dich, Andreas, pass auf dich auf, ohne dich kann ich nicht leben.«

In einem dunklen Hinterhof auf Nørrebro wartet das Taxi. Muss ich ihr das mit der Krankenschwester erzählen? Morgens um halb acht bin ich wieder zu Hause. Ich fahre Lasse in die Schule, Anna ist auf dem Weg ins Gymnasium. Es regnet und stürmt, der erste Herbsttag. Das Telefon klingelt, ich hebe den Hörer ab.

»Lars am Apparat, kommt ihr heute Abend um achtzehn Uhr bei uns essen? Es kann so nicht weitergehen.«

»Klar, wir kommen alle drei.« Nach der Klinik hole ich Lasse in der Schule ab.

»Heute Abend essen wir bei deiner Mutter. Wir brauchen nicht einzukaufen, sondern machen sofort Hausaufgaben.«

Nach einer halben Stunde haben wir die Schnauze voll. Ich überrede ihn, seinen Regenmantel und einen Hut anzuziehen, bevor er Sebastian besuchen geht. Ich mache einen Mittagsschlaf, um fünf Uhr werde ich von Anna mit einem Kuss geweckt. Ich halte sie fest, als wäre ich am Ertrinken.

»Was hast du?«, fragt sie bestürzt.

»Du darfst mich nie verlassen.«

»Natürlich nicht, welcher andere Mann könnte mich aushalten? Ich habe die verbotene Frucht genascht und sie schmeckt mir.«

»Anna, heute brauchst du nicht zu kochen, wir essen bei Birgit, der Professor will Frieden stiften.«

Anna will vorher noch in den Bregnegårdsvej, um zu sehen, ob unsere funktionalistische Villa bereits verkauft ist. Unser verfallenes Traumschloss steht im Regen. ‚Zu verkaufen‘ ist immer noch auf dem Schild zu lesen. Wir steigen aus, stehen Hand in Hand davor und sehen in die Zukunft. Danach holen wir Lasse bei Sebastian ab, aber er will nicht mit, sondern bei Sebastian essen.

»Schönen guten Abend, vielen Dank für die Einladung. Leider ist Lasse nicht dabei, er wollte bei Sebastian bleiben.«

Ein Wunder passiert, Birgit lächelt säuerlich, aber das ist auch alles. Der Professor kann etwas, was ich nie gekonnt habe. Es gibt Kaviar, dann französische Hähnchen mit Spargel und zuletzt italienisches Eis. Birgit hat sich Mühe gegeben, sie meint es ernst mit dem Frieden.

»Euer Haus mit den drei Stuben en suite ist wunderbar«, sagt Anna. »Gehört der Konzertflügel dir, Lars?«

»Genau, Anna, ich spiele seit meiner Jugend Klavier.«

»Lars, sprichst du wie Birgit Französisch?«

»Ja, Anna, meine Mutter meint, dass das müsse man als gebildeter Mensch können, und dazu habe ich auch noch französische Familie. Meine Schwester ist mit einem Franzosen verheiratet.«

Ich sage lieber nichts, aber das erklärt, warum Lasse Französisch und Klavierspielen lernen muss. Die Scheidung hatte ernste Folgen für den Jungen. Er wird für den Rest seiner Jugend vor seiner Mutter auf die Flucht sein. Hoffentlich bekomme ich im Februar vor Gericht das Sorgerecht, damit ich ihn vor ihr beschützen kann. Er haut sowieso immer ab, wenn sie auftaucht. Hole ich ihn in der Schule nicht ab, schleicht er sich auf Umwegen nach Hause, damit sie ihn nicht erwischt.

»Nach Weihnachten werden wir in Verbier Skilaufen und Lasse kommt mit.«

»Aber du läufst doch, wie Anna, gar nicht Ski, Birgit.«

»Nein, ich bleibe unten und genieße es, Französisch zu sprechen. Lars und seine Söhne sind tüchtige Skiläufer und Lasse wird es schnell lernen.«

»Lars, Lasse erzählt, dass du auch Windsurfer bist?«

»Da hat er recht, ich habe mehrere Surfbretter im Bootshaus von Birgits Vater stehen. Nächsten Sommer werde ich es Lasse beibringen.«

Ein vielseitiges Genie, der Professor, er ist nicht nur ein berühmter Forscher, sondern auch ein großer Sportsmann. Surfing und Skilaufen ist ganz bestimmt etwas für Lasse. Nur schade, dass er und seine Mutter sich so schlecht verstehen, sonst könnte ich mit Anna ganz von vorne anfangen. Aber so, wie es sich verhält, muss ich mein ganzes Leben lang auf Lasse aufpassen. Hoffentlich entwickelt sich zu Anna ein gutes Verhältnis, sodass seine zukünftigen Beziehungen zu Frauen nicht katastrophal werden.

»Was willst du studieren, Anna, Krankenschwester wie deine Mutter?«, fragt Birgit.

»Nein, Jura wie der Vater von Andreas.«

»Dann musst du aber gute Noten schreiben.«

»Ich bin Klassenbeste und sicherlich auch die Beste am Sankt-Jørgen-Gymnasium.«

Birgit sieht enttäuscht aus. Schöne Weiber, mit einer traumhaften Figur und langen roten Haaren, können denken? Anna ist naturwidrig, eine Kreatur des Teufels. Morgen geht Birgit sicher in die Sankt-Therese-Kirche und wird sich bei Jesus beschweren. Doch der Pfarrer wird ihr nicht zuhören wollen, weil sie nach Ansicht der katholischen Kirche mit mir verheiratet und darum eine Ehebrecherin ist. Wir verabschieden uns, Lasse muss ins Bett und ich brauche Schlaf. Es geschieht noch ein weiteres Wunder, Birgit reicht Anna zum Abschied die Hand. Das vermeidet sie sonst wegen den Viren und Bakterien. Sie ist Ärztin und weiß, wie ansteckend ein Händedruck ist.

Lasse schläft schon, Anna steht vor dem Spiegel und zieht sich an den Brustwarzen.

»Vielleicht sollte ich es lassen, meine Brustwarzen sind so hübsch.«

»Du kannst ihn anrufen und absagen. In der Klinik hatte ich eine junge Frau mit einer schweren Entzündung, verursacht vom Piercing in ihrer Brust. Sie musste akut ins Krankenhaus und wurde operiert. Sie zog sich eine entstellende Narbe in ihrer Brust zu. Um sie zu verbergen, hat sie sich tätowieren lassen.«

»Ich werde absagen. Ich will nicht riskieren, dass das mit meinen schönen Zitzen passiert.«

Anna ruft ihn an, kommt erleichtert zurück. Jemand anders wird bei der Party gepiercet, aber Anna muss sich dennoch beteiligen. Sie wird als Körpersushi einen Teil der Mahlzeit präsentieren.

»Wirst du nackt auf einen Tisch liegen, damit Sushi auf dir serviert wird?«

»Genau, erst werde ich von der Philippinerin rasiert, gewaschen und geschminkt, dann auf den Tisch gelegt und überall auf meinen Körper wird Sushi verteilt. Der Herr verlangt, dass ich schon um halb sieben da bin.«

»Und danach?«

»Werde ich von der Philippinerin gewaschen und muss nackt in hohen Absätzen an der Party teilnehmen. Wer will, darf mich ficken.«

Dem Eismeer entgehe ich nicht, da hilft keine schöne Krankenschwester, ich versinke in den Wellen, wir ficken.

Ein unruhiger Schlaf, ich stehe nackt mit einem steifen Schwanz da. Ich kann mich nicht rühren, überall sind Leute, Herren in schwarzen Anzügen, Frauen in ultrakurzen Kleidern mit tiefen Ausschnitten, eine überirdische Musik ist zu hören, sonst kein Laut. Kristallgläser, in denen der Champagner perlt, Diener, die aufmerksam dastehen, warten, bis sie dran sind. Das Licht ist gedämpft, die Frauen sind schwarz und dunkelrot gekleidet, einige streicheln meinen steifen Phallus. Heiße Ströme dringen von meinem Unterleib ins Gehirn, aber keine Erlösung. Ich bin in der Lust erstarrt. Die weiße Königin der Nacht auf hohen Absätzen gehörte mal mir, sie geht jetzt eng umschlungen mit dem Herrn. Ihre Fotze strahlt dunkelrot, sie betrachtet mich mitleidig und küsst meinen Schwanz. Die heißen Ströme möchten mein Gehirn verbrennen, doch sie bringen mir keine Erlösung. Anna geht zu einer kleinen, roten Lederbank, kniet nieder, wird mit Handschellen fixiert, ihre Brüste hängen frei, der Herr winkt einen Diener zu sich. Die Philippinerin leckt und streichelt den Schwanz des Dieners, bis er mit einer riesigen blauen Eichel dasteht. Er kniet zwischen den Schenkeln der Königin nieder, jagt ihn in die Fotze. Anna stöhnt und heult, während sie vom Diener hart rangenommen wird. Der Orgasmus, eine Frau fasst Annas Brüste, desinfiziert sie, öffnet vorsichtig eine sterile Verpackung, zieht sich im Licht der Scheinwerfer sterile Handschuhe an. Aus der Verpackung nimmt sie eine dicke Nadel – und jagt sie durch Annas Brustwarzen, sie schreit. Ringe werden durch die Zitzen gezogen, blitzen im Licht des Scheinwerfers. Der Herr fickt Anna, blitzende Ringe tanzen einen wilden Tanz. Ich wache auf, die Erlösung ist sichtbar als ein nasser Fleck auf der Bettdecke.

Freitagmorgen ist Lasse wie immer freundlich und bockig zugleich, wir kommen zu spät in die Schule. Ich gebe ihm einen Zettel für die Lehrerin mit, dass ein unumgänglicher Hausbesuch bei Freunden zu unserer Verspätung geführt hätte. Ein Kurs für Kinder, wie man am besten lügt und damit Unannehmlichkeiten entgeht. Lasse ist jetzt fürs Leben gewappnet. Den kleinen Koffer fürs Wochenende bei seiner Mutter setze ich bei Birgit in der Garage ab. Dann Telefonsprechstunde, warum rufen Leute mich wegen solcher Kleinigkeiten an? Ich habe andere und größere Sorgen. Das müssten die auch haben, dann hätten sie keine Zeit zum Meckern. Ihr Leben würde aufregend sein und ihr Geschlechtsleben nicht zum Kotzen langweilig. In der Klinik Mütter, die sich um ihre Kinder sorgen, weil deren Zähne noch nicht da sind. Ungeduldig erkläre ich ihnen, dass die ganz von alleine kommen, dass man auf das Gerede von Schwiegermüttern nicht hören sollte.

Nach Hause fahre ich vorsichtig. Junge Männer und Frauen kurven schneidig um mich herum, hupen und geben mir den Stinkfinger. Wenn die wüssten! Anna ist schon da, zuerst wird gefickt und dann geschlafen, um zwanzig Uhr habe ich Nachtschicht. Gott sei Dank, eine Nacht ohne Schlaf wäre nicht auszuhalten. Bei dreißig Hausbesuchen die Treppen rauf und runter zu laufen ist ein effizientes Schlafmittel. Den letzten Hausbesuch erledige ich um zwei Uhr in der Früh, in einem dunklen Hinterhof in Nørrebro steige ich in mein Auto, jemand hat auf die Vorderscheibe Zeitungen geklebt. Mit der Hilfe des Chauffeurs sind sie schnell entfernt, die Sicht ist wieder frei. Im Tuborgvej werde ich von einer Streife mit Blaulicht angehalten. Die wollen meinen Führerschein sehen, sie fragen, ob es mein Wagen sei, und ich muss in ein Alkoholmeter blasen. Danach wünschen sie mir noch einen guten Abend. Sobald ich zu Hause bin, dusche ich mich in der Badewanne. Schwarze ist mürrisch, bekommt draußen im Garten einen halben Hering, damit sie Ruhe gibt. Ich wälze mich unruhig im Bett, Anna liegt mit der Bettdecke zwischen den Beinen. Langsam dringe ich mit zwei Fingern in ihre Fotze ein, massiere vorsichtig im langsamen Rhythmus das feuchte, angeschwollene, geile Organ, sie stöhnt im Schlaf. Ich dringe mit meinem Penis in sie ein, endlich gibt der Orgasmus mir die Ruhe, nach der ich mich sehne, ich falle in einen tiefen Schlaf.

»Andreas, hast du mich heute Nacht gefickt?«
»Guten Morgen, Anna, ich liebe dich.«
»Ich hatte einen schönen Traum.«
»Tief in dir war ich der schöne Traum.«
Wir lachen, küssen uns, die Sonne scheint, Schwarze miaut unter dem Schlafzimmerbalkon und ist erst zufrieden, als sie im Sessel liegt. Frühstück im Bett, Schwarze stiehlt Müsli von unserem Joghurt. Es ist ein romantischer Herbsttag mit farbigem Laub, dem Duft von Pilzen und rotbackigen Äpfeln, es ist die Zeit der Ernte. Wir ziehen uns warm an, fahren in die Innenstadt. Die blasse Herbstsonne des Nordens strahlt über der Stadt am Öresund. Der Widerschein vom Meer ver-

leiht dem Licht eine ganz besondere Farbe. Der Dannebrog flattert über Amalienborg und Christiansborg, wir stehen auf dem Kai von Nordre Toldbod. Die ‚Dannebrog‘, das Schiff der Königin, fährt an uns vorbei, der frische Seewind spielt mit unseren Haaren. Anschließend parken wir in der Amaliegade ein und gehen über den Schlossplatz. Die Garde ist zur Parade aufmarschiert. Wir haben anderes vor, setzen uns auf dem Kongens Nytorv auf die überdeckte Terrasse des Café a Porta und trinken eine Latte.

In der Kronprinsensgade bei Stig P kauft Anna sich ein enges, bodenlanges, hellbraunes Kleid aus weicher, transparenter Wolle. Sie betrachtet sich im Spiegel, die übrigen Kunden im Geschäft halten den Atem an, Anna trägt nichts drunter.

»Es juckt nicht, ich bin nackt und friere trotzdem nicht, das ideale Kleid für eine sexy Winterparty im kalten Norden.«

Anna geht wieder in die Anprobe, die Kunden können aufatmen, in meinen Jeans schmerzt mein Schwanz, auf dem Strøget treffen wir Helen und Maria.

»Hej, hej, wie geht es mit euch Alten, ist heute Abend etwas bei euch los?«, fragen die modischen Damen. Sie tragen stramme Jeans, weiße Blusen, kurze Lederjacken und schwarze Boots.

»Nein, nichts Besonderes, ein ruhiger Samstagabend mit den Kindern vorm Fernseher.«

»Und du, Anna, hast du Pläne ohne Andreas?«

Annas Gesicht errötet sich, sie sagt kein Wort.

»Wir müssen uns beeilen, die Kinder warten«, sage ich schnell. »Hej, hej.«

Gott sei Dank, wir sind die beiden los. Zurück über den Schlossplatz, eine schwere Pforte öffnet sich und ein Rolls-Royce mit der königlichen Krone fährt über den Schlossplatz.

»Hast du es gesehen, hinten saß die Königin.«

Wir schauen uns an, sagen nichts, denken wohl beide an die Königin der Nacht, die heute Abend die Toftholm Allee verlassen wird, um in der Store Kongensgade dreißig abgesetzt zu werden. Auf dem Rückweg fahren wir im Bregnegårdsvej vorbei, das Verkaufsschild steht nicht mehr vor dem Haus. Wir klingeln, die alte Dame erscheint in der Tür.

»Ist das Haus verkauft?«, fragen wir.

»Nein, wir werden es im Frühjahr wieder versuchen.«

»Dann werden wir es kaufen. Ich will hier von Andreas Kinder bekommen und alt werden.«

»Bis dann, junge Frau.«

Wir versuchen zur Mittagszeit zu schlafen. Wir wälzen uns im Bett, ficken können wir nicht, das würde man heute Abend riechen und schmecken. Ich muss eingeschlafen sein, war im Eismeer. Anna trieb, mit Fesseln um ihre blaurot angeschwollen Titten und blitzenden Stahlringen in den Brustwarzen, auf einer Eisscholle vorbei. Sie schaute mir tief in die Augen, während eine lange Reihe von Männern mit riesigen, steifen Schwänzen sie nacheinander flachlegten.

»Danke«, rief sie mir zu. »Ich liebe dich.«

Anna zieht ihren schwarzen Ledermantel an, sie steckt Stay-ups in ihre Manteltasche, an den Füßen trägt sie Sandalen mit hohen Absätzen und Riemen um ihre Knöchel. Ich halte ihr die Tür auf, sie setzt sich schweigend ins Auto, schaut mich nicht an. Wir biegen rechts in den Bernstorffsvej ein, bei der nächsten Ampel links in den Hellerupvej und nach dem Eisenbahnviadukt rechts an der Hellerup-Station vorbei in die Rygaards Allee mit den Botschaften. Danach führt uns die Østerbrogade durch das bürgerliche Kopenhagen an Sortedams-See vorbei zur Dag Hammarskjölds Allee mit der amerikanischen Botschaft und dem Institut Sankt Joseph sowie dem Park Østre Anlæg, wo Anna zum ersten Mal gefickt wurde. Wir sind auf dem Oslo-Platz mit der Kunstausstellung, Det Fri. Schräg rechts fahren wir in die Store Kongensgade und halten vor der Nummer dreißig. Ich öffne Anna die Tür, sie steigt aus, schaut mir kurz in die Augen.

»Andreas, holst du mich ab, sobald ich dich anrufe?«

»Sobald du anrufst.«

Ich fahre los, schaue nicht zurück, Tränen stehen mir in den Augen. Ein wenig später parke ich im Studentenviertel in der Larslejstræde fünf vor der dänisch-deutschen Sankt-Petri-Schule. Wir haben zum Abendbrot nur ein Butterbrot gegessen, ich besuche das Restaurant L'Éducation Nationale und bestelle eine Zwiebelsuppe mit einem Glas Rotwein dazu. Die Stimmung in der Larsbjørnstræde passt zu meinem geistigen Zustand. Ich habe hier als Notarzt häufig einen Puff besucht, um die Geschlechtskrankheiten der Nutten zu behandeln. Ich bezahle, die Stimmung im Lokal ist mir zu heiter, ich gehe ohne Ziel durch die engen Gassen des Studentenviertels, bis ich vor dem Kopenhagener Dom stehe. Ich steige die steinerne Treppe hinauf zur Doppeltür, durch die Anna bald in die akademische Welt eintreten wird. Ihr weißer Arsch im trüben Licht der Laternen erscheint vor meinem geistigen Auge, wird sie mich anrufen? Die Königin der Nacht fehlt mir. Wenn wir zusammen alt werden, wird sie im Laufe der Jahre mit hunderten von Männern ficken. Wie kann ich mit einem solchen Weib leben? Und meine Eifersucht, kann ich die überhaupt meistern? Die Kleine sieht süß und unschuldig aus. Alle werden glauben, ich wäre das Ungeheuer und sie die Schönheit, die von mir auf Abwege geführt wird.

Ich gehe langsam durch die Nørregade, dann durch die Nytorv und die Rådhusstræde, überall junge Menschen, die am Samstagabend feiern, sich küssen und einander verliebt in die Augen schauen. Ich stehe am Frederiksholm Kanal und schaue auf die Schlossinsel. Der Dannebrog hängt schlapp über Christiansborg, wo der Folketing tagt. Schwarz und blank ist das Wasser im Kanal, kein verlockendes Eismeer voller erotischer Abenteuer, es ist ein Kanal des Todes. Wie gejagt eile ich durch die Gassen, der Tod lächelt mich von den Schaufenstern her an, ist er mein Spiegelbild? Treibe ich Anna in den Tod? Mein Citroën, ich steige ein und gleite durch die Nacht, Mozarts Klavierkonzert Nummer 21 in C-Dur erleichtert mir die Seele. Toftholm Allee, Schwarze streicht um meine Beine, die kleine Hexe wird anrufen, sie kann nicht anders.

Das Bett ist ein Folterinstrument für niederträchtige Männer wie mich. Der Schlaf will nicht kommen – klingelt das Telefon? Ich hebe den Hörer ab, keiner ist dran. Die Bettdecke ist zum Ersticken warm, mein Magen schmerzt, habe ich ein Geschwür? Ein Glas mit Milch wird helfen, Schwarze steht vor der Tür, sie will raus in die Nacht. Wieder liege ich im Bett, küsst jemand sie? Leckt sie in diesem Augenblick die letzten Tropfen von einem Schwanz, der sie gefickt hat? Es brennt zwischen meinen Beinen, hart und geil ist er. Der muss aber warten, bis die Nutte wieder da ist. Erst dann darf er sie bezwingen, sodass sie im Orgasmus schreit. Hoffentlich halten die Männer die kleine Hure fest, damit ein Schwanz nach dem anderen in sie eindringen kann. Ununterbrochen wird sie beim Orgasmus heulen, sodass alle sehen, welch geile Hure sie ist. Ich schwebe, halb schlafe ich, halb bin ich wach – das Telefon klingelt.

»Holst du mich in zwanzig Minuten ab?«

Das Auto springt an, der Bernstorffsvej ist wie ein dunkler Schlauch, der in die Hölle führt. Auf der Ryvangs Alle fahre ich vorsichtig, weil sich in der Nähe der israelischen Botschaft immer Polizei aufhält und ich für ein nächtliches Verhör keine Zeit habe. Die amerikanische Botschaft mit den Stars and Stripes davor, der Oslo Platz und dann die Store Kongensgade dreißig, aus einem dunklen Wagen steigt die Königin der Nacht. Sie schreitet mit schwingenden Hüften auf mich zu, umarmt und küsst einen jungen Mann, der stehen bleibt, um die nackte Venus anzustarren. Sie löst sich von ihm, zwei Ringe blitzen im Licht der Laternen.

»Ich konnte es nicht lassen«, ein heißer Kuss, ihre Oberschenkel und ihre Fotze sind nass. »Ich liebe dich. Achtung, meine Brüste.«

Ich halte ihr die Tür auf und sie steigt ein. Mein Unterleib brennt, Anna öffnet meine Hose und sitzt, mit meinem Penis in der Hand, schlafend neben mir. Toftholm Allee, ich helfe ihr aus dem Auto, die Königin der Nacht hat wackelige Beine.

»Ich bin müde, aber erst musst du mich ficken, darauf habe ich mich gefreut.«

Langsam gleitet mein Phallus in ihre feuchte, mit Sperma angefüllte Fotze. Sie fängt sofort an zu stöhnen.

»Wie viele haben dich gefickt?«

»Das weiß ich nicht genau, ich bin halt kein Buchhalter, etwa zehn?«

Sie stöhnt, der Ring oben in ihrer Fotze liebkost meinen Schwanz, ihre nassen Schenkel schmieren mich mit Sperma ein. Die Ringe des Herrn tanzen vor meinen Augen, mein Brüllen und ihr Schreien, danach der tiefe Schlaf.

»Fick mich«, das Eismeer sieht mir tief in die Augen, zwei schwere Ringe ziehen mich in den tiefsten Abgrund der See. Sie setzt sich auf meinen Schwanz, der zögerlich in ihre wunde Fotze eintaucht. Sie reitet langsam, ihre Zitzen mit den beiden Ringen schwingen hin und her.

»Er kann mich ficken, wann immer er will.«

Schneller reitet sie, Feuer in den Augen, Lava strömt von meinem Schwanz ins Gehirn, der Orgasmus, mein ganzer Unterleib brennt, eine Pfütze Samen dämpft den Brand.

»Ich habe es nicht lassen können, ich habe ihn angebettelt. Ein Diener hat mich vor aller Augen hart herangenommen. Ein schöner Mann, der wusste, wie er das macht. Meine Fotze war wie verhext. Er hielt mich lange am Rande des Orgasmus, es war furchtbar, endlich kamen die Orgasmen wie riesige Wellen angerollt. Dann haben Frauen mich auf eine gepolsterte Bank gefesselt. Mein Oberkörper und mein Magen lagen auf der Bank, meine Titten und mein Arsch waren frei. Meine Knie stützte ich auf ein Lederkissen, damit ich lange aushalten konnte, die Beine breit, damit meine Fotze zugänglich war. Ich lag im Scheinwerferlicht, der Raum war in Dunkelheit gehüllt. Eine Frau jagte eine dicke Nadel durch meine Zitzen, ich wäre fast ohnmächtig geworden, dann wurden die Ringe befestigt. Zwei Männer knieten zwischen meinen Schenkeln und haben mich gefickt, meine Zitzen schmerzten – schade, dass es schon vorbei ist.«

Sie legt sich auf die Seite. »Bitte fick mich, du darfst aber meine Möpse nicht anfassen.« Diesmal dauert es lange, bis endlich die Erlösung kam, ich bin ein alter Mann.

Heute joggen wir erst um dreizehn Uhr, Thorsten sieht zum Glück ebenfalls müde aus.

»Thorsten, hattest du eine lange Nacht?«

»Lise wollte unbedingt zu einem Gang Bang. Wir haben einen Pornoklub in Vesterbro besucht. Glücklicherweise waren gestern reichlich schöne Männer da, die sie stundenlang gefickt haben. Es wird lange dauern, bevor sie wieder einen Gang Bang will.«

Mit kurzem Atem laufen wir, die Nacht noch in unseren Beinen. Zwei Männer, deren Geschlechtsleben für immer ein Geheimnis bleiben muss.

»Du bist echt nicht fit, Andreas, was ist mit dir los?«

»Anna war alleine zu einer Piercing-Party. Ich bin fertig, konnte keine Ruhe finden.«

»Verständlich, war es bei dem Herrn und war deine Anna die Hauptperson?«

»Anna war die Hauptperson und sie trägt jetzt seine Ringe in den Brustwarzen.«

»Das solltest du nicht ernst nehmen, Andreas. Deine Anna wird bald das Gehorchen und die Peitsche satthaben. Ihr Masochismus stammt von einem Ritzen in ihrer Seele. Für sie ist es vorwiegend ein Spiel. Durch extremen Sex ändert sich eine solche Bagatelle schnell, sie will bald nur noch ficken und nichts anderes.«

Mein Atem wird kurz, ich kann nichts sagen. Meine Beine laufen, mein Herz klopft, mein Schädel ist leer. Beim Mühlendamm sind in meinem Kopf wieder Gedanken. Anna will es selber, keiner darf über sie entscheiden. Durch das Abenteuer mit dem Herrn befreit sie sich von ihrem Masochismus. Sie wird noch eigensinniger werden. Eine Hure, der man nicht widersprechen kann. Am Rande der Eremitage-Ebene stehen Hirsche und röhren. Der Kampf um die Frauen beginnt. Jeder von ihnen will einen Harem, den kein Fremder berührt. Anna und ich wollen auch ein Rudel, aber eines aus Männern, die Anna ficken. Unser Exhibitionismus und unser Bedürfnis, dass Anna mit vielen Männern fickt, werden wir nie los. Das ist keine Ritze, das ist ein untrennbarer Teil von uns, unser gemeinsames Triebschicksal. Wir lieben uns trotzdem oder gerade darum. Unsere Liebe wird hoffentlich nicht durch die Intoleranz der Leute oder unserer Selbstverachtung verdorben.

Wir sind am Ziel, klopfen uns auf die Schultern. Gut, dass es jemand gibt, mit dem man so etwas besprechen kann.

Thorsten hat eine Einladung für uns. Die bekomme ich, wenn wir in der Toftholm Allee sind.

»Andreas, die Einladung zum Abschiedsfest von Lotte und Carsten in der Stockholmsgade am letzten Samstag im Oktober, erinnerst du dich?«

»Nein, Thorsten, es ist so viel passiert, dass ich es vergessen habe. Wir haben nichts vor, wir werden kommen. Was zieht man da an?«

»Wie bei uns, an dem Abend kommen weder die Familie noch die Kollegen.«

»Lederhosen oder schwarzer Anzug und Anna etwas Durchsichtiges?«

»Genau, Andreas.«

»Nächsten Sonntag joggen wir bitte um zehn, Thorsten, wir sind um dreizehn Uhr bei jemandem eingeladen.«

Anna schläft mit der Bettdecke zwischen ihren Beinen, ihr weißer Po hat keine blutunterlaufenen Streifen. Hat Thorsten recht? Wie sie daliegt, sieht sie süß aus. Ihr Körper ist weiß wie Marmor und überall ihr langes, rotes Haar, mir wird warm in der Brust, ich liebe sie. Ich gehe in den Garten, finde eine verspätete Rose und setze sie in eine Vase auf ihren Nachttisch, dusche mich schnell und falle neben meiner Anna in einen traumlosen Schlaf. Als wir aufwachen, untersuche ich ihre Brüste, finde keine Anzeichen für eine Infektion.

»Die Frau, die mich gepierct hat, machte es steril. Der Herr sagte mir vorher, sie wäre eine OP-Schwester.«

»Anna, am nächsten Sonntag sind wir um dreizehn Uhr bei Charlotte und Peder F. eingeladen und am letzten Samstag im Oktober zu einer House-Cooling-Party bei Lotte und Carsten, bevor sie nach Brüssel ziehen.«

»Ich werde es in meinen Kalender schreiben. Nächsten Freitag will der Herr, dass ich an einem Herrenabend teilnehme.«

»Und?«

»Ich habe abgelehnt. Ich will mir sicher sein, dass meine Brüste geheilt sind, bevor jemand sie berührt.«

Die Ringe blinzeln mir zu, ihre Fotze ist feucht und angeschwollen, schmeckt und riecht nach Männern. Ihre Augen werden verschwommen, wir müssen noch mal. »Härter«, stöhnt sie, ich schwitze, es ist hier im Eismeer verdammt heiß. Bilder von Männern, mit denen Anna sich küsst, die Anna besitzen, bis der Trieb vorüber ist. Es strömt durch meinen Körper, das heiße Meer.

Montag ist grauer, dänischer Alltag: Arbeit, Kinder bringen und holen, Haushalt schmeißen, Elternabend in der Schule, Hausaufgaben mit den Kindern, Rechnungen bezahlen, Steuern bezahlen, lachen, wenn die anderen lachen, meckern, wenn die anderen meckern, fernsehen, wenn die anderen fernsehen. Ein festes Programm, aus dem es kein Ausreißen gibt. Von Kindheit an programmierte Roboter, die alle dasselbe tun, fühlen und denken. Nein, Fernsehen tun wir nicht, das hat das Eismeer in seinen Tiefen verschlungen. Stattdessen liegen wir dicht beieinander, mit meinem Penis tief in ihrer Vagina. Geile Bilder jagen durch das Meer, wir ficken, damit wirbelnde Strömungen uns nicht für immer trennen und verschlingen.

Sonntag um zehn Uhr steht Thorsten vor der Tür, wir sind zwei Männer, die wissen, was Sache ist, wenn man mit Frauen wie Lise und Anna zusammenlebt. Das heißt, joggen und fit sein, von Gemütlichkeit ist keine Rede, jeder Tag ist ein Kampf um die Weiber. Keiner fickt mit einem Mann, der nicht von anderen Frauen begehrt wird, keiner fickt mit einer Frau, die nicht von anderen Männern begehrt wird. Wir stehen an der roten Pforte. Wir tragen enge, dünne Hemden, man sieht unsere trainierten Muskeln, wir tragen enge, dünne Hosen, man sieht unseren Schwanz, den Sack und unseren strammen Arsch. Überall um uns herum Hirschkühe in der Brunst: Weiber mit blitzenden Augen, stramme Möpse in engen Trikots, Fotzen, deren Silhouetten man durch den dünnen Stoff ahnt. Eingehüllt in den Duft des Parfums Opium, der Brunst und der Pilze, laufen wir bergab. Auf der Strecke liegt gelbes Herbstlaub, vor uns laufen Frauenärsche, die uns verlockend zuwinken. Das ganze Jahr ist Jagdzeit, wir sind Menschen, die sich durch die Jagd am Leben erhalten. Bei Kirsten Piils Quelle sitzen besoffene Frauen, die es nicht nach Hause geschafft haben, die uns etwas zurufen, weil ihre Fotzen dringend einen Mann brauchen. Wir brauchen dringend eine Pause und laufen schneller, damit keine schöne Sirene uns erwischt. Wir kämpfen uns bergauf zum Jagdschloss. Das Weib am Hügel, mit lächelnden, braunen Augen, vollen, roten Lippen, schweren Brüsten und schmaler Taille, sieht bezaubernd aus. Nur weiterlaufen, heute gibt es halt genug Hirsche, die sich gegenseitig den Schädel einschlagen. Wir könnten sie uns teilen, sie stundenlang abwechselnd ficken, ihre Fotze würde weich und willig werden, ihre Lippen unersättlich. Wir laufen, der dunkle Mühlendamm, oben auf der Terrasse des Raadvad Kruges sitzen Frauen, die uns zuwinkten. Wir laufen bergauf durch den dunklen Wald, kein Opium, keine Titten, nur Bäume. Das rote Tor am Hjortekær, der langsame Aufstieg über die Ebene zum Jagdschloss, es riecht nach Brunst. Die Rudel sind unruhig, die Hirsche röhren und versuchen die Hirschkühe zusammenzutreiben, riesige männliche Tiere stoßen im Kampf zusammen. Heute ist alles Unruhe, Sex und Gewalt, wir laufen, oben am Schloss Rudel von brünstigen Frauen. Wir joggen in Richtung Fortunen bergab über die Ebene, biegen ab ins Wolfstal, der Todesspurt, wir sind am Ziel. Allerorts Weiber, die sich mit

184

breiten Beinen dehnen: angeschwollene Schamlippen zwischen den Schenkeln, wippende Brüste unter dem dünnen Stoff, verlockende Blicke. Es ist Zeit, nach Hause zu fahren, Kinder zu päppeln und unsere Frauen zu küssen.

Lasse will mit Sebastian spielen, Marie mit Kirsten, Lise und Thorsten nehmen sich der Kinder an, Schwarze tut, was sie will. Wir fahren Charlotte und Peder F. besuchen, die lange Allee entlang, dann die Bärenburg, auf dem Parkplatz steht außer amerikanischen Autos auch ein Jaguar Sovereign. Mit ihren üppigen Attributen erscheint Charlotte auf der breiten Steintreppe. Willkommen, Kuss links und rechts, schmale Taille, große Brüste und ein schöner Arsch, der unter dem Kleid verlockend wippt, nicht schlecht. In der Stube mit den Ledermöbeln sitzen Gäste, Peder F. kommt uns entgegen.

»Kennt ihr euch schon? Darf ich vorstellen, Andreas junge Freundin Anna, Peter von der Weinfirma Junke und seine Frau.«

Kuss links und rechts, wir sind fast eine Familie und gehen in die große, amerikanisch eingerichtete Küche. Aus den Backöfen zaubert Charlotte frischgebackenes Brot und eine warme Leberpastete, aus dem Eisschrank strömt ein Duft von Kaviar, Lachs und Foie gras. Garnelen, Heringe, Champagner und Chablis Grand Cru, zuletzt strömen aus der Seite des Eisschrankes Eiswürfel für die Cocktails, die von Peder F. gemixt werden. Die trinkt man besser nicht, wenn man auf seine Leber und sein Gehirn achtgeben will.

»Anna, kannst du den langweiligen, alten Mann aushalten?«

Charlotte lacht, Anna drückt sich eng an mich, man ahnt die Ringe durch ihre weiße Bluse. Charlotte vergeht das Lachen, sie starrt auf die Brüste meiner Venus. Ahnt sie, dass es die Königin der Nacht ist, die am Mahagonitisch in ihrer viel zu bescheidenen Küche sitzt? Sie leert ihr volles Glas Champagner in einem Zuge, schenkt sich noch eins ein, das sie sofort austrinkt – ein schrilles Lachen, es geht ihr wieder besser. Ich wende mich Peter Junke zu.

»Ich habe in der Zeitung gelesen, dass sie dich den stillen Milliardär nennen.«

Er schmunzelt. »Die Firma habe ich nur geliehen, ich verwalte sie, so gut ich kann, um sie später den Kindern zu übergeben. Ich bin Verwalter der Familienfirma, kein Milliardär. Andreas, begleitest du mich Mittwoch zum Essen im Schützenverein? Ich möchte dich dem Prinzgemahl vorstellen.«

»Mittwochs habe ich abends Sprechstunde und eine Mitgliedschaft im Schützenverein kann ich mir nicht leisten. Die kostet hunderttausende von Kronen.«

»Schade, du sprichst doch Französisch?«

»Tue ich, Peter, einigermaßen. Französisch ist mein Schicksal, ich habe Anna in einem Französischkurs kennengelernt.«

»Das hat dir Glück gebracht, Prost, du hast bei dem Kurs die Venus eingefangen.«

Wir trinken unser Glas aus, bringen den Göttern ein Opfer, hoffentlich ist die Göttin der Nacht uns gnädig und nimmt es an. Anna nimmt meine Hand und küsst mich, Charlotte ist jetzt beim fünften Glas. Ab jetzt werde ich Wasser trinken, denn ich muss noch Auto fahren.

Ich muss mal, in der Halle treffe ich Charlotte. Sie taumelt ein bisschen, kommt lächelnd auf mich zu, umarmt mich und drückt ihren Unterleib gegen mich. »Ist doch geil, oder?«, fragt sie, drückt meine Hand gegen ihre rechte Brust, bewegt ihren Unterleib gegen meinen jetzt steifen Schwanz, ein heißer Kuss und sie ist weg. Ganz ohne ist Charlotte nicht. Ich gehe aufs WC, muss etwas warten, bis der Schwanz wieder schlapp ist, sonst wäre es zu schwierig.

Es ist Zeit, wir verabschieden uns, erheben uns aus den alten Ledermöbeln. Peder F. nimmt Charlotte am Arm, weil sie es sonst nicht schafft, sich aufrecht zu halten, ein Sturz die Treppe hinunter könnte verhängnisvoll werden. Mein Citroën GS Caravan sieht zwischen den kostbaren Autos klein aus. Aber er kann fahren und ich bin es, der die Göttin der Nacht in mein Heim entführt. Anna hat sich neben mir auf ihrem Sitz zusammengerollt, zwei Knöpfe in ihrem Hemd haben sich geöffnet, eine rosa Brustwarze mit einem silbernen Ring ist erkennbar, sie ist eingeschlafen. Auf der Toftholm Allee nehme ich sie beim Arm, helfe ihr beim Aussteigen, führe sie in unser Schlafzimmer, lege sie ins Bett und ziehe sie aus. Sie rollt sich zusammen, Bettdecke zwischen den Beinen, Po an die Luft. »Später«, murmelt sie, schläft ein, der Ständer muss zwischenzeitlich in der Hose bleiben.

Ich fange die Kinder ein, koche ein einfaches Mittagessen, Lasse und ich streiten uns, bis die Hausaufgaben gemacht sind. Kinder waschen, Kindern vorlesen, Kinder zum Schlafen bringen, Geschirr spülen und Küche aufräumen, dann der Sprung ins Eismeer und Anna ficken, sodass die Ringe des Herrn wild tanzen. Nachher sitzen wir im Bett und lesen. Jetzt, wo Ruhe eingekehrt ist, liegt Schwarze am Fußende, wir lieben uns.

»Hund, kommendes Wochenende ist besetzt. Ich besuche einen Herrenabend und du sollst mich fahren und später ficken.«
   »Wie geht es mit deinen Zitzen?«
   »Die sind abgeheilt, keine Entzündung, die Krankenschwester war tüchtig. Sie kam mir vertraut vor. Irgendwo habe ich sie schon mal gesehen.«
   »Anna, wann willst du los?«
   »Freitag, um neunzehn Uhr, sechs Männer, ich bin die Unterhaltung.«

Sie zieht ihre Bluse aus, Lasse liegt schon in seinem Bett und schläft, an Annas Zitzen sind die schweren Ringe eines fremden Mannes befestigt. Ihre Hände greifen zu, ihre Brüste spannen sich, es blitzt von ihren Brustwarzen.

»Sie gehören ihm«, sagt die treulose Hure.

Ich greife sie, trage sie ins Bett, zwinge sie nieder und schiebe ihren Rock nach oben, ihr Po und ihre angeschwollene, dunkelrosa gefärbte Fotze sind entblößt. Ich fixiere sie, sodass sie sich nicht wehren kann, wütend dringe ich hart in sie ein.

»Kleine Hure.«

»Große«, stöhnt sie, der Ring oben in der Hurenfotze ist schon da. Langsam ficke ich sie, langsam, aber bestimmt arbeitet er in ihr, ihr Körper verspannt sich, sie heult, ich foltere die Kleine.

»Tiefer, härter«, heult sie auf, zögerlich gebe ich nach, endlich ein Orgasmus, der sie erlöst. Ein ganz gewöhnlicher Dienstagabend, kein Fernsehen, wir fallen sofort in einem tiefen Schlaf, um sechs Uhr in der Früh geht der Alltag wieder los. Mittwoch habe ich abends Sprechstunde und anschließend eine Nachtschicht.

Donnerstagabend bin ich in Lasses Schule zur Elternversammlung. Die Klassenlehrerin und der Mathelehrer sind da, über Lasse gibt es nichts Besonderes zu berichten. Nicht der Beste, nicht der Schlechteste, er gibt sich keine Mühe, aber er ist trotzdem im besten Drittel der Klasse. Die anderen Eltern regen sich auf, als gelte es das Leben ihrer Kinder. Ich langweile mich, weil ich Lasse vertrauen kann, er war immerhin der intelligenteste Junge, den sie jemals im Kindergarten betreut haben.

Nachher zieht eine Mutter mich zur Seite, sie will wissen, wie es ist, geschieden zu werden.

»Furchtbar«, sage ich, »selbst meinem schlimmsten Feind

wünsche ich es nicht. Es war, als würde ich am lebendigen Leibe in zwei Teile gerissen. Die Kinder, die Freunde, ein ganzes Leben ist unversehens im Eimer.«

»Aber jetzt lebst du mit einem aufregenden Mädchen zusammen. Es muss doch wunderbar sein mit einem so jungen Ding im Bett.«

»Das junge Ding ist eine hochintelligente Frau, die weiß, was sie will. Nichts ist ohne Probleme. Birgit und ich haben uns nie zusammen gelangweilt und unser Geschlechtsleben war bis zuletzt sehr aufregend. Aber dann wollte sie etwas anderes, vielleicht war unser Leben zu aufregend?«

»Mein Leben ist öde«, sagt die Mutter. »Immer das Gleiche, immer Ruhe und Gemütlichkeit, Sex bedeutet fast nichts mehr, alles ist Alltag. Ich halte es nicht mehr aus, ich habe den Antrag für die Scheidung eingereicht. Wir streiten uns nicht, wir teilen uns den Haushalt, wir sind gute Freunde und es ist zum Kotzen bieder.«

»Du solltest es dir noch einmal überlegen. Es könnte sein, dass du nicht anders kannst, als bieder zu sein.«

»Sehe ich so aus?«

»Nichts für ungut, aber du bist wie die Murren in den *Mumins*. Alles um die Murren herum erstarrt in Dunkelheit und Kälte, um dich herum erstarrt die Erotik. Ein spannendes Leben erfordert Mut, willst du für immer ein spannendes Geschlechtsleben, erfordert das sehr viel Mut. Du musst dazu bereit sein, in ewiger Unsicherheit und Unruhe zu leben.«

Anna sitzt bis spät an ihrem Schreibtisch und arbeitet, eine schriftliche Aufgabe muss bis morgen fertig sein.

»Wie geht es dir im Gymnasium?«

»Gut, ich bin halt immer noch die Beste, ohne Fernseher kann man alles.« Ich küsse ihren Nacken.

»Augenblick bitte, es dauert noch zehn Minuten, dann

kannst du mich ficken. Morgen nach den Männern ist meine Muschi sicher zu wund und du musst warten.«

Sie weiß, wie sie mich verrückt macht, mein Phallus möchte die Hose sprengen. Lasse benötigt noch einen Gutenachtkuss, er sieht mich kurz an und schläft weiter. Dann bekommt Schwarze etwas zu essen und anschließend will sie raus in die Nacht, wo Abenteuer auf sie warten. Sie ist ungeduldig, muss es sich aber gefallen lassen, dass sie gestreichelt wird, bevor sie in die Freiheit entkommen kann. Als hysterischer Arzt wasche und desinfiziere ich mir nachher die Hände.

Anna erscheint auf der Treppe, das Haar gelöst, jetzt mit roten Lippen, hohen Absätzen und Stay-ups.

»Werde ich dem Herrn und seinen Gästen morgen gefallen?«, fragt sie.

Ich fasse ihre Brust, drücke zu, möchte die straffe Brustwarze mit dem Ring abreißen.

»Musst erst fragen, die Zitze gehört dem Herrn.«

Ich jage meine ganze Hand in sie hinein, will sie tief in ihrer Fotze begraben, durch ihren Unterleib die kleine Hure aufspießen. Sie stöhnt, meine Hand arbeitet drinnen in der Nässe, noch auf der Treppe ihr erster Orgasmus.

»Komm.«

Mit schwingenden Hüften geht die Hure vor mir ins Schlafzimmer, wendet sich um. Sie hat eine angeschwollene Fotze zwischen den breiten Beinen, angeschwollene, gepiercte Zitzen, das Lächeln einer Mona Lisa, in den Augen das blaue Eismeer der Göttin der Nacht.

»Werden mich morgen alle ficken?«

Ich küsse sie, ihre Hand bewegt sich langsam auf meinen Schwanz, Feuer strömt durch meinen Körper.

»Fick mich«, sie legt sich auf den Rücken.

Ich tue, wie mir befohlen, ficke sie wieder und wieder.

Freitagmorgen holt Birgit Lasse ab, wir stehen in der Einfahrt und winken. Wir sind ein typisches Liebespaar, beide in Jeans, Sneakers und T-Shirts, kann man es sich unschuldiger und gewöhnlicher vorstellen? Einen Mantel drüber und es geht zur Arbeit, wir sind gesunde, strebsame Bürger, die das Fundament der Gesellschaft ausmachen.

»Man kann sich an alles gewöhnen«, sagte mein Vater immer, »selbst an ein glühendes Eisen im Arsch.« Bevor ich in die Klinik fahre, rufe ich ihn an.

»Tag, Vati, wie geht es dir?«

»Bergab, aber ich kann mir den Hintern noch waschen und mich anziehen. Wenn ich das nicht mehr fertigbringe und ich Schmerzen habe, musst du mich umbringen.«

»Abgemacht, wenn es so weit ist, werde ich das mit dem Chefarzt verabreden. Es hängt von der Einstellung der Familie ab, wie viel Medizin Patienten in dem Zustand bekommen.«

»Ich werde auf dem Friedhof neben deiner Mutter begraben. Meine Freundin hat alles mit dem Bestatter besprochen. Die Beerdigung habe ich bezahlt, mein Testament ist auch fertig. Gib bitte meiner Freundin Anleihen im Wert von zweihunderttausend Kronen.«

»Natürlich, wenn das dein Wunsch ist.«

»Du solltest es inoffiziell machen, damit die Behörden davon keinen Wind bekommen, sonst muss sie den Hauptteil bei der Steuerbehörde abliefern. Die Anleihen liegen in meinem Versteck in der Wohnung. Eine Liste mit den Gästen, die sie zur Beerdigung einladen soll, habe ich ihr schon gegeben. Alles ist geregelt. Du kämpfst mit deiner Scheidung und musst dich den Kindern widmen, gut, dass du Anna hast. Den Rest erbst du als Gütertrennung, sodass Birgit nichts davon bekommt. Dafür kannst du dir ein neues Haus kaufen.«

»Danke, Vati, auf Wiederhören.«

Anna kommt früh aus dem Gymnasium, ich früh aus der Klinik, die kommende Nacht sitzt uns schon jetzt in den Knochen. Wir legen uns, mit Schwarze in der Mitte, schlafen. Wir haben einen langen Mittagsschlaf nötig. Man kann sich an alles gewöhnen, mein Vater hat ganz recht, er weiß aus Erfahrung, dass man sich in seinem Leben an vieles gewöhnen muss. Wir fallen in einem tiefen Schlaf, kein Grund zur Unruhe, nur weil meine Geliebte bald nackt sechs Männern zur Verfügung stehen wird. Ich wache mit einem Knoten im Magen auf, gut zwei Stunden habe ich geschlafen, bekomme Herzklopfen. Anna soll bald los, sie ist in der Badewanne. Uns fehlt der Appetit, wir zwingen uns dazu, schnell eine Kleinigkeit zu essen. Schwarze streicht um unsere Beine, sie bekommt draußen im Garten einen halben Hering. Meine Geliebte macht sich schön, steht vor dem Schrankspiegel von Ikea. Sie ist zufrieden, in einer halben Stunde ist es so weit. Wir liegen auf dem Bett, die Zeit steht nicht still. Wäre ich vernünftig, würde ich es ihr verbieten und die Stay-ups von ihren Beinen reißen, die schwarzen Sandalen mit den Riemen um ihre Knöchel aus dem Fenster schmeißen, den dünnen, strammen Ledermantel mit der Schere in tausend Stücke schneiden, die Ringe öffnen und sie aus ihren Brustwarzen entfernen.

»Komm, es ist Zeit«, sagt Anna, steigt aus dem Bett und zieht den schwarzen Ledermantel über ihren nackten Körper, dann geht sie vor mir die Treppe hinunter. Ich halte ihr die Tür auf, sie steigt ins Auto, der Motor springt an, wir fahren ab, bald werden wir da sein.

»Keine Streifen, habe ich dem Herrn gesagt, es reizt mich nicht mehr.«
Ich bin ihr beim Aussteigen behilflich, sie schaut mich mit großen Augen an, kein Lächeln. Zurück in die Toftholm Allee,

wo ein leeres Haus mich erwartet. Schwarze will rein in die Wärme, das dänische Herbstwetter ist nichts für Katzen. Mit Schwarze auf dem Schoß versuche ich, *Les Années-Sandwiches* von Serge Lentz zu lesen. Ein wehmütiges Buch. Nach Ansicht des Autors besteht das Leben aus viel Brot und nur ein wenig leckeren Aufschnitt. Die wenigen Jahre mit dem leckeren Aufschnitt sind schnell vergangen, die vielen Jahre, wo man am trockenen Alltag knabbert, dauern fast ewig. Ist es mit dem Aufschnitt bei mir und Anna auch vorbei, sind nur noch gleichgültiges Ficken und der Alltag übrig? Es ist nach zwanzig Uhr, wer dringt gerade in Anna ein? Es klingelt an der Tür.

»Kommt ihr vorbei, wir haben Gäste?« Lise steht in der Haustür, legt ihren Arm um meinen Nacken und gibt mir einen heißen Kuss.

»Anna ist nicht da, aber ich komme sofort«, meine Stimme ist am Ersticken, sie nimmt mich am Arm.

»Wo ist Anna denn?«

»Sie hatte noch etwas vor.«

»Du kannst es mir sagen, ich bin halt auch kein Engel.«

»Ja dann, sie ist beim Herrn zu einem Herrenabend.«

Lise lacht. »Mit dir und mir kann es heute Abend nichts werden. Du musst geil dastehen, sie lieben und sie ficken, sobald sie wieder da ist, das ist der Sinn der Sache.«

»Bist du dir sicher?«

»Ohne dich, Andreas, ist es mechanisches Ficken, durch dich wird es eine erotische Erlösung. Ihr wollt den grenzenlosen Sex und die bedingungslose Liebe.«

»Genau.«

»Hej«, ich drücke drei Paaren und einem Mann die Hand, Thorsten umarme ich, wir sind Leidensgefährten. Die Leute sind ungezwungen angezogen, es ist ein ganz normaler Abend im Sozialstaat Dänemark. Nichts wird passieren, was die öffentliche Ordnung bedroht, keiner verlässt die Tretmühle, die Esel der Gesellschaft kacken weiter Dukaten in die unersättliche Staatskasse.

»Tut mir leid, ich darf nichts trinken, ich muss später Auto fahren.«

»Andreas Freundin ist zu einem Herrenabend.«

Die Frauen sehen mich erfreut an, die Stimmung wird heiter, jemand hat nackte Brüste, eine ist ohne Jeans. Es scheint hier doch nicht ganz ungefährlich zu sein. Ein Paar verschwindet mit dem überschüssigen Mann, sie sind nackt und strahlen, als sie wieder auftauchen.

»Schade, mit dir ist es wie mit den Pfadfindern, du musst bereit sein, dich muss man in Ruhe lassen.«

Ein paar riesige Brüste schaukeln vor meinen Augen, wer hat gerade seinen Schwanz tief in Anna, wen küsst sie? Mein Schwanz steht, aber er muss warten, ich liebe Anna, kann sie nicht enttäuschen. Um mich eine Orgie. Der überschüssige Mann kann noch mal, ein Paar hält Lise im festen Griff, sodass er ungehindert in sie eindringen kann. Ich schleiche mich zur Tür und gehe unbemerkt hinaus in die kalte Herbstnacht. Es ist Vollmond, Schwarze will raus, vielleicht kann sie ein paar Mäuse zu Tode quälen. Das Telefon klingelt schon um eins Uhr.

»Hol mich bitte ab, die Herren müssen ohne mich auskommen.«

Die Göttin der Nacht schreitet nackt auf dem Bürgersteig auf mich zu, eine Gruppe junge Araber schaut sie begehrlich an, eine Venus auf dem Catwalk der Store Kongensgade. Kein Schwanz und keine Fotze bleiben davon unberührt, selbst die Schwulen staunen.

»Andreas, du hast mir gefehlt«, wir umarmen einander. »Hund, ich liebe dich.«

194

Ich halte ihr die Tür auf, die Göttin steigt ein, rollt sich zusammen.

»Habe deinen vermisst«, murmelt sie und schläft ein.

Auf dem Heimweg fahre ich den Gittervej entlang mit dem Blick auf den Öresund. Vor der Ryvangs Allee halte ich kurz an, der Mond und das Meer bilden eine silberne Treppe direkt ins Elysium. Neben mir liegt die zusammengerollte Venus, aus ihrer Muschi läuft Sperma, sie ist eine echte Freyja, die nordische Göttin der erotischen Liebe. Ich liebe sie, es wird mir warm in meiner Brust, ich küsse ihren Nacken. Kaum sind wir in der Tofholm Allee, stürzt sie sich ins Bett.

»Fick mich, Hund, jetzt, ich bin müde und brauche dich, aber Vorsicht, dort waren heute viele Männer.«

Mein Schwanz tut, wie ihm befohlen, fickt gefühlvoll ihre empfindliche, mit Sperma beschmierte Götterfotze. Sie stöhnt, ihre Beine jetzt über meinen Schultern, mein Schwanz von ihrer Fotze umgeben. Sie bearbeitet ihn, foltert ihn, meine Seele tief ihn ihr, mein Körper ein Teil von ihr, das Licht der Götter durchströmt uns. Vereint sinken wir zusammen, während mein Samen in sie hineinfließt.

Sonnenlicht strömt durch die Tür zum Balkon, Anna steht vor dem Spiegel, betrachtet ihren weißen Körper, sagt: »Hund, liebst du mich ungeachtet all dessen, was ich dir zumute?«

Süß sieht sie aus, hundertachtundsechzig Zentimeter Unschuld, wären nur nicht die angeschwollene, glitzernde, dunkelrosa gefärbte Muschi und die blitzenden Ringe.

»Hund, er steht wieder, du liebst mich.«

»Leider, ich kann nicht anders, du bist Anna.«

»Ich liebe deinen Schwanz.«

Ihre Lippen liebkosen ihn, ihre kleine Hand spielt mit meinen Kugeln.

»Wie schön die Männer sind.«

»Waren es gestern viele?«

»Es waren nur fünf. Den sechsten konnte ich nicht ertragen, der hatte ein schlechtes Gewissen und sprach von Frau und Kind. Männer, die sich schämen, sind keine Männer, er musste sofort gehen. Zuerst den Diener vom letzten Mal, seine Hände waren in mir, seine Zunge und dann sein Phallus, der hat mich über den Rand getrieben. Ich war geil, konnte nicht genug bekommen, habe mich mit breiten Beinen auf die Liege mitten im Raum gelegt. Die Männer waren überall, in mir, lutschten meine Titten, fickten mich, waren in meinem Mund. Fünf reichten mir, es kamen nicht mehr, um eins Uhr war überall Sperma, ich hatte es satt, vermisste dich, Hund, wollte dich in mir, nur dich.«

Wir sinken tief ineinander, ihre Vagina um meinen Penis. Wir bewegen uns langsam der Erlösung entgegen, die heute nicht kommen will, ein Orgasmus, aber wir können uns nicht trennen, liegen eng umschlungen.

»Die Ringe sind im Wege. Ich liebe es, wenn die Männer an meinen Brustwarzen lutschen, kannst du sie sofort entfernen?«

Ich trenne mich von ihr, tue wie mir befohlen, bin ich ein Hund?

»Können wir tauschen?« Birgit ist am Telefon, ihre Stimme ist freundlich, sie will etwas erreichen.

»Klar, Birgit, kommendes Wochenende bekommst du die Kinder.«

»Danke, Andreas, wie geht es mit deiner Anna, ist sie immer noch da?«

»Alles beim Alten, Birgit, sie mag das ruhige Leben mit einem alten Mann.«

»Ist sie nicht zu brav für dich? Du brauchst jemanden, der dich in den Hintern tritt, damit etwas passiert.«

»Ich bin zufrieden, es gefällt mir so.«

»Du bist ein langweiliger alter Mann.«

»Wir sehen uns Freitag, Birgit, bis dann.«

Anna steht in der Stube, schüttelt ihren Kopf, reicht mir einen Brief.

»Ein Brief vom Steueramt. Du bist fürs letzte Jahr einundsechzigtausend Kronen Steuergeld schuldig, die du in drei Raten nachzahlen musst, so wie es Steuerberater Hansen mir gesagt hat. Ich habe deine Konten kontrolliert, du schaffst es gerade so, ohne noch mehr Nachtschichten machen zu müssen.«

Anna sieht mich streng an, sagt: »Hund, wir müssen sparen.«

»Anna, du sollst dir keine Gedanken machen. Ab Februar übernimmt Birgit das Sommerhaus und wir sind die Fälligkeiten und die Steuern darauf los. Ich habe ein Juweliergeschäft in der Jægersborg Allee entdeckt. Der Inhaber heißt Michael Enna. Er hat die schönsten Perlenohrenringe im Fenster und es ist bald Weihnachten.«

»Dafür hast du kein Geld, sei doch vernünftig, Andreas.«

Ich sehe meine Anna an, stelle sie mir mit schwarzen Perlen und Mandarin-Granaten in ihren Ohrläppchen vor. Ich werde mit Enna über den Preis reden. Irgendwie bekomme ich Anna schon in sein Geschäft.

»Anna, nächstes Wochenende haben wir keine Kinder, weil Birgit verreist sein wird und wir getauscht haben. Das klappt also mit dem Fest bei Lotte und Carsten. Das durchsichtige Kleid aus hauchdünner Wolle brauchst du deshalb nicht vor den Kindern zu verbergen.«

»Ist es so ein Fest?«

»Ja, Anna, wir bekommen keine Ruhe.«

»Es juckt in meiner Muschi, hast du eine Fluconazol gegen den Pilz?« Wir schlucken beide eine Kapsel. Bei mir juckt es auch, alles hat seinen Preis.

Mittagsschlaf, es ist Samstag und heute um neunzehn Uhr sind wir bei Lotte und Carsten zum Buffet mit Wein und Champagner eingeladen. Wir werden zusammen mit Lise und Thorsten hinfahren. Ausnahmsweise kann ich darum Alkohol zu mir nehmen, aber meistens trinke ich trotzdem nicht viel, um nichts zu verpassen. Es wäre furchtbar, mit einer schönen Frau ficken zu wollen, aber es nicht zu können. Das würde ich mir nie verzeihen. Es ist kalt, regnet und stürmt, der Herbst kehrt das Laub von den Bäumen und es wird früh dunkel. Bald haben wir Wintersonnenwende mit einer blassen Sonne und einem Tag, der knapp sieben Stunden dauert. Hoffentlich haben Lotte und Carsten es warm in ihrer Wohnung, damit Anna sich in ihrem dünnen Kleid nicht erkältet.

Der Wecker bimmelt, im kalten Badezimmer werden wir schnell wach. Anna hat einen schmalen, roten Streifen getrimmter Haare über ihrer Muschi.

»Was sagt dein Herr dazu?«

»Der kann sagen, was er will, das Peitschen finde ich langweilig, ich will aufregenden Sex. Ich habe mich mit dem Diener, der doch kein Diener ist, verabredet. Wir werden uns wiedersehen, vielleicht schon nächste Woche. Keine Angst, ich liebe nur dich, aber mit ihm habe ich fantastischen Sex. Mit dir auch, aber jetzt weiß ich, dass jeder Mann anders fickt. Ich brauche das, wieder Sex mit ihm zu haben.«

Ein Knoten in meinem Magen, aber ich sage nichts, bin ich ein Hund oder einfach mutig? Ich rasiere meinen Sack und meinen Penis. Eine Frau hat mir mal gesagt, dass ich wählen muss, rasieren oder kein Blasen. Beim Rasieren ziehe ich mir jedes Mal kleine, blutende Ritzer zu, aber immerhin besser, als dass mir entgeht, einen geblasen zu bekommen. Ich mag auch keine Fotze voller Haare lecken. Fast immer reißen sich dabei Haare los und setzen sich hinter dem Gaumen oder zwischen den Zähnen fest. Der dadurch hervorgerufene Hustenreiz und die Übelkeit sind nicht gerade sexy.

Eingehüllt in dicke Wintermäntel, gehen wir zu Lise und Thorsten. Lise läuft in hohen Absätzen und Stay-ups herum, sie ist wie üblich nicht fertig. Anna schnürt ihr Korsett und sie ist bereit. Wir setzen uns kurz und genießen ein Glas Champagner.
»Wie schmeckt meine Muschi? Probiere mal, Thorsten.« Anna sitzt mit breiten Beinen, sodass Thorsten ihre Fotze lecken kann. Vor Genuss schließt sie ihre Augen.
»Die schmeckt nach zahlreichen Männern«, sagt der Kenner.

Die beiden Weiber setzen sich nach hinten, wir fahren los, halten bald vor einem alten Gebäude in Østerbro. Das Treppensteigen mit hohen Absätzen ist mühsam, wir benutzen deshalb den alten, wackeligen Aufzug, der uns stöhnend zum vierten Stock hinaufbringt. Kuss links, Kuss rechts, wir werden in der Unterwelt willkommen geheißen, eine riesige Herrschaftswohnung, in der man sich leicht verirren kann. Zwei Stuben en suite, in denen die Zentralheizung und ein Kamin für reichlich Wärme sorgen. Ich ziehe die Jacke aus und hänge sie in der Halle auf den Kleiderständer. Willkommen und Prost, alle haben ein Glas Champagner in der Hand, mögen die Götter uns Männern bei den vielen fast nackten Weibern gnädig sein. Anna und ich stehen nebeneinander, küssen uns, ihre Muschi ist erwartungsvoll angeschwollen. Es klingelt, es kommt Nachschub, mehr Männer und eine Frau, die Krankenschwester. Sie geht auf uns zu, Kuss links, Kuss rechts.
»Euch kenne ich«, sagt die Krankenschwester. »Dich habe ich gepierct, bist du damit zufrieden?«
Anna schüttelt ihren Kopf.
»Das Piercen war unproblematisch, aber ich hatte die Ringe schnell satt, die haben mich gestört.«

»Dein Mann hat mich in einer Sauna gefickt. Das hat er gut gemacht, wenn du ihn nicht mehr willst, übernehme ich ihn sofort.«

Die schöne Krankenschwester wendet sich Lotte und Carsten zu, Anna sieht mich fragend an.

»Du hast sie gefickt?«

»Ja, in der Sauna im Tennisklub im Hellerup-Hafen.«

»Hat es dir gefallen?«

»Fantastisch, aber leider liebe ich nur dich, ich kann nicht anders. Anna, bist du eifersüchtig?«

»Ja, bin ich.«

»Warum, du hast viele Männer?«

»Du darfst mich nicht verlassen.«

»Anna, ich bin die Erde unter deinen Füßen, werde dich immer abholen und dir die Tür aufhalten.« Wir setzen uns Hand in Hand auf eine Couch.

Stille Lounge-Musik in einer Wohnung voller Träume. Lotte setzt sich zu uns. »Wir haben in Brüssel in der Rue du Cirque eine Bleibe mit vielen Gästezimmern und mehreren Bädern. Wenn ihr wollt, könnt ihr uns besuchen. Es gibt dort eine spannende Bar namens Moda Moda, die eine Reise wert ist.«

»Vielen Dank, wir kommen euch besuchen, sobald die Scheidung und Annas Abitur überstanden sind.«

Das Buffet befindet sich neben der Küche, auf einer Couch ist es schon so weit, zwei nackte Männer sind tief in eine südländisch aussehende Frau eingedrungen. Starke Hände um ihre braunen Brüste, ihre langen braunen Beine über den Schultern des einen Mannes. Man ahnt seinen kräftigen Schwanz in ihrer dunklen Fotze. Bei jedem Stoß schwellen seine Muskeln auf seinem Rücken, in seinem wohlgeformten Po und seinen Schenkeln an, senden eine Welle der Lust durch ihren Körper. Der Penis, der sich zwischen ihren roten, vollen Lippen befindet, gleitet aus ihrem Mund, sie heult im Orgasmus. Die gequälten Töne verfolgen uns zum Buffet, hoffentlich überlebt sie die düstere Reise durch ihren Trieb. Anna hat sich von mir gelöst, steht dicht neben einem arabisch aussehenden Mann, der ihr Sushi auf den Teller legt. Ich besorge mir ebenfalls Sushi, nehme zwei Gläser Champagner und gehe zurück in die beiden Stuben en suite. Erst keine Anna da, aber dann kommt sie aus der Halle, schreitet mit wippender Hüfte auf mich zu.

»Hund, zieh dein Hemd aus, es ist viel zu heiß.«

»Wo ist dein Kleid?«

»In der Halle unter deiner Jacke.«

Steife Brustwarzen, dunkelrosa angeschwollene Muschi, Anna hat mir den Vorfall mit der Krankenschwester verziehen. Es wird eine lange Nacht werden. Ich reiche ihr ein Glas Champagner.

»Prost, auf unsere Liebe.« Ein Opfer, dargebracht den Göttern, meines gilt der Göttin der Nacht, Annas ist an sich selbst gerichtet. Wir setzen uns auf eine Couch, Lise und Thorsten stoßen zu uns.

»Das fängt ja geil an, die ganze Welt im Eros vereint«, sagt Lise. »Die Dunkle da drüben, die es gar nicht abwarten konnte, ist Pakistanerin.«

Die Gemeinte zwischen den beiden Männern, die sie anbeten, ist eine aufregende Frau. Wie jede Göttin benötigt sie Gläubige.

»Lise, wir sind bei Lotte und Carsten in Brüssel eingeladen.«

»Wir auch«, sagt Lise und fasst Anna zwischen die Schenkel.

»Anna, wir fliegen gemeinsam nach Brüssel und besuchen sie von Donnerstag auf Sonntag. Es gibt billige Tickets bei Sabena. Ich habe mit dir heute Abend noch etwas vor.«

Lise küsst Annas Nacken, dann ihre Brustwarzen. Mir ist

heiß, die meisten Männer und Frauen sind nackt. Ich gehe in die Halle und hänge mein Hemd und die Hose zu meiner Jacke. Annas Kleid ist nicht da, sie hat es wahrscheinlich unter ihren Mantel gehängt. Ich vergesse beinahe, die Strümpfe auszuziehen. Anna findet Männer in Strümpfen lächerlich, ich tue sie in meine Schuhe, um sie nicht zu vergessen. Eine Frau steht zwischen zwei Männern, küsst den einen leidenschaftlich, der andere steht dicht hinter ihr, mit der einen Hand zwischen ihren Beinen. Mit drohend angeschwollenen Schwänzen führen die beiden das geile Weib in ein Zimmer. Mögen die Götter ihrer Fotze gnädig sein, auf dass die Nacht sie ermattet und gesättigt in den hellen Morgen entlässt. Ich kehre zurück in die Stube, Thorsten und Lise sind noch da, Anna ist nirgends zu sehen.

»Wo ist Anna?«, frage ich beunruhigt.
»Dahinten, sie tanzt mit jemandem.«
Zwei Körper bewegen sich in einer dunklen Ecke im langsamen Rhythmus der Musik. Lange rote Haare, eine Hand zwischen den marmorweißen Pobacken, ein Finger in ihrer Fotze? Ihr Unterleib folgt gehorsam den Bewegungen des Arabers, ihre Titten sind an seinen nackten Oberkörper gedrückt. Sie gehört nur ihm, er kann mit ihr tun, was er will. Sie küssen sich, Anna dreht sich langsam um, ihre Pobacken reiben gegen seinen Schwanz, seine Hände fassen fest um ihre Brüste, seine Lippen sind auf ihrem Nacken. Sie schaut mir ernst in die Augen, wendet sich wieder ihm zu.

Hand in Hand verschwinden die beiden im Labyrinth der Wohnung. Mein Phallus ist am Explodieren, mein Unterleib brennt, dann weiche Lippen und eine spitze Zunge, ich schaue in die Augen der Krankenschwester. Braune Hände, die meine Brustwarzen in Feuer verwandeln, die roten Lippen der Pakistanerin auf den meinen, unablässig die Krankenschwester zwischen meinen Beinen. Ihre Hände haben meine Eier fest im Griff, wollüstiger Schmerz raubt mir die Besinnung. Sie legt sich mit breiten Beinen hin, die braunen Hände zwingen meinen Schwanz in die Krankenschwesterfotze. Die Hand der Pakistanerin umfasst meine Hoden, kontrolliert meinen Orgasmus, sodass ich über dem Abgrund schwebe. Ihre Hand in meinem Arsch treibt mich dichter an den Rand, damit ich nicht entkomme. Endlich lässt sie mich stürzen, brüllend falle ich, leere meine Seele in den weichen, tiefen Abgrund um meinen Phallus. Mein Sperma folgt dem Sog in die Urmutter, strebt dem Ei entgegen, die festen Schenkel des Weibes halten mich fest.

Dann haben beide Frauen etwas miteinander vor, ich setze mich erschöpft in einen Ledersessel, meine Hoden haben kühlendes Leder nötig. Ich spähe nach Anna, sie ist nirgends zu sehen. Ist sie es, die ununterbrochen im Orgasmus heult? Auf der Couch die Braune mit breiten Beinen und die Weiße dazwischen. Ihre Zunge bearbeitet den Kitzler, ihre Hand tief in der braunen Muschi, zitternd der Orgasmus und ein Stöhnen. Was treibt Anna, arbeitet ein Phallus tief in ihr, mit wem wird sie nach Hause fahren? Mein Gehirn fiebert, Anna im Liebesrausch mit dem Araber, sein Mund, der ihre Brustwarzen umfasst, ihr Mund, der seinen sucht. Sie küsst seinen Bauch und seine Hoden. Ihre Hände krallen sich an seinen Hintern, während ihre Zunge sich langsam vom Sack zur Spitze bewegt, die Eichel umkreist, damit der Phallus mächtig und gespannt dasteht. Demütig legt sie sich in den Vierfüßlerstand, erniedrigt sich. Er drückt sie nieder, dringt in sie ein und beobachtet, wie ihre Fotze sich um seinen Schwanz spannt, wie seine Stöße Wellen über ihren Arsch schicken. Wieder und wieder, bis ihr Gesicht sich errötet, er seinen Samen in sie pumpen wird.

»Dein Schwanz steht schon wieder«, sagt die Krankenschwester. Geil sieht sie aus, wie sie mit ihrer glatten, glänzenden Fotze vor mir steht.

»Ich muss mal und dann dieser Unfall, mit dem kann man nicht«, krächze ich.

»Tu ihn in den Champagne zum Abkühlen«, sagt die Krankenschwester lachend, Anna ist nirgends zu sehen. Ich schleiche durch den langen Flur, lausche an den Türen. Der schmatzende Laut einer nassen Muschi, die gefickt wird, schneller und schneller, ein heulender Orgasmus, dann nichts mehr. Wieder das Schmatzen, ich halte es nicht aus. Ich gehe aufs WC, kühle meinen Schwanz mit der kalten Dusche, damit ich pinkeln kann. Nachher wasche ich mir gründlich die Hände, leider ist nichts da zum Desinfizieren. Zurück in den Stuben en suite, überall Festteilnehmer im Gespräch mit einem Glas in der Hand, es ist Zeit für eine Pause, sie können nicht mehr.

In der Mitte auf dem Teppich ruht ausgestreckt ein nackter Mann, zwei Frauen in langen Lackstiefeln fesseln ihn mit einer roten Leine. Gefesselt liegt er auf dem Rücken, die mit den roten Lackstiefeln spannt einen Ring um seinen Sack und Penis, damit er noch mehr steht und nicht mehr klein werden kann. Sie tritt ihm behutsam mit Stilettos auf den Sack. Die Weiber legen den Gefesselten auf die Seite, schnüren ihn, sodass er mit gebeugten Knien daliegt. Das Weib in den schwarzen Lackstiefeln zieht einen Latexhandschuh über ihre rechte Hand und verteilt Gleitcreme darauf. Die Rote schlägt den Mann mit einer Peitsche, trampelt auf ihm herum, sein Schwanz steht stolz. Langsam dringt die Schwarze in seinen Arsch ein, erst mit einem, dann mit zwei Fingern. Die Rote hat einen Strapon-Dildo umgespannt. Sie beobachtet, wie der Mann sich stöhnend auf den Fingern der Schwarzen windet, legt sich hinter ihn und dringt mit dem Dildo in seinen Arsch ein, fickt ihn.

Die Hände der Schwarzen bearbeiten den gespannten Phallus, bis er sich endlich spritzend entleert, wir trinken Champagner, der in unseren Nasen prickelt.

»Ich bin müde, Hund. Ich will in mein Bett.« Anna steht vor mir, ihre Fotze sieht aus wie ein dunkelroter, glänzender Unfall.
»Wo ist dein Kleid?«
»Unter dem Mantel des Dieners, der kein Diener war, er hat es mir ausgezogen.« Die Unfallfotze küsst mich, sagt: »Ich liebe dich, Hund.«
Stöhnend führt uns der Aufzug aus der Unterwelt zum Taxi. Anna hat ihren Mantel angezogen, ihr Kleid in der einen Hand, meine Hand in der anderen. Toftholm Allee, bezahlen, aussteigen, ich halte dem Unfall die Tür auf, lege meinen Arm um sie, schließe auf, sie steht mit breiten Beinen auf der Treppe, sagt: »Fick mich.«
Er steht schon, dringt vorsichtig in den Unfall ein, der ihn streichelt und kitzelt, seinem kleinsten Wink folgt, er und ich lieben sie, kein Unfall, sondern eine Katastrophe!

Sonntagmorgen. »Hund, fick mich.« Er steht, ich hätte ihn im Champagnerkühler lassen sollen. Er verlangt es, sie verlangt es, ich ficke sie, das Eismeer hat keine Grenzen, es gibt kein Entkommen, endlich unser Orgasmus, wir können weiterschlafen.

»Hund, du musst bald los zum Joggen.«
Frühstück im Bett, ihre rosa Brustwarzen schweben über dem Milchkaffee. Ihre großen, blauen Augen schauen mich an, im Gesicht hat sie das Lächeln einer sehr jungen Mona Lisa. Eine junge Unschuld auf Abwegen, ich könnte sie ewig anschauen. Es klingelt, Thorsten steht vor der Haustür. Überstürzt ziehe ich Tights, Hemd, Jacke, Strümpfe und Schuhe an. Wir steigen in den Wagen, sind auf dem Weg nach Fortunen. Wir fahren

am Schloss Bernstorff vorbei, dann an der Jægersborg Kaserne, wo ich als junger Medikus meinen Wehrdienst abgeleistet habe, und an der Reitschule. Heute ist bei Fortunen alles voller Autos, endlich ein Parkplatz. Wir steigen aus, auf hohem Ross im Trab überall Reiter in roten Jacken, es ist der Tag der Hubertusjagd. Ein kalter Wind fegt das letzte Laub von den Bäumen. Damit uns warm wird, laufen wir sofort los. Die Strecke ist menschenleer, wir haben schwere Beine, die im Bett liegen möchten, endlich das Jagdschloss, ringsherum Leute, die sich zum Wassergraben begeben. Auch wir sind neugierig, unsere Beine tragen uns dorthin, wohin im wilden Galopp die Reiter in roten Röcken streben, sie können die Gefahr kaum abwarten. Die Ersten springen ins Wasser und entkommen mit schwingender Peitsche, Reiter nach Reiter folgt ihnen. Eine Reiterin im kühnen Sprung schwebt hoch oben. Der vor ihr stürzt, sie fliegt im hohen Bogen ins Wasser, steigt moorverschmiert mit dem Pferd am Zügel aus dem Graben. Die Zuschauer jubeln, die Kameras blitzen, heute Abend ist sie in der *Tagesschau* die Göttin der Hubertusjagd. Die Gefahr ist der Sinn des Lebens, sie ist eine der wenigen, die es erfasst hat.

»Wie geht es dir?«, fragt Thorsten, unsere Beine laufen, unsere Köpfe folgen ihnen.

»Ich bin durcheinander, schwebe im Ungewissen«, antworte ich, mein Magen zieht sich zusammen. Wir kommen am dunklen Mühlendamm vorbei.

»Und dir, Thorsten?«

»Ich habe mich daran gewöhnt, kann den Rausch nicht mehr entbehren.«

Wir laufen stöhnend über die Ebene im leichten Anstieg dem Jagdschloss entgegen. Endlich sind wir oben, joggen dann nochmals über die Ebene, aber jetzt in Richtung Fortunen, im Wolfstal geht es bergab.

»Thorsten, sobald ich mit Anna telefoniere, bekomme ich Herzklopfen, mir wird warm in der Brust, die Jeans werden zu eng.« Der Todesspurt. »Mit der schönen Krankenschwester wäre es einfacher«, keuche ich.

»Mit Anna lebst du jede Sekunde, Andreas.«

Ich esse schnell ein Butterbrot, steige in die Badewanne und lege mich hin. Anna liegt neben mir mit der Bettdecke zwischen ihren Beinen und dem Po an der Luft, ihre rote Muschi erinnert mich an die Nacht. Ich küsse ihren Nacken, sie reicht mir ihre Hand, wir schlafen. Später kocht Anna uns eine Kleinigkeit. Ich beobachte, wie sie in einer großen, weißen Schürze vor dem Herd steht.

»Anna, was ist mit deinem Araber, liebst du ihn?«

»Nein.«

»Willst du ihn wiedersehen?«

»Echt jetzt, das habe ich dir schon gesagt, nächste Woche, aber nach gestern Nacht vielleicht erst übernächste. Ich brauche von ihm eine Pause.«

»Warum?«

»Warum ich ihn wiedersehen will? Ich habe fantastischen Sex mit ihm, er ist nett und hygienisch und ich bekomme kein Jucken.«

»Ist es mit ihm besser als mit mir?«

»Nein, aber anders, er ist kleiner als du, adrett und geschmeidig. Er kann stundenlang zwischen meinen Beinen knien und mich ficken. Überhaupt ist er stundenlang in mir, mit den Händen, dem Mund und seinem dicken Schwanz und ich bekomme drei Ladungen Sperma. Das Essen ist fertig.«

Anna setzt sich an den Tisch, ihre nackten Möpse befinden sich auf beiden Seiten der Schürze. Warum sind die Jeans nur so eng gebaut, bin ich der Einzige, der ein Geschlechtsleben hat?

Montag, Kinder, Patienten und Alltag, aber Anna ist da – halt doch kein Alltag. Die nächsten vierzehn Tage wohnen beide Kinder bei uns, Birgit ist mit dem Professor zum Ärztekongress in Südamerika. Ihre Reise wird bezahlt, damit der berühmte Forscher am Kongress teilnimmt. Mein Vater ist am Telefon.

»Guten Tag, Vati, wie geht es dir?«

»Einigermaßen, wahrscheinlich überlebe ich Weihnachten.«

»Vati, wie möchtest du Heiligabend verbringen?«

»Ich bin müde, die Kinder wären mir zu viel.«

»Anna feiert mit ihren Eltern, die Kinder sind bei Birgit, weshalb ich dich besuchen kann. Ich esse im Hotel Norden am Damm und komme anschließend zu dir, das wirst du schaffen.«

»Meine deutsche Freundin feiert mit ihren Kindern und Enkelkindern, wir werden allein sein.«

»Ich übernachte im Hotel, morgens komme ich bei dir frühstücken, anschließend fahre ich wieder nach Kopenhagen. Du musst mir vorher Bescheid sagen, ob ich fürs Frühstück etwas einkaufe, bis dann.«

»Bis dann.«

Der Alte ist zäh. Er lebt länger, als ich erwartet habe. Weiter gehts, heute Nachmittag werde ich beide Kinder abholen, jetzt aber erst in die Klinik und nachher am liebsten vor den Kindern noch einkaufen. Kinder im Supermarkt sind die Hölle, hoffentlich werde ich nicht zu viele Hausbesuche haben.

»Anna, Freitagabend sind wir bei der Pakistanerin zu einer Cocktailparty eingeladen. Lise und Thorsten kommen auch.«

»Woher hat sie unsere Adresse?«

»Thorsten hat mir die Einladung gegeben, es ist nichts Aufregendes, nur eine ganz normale Party.«

»Ich werde im Laufe des Abends kommen, um sieben besuche ich meinen Araber, der sich übrigens zum plastischen Chirurgen ausbildet. Nach der dritten Ladung sind seine Batterien gelehrt und meine Muschi sehnt sich nach dir. Ich werde ein Kleid in meiner Handtasche mitnehmen, ich kann ja nicht nackt bei der Party aufkreuzen.«

Ich setze mich neben Anna, frage: »Liebst du mich?«

»Ja, Andreas, nur dich, aber ich muss es einfach tun, ich brauche andere Männer in mir, damit meine Fotze nach mehreren riecht.«

»Anna, es macht mich verrückt. Die Eifersucht ist dabei, mich in Atome zu zersplittern.«

»Ich weiß, hältst du es aus?«

»Glaube schon, ich liebe dich noch mehr, wenn fremder Sperma aus deiner Muschi läuft.«

Wir schweigen, sitzen eng umschlungen da. Schwarze beobachtet uns besorgt, sind die Verrückten weiterhin imstande, sie mit Heringen zu versorgen? Wir gehen nach oben, verschließen die Tür, ficken, als gelte es unser Leben. Thorstens Babysitter wird Freitag kommen, seine Tochter Kirsten verbringt den Abend bei uns. Wir dürfen nicht vergessen, Videokassetten im Blockbuster am Helleruper Strandweg auszuleihen. Dort kann man auch Süßigkeiten und Cola kaufen.

Freitagabend, Anna sitzt in der Badewanne. Ich beobachte, wie sie ihre Muschi rasiert, damit sie glatt und appetitlich ist, sie kann ihre Lust nicht verbergen, man sieht, wie gerötet und angeschwollen ihre Muschi ist.

»Fühl mal, wie geil ich bin.«

Ich fühle nach, ihre Fotze ist glatt und nass, sie freut sich auf ihren Araber. Ich gebe ihr die Adresse der Pakistanerin. Sie wohnt in Hellerup, hat irgendetwas mit der Diplomatie zu tun. Viertel vor sieben steigt Anna in ihrem engen, schwarzen Ledermantel mit einem Kleid in der Handtasche in ein Taxi. Sie trägt weder Unterhöschen noch Büstenhalter.

»Vati, Vati.« Marie und Kirsten werden vom Kindermädchen behütet, das Essen steht fertig auf dem Herd, bei Sebastian hole ich Lasse ab. Die beiden wollen den Abend bei uns verbringen. Es ist reichlich Essen da, die Babysitterin bekommt hundert Kronen auf die Hand und ist zufrieden. Ich gehe im schwarzen Anzug und erstmals mit Krawatte über die Straße zu Thorsten.

»Sie sehen aber heute richtig feierlich aus, Herr Doktor«, der Graf macht mit seinem Kern Terrier Björn eine Abendrunde.

»Guten Abend, Herr Graf, wir sind zu einer Cocktailparty bei einer Diplomatin oder so etwas Ähnliches eingeladen.«

»Ich sah ihre junge Frau in ein Taxi einstigen?«

»Anna hat eine Verabredung, sie kommt etwas später nach.«

»Ihre Anna ist eine selbstständige Frau. Guten Abend, viel Spaß.«

»Danke, Herr Graf, guten Abend.«

Lise und Thorsten sind ausnahmsweise nicht verspätet, wir fahren sofort los. Lise ist die Chauffeurin, sie darf heute keinen Alkohol trinken: den Bernstorffsvej entlang an der Hellerup-lund-Kirche vorbei, dann links in den Kildegaardsvej mit dem Fischgeschäft, über den Hellerupvej und unter dem Viadukt hindurch, rechts an der Hellerup-Station vorbei und weiter auf der Ryvangs Alle mit der Stadtbahn rechts und den Pa-triziervillen und Botschaften links. Wir biegen links in den Gammel Vartovs Vej ein und halten, nicht weit von der Villa des Botschafters der BRD entfernt, vor einer Patriziervilla. Die Pakistanerin bewohnt den ersten Stock, sehr herrschaftlich, Kuss links, Kuss rechts, eine schöne Frau mit roten Lippen, brauner Haut und klugen, dunklen Augen.

»Willkommen«, sagen ihre roten Lippen. »Darf ich vorstel-len, mein Mann.« Überall dunkle Anzüge und vereinzelt Smo-kings, die Frauen in farbigen Roben, es wird hauptsächlich Englisch gesprochen.

»Möchten Sie ein Glas Champagner?«

Eine junge Frau in einem kurzen schwarzen Kleid und einer kleinen weißen Schürze bietet mir ein Glas an. Natürlich möchte ich – Champagner beruhigt die Nerven und verbessert mein Englisch, wann kommt eigentlich Agent 007, James Bond?

»Schwierig, die Situation im Kaschmir, gibt es zwischen Indien und Pakistan wieder Krieg?« Die Frau im Sarong schaut mich fragend an. Ich weiß es nicht, habe genug mit dem Krieg mit Birgit zu tun.

»Hoffentlich nicht, ich bin Arzt und mich widert der Krieg an. Meiner deutschen Familie hat der Unsinn viel Leid gebracht. Krieg ist meiner Meinung nach das Fest der Psychopathen.« Ich habe scheinbar etwas Falsches gesagt, die Dame wendet sich ab, um einen verständigeren Gesprächspartner zu suchen. Ich habe Hunger, gibt es bei einer Cocktailparty nichts zu essen? Lise hat ein Sandwich in der Hand.

»Wo hast du das denn her?«

»Vom Tisch da drüben in der Ecke.«

Ich belade einen Teller mit Sandwiches, werde also auch diesen Abend überleben. Ich setze mich auf ein Sofa, die schwarze Dame neben mir fragt mich auf Französisch, von welcher Botschaft ich käme. Sie ist sehr erfreut, als sie erfährt, dass ich ein einfacher dänischer Hausarzt bin. Endlich jemand, mit dem sie über anderes als Politik reden kann. Wir sprechen über Familienleben und Kinder und wie schwierig die Lebensbedingungen in Afrika sind. Sie berichtet, dass es trotzdem in ihrem Land, Benin, vorangeht, dass man sich dort auf die Demokratie vorbereite. Viertel vor elf steht Anna in der Tür: strahlend blaue Augen, ein tadelloses Make-up, dazu ein rotes kurzes Kleid von Sportmax. Die Italiener verstehen sich darauf, eine Venus mit schmalen Schultern, Wespentaille und einem wohlgeformten Popo anzuziehen. Die Königin der Nacht schreitet in hohen Absätzen von Miu Miu auf mich zu. Ihr rotes Haar setzt den Raum in Flammen, ihre strahlend eisblauen Augen verzehren die Politik, ein Kuss und sie gehört mir.

»Darf ich vorstellen, meine Frau, Anna.«

»Enchanté, Madame.« »Enchanté.«

»Anna, wie war dein Abend?«

»Sexy, erst hat er mich im Stehen gegen die Wand gefickt.«

»Küsst er gut?«

»Ja, vorsichtig und mit Gefühl, wie es mir gefällt. Er hängt nicht einfach eine große, nasse Zunge in meinen Hals.«

»Und deine Zitzen, gefallen sie ihm?«

»Er hat wie wild an meinen Brustwarzen gelutscht, aber genug damit, wir sind bei einer Cocktailparty. Andreas, ich liebe dich.«

Wie es sich gehört, zirkulieren wir stundenlang, reden über die Welt, haben zu nichts eine eigene Meinung, geben allen recht. Zum Schluss bedanken wir uns für einen interessanten Abend. Lise setzt sich ans Steuer, die exklusive Vorstadt von Kopenhagen gleitet an den Fenstern des Wagens vorbei. Anna schläft an meiner Schulter, ich helfe ihr beim Aussteigen, sie taumelt ins Haus, ich ziehe ihr Kleid aus.

»Fick mich«, bettelt die Göttin, ich ficke die Fotze, die nach fremdem Sperma stinkt.

»Drei Ladungen«, stöhnt sie.

Das Wochenende verläuft friedlich, Anna arbeitet, ich bin Vater und Mutter, sonst will keiner vor Sonntagnacht etwas von mir.

»Doktor Fuglsang, was kann ich für dich tun?« Es ist Sonntagnacht und ich mache Nachtschicht, das ganze Wochenende habe ich Anna gefickt, jetzt fickt mich die Welt in den Arsch, aber ich brauche halt das Geld.

Am Montagmorgen schaffe ich es im letzten Augenblick, die Kinder in die Schule zu fahren. Es ist Werktag, das Telefon klingelt ununterbrochen: »Doktor Fuglsang, was kann ich für dich tun?« Abends besuchen wir kurz Lise und Thorsten.

»Lise, die Pakistanerin, ist verheiratet, darf man als Moslem Orgien feiern?«

»Anna, ihr Mann weiß Bescheid. Alle halten dicht, sie gehören zur Oberschicht im Lande und die strenge Gesetzgebung macht, dass alle so tun als ob, man arrangiert sich.«

»Wie war dein Abend, Anna, du hattest eine andere Verabredung?«, fragt Lise neugierig.

»Ich habe meinen Liebhaber, den Araber, besucht, dem seine Religion dies sicherlich auch verbietet. Ich hatte mit ihm fantastischen Sex und dann noch viele Mal mit Andreas, das perfekte Wochenende. Ich bin mit ihm verabredet. Donnerstagabend ist er wieder in mir, ich freue mich schon.«

»Da bin ich aber neidisch, so einen habe ich im Augenblick nicht«, sagt Lise und sieht Thorsten an, als wäre es seine Schuld.

»Du hast Glück, Andreas, ich und Lise müssen schnellstens etwas unternehmen, damit wir für Lise einen finden. Es ist viel zu lange her.«

Die kleine Hexe hat mir von Donnerstag nichts gesagt. Die Eifersucht brennt in meiner Brust, der Phallus in meiner Hose.

»Ich freue mich drauf, dich gewaltsam zu ficken, Anna.«

»Ich auch, Andreas.«

»Es klappt nicht«, sagt die Patientin betroffen, sie sitzt unruhig in ihrem Stuhl.

»Was klappt nicht?«, frage ich.

»Nur alle vierzehn Tage, Doktor, du weißt, wovon ich spreche, der Verkehr.«

»Der Verkehr?«

»Ja doch, der Geschlechtsverkehr.«

»Ach, du meinst, du wirst nicht genug gefickt?«

In mir hat sich etwas verändert, ich bin sehr direkt, die Scham ist verschwunden. Hoffentlich verträgt das die kleine, attraktive Patientin auf der anderen Seite des Schreibtischs. Ich versuche, mich an ihre letzte gynäkologische Untersuchung zu erinnern. Unten war sie rasiert und hatte sie nicht einen schönen, runden Arsch und wohlgeformte Beine? Ihre Titten habe ich auch untersucht, ganz bestimmt war alles super in Ordnung. Was ist nur mit der Welt von heute? Die müsste doch vor Ficken gar nicht ruhig sitzen können.

»Aber du bist doch eine attraktive Frau und du hast einen gesunden Mann?«

»Das ist es ja, der hat seine Arbeit, er geht auf die Jagd und dann spielt er noch Golf.«

»Wart ihr immer so langweilig?«

»Am Anfang nicht, aber nach der Geburt ist es bergab gegangen.«

Was tut man als Arzt angesichts einer solchen Lage? Davon habe ich keine Ahnung – oder doch, aber meine Methode kann ich ihr nicht empfehlen. Sie wäre entsetzt.

»Ich kann dich an die sexologische Klinik überweisen. Du bekommst von dort einen Brief mit einem Termin, auf Wiedersehen.«

Ich muss Thorsten fragen, ob man überhaupt innerhalb des sittlich Erlaubten etwas tun kann. Ich habe irgendwo gelesen, dass die Ehe das Grab der Erotik sei. Ich glaube, das hat ein Franzose schon vor mehreren hundert Jahren gesagt und es ist scheinbar nicht besser geworden. Ich bin die Ausnahme, aber meine Verhältnisse sind weder sittsam noch normal. Ist das Problem die Normalität?

»Der Nächste, bitte.«

Donnerstag nähert sich, ich kann mich an Annas Liebhaber nicht gewöhnen, muss sie ununterbrochen ficken, damit ich einschlafe. Hat der Mann der schönen Patientin recht, sollte ich mir ein Hobby suchen? Nach dem Gerichtsverfahren im Februar könnte ich mir ein Segelboot leisten. In meiner Jugend habe ich aus Langeweile viel gesegelt, ich hatte eine alte Snipe. Ich segelte aber nur, weil man die Mädchen nicht ficken durfte. Damals gab es die Pille noch nicht und auch kein Recht auf Abtreibung. Mein Vater hielt mir vor, dass wenn ich eine schwängere, ich sie auch heiraten müsste! Darum habe ich im Sommer gesegelt und im Winter das Boot geschliffen und bemalt. Weil das nicht reichte, habe ich geangelt und im Schilf onaniert. Ich könnte ein großes Segelboot kaufen, das viel Arbeit macht, dann hätte ich meine Ruhe. Im Sommer würde ich segeln und im Hafen mit den anderen Männern saufen und im Winter im Segelhafen mit den Männern schwatzen, saufen und das Boot pflegen. Das perfekte Leben, genau wie die anderen es führen. Ich dagegen habe vom vielen Ficken einen roten Ring um meinen Penis. Anna hat mich gehänselt, es sei ein Verlobungsring. Bin ich jetzt mit dem Araber verlobt?

Donnerstagabend, ich kann Anna wegen der Kinder nicht zu ihrem Liebhaber fahren. Sie steht in ihren hohen Absätzen vor mir, trägt Ohrenringe, aber sonst keinen Schmuck und auch keine Armbanduhr.

»Sind nur im Wege und ich könnte sie vergessen«, sagt sie mir.

Ich darf fühlen, wie geil sie ist, darf sie auch kurz ficken, aber ja keinen Samenerguss. Ich küsse ihren Nacken, sie geht im engen schwarzen Ledermantel zum großen, dunklen Taxi, das sie zu ihrem Liebhaber fahren wird.

Freitagmorgen riecht es unter ihrer Bettdecke nach Sperma, ich muss die Hure nochmals ficken. Auf ihrem Körper ist der

Schweiß des Arabers, auf ihren Titten die Spucke des Arabers, in ihrer Fotze das Sperma des Arabers, mein Schwanz gleitet tadellos in seinem Samen. Ihre Fotze hat er gut trainiert, sie reagiert auf den kleinsten Wink meines Phallus, Anna ist die beste Liebhaberin der Welt. Hoffentlich hat sie auch für den Rest ihres Lebens mehrere Männer, eine bessere Frau kann man sich nicht vorstellen. Der Orgasmus reist mir meine Seele aus dem Leibe, der kleine Tod, sollten wir es uns nicht doch mit dem Liebhaber überlegen? Kinder aus ihren Betten holen, Anna in die Badewanne stecken, Kinder verpflegen und anziehen, dann Kinder in die Schule, da gibt es keine Muße, um sich Gedanken zu machen. Nachmittags bin ich schon wieder geil, kann es gar nicht abwarten, dass der Araber sie wieder stundenlang fickt.

Ein Wochenende mit den Kindern ist angesagt, am Sonntag jogge ich mit Thorsten. Wir laufen gut eingepackt in einem eisigen Wind aus Nordwest, es ist bald Winter.

»Thorsten, ich habe ein jüngeres Paar an eure Klinik überwiesen, weil sie nur alle vierzehn Tage ficken.«

»Sie werden abgelehnt, die sind ganz normal, das ist nicht krankhaft.«

»Aber, Thorsten.«

»Kein Aber, Andreas, die meisten Paare haben nach wenigen Jahren fast keinen Sex mehr, das habe ich dir ja schon gesagt.«

»Aber was können sie tun?«

»Habe ich dir halt auch gesagt. Freundlich miteinander reden, am Leben des anderen teilnehmen, gemeinsam etwas unternehmen, einander überraschen und zusammen etwas erleben.« Wir laufen von Kirsten Piils Quelle aus im Tal in Richtung Norden, Wildrudel stehen geschützt am Waldrand.

»Aber diese Maßnahmen lohnen sich nur kurzzeitig, Andreas, dann ist alles wieder beim Alten.«

Wir keuchen zum Jagdschloss hinauf, der eiskalte Wind weht uns direkt ins Gesicht. Es fällt ein leichter Regen, oben beim Schloss haben wir einen weiten Blick über die Ebene, die Hirsche drücken sich an den Waldrand.

»Andreas, am wichtigsten ist, dass dein Paar sich nicht gegenseitig die Schuld daran zuschiebt. Solange sie das tun, wird sich nichts ändern. Dem anderen die Schuld zuschieben, das ist Widerstand gegen jede Änderung.«

Bergab laufen wir in Richtung Nordwest, rein in den schützenden Wald zum dunklen Mühlendamm, auf der Brücke erwischt uns der Nordwestwind, dann geht es im Walde bergauf.

»Thorsten, dann bleiben nur die Unsicherheit und die Gefahr übrig, wenn du lebenslänglich ein Geschlechtsleben haben willst.«

»Genau, Andreas, das ist halt das einzige Mittel, das die Forscher haben finden können, aber das wollen die Paare nicht. Habe ich dir übrigens auch schon gesagt.«

»Ein Glück, dass das Fernsehen erfunden wurde, Thorsten.«

Über die Ebene mit dem Wind im Rücken schweben wir fast zum Schloss hoch. Von dort geht es in Richtung Süden wieder über die Ebene. Im Wolfstal regt sich kaum Wind, zum Abschluss machen wir keuchend noch den Todesspurt in Richtung Südwest.

»Für die gibt es also keine Hoffnung«, japse ich außer Atem.

»Nein, wahrscheinlich nicht, aber sie haben den Fernseher, das Hobby oder die Scheidung.«

Die nächsten paar Wochen nur öde Herbsttage, die Bäume sind entlaubt, der Nordwestwind bringt Pappschnee mit sich, kalt, nass und schnell verschwunden. Wir begraben uns unter Bettdecken, Wolldecken, dicken Pullis und schweren Wintermänteln. In einem Pelzgeschäft in der Kopenhagener Fußgängerzone kaufen wir für Anna preisgünstig einen Nerzmantel, der fast zum Boden reicht, damit sie weiterhin nackt ihren Araber besuchen kann. Das ist der Sinn jedes Pelzmantels, was die meisten Frauen aber nie begreifen werden. Schon als Kleinkinder werden die Mädchen von ihren Eltern kastriert. Man schlägt ihnen auf die Finger, wenn sie onanieren, sagt, so etwas täte man als anständiges Mädchen nicht, sie sollten sich schämen. Darum können die Frauen nichts dafür, dass sie es nicht begreifen. Durch die Übergriffe der Eltern verlernen sie es für immer.

Samstagabend warte ich auf Anna an der Bar des Café Victor, ein mondäner Treffpunkt in der Ny Østergade, nicht weit von der Kongens Nytorv mit dem Café a Porta und dem königlichen Theater entfernt. Es ist warm im Café, hier herrscht ewiger Sommer. Anna steigt aus einem dunklen Taxi und stellt sich neben mich an die Bar, sie kommt von ihrem Araber. Es wird ihr zu warm in ihrem Pelz, zwei Männer neben Anna bleibt die Luft weg, als sie ihren Pelzmantel öffnet und nichts darunter hat. Der Barkeeper ist freundlich wie noch nie. Bei Peder F. herrscht auch ewiger Sommer. Er hat sein Vermögen und seine Position geerbt, Selfmademan ist nicht seine Masche. Darum benimmt er sich wie ein Mann, der nichts anderes kennt als sein Vorrecht bei allem im Leben, freundlich, aber rücksichtslos, nur Anna hat er nicht. Sie ist, was ihr Geschlechtsleben anbelangt, genau so rücksichtslos wie er im Geschäftsleben, nie würde er sie verkraften können.

Samstag steht Anna vorm Spiegel im Schlafzimmer. Sie trägt ein mitternachtsblaues Kleid von Sportmax und Schuhe mit hohen Absätzen von Miu Miu. Es ist der erste Samstag im Dezember, Charlottes großer Tag. Jedes Jahr um diese Zeit bezeugt die Schlossfrau von Bärenburg vor der Welt, dass sie die schönste und glücklichste Frau hier im Lande ist. Mehrere hundert Gäste sind zu der zeremoniellen Weihnachtsfeier auf die Bärenburg geladen, man feiert die Wiedergeburt von Charlottes ehelichem Glück. In der Weihnachtskrippe liegt der Champagner, im riesigen Kamin lodert das Feuer, im Stall stehen aufgereiht die Chevrolets, wir sind alle um ihr Glück gebettet.

Anna zieht ihren Pelzmantel über, eine Eisjungfer aus dem Eismeer auf dem Weg zum Urquell der Familie – Bärenburg. Hoffentlich gefriert Charlottes warmes, geborgenes Glück an diesem Abend nicht zu Eis. Wir steigen in unserem Citroën GS Caravan, eine Familienkutsche für dänische Akademiker und andere einfache Leute im Sozialstaat. Der Genosse und Gesundheitsarbeiter Andreas mit Geliebter auf dem Weg zu den Siegern der kapitalistischen Marktwirtschaft. Wir fahren in Richtung Norden, der Winter hat begonnen, es schneit und riesige, dunkle Lastwagen mit blinkenden gelben Lampen bahnen sich ihren Weg durch die Nacht. Ihre Flüge wirbeln den Schnee von der Fahrbahn, Salzkaskaden peitschen gegen die Fahrscheibe des Citroëns, sind wir auf dem Fluss Styx, auf dem Weg in die Unterwelt? Die dunkle Tannenallee, die zum herrschaftlichen Bau führt, wird von brennenden Fackeln flankiert, der Parkplatz vor der imposanten Villa ist voll besetzt. Wir finden einen Platz in der Allee zwischen den Tannen, haben im Wagen für alle Fälle eine Schaufel mit. Anna zieht ihre Stiefel an, sie hat ihre Schuhe in der linken Hand, ich halte ihre rechte, damit sie in der schneeglatten Allee nicht ausrutscht und fällt. Schneeflocken wirbeln vorbei, die Kälte prickelt auf der Haut und sticht in den Augen.

»Willkommen.« Kuss links, Kuss rechts, ist Charlotte schon ein bisschen wackelig auf den Beinen? In der Halle steht ein riesiger Weihnachtsbaum, geschmückt mit farbigen Kugeln, die Tanne kann man nur erahnen. Eine junge Frau in einem schwarzen Kleid mit einer weißen kleinen Schürze um nimmt uns den Mantel ab. Eine andere bietet uns ein Glas Champagner an, der jedoch nicht nach Champagner schmeckt. Wir drücken Hände, hunderte von unbekannten Namen, man müsste sie den Leuten auf die Stirn stempeln.

»Peter Junke.«

»Angenehm.«

»Setzt ihr euch zu uns?«

Wir setzen uns zu Peter und seiner Frau, obwohl ich mir lieber die Hände waschen möchte, um die Krankheitskeime loszuwerden.

»Peter, hast du heute Abend den Champagner geliefert, der so ganz anders schmeckt?«

»Das ist kein Champagner, Andreas, sondern ein Crémant, den ich Peder F. sehr günstig geliefert habe. Ihr habt es sicher gehört, es herrscht Krise im Baugeschäft.«

»Wie geht es dir, ist das Geschäft mit alkoholischen Getränken ebenfalls träge?«

»Bei uns gibt es keinen Anlass zur Unruhe, die Leute trinken sich durch die Krise.«

Den Rest des Abends wird überall vom Bankrott, von Zinsen über zwanzig Prozent, vom wirtschaftlichen Abgrund der Sozialdemokratie, der Abwertung der Krone und der unbändigen Inflation geflüstert. Peder F. kann seine Immobilien nicht loswerden, die Banken streichen ihm die Kredite, er kann nur mit Verlust verkaufen, es sieht schlecht aus. Ein Gast kann seine Swimmingpools nicht verkaufen und muss stattdessen sein Haus preisgeben, die schöne Frau, die wie ein Model aussieht, will die Scheidung, ihr Mann ist pleite. Die Frau, die sich in der Bar vom Golfklub ihres Mannes Liebhaber angelte, muss mit nach Holland, wohin ihr Mann versetzt wurde. Alles ist am Rande des Abgrundes. Weihnachtsstimmung kehrt nicht ein, aber – Peter Junker hat recht – die Trunkenheit schon.

»Prost! Charlotte und Peder F. sind außerordentlich angenehm, so freizügig, bei denen ist man immer willkommen, Prost. Nur schade, dass sie Bärenburg bald verkaufen werden, die Banken verlangen es, Prost.«

Es ist fast zwölf Uhr, Charlotte schluchzt: »Mein König, Peder F. von Bärenburg, soll leben, dreimal hoch! Hurra!«

Wir rufen dreimal »Hoch, hurra!«, Charlotte laufen die Tränen über die Wangen, jemand stützt sie, ihre Beine sind dabei, unter ihr nachzugeben. Peder F. steht wie immer mit einem großen, breiten Lächeln da, er lässt sich huldigen, man merkt ihm nichts an. »Prost.« Wir brechen auf, ich muss schaufeln, einige Betrunkene schieben und wir sind frei, können durch den wirbelnden Schnee dem Unglück entkommen. Wir haben Glück, vor uns ein Schneepflug, der uns den Weg bahnt. Aus dem Schnee taucht die Toftholm Allee auf, Schwarze liegt im Bett und sieht uns mit gelben Augen an.

»Da seht ihr Menschen, euer Unglück ist gar nicht so schlimm.«

Anna rollt sich im Bett zusammen, ich umarme sie, wir werden es irgendwie schaffen.

Weihnachten nähert sich, in der Jägersborg Allee sind trotz Wirtschaftskrise viele Menschen unterwegs, um jeden Parkplatz wird gekämpft. In unserer Gemeinde gibt es kein Ordnungsamt. Man kann parken, wie und wo man will, darum halten die Autos wie in Frankreich überall. Wir kaufen bei BR Spielzeug und beim Irma-Supermarkt für den Haushalt ein. An Heiligabend brauchen wir nicht zu denken, aber am Dreiundzwanzigsten feiern die Kinder bei uns und bekommen ihre Geschenke. Für einen Weihnachtsbaum müssen wir auch sorgen. Anna kauft in den Kaufhäusern Magasin und Illum Christbaumschmuck. Birgit hat fast den gesamten Weihnachtsschmuck mitgenommen, nur den von meinen Eltern hat sie dagelassen. Wir stellen die schweren Pakete und Einkaufstüten in den Kofferraum und machen einen kleinen Spaziergang, um uns die Schaufenster anzusehen. Anna trägt ihre Ohrringe mit den kleinen Perlen. Ich führe sie zum Juwelier Enna, zeige ihr die schwarzen Perlen mit den Mandarinen-Granaten darüber.

»Komm mit, probiere mal, das ist ja umsonst«, lockt der Mephisto Andreas.

Wir klingeln, die Tür wird geöffnet, aber wir müssen warten, es sind noch andere Kunden im Geschäft. Michael Enna betrachtet uns freundlich über seine Brille hinweg, eine Rothaarige mit einem wundervollen Arsch, schönen Brüsten, ebensolcher Taille und rotbraunen Augen führt das Wort und sucht Steine aus. Michael macht eine Skizze für eine Kundin. Die ist schließlich zufrieden und der Schmuck wird bestellt, kann aber erst im Januar geliefert werden. Die Steine werden in Deutschland gefasst, den Rest macht Michael selbst. Aber Michael Enna ist Künstler und darum braucht er Zeit und Ruhe. Die Kundin ist einverstanden, ihr Ring wird ein Unikat sein. Die Rothaarige, die Annas Schwester sein könnte, wendet sich uns beiden zu.

Erst hören wir sie nicht, denn wir sitzen im Sessel auf einem Pelzteppich, verloren in einer Welt des Luxus und der Schönheit.

»Ja, bitte, womit können wir euch behilflich sein?«

»Meine Frau möchte gern die Ohrringe mit den schwarzen Perlen und orangen Steinen anprobieren.«

»Sie können sie anprobieren«, sagt der rothaarige Arsch, »aber sie sind schon verkauft und werden morgen abgeholt.«

»Birgitte, nimm sie bitte aus dem Fenster«, sagt Michael Enna, er sieht Anna an, seine Augen strahlen. »Ich kann für dich etwas noch Schöneres machen, wie war dein Name?«

»Anna.«

Birgitte nimmt die Hänger aus dem Fenster, Anna spiegelt sich, tiefblau sind ihre Augen.

»Wir haben ein Paar besonders schöne Mandarin-Granaten«, sagt Birgitte und legt die Steine mit einer Pinzette auf den schwarzen Samt. »Und dazu zwei tränenförmige schwarze Perlen aus Tahiti.«

Anna, Birgitte und Michael bereden, wie die Hänger aussehen sollen, Michael macht eine Skizze, sie einigen sich.

»Und der Preis?«, frage ich beklommen.

»Die Steine kosten zwanzigtausend Kronen und die beiden Perlen zehntausend.«

Wir schlucken, Michael und Birgitte schauen sich an, endlich sagt Birgitte: »Es wird Michael Spaß machen, für Anna die Ohrringe anzufertigen. Der Preis ist mit Anfertigung neunundzwanzigtausend, wenn ihr bis Ende Januar warten könnt.«

Michael nickt glücklich, ich bin einverstanden, Anna sagt gar nichts. Aber dann wird geredet, wir können uns nicht trennen, sind uns sympathisch. Birgitte ist mit Michael verheiratet, sie ist ursprünglich Zahnärztin, hat aber eine Ausbildung in Gemmologie und sie ist darum für die Edelsteine im Geschäft zuständig. Die beiden haben zusammen ein Kind. Birgitte ist, wie meine Mutter, zwölf Jahre jünger als ihr Mann, es ist seine zweite Ehe. Michael macht uns noch einen Kaffee, aber dann müssen wir uns trennen, es kommt Kundschaft ins Geschäft.

Freitags findet, wie jedes Jahr zu Weihnachten, eine Party im Gymnasium statt. Anna hat Maria und Helen versprochen, dass sie mitkommt. Die beiden sorgen sich um Anna, wollen sie vor mir, dem Psychopathen, retten. Anna zieht los in Jeans und einer weißen Bluse, durch die man ihre Brustwarzen ahnt. Um dreiundzwanzig Uhr ist sie schon wieder zu Hause, es war ihr zu langweilig. Sie erwartet mehr vom Leben als das, was eine Feier im Gymnasium ihr bieten kann.

»Die beiden haben mir ununterbrochen zugeredet, du hättest mich verblendet und ins Unglück gestürzt. Ich hätte mich verändert und so wäre ich gar nicht. Ich sei in Wirklichkeit ein anständiges Mädchen. Und die Jungs waren lächerlich, reine Amateure. Einer, dem ich mal den Schwanz geblasen habe, versuchte, während wir tanzten, seine Zunge in meinen Hals zu hängen, ekelhaft und lächerlich.«

Anna rollt sich im Bett zusammen, sie will keinen Sex, aber sie will, dass ich einen Arm um sie lege und ihre Hand halte.

Feierlicher Weihnachtsabschluss in Lasses Klasse, wir, die Eltern, sind eingeladen. Birgit und ich sitzen zusammen, wir haben braune Kuchen und ein Geschenk mitgebracht. Die Geschenke werden zwischen den Kindern verlost. Auf dem Katheder steht ein Adventskranz, wir singen Weihnachtslieder und reden mit den Eltern.

»Seid ihr geschieden, das ist aber kaum zu glauben, wenn man euch so nebeneinander sitzen sieht. Ihr passt so gut zusammen und wie nett ihr miteinander redet.«

»Das tun wir für Lasse«, faucht Birgit. »Andreas wohnt jetzt mit einem Teenager zusammen.«

Die Frau mir gegenüber sieht mich entsetzt an, ihr Mann zwinkert mir zu.

»Anna wird im Frühjahr zwanzig und wird Rechtswissenschaft studieren«, verteidige ich mich. Die Frau hat es nicht gehört, sie hat mir den Rücken zugekehrt. Birgit sieht mich triumphierend an.

»Da siehst du«, flüstert sie mir zu, »du bist ein Schwein.«

»Lasse, komm, es ist Zeit, wir müssen nach Hause, Anna wartet.«

Ich hätte nicht sagen sollen, dass Anna uns erwartet, Birgits Augen werden jetzt unerbittlich. Mein kleiner Sohn drückt sich an mich, die Eltern sind im Aufbruch. »Frohe Weihnachten.« Hand in Hand gehen Lasse und ich den kurzen Weg von der Schule zu unserem Heim. Einige Schneeflocken fallen vom grauen Himmel, Anna sitzt zusammengerollt im Sessel mit Schwarze auf dem Schoss. Lasse und ich legen uns auf sein Bett, ich lese ihm *Die Mumins* vor. Abends muss Anna meine Hand halten. Ich will keinen Sex, bin wie immer vierundzwanzig Stunden lang impotent, nachdem ich mit Birgit zusammen war.

Am nächsten Tag schickt Anna mich und Lasse zu Ikea, um einen Weihnachtsbaum zu besorgen. Die Sonne scheint, die Straßen sind schnee- und eisfrei. Wir reihen uns in die Schlange zum Möbelkaufhaus ein und bewegen uns nur langsam vorwärts, Lasse neben mir wird unruhig. Wir brechen aus der Schlange aus, fahren nach Charlottenlund, kreuzen den Bernstorffsvej und fahren zwischen den alten Villen in Stuck auf dem Eivindsvej unter dem Viadukt entlang. Wir kommen am Maglemosevej an, wo rechts die Messiaskirche in den Himmel strebt. Bei der Ampel biegen wir links ab in den Bregnegårdsvej und fahren am Haus vorbei, das Anna und ich im Frühjahr kaufen werden. In Charlottenlund Wald hinter der Charlottenlund-Station werden Weihnachtsbäume verkauft. Ein Feldweg, von Fackeln flankiert, führt zu einem kleinen Häuschen im Walde. Vor dem Häuschen stehen aufgereiht Zwerge und Trolle, Weihnachtsböcke aus Stroh und Futterhäuser für Vögel.

Lasse ist begeistert. »Vati, Vati, ich will einen Weihnachtsbock.« Wir kaufen einen für die Halle, außerdem zwei kleine Weihnachtsbäume für die Kinderzimmer und einen großen für das

Wohnzimmer. Mit vereinten Kräften schleppen wir die Bäume und den Weihnachtsbock zum Citroën GS Caravan, klappen den Hintersitz zurück, damit für unsere Beute ausgiebig Platz ist. Anna wird schimpfen und sagen, dass wir sparen müssen, aber das Leben ist zu schön.

»Du bist doch Arzt?« Peter Junkes Frau spricht mich an. »Ein Familienarzt mit eigener Praxis?«

»Bin ich, frohe Weihnachten.«

»Frohe Weihnachten, es kommt sicher ungelegen, aber unser Arzt macht Weihnachtsferien. Kannst du einen Hausbesuch bei meinem Mann machen?«

Es kommt mir ungelegen, doch kann ich es ihr verweigern?

»Es passt mir gerade nicht so gut, aber ich tue dir den Gefallen gern. Ich kann in ungefähr einer Stunde bei ihm sein. Erst werde ich noch die Weihnachtsbäume abladen. Ist es in Ordnung, dass Lasse mitkommt?«

Lasse kann mitkommen. Nachdem ich die Adresse aufgeschrieben habe, fahren wir in die Toftholm Allee und laden ab, Anna ist nicht da. Wir haben Tannen mit bereits montiertem Fuß gekauft. Ich stelle den großen Weihnachtsbaum ins Wohnzimmer und bringe die beiden Kleinen in ihre Zimmer. Anna wird die Bäume schmücken, das dürfen Lasse und ich nicht.

»Endlich Weihnachtsbäume nach meinem Geschmack«, wird sie sagen. »Der Geschmack meiner Eltern ist hässlich und proletarisch. Bei ihnen habe ich mich nie zu Hause gefühlt. Ich war immer eine Fremde, ein Wechselbalg.«

An den Spiegel in der Halle hänge ich einen großen Zettel mit der Nachricht an Anna, dass Lasse und ich einen Hausbesuch abstatten und in einer Stunde wieder da sind. Der Weihnachtsbock kommt neben den Spiegel, hoffentlich findet Anna ihn nicht so proletarisch, dass ich als Liebhaber gefeuert werde.

Meine Ärztetasche hole ich aus der Garderobe, nehme Lasse an der Hand und wir machen uns auf den Weg zu Peter Junkes Krankenbett. Schwarze lassen wir in der Halle zurück, wo sie misstrauisch den Weihnachtsbock beobachtet. Wir fahren in Richtung Norden. Kurz vor Dyrehaven, nicht weit von Fortunen mit der roten Pforte, wo ich und Thorsten jeden Sonntag unseren Lauf beginnen, wohnt Peter Junke in einer ruhigen Straße mit großen Villen. Es ist eine schlichte Villa aus Backsteinen, davor steht sein Jaguar, ein gepflegter, weitläufiger Garten, es ist für einen Milliardär eine bescheidene Bleibe. Seine Frau öffnet, Lasse wartet in der Stube bei den drei Lhasa-Apso-Hunden, mit denen er spielen darf, ich werde nach oben zum Patienten geführt.

»Nichts Ernstes, es ist schnell überstanden, Peter. Ich werde telefonisch ein Rezept an die Apotheke weiterleiten, sodass deine Frau die Medizin in einer halben Stunde abholen kann.«

Wir schütteln uns die Hände, anschließend gehe ich ins Badezimmer zum Händewaschen.

In den Zimmern hängen Gemälde von Vilhelm Lundstrøm und von einem Maler, an dessen Namen ich mich nicht erinnere, der mir aber bekannt vorkommt. Die Fußböden sind mit kostbaren persischen Teppichen bedeckt. Die Frau des Hauses unterhält Lasse, erzählt ihm, dass die Lhasa Apsos aus Tibet kommen.

»Wie steht es um meinen Mann?«, fragt sie.

»Nichts Ernstes, in ein paar Tagen ist es überstanden. Darf ich telefonieren? Du kannst im Laufe einer halben Stunde in der Apotheke die Medizin für Peter abholen.«

Ich telefoniere, mir wird ein Kaffee angeboten und Lasse bekommt einen Kakao.

»Schöne Gemälde, die bei euch an der Wand hängen. Anna liebt Vilhelm Lundstrøm. Wer ist der andere Künstler.«

»Der andere Maler ist Edvard Weie. Die beiden waren Freunde des Hauses, wir haben die Gemälde von den Eltern meines Mannes geerbt.«

Ich schaue aus dem Fenster, im Garten steht eine Statue in Form einer nackten Frau, sie könnte von Kai Nielsen sein.

»Ist die Statue von Kai Nielsen?«

»Ja, die hat mein Mann gekauft, er liebt seinen Garten, Gartenarbeit ist sein Hobby.«

Wir verabschieden uns.

»Und die Rechnung?«

»Keine Rechnung, ein Gefallen unter Freunden«, antworte ich.

Anna ist zu Hause, sie hat Lise, die im Haus schräg gegenüber wohnt, besucht. Dem Weihnachtsbock fehlt ziemlich viel Stroh, das jetzt rundherum auf dem Boden liegt. Anna erzählt, dass Schwarze mit dem Eindringling gekämpft hat. In der Stube ist der Weihnachtsbaum fast fertig geschmückt. Der Weihnachtsmann aus meiner Kindheit mit seinen Holzschuhen, roter Mütze und einer Gans unter dem Arm hat jetzt einen Ehrenplatz, zu Birgits Zeiten verblieb er im Pappkasten. Abends packt Anna die Geschenke für die Kinder ein und vervollständigt den Weihnachtsbaumschmuck, ich bin als Notarzt unterwegs.

Es ist der dreiundzwanzigste Dezember, Marie wird vormittags um elf Uhr müde und verwahrlost bei mir abgeliefert.

»Wir hatten gestern Gäste. Es wurde spät und eine Freundin von Marie hat bei uns übernachtet. Du weißt ja, wie es mit Kindern ist«, sagt Birgit, kurbelt das Fenster ihres Citroën hoch und fährt ab. Genau, ich weiß, wie es mit Birgit ist! Ich stecke Marie in die Badewanne, anschließend bekommt sie etwas zu essen und ich lese ihr ein Märchen vor. Süß, wie sie im Bett unter der Decke liegt und schläft, ich schlafe auch ein. Als ich aufwache, steht Anna vor mir und betrachtet Vater und Tochter, die nebeneinander geschlummert haben.

»Du musst runterkommen und mir helfen, Andreas, ich kann keine Ente braten.«

Ich ziehe schnell eine Schürze an. Bald steht der Mann des Hauses in der Küche und füllt die Ente mit Apfelstücken und Dörrpflaumen. Erst kommen Wasser, Zwiebeln, Dörrpflaumen, Äpfel, und Möhren in die Pfanne, dann steckt er die Ente in den Backofen, in drei Stunden ist sie so weit.

»Die Geschenke habe ich unter den Baum gelegt. Andreas, wie war gestern dein Hausbesuch bei Peter Junke?«

»Ein schönes, aber bestimmt kein protziges Haus, viele Gemälde von Vilhelm Lundstrøm und Edvard Weie und im Garten eine Statue von Kai Nielsen. Peter war wie immer freundlich und ausgeglichen und seine Frau lächelnd, aber ein bisschen ängstlich, als fehle ihr das Selbstvertrauen. Irgendwie nette und bescheidene Menschen, man tut ihnen gerne einen Gefallen.«

»Während du schliefst, hat jemand zwei Kästen Wein an unserer Haustür abgestellt. Kannst du sie reinholen, die sind mir zu schwer.«

Ich gehe zur Haustür und trage die beiden Kästen Gran Coronas Reserva ins Haus, auf dem einen Kasten ist ein Brief geklebt.

»Vielen Dank für deine Hilfe gestern, Peter Junke und Frau.«

»Andreas, ich möchte gerne die Gemälde von Vilhelm Lundstrøm sehen. Bevor ich bei dir einzog, besuchte ich häufig Kunstausstellungen und Kunstmuseen. Einer meiner vielen Cousinen ist Malerin und Professorin an der Kunstakademie. Sie ist ein Wechselbalg wie ich, ihre Eltern sind ungelernte

Arbeiter. Für Filme habe ich mich auch interessiert. Statt der Disco besuchte ich samstags das Kino im Filminstitut, habe mir nächtelang dort Filme angeschaut. Können wir in den Weihnachtstagen das Kunstmuseum oder Louisiana-Museum of Modern Art in Humlebæk besuchen?«

»Klar können wir das, die Kinder sind bis zum ersten Januar bei Birgit.«

Damit wir in Ruhe essen können, bekommen die Kinder ihre Geschenke bereits vorher. Lasse kriegt ein Playmobil-Seeräuberschiff, wie er es sich gewünscht hat, Marie ein Barbiehaus. Beide sind Gott sei Dank zufrieden. Das Essen ist traditionell dänisch. Es gibt Entenbraten mit brauner Soße, dazu Rotkohl und gekochte Kartoffeln, nur die in Zucker und Butter gebratenen braunen Kartoffeln lassen wir aus, das wäre uns zu deftig. Als Nachtisch bekommen wir jeder eine kleine Portion von dem traditionellen Risalamande mit süßer Kirschensoße. Marie und Lasse haben, damit es keinen Streit gibt, jeder eine Mandel in ihrer Portion, denn so gewinnen beide ein Mandelgeschenk, eine Glasglocke für ihren Weihnachtsbaum.

Am vierundzwanzigsten Dezember ist Tauwetter, der Schnee ist im Laufe der Nacht geschmolzen und wurde vollständig weggeregnet. In der Zeitung die große Neuigkeit, dass wir in Dänemark nur jedes achte Jahr ein weißes Weihnachten erleben. Der Journalist behauptet, dass wir nur zwei Jahreszeiten hätten, den grauen und den grünen Winter. Anna sitzt zusammengerollt im einzigen Sessel der Stube, ich küsse sie auf ihren Nacken.

»Ich liebe dich, Andreas, grüße deinen Vater.«

»Schaffst du es, die Kinder bei Birgit abzuliefern?«

»Klar, Andreas, kein Problem.«

Wir schauen einander in die Augen, sie fehlt mir jetzt schon.

»Bis morgen, komm heil nach Hause, ich kann ohne dich nicht leben, Andreas.«

Wir küssen uns, Schwarze sieht uns neugierig an. Ich muss los, sonst verpasse ich meine Reservierung und komme nicht über den Großen Belt. Es ist Weihnachten und ohne Reservierung beträgt die Wartezeit bei der Fähre mehrere Stunden. Auf Seeland stehe ich im Stau, ich erreiche die Fähre im letzten Augenblick, es ist die »Arveprins Knud«.

Die Fähre ist überfüllt. In der Cafeteria und im Restaurant sind keine Plätze frei, überall Menschen. Ich gehe auf das Sonnendeck und finde einen gegen den eisigen Wind geschützten Platz. Wir fahren an der Insel Sprogø vorbei, wo man von 1922 bis 1961 junge Frauen einsperrte, deren Sexleben man als zu ausschweifend beurteilte. Psychiater schrieben in ihren Gutachten, dass die Frauen geisteskrank seien, sie wurden ohne richterliches Urteil auf unbestimmte Zeit in der Anstalt auf der Insel eingesperrt. Ein Glück, dass die geschlossen ist und der Chefarzt pensioniert, Anna wäre sonst in Gefahr. Als ich das erste Mal meine Tante in Kopenhagen besuchte und mit der Fähre hier vorbeigefahren bin, waren hier noch viele unschuldige Frauen inhaftiert. Das hat mir damals niemand erzählt.

Stau auf der Insel Fyn, Stau auf der Brücke über den Kleinen Belt durch das südliche Jütland bis Hadersleben. In Hadersleben in der Storegade liegt das Hotel Norden mit Blick auf den Damm. Im Restaurant genieße ich ein perfekt gebratenes Boeuf Bearnaise mit Pommes frites und grünen Bohnen. Ich gedenke des jungen Andreas, der damals, von Frauen besessen, auf dem Damm segelte.

Vati sitzt am Fenster, seine Hose schlottert um ihn herum, sein kleiner Bauch ist weg, kein Wirtschaftswunder schaut mehr aus seiner Badehose, nur der Tod. In der Stube steht die Weihnachtskrippe meiner Kindheit. Der Bruder meiner Mutter hat sie als Kind aus Pappe gebastelt. Seine Beine vermodern jetzt irgendwo bei Berlin, er fiel für das Dritte Reich, die Genossen in der DDR wollen nicht sagen, ob und wo, das ist sicher ein Staatsgeheimnis. Bald wird Vati neben Mutti liegen. Wir sitzen am Fenster einander gegenüber, beobachten die wenigen Leute, die unten auf der Straße vorbeihasten.

»Soll ich eine Flasche Wein hohlen und uns ein Glas einschenken?«

»Ja, bitte, Andreas, im Kühlschrank wirst du etwas finden.«

Ich gehe in die Küche meines Vaters, im Kühlschrank steht eine angebrochene Flasche Spätlese trocken aus dem Rheingau, auf der Flasche ist ein Adler abgebildet. Im Küchenschrank finde ich zwei Weingläser. Vati ist im Sessel eingeschlafen. Es ist still in der Stube, ab und zu ein leises Schnarchen, auf der Straße passiert nichts. »Zum Wohl, Andreas.« Ich hebe mein Glas und trinke einen Schluck. Der Wein hat schon mehrere Tage offen im Kühlschrank gestanden. Vati wacht verwirrt in seinem Sessel auf.

»Andreas, ich bin müde, möchte gerne ins Bett, du fährst am besten morgen direkt nach Kopenhagen. Gemeinsam zu frühstücken ist mir zu anstrengend.«

Ich verabschiede mich, es wird der letzte Weihnachtsabend mit meinem Vater gewesen sein. Die Straßen sind menschenleer, es nieselt leicht, die Leute sitzen in den Stuben und essen Nüsse und Marzipan, saufen und streiten sich. Nach Sylvester wollen sie die Scheidung, der Leber geht es schlecht, die Seele ist zerfetzt. Es kommt viel Arbeit auf mich zu, wann werde ich Vati beerdigen? Im Hotel sitzen die Einsamen und trinken, keiner sagt etwas, ein Leben ohne Familie, ist das überhaupt ein Leben? Im Februar bin ich vielleicht meine eigene los. »Zum Wohl, Andreas.« Ich gehe ins Bett. Ist ein Teenager das Einzige, was mir bleibt, und wie lange noch?

Erster Weihnachtstag um neun Uhr, ich frühstücke auf der Fähre, während es draußen kräftig regnet. Hinter mir liegen die Insel Fyn und meine Jugend, vor mir taucht im Regen die Insel Seeland auf. Beim Anlauf des Fährhafens in Halskov klärt es auf, die Sonne dringt durch die Wolken. Für einen ersten Weihnachtstag bin ich ziemlich früh unterwegs, darum ist kein Verkehr, noch vor zwölf halte ich in der Einfahrt zu unserem Heim auf der Toftholm Allee. Anna sitzt oben im Schlafzimmer an ihrem Schreibtisch, Schwarze liegt auf meinem Kopfkissen im Bett, ich küsse Annas Nacken.

»Gut, dass du wieder da bist, ich habe schlecht geschlafen. Ich habe mich mit Schwarze im Schlafzimmer eingeschlossen. Im Hause waren so komische Geräusche, als wäre da jemand.«

»Um vierzehn Uhr habe ich eine Schicht, aber ich bin spätestens um zweiundzwanzig Uhr wieder zu Hause.«

Wir liegen Hand in Hand im Bett, Anna steht auf und schmiert uns ein paar belegte Brote.

»Anna, wie war es bei deinen Eltern?«

»Wie in meiner Kindheit. Ein geschmackloser Weihnachtsbaum, mein Vater hat die Gans und die Soße zubereitet, meine Mutter den Rest und dabei kann sie gar nicht kochen. Wir sangen einige Weihnachtslieder und meine Mutter hat über die Preise in den Geschäften geredet und darüber, wie dumm die anderen sind. Wie war es bei dir, Andreas?«

»Traurig und einsam.«

Um halb zehn bin ich wieder zu Hause, Anna liegt im Bett und wartet. Ich steige schnell in die Badewanne und jage dann Schwarze von meinem Kopfkissen.

»Hast du morgen eine Schicht?«

»Nein, warum?«

»Wir sind eingeladen, Lise und Thorsten waren kurz hier. Sie meinten, es könnte mit der Familie genug sein«, sagt Anna, steigt aus dem Bett, zieht einen sehr kurzen, schwarzen Lackrock an und dazu Stiefeletten mit hohen Absätzen.

»Das werde ich morgen tragen und hier, eine schwarze Lederhose für dich.«

Geil und schön steht sie vor mir.

»Komm her, kleine Hure, mein Schwanz hält es nicht mehr aus.«

Sie setzt sich auf mich, ich brauche den Lackrock nicht nach oben zu schieben, der ist halt eh schon sehr kurz. Sie nimmt meinen Schwanz, ihre spitze Zunge bewegt sich auf der Eichel, dann gleitet mein Glied in ihre nasse, angeschwollene Fotze ein. Erst langsam, dann schneller fickt sie mich, ihre Brüste tanzen, ich habe einen festen Griff um ihre Hüfte. Wie tüchtig sie ist, wo hat sie das gelernt? Sicher der Araber, mein Unterleib spannt sich, mein Schwanz schickt Ströme von Sperma in ihre Gebärmutter, die sich im Orgasmus zusammenzieht, ich küsse die kleine Hure.

»Wo hast du den Rock und die Hose her?«

»Von Lise.«

Am zweiten Weihnachtstag sitzen wir drüben bei Lise und Thorsten, trinken, bevor es losgeht, ein Glas Champagner. Annas Pelz steht offen, man sieht ihre Brüste und ihre angeschwollene, errötete Fotze, die der Lackrock nicht verbergen kann. Wir haben ein Taxi bestellt. Anna kann es nicht lassen, öffnet erst Thorstens Hose und dann meine. Ihre Hände und ihre Zunge haben schnell ihre Wirkung, sie hat in jeder Hand einen Ständer.

»Das Taxi wartet, es ist viel zu früh, die Männer jetzt zu entleeren würde den Abend verderben«, sagt Lise und unterbricht damit Annas Vorhaben. Wir gehen zum Taxi. Thorsten gibt dem Fahrer einen Zettel mit der Adresse vom Klub, wir dürfen sie nicht erfahren.

Das Taxi fährt durch die dunkle Nacht, wir werden irgendwo in Østerbro abgesetzt. Thorsten führt uns in einen Hinterhof. Er klingelt und nach ein paar Minuten wird geöffnet. Eine Frau in einem Lederkorsett heißt uns in der Schwarzen Lounge willkommen. Wir hängen unsere Mäntel in die Garderobe, Anna ihren Pelzmantel unter meinen. Wir gehen durch den schweren, schwarzen Vorhang, die Frau im Korsett führt uns zur Bar. Ein Mann in Lederhosen und Lederweste stellt sich als Präsident Steen vor. Wir müssen ein Dokument unterschreiben, das uns zum Schweigen verpflichtet. Niemals dürfen wir etwas über dem Klub und das, was in ihm passiert, erzählen. Eine nackte Frau hängt beim Kamin, ihre Brüste sind von einem Seil umspannt, stehen wie zwei Kegel, ein Mann steht zwischen ihren Beinen und fickt sie, wir unterschreiben.

Ich bestelle eine Flasche Champagner, jeder mit einem Glas in der Hand, sehen wir uns um. Das weitläufige Lokal wird von dicken Kerzen und einem Kamin beleuchtet, die Gäste sind in Lack und Leder gekleidet, aus den Lautsprechern tönt gregorianische Kirchenmusik. Ein Mann wendet sich Anna zu, spricht sie an. Sie nickt, er führt sie zum Kamin, nimmt ein Seil und fesselt als Erstes ihre Hände. Systematisch wird ihr Körper mit Schnüren umwunden, ihre Titten werden in zwei Kegel verwandelt, ihre rosa Brustwarzen sind zum Bersten gespannt. Es dauert eine halbe Stunde, dann schwebt sie mit breiten Beinen unter der Decke, aber sie wird leider von keinem gefickt, stattdessen werden ihre Fesseln gelöst.

»Andreas, ich bin geil, fühl mal.« Ihre Fotze ist nass und glatt wie Seide.

Um uns das Klatschen von Peitschen und Händen auf nackter Haut, in einer Ecke heult im Orgasmus wieder und wieder eine Frau, zwei maskierte Männer peinigen sie, der Orgasmus will sie nicht verlassen. Eine Frau mit braunen Haaren, braunen warmen Augen, kleinen Brüsten, die zum Himmel streben, einer glatt rasierten, angeschwollenen, braunen Fotze und einem wunderschönen Arsch spricht mich an. Sie steht mit breiten Beinen in langen Stiefeln mit hohen Absätzen vor mir.

»Ich will dich ans Kreuz fesseln. Kommst du mit?«

Warum nicht? Ich würde lieber Frauen fesseln und sie dann ficken, bis sie schreien, aber man soll kein Spielverderber sein. Ich gehe mit und stelle mich ans Kreuz. Es lohnt sich, eine langbeinige Blonde hält mich fest, während die Braune meine Schuhe und Hose auszieht. Ich werde mit breiten Beinen ans Kreuz gefesselt, die beiden geben sich Mühe. Die Blonde bearbeitet meine Brustwarzen, die Braune peitscht mit Gefühl meinen Sack und meinen Schwanz, mein Unterleib und meine Schenkel, aber nichts passiert. Mein Phallus hängt traurig herunter, es ist nicht meine Masche.

Drüben an der Bar spricht Anna mit einem Fremden, er küsst ihren Nacken, seine Hand sucht ihre Titte, klemmt zu, bald wird er sie ficken. Mein Schwanz steht, meine Eichel ist blau und gespannt. Die kleine Nutte zieht dem Fremden die Hose aus, ein Phallus dick wie ein Pfahl! Die Lippen der Braunen peinigen meinen Schwanz, es zuckt in meinem Unterleib, schon der Orgasmus? Ein Band ist um meine Hoden gespannt, an dem die Braune fest zieht, doch kein Orgasmus. Der Fremde führt Anna ganz nach hinten in einen offenen Raum mit einem großen Schaufenster, dahinter steht eine breite Liege. Was macht er bloß mit ihr? Die Blonde führt mit einem festen Griff meinen Schwanz tief in ihre Fotze ein, die feucht und stramm ist. Mein Orgasmus nähert sich, es sieht aus, als befinde sich Anna im Vierfüßlerstand, meine Hoden, wieder kein Orgasmus, verdammt, wie es im Unterleib brennt. Warum haben sie keine kräftigere Beleuchtung, damit ich genau sehe, was mit Anna passiert? Die beiden lösen mich vom Kreuz, ziehen mich an den Hoden zu einer Liege, jemand schreit, ist es Anna, die den Pfahl des Fremden in sich hat? Die Braune reitet mich, die Blonde hat einen Handschuh aus Latex angezogen, jagt zwei Finger in meinen Arsch. Mein Körper verspannt sich im Orgasmus, mein Samen strömt in die Braune. Jetzt höre ich es deutlich, es ist Anna, die heult und schreit. Ich liege erschöpft da, die Braune und die Blonde sind schön, aber was macht der Fremde mit Anna?

»Vielen Dank für den Tanz.« Ich küsse die beiden zum Abschied und befreie meine Hoden, dann nähere ich mich dem Schaufenster. Es ist zu dunkel, als dass ich etwas sehen könnte, hat er ihre Beine über den Schultern? Ich bin mir nicht sicher, die kleine Hure fängt wieder an zu heulen und zu schreien, noch ein Orgasmus? Es ist peinlich, wie ich hier stehe, als gäbe es nur Anna in der ganzen Welt. Ich stelle mich neben Thorsten an die Bar.

»Wo ist Lise?«, frage ich.

»Da drüben, der Arsch mit den roten Streifen.«

Lise liegt gefesselt auf den Knien, mit dem Oberkörper auf einer Art mit Leder bezogener Bank. An ihren Brustwarzen hängen Gewichte, die im Rhythmus der beiden Männer, die Lise ficken, hin und her schwingen. Thorsten und ich stehen schweigend an der Bar. Er beobachtet, was mit Lise passiert, ich versuche, etwas von dem, was mit Anna passiert, mitzubekommen. Der hat sie jetzt fast zwei Stunden lang benutzt. Endlich kommt die kleine Hure, warum muss sie sich so liebevoll von ihm verabschieden? Sie steht vor mir, gibt mir einen Kuss, möchte ein Glas Champagner. Mein Schwanz schwillt an, durch ihre Brustwarzen sind Kanülen gestochen.

»Trink aus«, meine Stimme ist rau.

Ich schleppe die kleine Hure zur Bank, wo soeben Lise gelegen hat, fessele sie, hole mir neben dem Kamin eine Peitsche. Schön, wie die roten Streifen auf ihren Po leuchten.

»Darf ich?«, fragt ein junger Mann mich, tätschelt Annas Pobacken. Er darf. Ich beobachte, wie er die Hure fickt, wie ihre Brüste mit den Kanülen hin und her schwingen. Dann bin ich dran. Geil, wie sie stöhnt, wenn ich in ihre empfindliche Fotze eindringe, wie sie wie ein Tier heult, während mein Schwanz in ihr im Orgasmus explodiert. Ich löse ihre Fesseln, ziehe aus jeder Brust drei Kanülen.

»Danke, Andreas, ist das ein fantastischer Abend.«

Wir stehen an der Bar, trinken Champagner, um uns herum Dantes Inferno. Peitschen werden geschwungen, von Titten tropft Wachs, Klemmen werden in Brustwarzen festgeschraubt. Eine Frau, an ihren Brüsten befestigt, wird in den Arsch gefickt. Von der Decke hängt jemand, auf dem Fußboden kriechen Männer mit steifen Schwänzen, von Dominas in langen Stiefeln mit hohen Absätzen geführt. Wir bestellen ein Taxi, die kleine Hure ist müde, was kein Wunder ist, sie hat etwa volle drei Stunden lang gefickt, nur schade, dass ich sie liebe. Im Taxi sitzen wir eng aneinandergedrückt, meine Hand befindet sich unter dem Pelz in ihrer Muschi, das Futter wird einen Fleck bekommen.

Schwarze will raus, wir taumeln ins Bett, sind müde, aber wir können nicht schlafen. Bilder des Abends wollen unsere gereizten Gehirne nicht zur Ruhe kommen lassen.

»Der an der Bar, was war das für ein Mann?« Wie ist es möglich: Mein Phallus schwillt wieder an.

»Er studiert Jura und ist ein netter Typ. Der Sex mit ihm war fantastisch, er hat sich Zeit gelassen, hat mich verrückt gemacht.«

Wir küssen einander, meine Hände halten sie fest, damit Anna mich nie verlassen wird.

»Sein Schwanz war dick wie ein Pfahl. Der machte mir Angst, ich dachte, in mir wäre kaum Platz dafür. Aber er hat mich getriezt, halt verrückt gemacht, hat mich innen und außen massiert, du weißt doch, wie ich das liebe.«

»Und die Kanülen durch deine Brustwarzen?«

»Ich konnte es kaum abwarten, dass er sie durchstach. Es machte mich so geil, dass ich ihn gebettelt habe, mich zu ficken. Meine Fotze war über seinem Schwanz zum Bersten gespannt. Ich habe geschrien, war ganz ausgefüllt und dann hat er mich geleckt, der Orgasmus kam wieder und wieder. Ich musste ihn nochmals in mir haben, er hat mich wieder ganz ausgefüllt, zwei Ladungen, meine Fotze vibriert immer noch.«

Ihre Muschi ist wund, ich dringe in sie ein, mein Schwanz ist tief in der geilen Hure, ein Ring oben, sie ist wie Seide. Jetzt weitet sie sich tief drinnen, ihr Körper verspannt sich, der Orgasmus, wir können endlich schlafen.

Wir sind in Humlebæk, blicken über den Öresund, es schneit, man ahnt die schwedische Küste. Im Kunstmuseum Louisiana haben wir eine Sonderausstellung der Impressionisten angeschaut, aber ich habe nichts mitbekommen, die Bilder in meinem Gehirn von der Schwarzen Loge ließen mir keine Ruhe. Der Nordostwind peitscht den Schnee in mein Gesicht, die Kleine steht in ihrem Pelz begraben da, drückt sich gegen meine Brust, draußen im Sund ein riesiges Containerschiff der Mærsk-Reederei. Vorsichtig gehen wir den Hang hinunter. Am Strand tobt eine starke Brandung, der Wind treibt den Schaum über den Sand, oben am Hang schweben im Wind die Möwen. Wir gehen in unseren Winterstiefeln am Meer entlang, um uns herum die wilde Natur. Die Brandung, die gegen den Strand donnert, dröhnt in unseren Köpfen. In meinen Ohren hoch oben das Schreien der Möwen und das von gestern, Annas Schreien beim Orgasmus. Anna küsst mich, ihre Hand sucht mein steifes Glied. »Andreas, ich brauche dich in mir.«

Wir steigen den steilen Hang hinauf, die warme, stickige Luft des Museums verschlägt uns fast den Atem. Überall postmenopausale Frauen in bunten oder künstlerischen Gewändern. Wenn keiner mehr ihre Fotzen anbetet, gehen die Frauen ins Museum. Schade, bei der rechten Pflege und Behandlung gäbe es für die Damen noch viele Jahre guten Sex, aber nur unter der Bedingung, dass wir Männer es schaffen. Vielleicht sind es die Männer, die zuerst nicht mehr können? Ich werde Thorsten fragen. Wir hasten durch den Schnee zum überfüllten Parkplatz, machen einen Autofahrer glücklich, indem endlich ein Parkplatz für ihn frei wird. Hørsholm, mit neugebauten Villen in gelbem Backstein und mit Schiefer auf dem Dach, ist eine Vorstadt der Gemütlichkeit, des Wohlstandes und der Sicherheit. ,Immer mit der Ruhe‘ ist hier das Mantra. Man begräbt an diesem Ort seine Frau, seine Jugend und seine Leidenschaft, verwandelt sich in einen Esel, der Golddukaten in den Sack des Sozialstaates kackt. Anna hat einen festen Griff um meinen steifen Schwanz, der Wagen schlittert, wir sind auf der Autobahn. Ausfahrt Jægersborgvej und erst links in den Smakkegårdsvej, dann links über die Jægersborg Allee an der Jægersborg Kaserne entlang und am Schloss Bernstorff vorbei, dann nach dem Rondell Femvejen rechts ab in den vierspurigen Bernstorffsvej, endlich halten wir auf der Toftholm Allee. Wir verbringen den Rest des Tages im Bett. Annas Fotze bleibt wund, sie bekommt keine Ruhe.

Es schneit, Thorsten und ich stehen vermummt bei Fortunen. Es ist Sonntag und Zeit zum Joggen, aber heute statt fünfzehn nur zehn Kilometer, weil der Schnee glatt und das Laufen dadurch anstrengend ist. Der Nordostwind treibt uns Tränen in die Augen. Der Vergnügungspark Backen ist geschlossen und wartet im Schnee aufs Frühjahr, im Restaurant Kirsten Piils Quelle bekommt man Glühwein und Krapfen mit Apfelstücken serviert. Pferdekutschen stehen davor, es dampft von den Rücken der großen Tiere. Bei Klampenborg drehen wir ab in Richtung Norden, der Nordostwind raubt uns den Atem, wir kneifen die Augen zusammen, um sie gegen den Schnee zu schützen. Endlich den Hang hinauf zum Jagdschloss. Wir haben jetzt den Wind von schräg hinten, oben der weite Blick über die öde Ebene, auf der kein Wild zu sehen ist, das hat im Wald Schutz gesucht. Über die Ebene in Richtung Süden laufen wir leicht bergab.

»Thorsten, vorgestern der Gästeabend in der Schwarzen Loge war sehr lebhaft, da ist viel passiert, ist das immer so?«

»Nein, das ist bei Weitem nicht so, aber am zweiten Weihnachtstag ist immer viel los. Die Leute haben die Familie satt, es muss etwas passieren. An anderen Abenden geschieht oft gar nichts. Die fast nackten Frauen tun mir leid, die an solchen Abenden vergebens an der Bar stehen. Die haben sich schön gemacht, haben Schuhe mit hohen Absätzen und Stay-ups angezogen, dazu ein Korsett oder sonst etwas Aufregendes, aber kein Mann rührt sie an. Keiner fesselt sie, keiner peitscht sie oder was sie nun gern möchten. Enttäuscht müssen sie, ohne gefickt zu werden, wieder nach Hause gehen.«

Wir laufen, vor dem Wind geschützt, durchs Wolfstal, die kahlen Buchen streben gegen den Himmel, ein Wildrudel hastet über den Steg.

»Thorsten, in den Wechseljahren ändern die Frauen sich von sexy zu bunt und künstlerisch, sie sehen aus, als hätten sie kein Sexleben mehr. Sind es die Frauen oder wir Männer, die langweilig werden?«

»Es liegt an den Männern, Andreas. Wenn wir älter werden, wollen viele von uns statt Sex lieber ein Bier und ein Käsebrot.«
Der Todesspurt bergaufwärts, ich rutsche und falle, zum Glück passiert mir nichts.

Sylvester haben wir nichts vor, ich habe am ersten Januar um acht Uhr in der Früh eine Schicht. Beim Fischhändler im Hellerupvej kaufen wir Lachs und einen Champagner Blanc de Blanc Brut sowie im Irma-Supermarkt grünen Spargel und kleine Pellkartoffeln. Anna arbeitet an ihrem Schreibtisch, ich studiere die neuesten Anweisungen der Dänischen Gesellschaft für Allgemeine Medizin, wie ich Herzkranke untersuchen und behandeln soll. Anna absolviert zum Sommer hin ihr Abitur und ich muss mich ständig fortbilden. Draußen knallt es ab und zu, die Jungs langweilen sich und warten darauf, dass ihr Leben anders wird, sie sich als Männer entpuppen, die alles können und dürfen. Sie wissen nicht, dass nur die Tretmühle des Sozialstaates auf sie wartet. Schwarze liegt im Bett, ihr macht das Feuerwerk Angst, heute Abend wird sie nicht rausgelassen. Anna geht in die Küche und kocht.

»Kommst du mit, Hund?«
Ich komme mit, setze mich an den Küchentisch und lerne, was man mit Fibrillatio Atriorum anfängt. Die Prognose ist nicht erfreulich, man sollte das Rauchen und Trinken lassen, gesund essen und Sport treiben, damit man ja nicht in die Krallen der Ärzte gerät. Das Ficken ist die einzige gesunde Sünde. Anna werde ich sagen, dass sie Kondome benutzen muss, weil es neuerdings die Geschlechtskrankheit AIDS gibt. Das Essen nehmen wir auf zwei Tabletts mit ins Bett, der Champagner muss bis Mitternacht warten. Schwarze klaut ein Stück Lachs von meinem Teller. Sie verschwindet knurrend mit ihrer Beute unter dem Bett. Nach dem Essen gehe ich in

die Küche, um Geschirr zu spülen und aufzuräumen. Anna hat sich zusammengerollt und schläft fest. Ihre Bettdecke befindet sich zwischen ihren Beinen, ihr Po ist an der Luft. Ich lege mich daneben, küsse ihren Nacken, um Mitternacht werden wir vom dritten Weltkrieg geweckt. Raketen färben den Himmel bunt, es dröhnt und blitzt in und um Kopenhagen. Der Champagner steht auf dem Balkon, die Gläser auf dem Nachttisch. »Prost, frohes neues Jahr!« Durch die gläserne Tür zum Balkon beobachten wir, wie der dritte Weltkrieg um eins Uhr leiser wird. Schwarze bleibt sicherheitshalber den Rest der Nacht unter dem Bett. Hand in Hand schlafen wir ins neue Jahr. Den Rest vom Champagner habe ich auf den Balkon gestellt, damit er eiskalt bleibt.

Um acht Uhr morgens bin ich als Notarzt in Nørrebro. Der Chauffeur des Ärztetaxis hat Bedenken, denn heute Nacht waren hier Krawalle. Auf der Dronning-Louises-Brücke hätten hunderte von Polizisten mit den Autonomen gekämpft. Überall in den Straßen in der Nähe der Brücke hätten Feuer gebrannt, es habe Pflastersteine nahezu geregnet. Es riecht immer noch nach Tränengas. Unser erster Hausbesuch ist gegenüber dem Jagtvej neunundsechzig. Wir müssen den Besuch aufgeben, bis wir Polizeieskorte haben, denn von den Besetzern werden Ziegelsteine nach unserem Wagen geworfen. Anschließend einige unproblematische Hausbesuche, bevor wir uns in die Nachbarschaft der Dronning Louises Bro wagen. Der Fahrer kurvt zwischen Kopfsteinen und den Scherben der zerschmetterten Schaufenster hindurch, ich stürze die Treppen rauf und runter, hoffentlich passiert uns nichts. Einige Kranke sind immer noch besoffen, vielen sind die Nerven durchgegangen. Es wird ein Selbstmordversuch im fünften Stock in einer Seitenstraße der Nørrebrogade gemeldet, die Polizei wird gleich mit den Roten Papieren da sein, die für eine Zwangseinweisung in ein psychiatrisches Krankenhaus unumgänglich sind. Die Treppe hinauf, im fünften Stock steht die Tür offen, es riecht nach Gas und die Polizei ist noch nicht da. Die Selbstmörderin sitzt in der Küche und will sich eine Zigarette anzünden, während die Wohnung voller Gas ist. Sie ist betrunken, versucht ein Streichholz zu entflammen, aber trifft die Schachtel nicht. Gott sei Dank, endlich kommt die Polizei. Sobald ich die Papiere ausgefüllt habe, nehmen sie die widerwillige Patientin mit. Um halb vier Uhr nachmittags bin ich wieder in der Tofholm Allee. In meinem Sessel sitzt die schöne, kleine, weiche, kluge Anna, im Bett liegt Schwarze, die mich mit gelben Augen anschaut, die Kinder kommen gleich von ihrer Mutter. Anna küsst mich und streicht mir über die Haare, wie schön das Leben ist.

Mein Wagen schlittert, der Winter meint es ernst, ein stabiles Hochdruckgebiet über Skandinavien bringt einen steifen Nordostwind mit sich, der den Schnee durch die Straßen wirbelt. Die Hausbesuche werden schwierig, ich habe im Wagen eine Schaufel und einen Spaten dabei, um mich freizuschaufeln, falls ich steckenbleibe. Der Wind nimmt ab, die Sonne schafft es durch die Wolken und steht tief am Horizont, sie hüllt die Welt in ein blasses, eiskaltes Licht. Marie und Lasse sind glücklich, sie wollen mit ihrem Vater Schlitten fahren. Ich packe Schlitten und Kinder in den Wagen. Anna kommt nicht mit, sie hat ihre Kindheit in der Innenstadt verbracht, für sie ist die Natur nur etwas zum Anschauen. Nach dem kalten Abenteuer in Bernstorffs Park kommandiert Anna uns in die Badewanne, kocht uns Tee und nachher werden wir von ihr ins Bett gesteckt.

Dänemark bleibt den ganzen Januar von Schnee und Eis bedeckt, der Samstagsspaziergang am Charlottenlund Fort bringt uns hunderte von Metern hinaus in den Öresund. Das Eis hat sich stellenweise in kleine Berge verwandelt, weit draußen ist für den Schiffsverkehr eine Fahrrinne freigehalten, es sieht aus, als führen die Schiffe auf dem Eis. Der Spaziergang endet jedes Mal beim Juwelier Michael Enna und seiner Frau Birgitte. Ich sitze im Sessel mit der Pelzdecke, betrachte die beiden schönen Frauen, ficke sie in Gedanken. Michael zeichnet Skizzen und bastelt an einem Wachsmodell, er stellt sich sicherlich auch vor, wie er die beiden fickt, wir sind uns halt sympathisch. Heute wird es ernst, die Ohrringe sind fertig. Vorsichtig und liebevoll hängt Michael sie in Annas Ohrläppchen, seine Finger streifen dabei ihren Nacken. Die Königin der Nacht steht im schwarzen Nerzmantel da und schaut in den Spiegel. Sie hat im Geschäft von Winterstiefeln zu Schuhen mit hohen Absätzen gewechselt. Ich nehme ihr den Pelz ab, unter ihm trägt Anna ein mitternachtsblaues Kleid von Sportmax. Eisblau strahlen ihre Augen in der Winterdunkelheit, das orangefarbene Licht der Edelsteine strahlt über die pechschwarzen Perlen von Tahiti. Die Königin der Nacht lächelt wie Mona Lisa, so hat Mozart wohl das Fürchten gelernt. Ich habe mit der Bank gesprochen, wir können die Steine bezahlen.

Zu Hause tanzt Anna in hohen Absätzen und Ohrringen durchs Haus, betrachtet sich im Schlafzimmer im Spiegel, wendet sich um, steht mit breiten Beinen da. »Werde ich dem Araber morgen Abend gefallen?« Ich ficke die Hure wieder und wieder, gut, dass die Kinder bei ihrer Mutter sind, was würden Marie und Lasse von dem Heulen und Stöhnen halten?

Am einunddreißigsten Januar pustet ein Südwestwind den Winter aus Dänemark hinaus. Tief nach Tief schickt warme, feuchte Luft über das Land. Das Thermometer steigt auf neun Grad Celsius, die Vögel werden geil und zwitschern ihren Frühjahrsgesang. Wir sitzen bei Terkel hinter der schweren

Mahonietür, er gibt mir Anweisungen: »Die Erzieherinnen werden Mittwoch um elf Uhr vor dem Gericht in Gentofte für dich aussagen. Es ist am besten, dass du mindestens eine halbe Stunde vorher da bist, damit du dir alles noch einmal überlegen kannst. Das Haus in der Toftholm Allee bekommst du, das Sommerhaus in Nakkehoved Birgit, die Schulden teilt ihr euch, aber du hast ja schon das meiste abbezahlt. Das Gericht soll nur entscheiden, wer das Sorgerecht für die Kinder bekommt.«

»Das Haus in der Toftholm Allee werde ich schnellstens verkaufen.«

»Verkaufst du es mit Gewinn, musst du mit Birgitt teilen«, sagt Terkel, die stinkende Zigarre glüht, der Tee dampft in der riesigen Tasse. »Auf Wiedersehen, Andreas, bis Mittwoch.«

Die schwere Tür schließt sich hinter uns. Wir gehen an der Marmorkirche vorbei zum Schlossplatz, winken der Königin hinter den geschlossenen Fenstern und den Gardinen zu. Ich, einer ihrer Untertanen, bin in Not. Wir gehen die wenigen Schritte zum Hafen, der Südwestwind kehrt den letzten Rest Eis an der Festung Trekroner vorbei in den Öresund. Das Königsschiff ,Dannebrog' liegt am Bollwerk, daneben einige Korvetten.

Mittwoch um zehn Uhr sitze ich auf einem kahlen Flur im Gericht von Gentofte, ein Neubau aus braunen Ziegelsteinen in der Rygårdsvænget sechs in Hellerup. Ich denke an die vielen Jahre mit den Kindern. Lasse ist jetzt zehn Jahre alt, ich habe wegen ihm zu einer Stellung als Forscher im Reichskrankenhaus nein gesagt, das Krankenhaus hat den besten Ruf in Dänemark. Ich könnte jetzt ein bekannter Forscher sein statt ein nächtlicher Treppenathlet in Nørrebro und Vesterbro, aber Lasse und Marie würden mich nur vom Hören kennen. Viertel vor elf erscheinen Terkel und die Zeugen. Terkel kommt herüber zu mir, die Zeugen bleiben verlegen am anderen Ende des Ganges stehen.

»Bist du bereit?« Terkel klopft mir auf die Schulter, wartet meine Antwort nicht ab, sondern wendet sich an eine Frau in Uniform, die uns in den Gerichtssaal führt. Alles ist sehr modern in heller Eiche eingerichtet, man hat nicht den Eindruck, dass hier über das Schicksal vieler Menschen entschieden wird. Da drüben sitzt Birgit mit ihrem Professor. Damit die Scheidung schnell über die Bühne läuft, muss er bezeugen, dass sie mich mit ihm betrogen hat. Es geht los, die Richterin tritt in den Saal, wir stehen auf und setzen uns wieder. Birgit sagt aus, dass sie Lars bald heiraten werde, dass ich mit einem Teenager zusammenlebe, während sie in einem großen Haus in der Nähe der Schule und des Kindergartens in geordneten Verhältnissen wohnt. Damit sie sich den Kindern widmen kann, hat sie ihre Stellung gekündigt. Lars beeidet, dass er die Ursache für die Scheidung sei, weil Birgit mich mit ihm betrogen hat. Ich erzähle meine Geschichte, von den vielen Jahren als Notarzt, wo ich Nachtschichten machte und tagsüber die Kinder betreute und den Haushalt schmiss, damit Birgit studieren konnte. Die Ungerechtigkeit der Situation trifft mich ins Herz, ich weine zum ersten Mal seit meiner Kindheit, das Gerichtsverfahren wird um eine halbe Stunde verschoben. Anschließend die Aussagen der Erzieherinnen, dann ist es vorbei, das Urteil werden wir in sechs Wochen erfahren. Terkel hat es eilig, auch die Erzieherinnen vom Kindergarten sind schon auf dem Weg zurück zur Arbeit, Birgit schaut mich verlegen an und verschwindet dann mit dem Professor. Ich gehe einkaufen, heute Abend habe ich Sprechstunde, Lasse muss ich vorher von der Schule abholen.

Der Februar ist mild, aber grau, die Zeitungen schreiben über die Erderwärmung und die drohenden Klimakatastrophen. Ich warte auf das Urteil, Anna macht Hausaufgaben und besucht jede zweite Woche im Pelz ihren Araber, drei Ladungen. Annas Freundinnen Maria und Helen haben sich beruhigt, kommen uns besuchen, man kann sich eben an alles gewöhnen. Peder F. ruft mich an, die Bank habe Bärenburg und das Sommerhaus in Nakkehoved übernommen, er hat eine ganz normale Villa in Klampenborg kaufen müssen.

»Andreas, das ist natürlich nur vorübergehend, die Zeiten werden wieder besser. Dieses Jahr veranstalten wir keine Sankt-Hans-Party, aber es wird schon wieder werden. Kommst du uns besuchen? Wir wohnen im Sølystvej Nummer zehn in einer alten Villa.«

»Wenn es euch passt, kann ich am Freitag vorbeikommen.«

»Kommt Anna mit?«

»Nein, sie hat schon etwas vor.«

»Abgemacht, Freitag um sieben Uhr zum Essen.«

Freitag ist Anna enttäuscht, sie will, dass ich sie zum Araber fahre. Ich bin ein wichtiger Teil des Erlebnisses.

»Es tut mir leid, aber ich bin bei Peder F. zum Essen eingeladen. Hier ist seine neue Adresse und Geld für ein Taxi. Du kannst mich anrufen, ich werde dich abholen.«

Anna ist unruhig, sieht mich mit traurigen Augen an, weil ich sie allein lasse.

»Andreas, kannst du nicht warten, bis das Taxi da ist?«

»Du musst es alleine schaffen, sonst kann ich dich nicht abholen.«

Die Villa im Sølystvej sieht zum Verwechseln aus wie die von Birgit, Stuck und mit einer Wohnfläche von knapp dreihundert Quadratmetern. Charlotte steht auf der Treppe, Kuss links, Kuss rechts, willkommen. Peder F. hat wie immer einen Cocktail in der Hand, die Kinder sind freundlich und dressiert, alles ist beim Alten.

»Die Zeiten sind schlecht«, sagt Charlotte. »Aber es wird bald wieder vorangehen. Irgendwann müssen die Sozialdemokraten ja aufgeben.«

Charlotte serviert keinen Chablis Grand Cru, sondern einen gewöhnlichen Chablis, Seehasenrogen als Vorgericht und ein Beefsteak als Hauptgericht, es gibt keinen Nachtisch. Zum Beefsteak bekommen wir einen Torres-Coronas-Rotwein. Nachher sitzen wir in der Stube, Peder F. mit einem Cognac, ich mit einer ungesunden Cola, ich muss noch fahren.

»Peder F., wie geht es mit dem Abitur deines Sohnes?«

»Ausgezeichnet, er hat schon eine Stelle in der Bank, in der ich Kunde bin.«

Das Telefon klingelt, Charlotte nimmt den Hörer ab.

»Anna ist dran, sie will dich sprechen.«

»Du brauchst mich nicht abholen. Ich nehme ein Taxi, schaffst du es, in einer viertel Stunde zu Hause zu sein?«

»Klar schaffe ich das.« Ich verabschiede mich, einen Kuss links und einen Kuss rechts. »Bis dann.«

Anna ist schon da, liegt zusammengerollt im Bett, wendet mir den Rücken zu. Ich krieche unter meine Bettdecke. Sie schweigt, ich lege mich neben ihr.

»Schläfst du?«

»Nein.«

Ich küsse ihren Hals, sie greift um meinen steifen Schwanz, wir können uns nicht böse sein, wir ficken.

Annas Freundin Helen sitzt in unserer Stube, sie sprechen über das Gymnasium und das Abitur. Ich schenke mir eine Tasse Tee ein, das Telefon klingelt, es ist Vati.

»Wie ist es dir im Gericht ergangen?«, fragt er besorgt.

»Das weiß ich nicht genau, das Urteil bekomme ich erst Mitte März.«

»Hoffentlich lebe ich da noch.«

»Schaffst du es ohne Hilfe?«

»Es geht, meine Freundin ist die meiste Zeit hier, aber zwischendurch muss sie ihrer Tochter in Kiel mit den Enkelkindern aushelfen, bis bald.« Er legt auf, ich setze mich zu den beiden Damen. Von dem, worüber sie sprechen, habe ich keine Ahnung. Schwarze springt auf meinen Schoss, schön, dass sich jemand für mich interessiert.

»Maria ist ganz verrückt«, lachend zwinkern sie sich zu.

»Giorgio ist in Kopenhagen, er arbeitet kurzzeitig in einem griechischen Restaurant. Vor Liebe ist sie ganz durcheinander, nach dem Abitur will sie nach Kreta.«

Ich gehe mit Schwarze nach oben, versuche zu schlafen. Es ist lange her, dass ich ein Gymnasium besucht habe.

Hinter der schweren Mahonietür sitzen wir bei Terkel im Büro. Jeder von uns drei hat eine riesige Tasse dampfenden Tee vor sich, aus der wir, eingehüllt in den Gestank von Terkels Zigarre, trinken.

»Herzlichen Glückwunsch, Andreas«, sagt Terkel, »man hat dir das Sorgerecht für Lasse zugesprochen. Die Aussagen der Erzieherinnen waren das Entscheidende und natürlich deine Tränen. Birgit hat zwei Wochen, um gegen das Urteil zu appellieren, aber wäre ich ihr Rechtsanwalt, würde ich abraten. Ich habe das Urteil durchgelesen, du hättest fast auch Marie bekommen. Für sie ist das Risiko zu groß, im Landesgericht das Sorgerecht für beide Kinder zu verlieren.«

»Danke, Terkel.« Wir schütteln uns die Hand, mir stehen die Tränen in den Augen. Die Mahonietür schließt sich hinter uns, die Sekretärin lächelt uns zu, wir gehen die dunkle Treppe hinunter, draußen ist es Frühling, als wäre es Mitte April. Erst die Marmorkirche, dann der Schlossplatz, die Königin ist nicht da, keine Flagge weht über ihrem Herrenhaus. Mitten auf dem Schlossplatz sitzen auf Salys Reiterstatue Tauben und kacken auf das Pflaster, im Hafen kleine, silberne Wellen, keine »Dannebrog« liegt am Bollwerk gegenüber.

»Ich habe das Sorgerecht für Lasse bekommen, Vati. Sie hat keinen Einspruch erhoben.«
»Dann kann ich in Ruhe sterben. Mir geht es schlecht, ich habe Schmerzen und morgen gehe ich nach Sonderburg ins Krankenhaus, auf Wiederhören.«

Sonderburg ist am Telefon, nach einer kurzen Weile meldet sich der Chefarzt.
»Deinem Vater geht es schlecht, wir behalten ihn hier. Wie verabredet, bekommt er die maximale palliative Behandlung.«
»Kann ich ihn besuchen?«
»Das hat keinen Sinn, er ist fast bewusstlos.« Ich bedanke mich beim Chefarzt, es ist so weit, eine *maximale palliative Behandlung* überlebt man nicht lange Zeit.

Anna hat bald Geburtstag, mein Vater liegt im Sterben. Wir sitzen bei Michael und Birgitte und warten, im Schaufenster ist eine schwarze Perlenkette ausgestellt. Michael arbeitet hinten an einem Stück Schmuck, Birgitte bedient eine Kundin, deren Mann im Hintergrund steht. Sie kaufen einen wunderschönen Ring mit farbigen Diamanten, den wir oft im Vorbeigehen bewundert haben. Der Ring muss der Kundin angepasst werden. Michael kommt aus seinem Versteck gekrochen, tut das Notwendige, lächelt, misst und berät, nur schade um den schönen Ring, der auf diese Ziege gehängt wird. Sie war vermutlich einmal eine charmante Frau, aber das ist lange her. Was das Leben uns alles antut. Das Paar verlässt das Geschäft, Michael wendet sich uns zu.
»Die schwarze Perlenkette draußen im Fenster?«, frage ich zögerlich.

Michael sieht Anna prüfend an, sagt dann: »Ich stelle mir etwas anderes vor. Birgitte, die schwarzen Barockperlen.«

Birgitte holt aus einer Schublade die Perlen, sortiert sie nach Größe, Form und Farbnuancen.

»Barockperlen sind unregelmäßig, lebendiger, sie passen zu Anna und sind sogar günstiger.« Birgitte sortiert und sortiert, endlich sind Michael und Birgitte mit ihrem Werk zufrieden, so soll die Kette sein, aber es fehlt ein Verschluss.

»Birgitte, haben wir einen roten Edelstein?«, fragt Michael aufgeregt.

Birgitte taucht in ihre Schubladen ein, auf dem schwarzen Samt liegen bald zwei Feueropale, der eine ist tiefrot, den nehmen wir.

»Michael hat heute Zeit, ihr seid die einzigen Kunden im Laden, er wird sofort ein paar Skizzen vom Verschluss machen«, sagt Birgitte zufrieden. »Es macht ihm Freude, für deine Frau Schmuck zu entwerfen.«

Seine Augen strahlen, der Künstler entwirft, er und sein Modell einigen sich. Er schenkt uns einen Kaffee ein, wir reden über Kindererziehung und Schwiegereltern, verabschieden uns, eine schöne Frau, die Birgitte.

Vati ist tot, Anna und ich sitzen im Dom in der vordersten Reihe. Die Familie aus Deutschland und ein Halbvetter von Fyn sind auch dabei. Der Pfarrer redet, wir singen einige Lieder und tragen die Kiste aus dem gotischen Backsteindom. Hier wurde ich mal konfirmiert, hier habe ich heimlich in Gedanken meine erste große Liebe gefickt, hier begannen die Weihnachtsabende meiner Kindheit, das waren Zeiten. Wir fahren hinter der Kiste zum Friedhof. Die Kiste wird in das dunkle Loch neben meine Mutter gesenkt, ein paar Worte und wir fahren zum Strand, feiern den Toten, indem wir essen und trinken. Alle haben gute Laune, es wird gelacht, der Tod hat uns von allen Sorgen erlöst. Der Halbvetter von Fyn sammelt Bücher, er will einige von Vatis haben. Er bekommt sie und verabschiedet sich. Wir fahren mit Vatis Freundin zu seiner Wohnung, die deutsche Familie bleibt noch ein paar Tage im Sommerhaus nebenan. Aus dem Versteck nehme ich die Anleihen und gebe sie der Freundin meines Vaters. Sie wird für alles sorgen. Wir suchen uns die antiken Möbel aus, die von meiner Familie stammen. Sie werden nach Kopenhagen geschickt, den Rest holt sich der Trödler. Nächste Woche muss ich wieder nach Hadersleben, um mit dem Anwalt zu sprechen. Anna und ich wollen unser Haus im Bregnegårdsvej kaufen.

Die ‚Arveprins Knud‘ bringt mich über den Großen Belt, es ist ein grauer Tag mit vereinzelten Schauern, die Bauern brauchen den Regen, das Frühjahr hat bis jetzt wenig Nässe gebracht. Die Insel Fyn, der Kleine Belt und Südjütland sind schnell überstanden. Der größte Teil der Strecke besteht jetzt aus Autobahn, es wird von einer Brücke über den Großen Belt zwischen Fyn und Seeland geredet. Nur die Kommunisten und die Grünen im Folketing sind dagegen, aber die sind gegen alles Neue. Die möchten am liebsten, dass wir in Holzschuhen mit Stroh herumlaufen und über den Großen Belt paddeln. Das Kontor des Anwaltes meines Vaters liegt am Ende von Nørregade, wo ich als kleiner Junge meinen Großvater in seiner Kanzlei besucht habe.

»Andreas, du bist der einzige Erbe. Willst du das Betriebshaus deines Vaters verkaufen? Ich habe vom Nachbarn, der sein Geschäft vergrößern möchte, ein günstiges Angebot bekommen.«

»Ich verkaufe, wie viel hat er mir angeboten?«

»Drei Millionen Kronen in Bargeld, angesichts den wirtschaftlichen Zuständen in Dänemark ein sehr hoher Preis.«

»Abgemacht, ich bin mit dem Angebot einverstanden, du leitest den Verkauf ein.«

»Dann gibt es noch vierhunderttausend Kronen auf dem Konto und ungefähr dasselbe in Aktien. Du musst natürlich Erbschaftssteuern und Steuern vom Gewinn bei dem Verkauf des Geschäftshauses bezahlen, aber etwa die Hälfte bleibt übrig. Was machen wir mit dem Sommerhaus, willst du es behalten?«

»Ja, das behalte ich vorläufig.« Ich verabschiede mich, die Treppe runter denke ich an meinen Großvater, es riecht wie damals in seiner Kanzlei.

April, Annas Abitur rückt näher, auf sie wartet die Studentenmütze und eine Woche, in der kräftig gefeiert wird, danach die Freiheit und die Universität. Wir stehen mit dem Immobilienmakler im Bregnegårdsvej dreizehn, die Villa ist eine Bruchbude. Die eisernen Fenster sind eingerostet, die Küche aus den Dreißigerjahren ist schimmelig, in der Duschecke ist im Terrazzo ein Riss. Im Keller sieht man, dass Wasser aus dem Badezimmer durchsickert, der Schornstein ist einsturzgefährdet, das Dach muss ersetzt werden, aber Anna und ich wollen das Haus.

»Wenn ihr es sofort übernehmt, bekommt ihr es für siebenhundertachtzigtausend Kronen.«

Wir schauen uns an, eine Ermäßigung von zweihunderttausend Kronen.

»Abgemacht, schick bitte die Papiere an unseren Rechtsanwalt. Wir werden unterschreiben, wenn alles seine Richtigkeit hat.«

Eine Woche später ist alles unterschrieben, am ersten Mai gehört die Bruchbude uns. Was wird Schwarze zu dem neuen Haus sagen? Und was wird Birgit dazu sagen, dass wir im vornehmen Charlottenlund dicht am Wald, am Schloss und am

Öresund wohnen werden? Die Kinder können im Wald spielen und zum Strand radeln, aber wir leben immer noch weniger als einen Kilometer von Birgit entfernt, damit die Kinder sich mit dem Fahrrad besuchen können. Und Anna kann, bei Schnee und Eis, schnell zu Fuß die Charlottenlund-Station erreichen.

Am nächsten Tag hat Anna Geburtstag. Die Perlenkette lieferte Birgitte gestern nach Feierabend bei uns ab. Michael musste bis spätabends arbeiten, damit sie fertig wurde. Morgens lege ich die schwarzen Perlen um Annas Hals, aber der Verschluss macht mir zu schaffen, ich bekomme die Kette nicht zu. Anna steigt aus dem Bett, löst das Problem, indem sie sich die Perlenkette selbst anlegt. Ihre Augen strahlen dunkelblau, der Feueropal im goldenen Schloss leuchtet beunruhigend. Sie zieht hohe Absätze an, befestigt an ihren Ohrläppchen die schwarzen Perlenohrringe mit den Mandarin-Granaten, die Edelsteine strahlen wie orange Sterne. Vor mir steht die nackte Königin der Nacht. Mein Herz klopft, es brennt in meiner Brust, ich liebe sie.

Ein Bekannter von mir ist Architekt, er übernimmt die Renovierung unseres wackeligen Traums. Wir schauen uns Küchen an, Anna will eine Küche von der Firma *Roar*, dessen Einrichtung sie zusammen mit dem Verkäufer entwirft. Auch das Badezimmer wird eingerichtet, wie Anna es sich vorstellt. Wie die Fenster und Terrassentüren aussehen sollen, bestimmt sie zusammen mit dem Architekten. Der Maler streicht nach ihren Anweisungen das Haus, sie bestellt den neuen Kamin, ich lerne, ja zu sagen. Die Gardinen sind natürlich ebenfalls ihre Sache, nur das zwei Meter breite Bett wählen wir gemeinsam aus. Für den Garten interessiert sie sich nicht. Ich darf zusammen mit dem Gärtner alles entscheiden, aber Liegen für die Terrasse und die Gartenmöbel wählt Anna aus, sie müssen in der gleichen Art sein wie die meines Vaters im Sommerhaus. Er hat sie von meinem Großvater väterlicherseits geerbt.

»Du hast ein Haus im Bregnegårdsvej gekauft? Wie konntest du das tun, das ist ja am Charlottenlund Wald?« Meine Ex Birgit ist da!

»Ja und?«

»Man merkt, dass du nicht aus Gentofte stammst. Alle wissen doch, dass der Wald voller Pädophiler ist.« Birgit sieht mich wütend an.

»Aber Birgit, das kann nicht wahr sein. Der Viggo Rothes Vej, eine der teuersten Adressen in Kopenhagen, geht gleich in der Nähe von unserem Haus am Waldrand entlang. Die haben alle eine Pforte direkt zum Wald. So viele reiche Pädophile gibt es in Dänemark nicht und übrigens wohnen da hauptsächlich Familien mit Kindern.«

»Mein Vater hat mich immer vor dem Wald gewarnt.«

»Birgit, in der Zeitung, der *Villabyerne*, steht nie etwas von Pädophilen im Wald. Ich habe da nur Leute mit ihren Hunden, Dauerläufer, Kinder und Spaziergänger getroffen. Das ist Unsinn.«

»Andreas, mir gefällt Charlottenlund nicht, weil es dort viele hysterische Frauen gibt, die vorgeben, vornehm zu sein.«

Birgit stampft auf den Boden, dreht sich um, die Kinder sind bei mir abgeliefert, Birgit habe ich gerade die gute Nachricht von unserem Kauf überbracht.

Im Juni fangen die Handwerker an, Anna besteht ihre Prüfungen, selbstverständlich mit der Note eins. Wie macht sie das nur? Überfordern tut sie sich nicht. Den Araber bin ich mittlerweile los, für den hat sie keine Zeit. Unser Haus in der Toftholm Allee ist noch nicht verkauft, es sind schwierige Zeiten. Bregnegårdsvej ist eine Baustelle, aber wir sind nicht in

Eile. Abends werden wir Thorsten und Lise besuchen, Marie und Lasse schlafen dann schon.

»Hund, Kinder brauchen ihren Schlaf«, Anna sieht mich streng an.

»Schon gut, Anna.«

Gehorsam geht der Hund zu den Kindern, Zähneputzen, liest Märchen vor und *Mumins*, wird von Anna geweckt, wenn er im Bett mit den Kindern einschläft, räumt den Geschirrspüler ein und putzt die Küche, endlich ist er fertig. Wir können zu Lise und Thorsten.

Lise öffnet die Tür, Thorsten steht in der Küche und kocht Tee. Kirsten, die Tochter, schläft noch nicht, typisch Psychiater.

»Kommst du bald mit dem Tee, Thorsten?«, ruft Lise Thorsten zu. Ich bin nicht der einzige Hund in der Toftholm Allee.

»Die Zeiten sind schwierig. Wie geht es mit dem Hausverkauf?«, fragt Lise.

»Ich weiß, Lise. Damals, als wir das Haus in der Toftholm Allee kauften, wurde es nicht einmal annonciert. Ich schmiss bei den Leuten Zettel rein, fragte sie, ob jemand verkaufen wollte. Aber wir haben unser neues Haus günstig bekommen, das wird sich ausgleichen.«

»Als Volkswirtin kann ich beurteilen, dass siebenhundertachtzigtausend Kronen in der Lage in Charlottenlund sehr preiswert sind. Nun hängt es davon ab, ob jemand politisch die Kraft findet, einzugreifen. Der Staat muss sparen, Schuldzinsen soll man nicht mehr komplett von den Steuern abziehen können, einen stabilen Kronenkurs, keine Erhöhung der Gehälter, dann wird es für euch eine gute Investition.«

»Lise, wir wollen dort wohnen und Kinder großziehen, nicht investieren.«

»Klar, Anna, aber das Leben ist mit einem großen Vermögen

leichter. Nachdem Andreas geerbt hat, muss er viel weniger Schichten als Notarzt machen.«

»Lise, am wichtigsten ist, dass die Leute zufrieden sind und andere nicht um ihr Glück beneiden«, sagt Thorsten, als echter Psychiater gleicht er zwischen Lise und Anna aus.

»Anna hat unser Haus eingerichtet, ich werde Gast sein.«

»Andreas hat keinen Geschmack, jedenfalls keinen guten oder es interessiert ihn auch nicht.«

Die beiden Frauen werden sich schnell einig, dass wir Männer ohne Frauen immer noch in den Bäumen hocken und Bananen fressen würden. Dagegen kann selbst ein Psychiater nichts einwenden.

»Anna und Andreas, wir sind im August zu einer Fetisch- und SM-Party auf Schloss Dragsholm eingeladen, kommt ihr mit?«

»Wann genau ist die Party und wie viel kostet der Eintritt?«

»Das Datum ist noch nicht festgelegt. Der Preis wird für ein Paar etwa tausend Kronen ausmachen.«

»Im August werden wir vielleicht umziehen«, sage ich voller Bedenken.

»Andreas, wir wollen dahin.«

Es ist beschlossen, da kann man nichts machen.

Anna hat ihre guten Noten und ihren Studentenhut erhalten, mein dämonischer Einfluss hat es ihr nicht verdorben, sie ist die Beste ihres Gymnasiums. Heute geht es los, sie wird mit ihrer Klasse lärmend durch die Stadt fahren. Ich bin beim Auftakt nicht dabei, ihr alter Mann ist ihr peinlich. Vor dem Gymnasium werden die Studenten auf den Lastwagen steigen, sie sind mit Instrumenten, Ballons, Bierflaschen und bester Laune bewaffnet. Sie werden schreien, trommeln und tuten, sie werden um die Reiterstatue von Christian dem Fünften im Zentrum von Kongens Nytorv vor dem königlichen Theater tanzen. Ein

Student wird das Denkmal besteigen, um sich neben den König zu setzen. Alle Elternhäuser werden sie besuchen und in jedem wird ihnen Alkohol angeboten. Auch dieses Jahr fallen ganz sicher betrunkene Studenten von den Lastwagen und enden im Krankenhaus. Anna ist früh zu Hause, sie ist fast nüchtern.

»Hund, küss mich.«

Ich küsse die schöne Studentin in ihrem weißen Kleid und mit schwarzen Perlen um den Hals und in den Ohrläppchen. Die Edelsteine strahlen ein verzauberndes Licht aus.

Anna langweilt sich auf den Partys und bleibt nach einer zu Hause. Helen und Maria sitzen in unserer Stube bei den beiden Alten.

»Was ist mit dir?«, fragen sie. »Andreas, liegt es an dir, darf sie nicht mit?«

»Das entscheidet Anna selbst«, sage ich und schenke ihnen Tee ein.

»Echt, es macht mir keinen Spaß«, faucht Anna. »Da passiert nichts, nur tanzen, saufen und flirten.«

»Also liegt es doch an dir, Andreas, du hast sie verdorben.«

»Es hat mir nie Spaß gemacht, zumindest nicht, bevor ich mit Andreas zu Feten gegangen bin. Aber die sind halt ganz anders geil.«

Helen hebt die Augenbrauen, sagt: »Anders, das kann man wohl echt behaupten.«

Was hat Anna ihr erzählt? Bestimmt nicht viel, aber sie hat selbst ihre Schlüsse gezogen.

»Was macht ihr in den Sommerferien?«, frage ich.

Helen lacht, sagt: »Maria hat nur Giorgio im Kopf, es kann Jahre dauern, bevor sie von Kreta zurück ist.«

»Und du, Helen, bist du ganz allein?«

»Ja, ich möchte gern zur Cote d'Azur. Kommst du mit, Anna? Du liebst doch alles, was französisch ist.«

»Nein, ich komme nicht mit. Andreas und ich verbringen mit den Kindern drei Wochen im Sommerhaus und im August ziehen wir um.«

»Viel hast du von deiner neugewonnenen Freiheit nicht.« Helen schüttelt den Kopf.

»So ist es nun mal, wenn man sich liebt, Helen«, sagt Maria. »Davon verstehst du nichts. Ich will ja auch nur mit Giorgio zusammen sein.«

Ich verlasse die drei, muss mich um Lasse kümmern.

Wir haben Urlaub: den Wagen packen, Bettdecken für die Kinder auf den Hintersitz und Schwarze einsperren, damit sie nicht abhaut. Lasse taucht im letzten Augenblick auf, Birgit hat Marie müde bei mir abgeliefert. Das übliche Theater, wenn wir mit den Kindern reisen. Schwarze macht es sich auf dem Boden des Wagens hinter dem Führersitz bequem, die Kinder schlafen während der Fahrt über Seeland. Auf der Fähre im Großen Belt dann der gewöhnliche Ablauf: Eis, Butterbrote, Saft und Toiletten. Auf der Fahrt über Fyn streiten sich die Kinder, auf dem letzten Stück herrscht Ruhe, sie sind Gott sei Dank eingeschlafen. In Hejsager stürzen sie aus dem Wagen zum Strand, Schwarze bekommt einen Hering, damit sie beim Hause bleibt und weiß, wo sie hingehört. Es werden gemächliche Tage in Hejsager, vorwiegend mit Sonnenschein und Wärme. Nebenan wohnt mein Vetter aus Hamburg mit seiner Familie. Der Häuptling segelt, paddelt und tobt mit seinen Kindern und hänselt mich, weil ich so ein lahmarschiger Spinner bin.

»So warst du schon als Kind.« Er schaut mich streng an und schenkt mir einen Schnaps ein.

»Lass Andreas in Ruhe, er kann tun, was er will«, sagt seine Frau, sie ist gelassen und freundlich.

Ich reiße mich zusammen, buche eine Makrelen-Tour, die von der Hallig *Rømø* ausgeht. Wir müssen dafür Südjütland im Auto überqueren, die Kinder haben jedes eine Angel dabei. Anna hat eine Sonnenbrille und einen Strohhut auf und alle sind wir von Kopf bis Fuß mit Sonnenschutzfaktor dreißig eingeschmiert. Die Sonne im Wattenmeer ist unerbittlich, ein Sonnenbrand wäre unangenehm und schädlich für die Haut. Die Landschaft wechselt schnell. Erst wenige Kilometer hügelige Moränenlandschaft mit Buchenwald und Tälern, in denen Bäche plätschern und Wolken sich in den Seen spiegeln. Danach die sandige hohe Geest mit Tannenplantagen, die bald von der flachen Vorgeest mit noch mehr Tannenplantagen abgelöst wird. Endlich die platte Marsch, wo das Land sich im Südwesten mit dem Meer und dem Himmel vereint. Vor den Deichen das Vorland mit den Schafen und den Faschinen, die dem Wattenmeer das Land abringen, weit draußen im Sonnenschein glitzert die Nordsee. Wir fahren auf dem Damm nach Rømø, eine der nördlichsten Halligen. Auf der Hallig erwartet uns erst die Marsch, dann die Dünen mit Fichten und Strandhafer sowie den Sommerhäusern, zuletzt ein wenig Bauernland und wir sind im Hafen. Der Schoner ist voll von Anglern, Väter mit ihren Söhnen, vereinzelt auch Töchter, Anna ist die einzige Frau, eine gepflegte Kopenhagenerin zwischen Kannibalen, die sie anstaunen. Es geht los, nicht viel Wind, aber sobald wir von der Insel los sind, schwankt der Schoner in der See. Mir wird übel, aber ich bemitleide mich nicht. Auf einer Sandbank liegen hunderte von Seehunden, die Kinder und Anna sind begeistert, ich bin stumm.

»Warum sagst du nichts?« Anna schaut mich besorgt an.

»Ich bin ein wenig seekrank.«

»Du Ärmster.« Sie streichelt meinen Arm. Der Skipper hat mit dem Sonar die Makrelen lokalisiert. Er hält die Maschine an, der Schoner schwankt noch stärker. Wir angeln, holen glitzernde Torpedos aus dem Meer. Männer trinken Schnaps aus mitgebrachten Flaschen, Söhne freuen sich über die gute Laune der Väter, mir ist zum Kotzen übel. Anna ist die Königin aus einer Welt der Nacht und der Leidenschaft.

Endlich sind wir im Hafen und legen am Pier an. Besorgte Söhne stützen ihre Väter auf der Gangway, damit sie nicht ins Wasser fallen, in den Flaschen war zu viel Schnaps. Ich freue mich, wieder festen Grund unter meinen Füßen zu haben, Anna streichelt mir die Wange, die Königin schreitet an Land und winkt dem Volke zu. Im Hafen bietet Anna mir ein Butterbrot und kaltes Wasser an, sie und die Kinder haben schon an Bord gegessen. Sie geht mit den Kindern zur Eisbude, kauft ihnen Magnum-Eis, eine Küchenrolle und Wasser haben wir dabei. Nie mehr eine Makrelen-Tour, schwöre ich, der Häuptling nebenan wird seinen Anteil an Makrelen bekommen.

In Hejsager baden wir unten ohne. Die Männer am Strand starren mich neidisch an, die Frauen sind empört, sie haben den Fotzenkampf verloren, weil die Männer mit den Augen nur Anna ficken. Mein Jugendfreund sitzt vor seinem Sommerhaus und trinkt Kaffee. Sitzt er nicht schon seit dem letzten Jahr da? Die Frau meines Vetters ist nett und wacht über die Kinder, wenn sie nachmittags schlafen. Sie weiß, was wir vorhaben, wenn wir dem Noor entlang zum militärischen Übungsgelände auf die Spitze gehen. Das letzte Stück wandern wir nackt, damit fremde Männer mit den Augen Anna ficken können. Es macht uns geil, mein Schwanz und Annas Fotze schwellen an, wir vögeln am Strand, beobachtet man uns? Eines Tages werde ich hier im Strandhafer, zu Ehren meiner Mutter, Anna schwängern, Mutti wird sich freuen. Mit Anna lebe ich das Leben, von dem sie geträumt hat. Die Sonne und der Wind streicheln unsere Körper, die sich im Takt bewegen, mein Samen fließt in Anna hinein. Lachend laufen wir zur See, tauchen in die kühle, frische Ostsee, ein Mann steht am Strand.

Drei Wochen stand die Zeit still, wir fahren jetzt zurück in die Gegenwart. Auf dem Großen Belt bei der Insel Sprogø erzähle ich Anna die grausame Geschichte von den Sprogømädchen, die man dort wegen ihrer Geilheit einsperrte.

»Mich wird man auch versuchen einzusperren. Die Gesellschaft hat für Frauen wie mich ihre Methoden«, sagt sie.

Die Fähre legt in Halskov an, wir sind wieder im Lande der Gegenwart. Kinder wieder an Bord, Schwarze drückt sich auf den Boden des Wagens. In der Toftholm Allee angekommen, trage ich die schlafenden Kinder ins Haus, falle beinahe über die Katze und packe den Wagen aus. Anna steht schon in der Küche und kocht, die Kinder werden bald hungrig aufwachen. Ein Glück, dass wir in Hadersleben eingekauft haben.

Die letzten Tage in der Toftholm Allee. Ein junges Paar verhandelt mit dem Immobilienmakler, geht alles gut, bekommen wir einen angemessenen Preis. Wir parken vor der Marmorkirche ein, im Hintergrund die Amalienborg und der Hafen. Die wenigen Schritte zu Terkels Kontor sind schnell gemacht. Die dunkle Treppe hoch, die Türen und Täfelungen aus Mahonie, die Tür fällt schwer hinter uns ins Schloss. Wir sitzen vor dem riesigen Schreibtisch mit den Teetassen und der glühenden Zigarre.

»Ich rate euch, zu unterschreiben. Birgits und deine Zahlung sind verloren, aber ihr habt keinen weiteren Verlust, und ihr habt ja bereits etwas anderes gekauft, ihr könnt nicht ewig warten.«

Ich unterschreibe, das Kapitel Toftholm Allee ist vorbei, das Kapitel Anna und Andreas ganz alleine auf Bregnegårdsvej dreizehn, 2920 Charlottenlund beginnt.

»Herzlichen Glückwunsch, für euch fängt ein neues Leben im eigenen Rahmen an.« Wir drücken ihm die Hand, er hat uns sicher ans Ziel geführt, er ist selbst geschieden und kennt sich aus. Hand in Hand gehen wir durch die schweren Türen und die dunkle Treppe hinunter, die Sonne scheint, die Kuppel der Marmorkirche strebt zum Himmel. Wir streben durch die Frederiksgade zum Schlossplatz von Amalienborg, der voller Touristen ist, winken der Königin hinter den Gardinen zu, sie sollte uns ein Glas Champagner anbieten. Stattdessen gehen wir durch die Amaliegade, über den Sankt Annæ Platz und dann über die Lille Strandstræde zum Nyhavn, wo wir uns jeder ein Glas Champagner bestellen. »Prost«, wir küssen einander, ein ganzes Leben lang nur wir beide?

Der Möbelspediteur Adam liefert uns Umzugskartons. Birgit bekommt alles, was an sie erinnert, den Rest packen wir in die Kisten, es ist schnell überstanden. Die Möbel für unser neues Leben werden demnächst im Bregnegårdsvej dreizehn geliefert. Der Maler ist fertig und der Lack auf den Fußböden trocken, es fehlt nur das Dach mit dem Schornstein und den Dachrinnen. Thorsten und Lise haben uns zum Essen eingeladen. Lasse langweilt sich und besucht seinen Freund Sebastian.

»Anna und Andreas, wie kommt ihr am Samstag zum Schloss Dragsholm? Habt ihr schon bezahlt?«

»Natürlich haben wir schon bezahlt, nicht wahr, Andreas?«

»Ja, für die Party und ein Doppelzimmer. Wir fahren in unserem Wagen. Es ist ja nicht sicher, dass wir gleichzeitig nach Hause wollen.«

»Joggen wir weiterhin sonntags, Andreas?«

»Klar, wir werden uns abwechselnd gegenseitig abholen, wir wohnen ja kaum einen Kilometer von euch entfernt. Wer kommt denn alles zur Fete?«

»Genau wissen wir es nicht, aber Lotte und Carsten fliegen

wegen der Party extra von Brüssel nach Kopenhagen. Wahrscheinlich kommt der Herr, die Krankenschwester, die Pakistanerin und noch andere, die ihr bereits kennt.«

»Kommt der ausländische plastische Chirurg auch?«

»Ich glaube schon«, sagt Lise. »Es ist halt die Party des Jahres.«

Das kann aufregend werden. Werde ich den Abend mit Anna verbringen? Hoffentlich gibt es da jemanden, der sich um mich kümmert.

Abends treffen wir den Grafen auf seinem Spaziergang mit seinem Hund Björn.

»Sie verlassen mich, junge Frau.«

»Wir haben nicht weit von hier im Bregnegårdsvej ein Haus gekauft.«

»Sie werden mir fehlen.«

»Sie mir auch, Herr Graf, vom ersten Tag an haben Sie mich aufgenommen.«

»Durch Sie, junge Frau, wurde die Welt schöner, ich wünsche Ihnen viel Glück in Ihrem neuen Heim.« Ein Kapitel ist abgeschlossen.

Schloss Dragsholm wurde im dreizehnten Jahrhundert erbaut und liegt in Westseeland an der Nekselø Bucht, etwa hundert Kilometer von unserem Wohnsitz entfernt.

»Anna, wollen wir rechtzeitig da sein, müssen wir bald los.«

Unsere Sachen befinden sich in den Umzugskartons, aber Annas durchsichtiges Kleid aus hauchdünner Wolle und meinen schwarzen Anzug haben wir vorausschauend in einen Koffer gepackt. Wir steigen in Jeans und Sneakers in den Wagen, den kleinen Koffer schmeißen wir auf die Rückbank. Etwa eine Stunde später fahren wir vom Kalundborgvej aus über die Dragsholm Allee zum Schloss mit seinen weiß gekalkten, mittelalterlichen Gemäuern. Das Parkgelände befindet sich außerhalb des Wassergrabens. Wir gehen über die Brücke zur Rezeption im Burghof. Uns wird ein schönes Zimmer im Westflügel mit Aussicht über den Wassergraben angewiesen. Wir liegen fünf Minuten auf unserem riesigen Doppelbett mit Baldachin, schauen uns die alten Gemälde und die schweren Gardinen an. Was werden die Diener, die Kellnerinnen und die Leute in der Rezeption sagen, wenn Anna in ihrem Kleid aufkreuzt? Hoffentlich wird es keinen Skandal verursachen. Es ist eher ungewöhnlich, eine junge, fast nackte Frau bei einem Festbankett in einem bekannten Schlosshotel zu sehen.

Anna rasiert ihre Muschi glatt wie Seide. Man kann ja nie wissen, wer die später lecken wird. Ich rasiere mich auch, vielleicht ist die schöne Krankenschwester da oder es wird Anna sein. Annas Fotze ist angeschwollen, mein Schwanz winkt ihr zu. Stay-ups, hohe Absätze, tiefroter Lippenstift und Nagellack, in den Ohrläppchen und um den Hals schwarze Perlen und strahlende Edelsteine – Anna ist zum Fürchten schön. Sie hat das transparente Kleid angezogen, ich meinen Anzug und ein schwarzes Hemd, das fast bis zum Nabel offen steht. Arm in Arm betreten wir den Rittersaal. Die Diener und Kellnerinnen begrüßen uns mit anerkennenden Blicken, im Saal Männer in Leder, Lack und schwarzen Anzügen. Die Frauen in Korsetts, Kleider, Lack und Leder, überall entblößte Brüste und Fotzen, die Masochistenmänner sind unten ohne. Kein Skandal, Gott sei Dank, wir gehören dazu. Ich sehe bekannte Gesichter, die Krankenschwester sitzt im Korsett da, die Pakistanerin hat nur Strumpfhalter und Strümpfe an. Wie schön ihre braune Muschi ist. Anna löst sich von mir und geht zu einem dunklen Mann, küsst ihn innig, seine Hand ist bereits tief in ihrer Vagina. Ich hole sie mir zurück, setze sie neben mich, etwas will ich auch von ihr haben.

Der erste Gang, einer Sklavin werden die Brüste gepeitscht, die Stimmung ist angeregt, Brustwarzen werden mit Klammern versorgt, ich küsse Anna. Beim Hauptgericht sitzen noch alle an den Tischen, ein schöner Rotwein, Anna ist bezaubernd.

»Gib mir bitte den Schlüssel für unser Zimmer, Andreas.«

Anna küsst mich, nimmt den Schlüssel und setzt sich auf den frei gewordenen Platz neben den dunklen Mann. Ich sitze alleine, weiß nicht, wohin mit mir. Die Nachspeise, die Frau auf meiner linken Seite erklärt mir die Vorteile der verschiedenen Brustklammern. Am besten sind die Klammern, die man festschrauben kann. So hält man den Schmerz am längsten aus und man kann schrittweise die Wirkung erhöhen, indem man sie anzieht. Den stärksten Effekt haben die Klammern, wenn man Gewichte an sie hängt.

Anna ist mit dem dunklen Mann verschwunden, ihr Dessert steht unberührt da. Der Kaffee wird serviert, ich setze mich zur Krankenschwester, küsse ihren Nacken, fasse ihre Brüste, was macht Anna?

»Ich muss mal, bin gleich wieder da«, sage ich und schleiche zu unserem Zimmer. Hinter der Tür höre ich erst gar nichts, aber dann ein Stöhnen und Heulen. Die verdammte kleine Hure. Es muss der Araber sein, mit dem sie fickt. Soll ich anklopfen und sie ausschimpfen, ihr eine Szene machen? Nein, ich wollte es ja selbst, habe halt nicht alle Tassen im Schrank.

Die Krankenschwester sitzt nicht mehr am Tisch, sie hatte das Warten satt. Auf der Treppe steht eine nackte, gefesselte Sklavin, die man benutzen darf, ich gehe an ihr vorbei. In der Schlosskirche liegt ein Paar und vögelt vor dem Altar, um es herum schwarze Gestalten, eine schwarze Messe. Ein dunkler, getäfelter Raum, überall Schatten, die miteinander Unzucht treiben. Ich irre durch dunkle, mit Kerzen beleuchtete Räume.

Auf den Treppen stehen nackte Weiber, die darauf warten, gefickt zu werden. Die Gänge sind mit Fackeln beleuchtet, eine Frau, nur mit einer Maske bekleidet, starrt mich an. Da stehen Carsten und Lotte, ich geselle mich zu ihnen.

»Wie geht es euch in Brüssel?«, frage ich, obwohl es ist mir eigentlich egal ist, ich denke nur an Anna.

»Der Wechsel war schwierig, aber es ist uns gelungen, mit der Szene Kontakt aufzunehmen. Neue Freunde, Moda Moda, Gallerie d'Enfer, ein Klub in Boom in Flandern und private Feten, kommt ihr uns im Oktober besuchen?«

»Ich werde Anna fragen, wann es mit ihrem Studium passt.«

Im nächsten Raum leckt die Krankenschwester die Pakistanerinnenfotze, ein Mann mit einem Ständer wartet darauf, dass sie fertig wird, damit er in die Pakistanerin eindringen kann. Ich knie neben ihnen nieder, küsse den wundervollen Arsch der Krankenschwester. Nichts rührt sich zwischen meinen Beinen, ich kann nur an Anna denken. Eine kleine, weiche Hand greift mich von hinten.

»Hund, ich bin müde, kommst du mit?«

Ich komme mit, unser Bett ist durchwühlt, das Laken fleckig. Die kleine Hure küsst mich.

»Ficke mich, ich habe mich darauf gefreut, dass du es bist.«

Ihre Fotze ist glatt wie Seide, ihre Oberschenkel sind feucht vom fremden Sperma. Ich ficke sie, einer Königin der Nacht kann ich nicht böse sein, mein Sperma mischt sich mit dem der anderen, warum benutzt sie kein Kondom? Sie drückt sich an mich, schläft schon. Ich hypnotisiere mich selbst, wie Thorsten es mich gelehrt hat: Der Körper wird schwer, die Augenlider werden schwer, ich zähle langsam von zehn bis eins, sinke in einen unruhigen Schlaf.

»Anna, du hast mir gestern gefehlt. Wo warst du den ganzen Abend?«, frage ich, mir schmerzt der Magen, es sticht im Herz.

»Hier im Bett. Erst mit dem Araber und dann habe ich dich gesucht. Aber ich traf einen netten Unbekannten, der sehr charmant war, und danach den Herrn mit seinem Freund. Ich war in einer anderen Welt. Zeit und Ort bedeuteten nichts. Ich bin erst aufgewacht, als ich müde war.«

»Hast du Kondome benutzt?«

»Nur mit dem Unbekannten, ich liebe den Samen der Männer, der in mir hineinfließt.«

Er steht wieder, ich ficke sie, bis sie schreit, sie hat blaue Flecke auf der einen Brust. Anna steht aus dem Bett auf, stöhnt: »Meine Beine, Po und Rücken tun mir weh. Sie haben mich in etlichen Positionen ununterbrochen gefickt, haben mich geleckt und waren mit ihren Händen in mir. Alles tut mir weh, es war fantastisch, ich möchte sofort weitermachen, das kann ich aber nicht.«

Ich küsse die kleine Schlampe.

»Pass auf, meine Lippen und meine Brüste tun auch weh.«

Ich zwinge sie in den Vierfüßlerstand, halte sie fest und ficke voller Wut die stöhnende Hure.

»Geil, kannst du noch einmal, Andreas?«

Überall stehen Kartons mit unseren Sachen. Sonntagnachmittag und -abend packen wir wie besessen aus, Lasse kommt Montagmorgen von seiner Mutter zurück. Anna soll von Montag bis Freitag mit den neuen rechtswissenschaftlichen Studenten in eine Ferienkolonie, damit sie sich gegenseitig kennenlernen. Der Unsinn wurde in den Siebzigerjahren an allen Universitäten Dänemarks eingeführt. Das Studium sollte eine Art Kollektiv sein.

Montagmorgen fährt sie mit ihrem Fahrrad zur Charlottenlund-Station, vom Frue Platz geht es weiter im Auto nach Lolland. Sie hat es eilig und ist aufgeregt, kein Kuss.

»Bis Freitag«, ruft sie mir zu und weg ist sie, im Laufe der Woche ruft sie einmal an.

»Wie geht es euch?«, fragt sie.

»Wir schaffen es. Lasse ist schwierig, wenn er Hausaufgaben machen soll, Schwarze war fast zwei Tage verschwunden, aber es geht. Und du, Anna, ist es dir langweilig?«

»Nein, überhaupt nicht, es ist sehr nützlich, dass ich die anderen kennenlerne. Wir sind vier, die zusammen studieren wollen. Der eine heißt Johann und kommt von einer bekannten Kopenhagener Familie, die seit Generationen Rechtsanwälte sind. Sie sind sehr wohlhabend und mit dem Königshaus befreundet, aber Johann ist trotzdem ganz normal. Er ist mir sehr sympathisch. Ich fahre Freitag in seinem Auto mit zurück. Bis Freitagabend.«

»Ich liebe dich, Anna«, sie hat schon aufgelegt.

So war sie noch nie am Telefon. Ich sitze im neuen, roten Ledersessel und starre aus dem Fenster. »Vati, Vati, ich bin müde.« Mein Sohn Lasse ist da, ich muss mich zusammenreißen. Was auch immer passiert, Kopf hoch und weitermachen. Ich stecke ihn in die Badewanne, Zähneputzen und schließlich *Die Mumins* vorlesen. Er müsste eigentlich selber lesen, aber es ist so gemütlich mit dem Vati. Weil keine Anna da ist, die mich aufweckt und für mich eine Tasse Tee kocht, schlafe ich heute sicherheitshalber nicht mit Lasse ein. Schwarze wird gefüttert und verschwindet raus in die Nacht. Ich versuche als Schlafmittel das langweiligste Ärzteblatt der Welt, aber es hat keinen Effekt, die nackten Wände in unserem neuen Schlafzimmer glotzen mich an. Dann versuche ich es mit Hypnose: schwere Arme, schwere Beine, schwere Augenlider, langsam die zehn

Schritte die Treppe hinunter in den Schlaf. Der Schlaf will nicht kommen, stattdessen kommt eine Unruhe in der Brust und ein Stechen im Herzen.

Freitag wird Marie bei mir abgeliefert.

»Siehst du aber müde und abgerackert aus«, sagt Birgit und schaut mich neugierig an. »Du hast doch diese Woche nicht Schicht gehabt. Ist Anna dir durchgebrannt?«

»Nein, Birgit, sie ist auf der Einführungswoche mit den anderen Studenten. Sie kommt heute Abend zurück.«

»Ja, das freie Studentenleben mit den schönen, jungen Männern. Verständlich, dass du dir Sorgen machst, Andreas. Habe ich dir ja gesagt.« Endlich fährt sie ab.

Ein VW Golf hält vor dem Haus, ein junger Mann nimmt Annas Fahrrad und Tasche aus dem Auto, küsst ihr die Hand und fährt sofort wieder weg. Ich öffne die Haustür, bekomme einen heißen Kuss, nehme ihr die Tasche ab.

»Andreas, ich liebe dich.«

Die Kinder haben schon gegessen und schlafen. Anna hat keinen Hunger, packt ihre Sachen und sich selbst aus, steht nackt da, ich küsse ihre rosa Brustwarzen. Wir tauchen in unsere neue Badewanne, seifen uns gegenseitig ein, ihre Fotze ist mit Stoppeln behaart, da war kein Mann. Sie rasiert sich.

»Merk mal, wie glatt und geil ich bin.«

Wir haben es mit dem Abtrocknen und Zähneputzen eilig, sind schnell im Bett. Sie legt sich in den Vierfüßlerstand, sagt: »Andreas, halte mich fest und ficke mich, du darfst mich nie wieder loslassen.«

Ihr weißer runder Arsch, die Fotze dunkelrosa zwischen den weißen Schenkeln, die Wespentaille, die Brüste mit den rosa Warzen, ihre schmalen Schultern, ihr gebeugter schlanker Nacken und das rote Haar, sie ist das schönste Kunstwerk der Welt.

»Worauf wartest du, Andreas, ficke mich.«

Ich ficke sie, dringe in ihre feuchte Höhle ein, langsam, vorsichtig, tief und zögerlich, wie es sie verrückt macht. Sie fängt an zu heulen, erst der Ring und dann weitet sie sich tief drinnen aus.

»Härter, Andreas, härter.«

Ich treibe meinen Schwanz erbarmungslos in sie hinein, sie schreit im Orgasmus: »Ich bin eine Hure.«

Der September ist dieses Jahr warm und sonnig, man merkt es ihm kaum an, dass er der erste Herbstmonat ist. Die Zeitungen schreiben von einem Wärmerekord, dass die Welt bald in einer Klimakatastrophe untergehen werde. Der sozialdemokratische Staatsminister Anker Jørgensen ist am dritten September zurückgetreten. Ich habe es kaum bemerkt, dachte nur an Anna. Der neue konservative Staatsminister, der Rechtsanwalt Poul Schlüter hat, wie ich, sein Abitur auf der Haderslebener Kathedralen-Schule gemacht. In der Sowjetunion liegt Leonid Bresjnev im Sterben, die Alte Welt nach dem großen Krieg ist dabei unterzugehen, aber die Presse weiß es noch nicht. Wir organisieren uns, das Haus im Bregnegårdsvej dreizehn verwandelt sich zur Annaburg. Ich könnte es mit zwei Koffern verlassen und man würde, wie nach einer Scheidung in einem Hollywoodfilm, keine Spur von mir darin finden. Lasses Zimmer ist eine Festung der Männlichkeit, ich habe eine Ecke im Keller, wo meine Angeln, meine Tauchermaske und meine Schwimmfüße liegen. Ach ja, das hätte ich fast vergessen, auch meine Bohrmaschine und sonstiges Werkzeug, eine Heckenschere und ein Rasenmäher – ein Mann und sein Keller.

»Der Johann verehrt mich. Ich habe es nicht bemerkt, aber eine Studentin hat mich darauf angesprochen. Sie meint, ich habe den Fang des Jahres gemacht: schwarze Locken, braune Augen, ein durchtrainierter Körper, großes Vermögen, der Erbe einer reichen und angesehenen Dynastie von Rechtsanwälten. Bei der Einführungswoche hat er fast nur mit mir geredet. Er hat meine Tasche getragen, hat mir die Türen geöffnet und mir das Essen geholt.«

»Du hast mit ihm in der Einführungswoche gefickt?«

»Nein, nur ein flüchtiger Kuss. Ich dachte, er wäre ein höflicher Freund. Wir sind vier in unserer Lesegruppe, die immer zusammen sind. Drei Männer und ich. Wir gehen gemeinsam zu den Vorlesungen, trinken bei Kurt billigen Kaffee, reden und diskutieren. Die anderen beiden sind nur Freunde, aber mit Johann ist es anders. Er schwärmt von mir, schaut mich dauernd an, tut mir jeden Gefallen. Für ihn bin ich die unschuldige, junge Prinzessin. Ich habe ihn heute in seiner Wohnung besucht. Wir haben gefickt, ich glaube, ich liebe ihn.«

Anna weint, große Tränen laufen ihr über die Wangen. In meiner Brust wird es eiskalt, ich sage nichts, die Tränen stehen in meinen Augen, nur nicht wieder weinen.

»Ich verlasse dich, Andreas, heute Abend noch.«

Ich laufe ihr nach wie ein Hund, folge ihr ins Schlafzimmer, wo sie ihren Koffer packt.

»Ich nehme nur die Sachen mit, die ich damals bei mir hatte. Den Schreibtisch kannst du mir zuschicken. Ich schicke dir später meine neue Adresse. Warum sagst du nichts?«

Ich schüttele meinen Kopf, mir bleiben die Worte im Halse stecken. Anna streichelt Schwarze, geht in Lasses Zimmer und drückt einen Kuss auf die Stirn des schlafenden Jungen. Ich stehe hinter der Gardine und folge mit den Blicken der kleinen, schlanken Gestalt, die mit ihrem Koffer und zwei schweren

Taschen voller Bücher zum wartenden Golf geht. Die ganze Nacht wandere ich durch Annas Haus, die Tränen laufen mir über die Wangen.

»Dein Frühstück, Lasse, und dein Brotkasten für die Schule.«

»Wo ist Anna?«

»Sie ist ausgezogen, sie hat einen anderen gefunden, den sie schöner findet.«

Lasse sagt nichts, isst sein Frühstück, nimmt sein Fahrrad und weg ist er.

»Doktor Fuglsang, was kann ich für dich tun?«

Anschließend geht es in die Klinik, mein Leid mit Anna ist den Patienten egal, die wollen einen Arzt, der für sie da ist. Nachmittags spreche ich in der Schule eine Mutter an, ob sie mir in der nächsten Woche mit Lasses Geburtstag helfen könnte.

»Die ganze Klasse kommt und ich bin wieder allein.«

Die Zahnärztin schaut mich besorgt an, sagt: »Na klar helfe ich dir. Ich weiß ja, wie das ist. Ich bin schon seit drei Jahren mit zwei Kindern allein. Mein Ex rührt keinen Finger.«

Lasses Geburtstag naht. Ich schreibe eine lange Einkaufsliste: Servietten, Pappteller, Plastikbesteck, Plastikbecher und Gläser, Abfallsäcke, Ballons, kleine Dannebrogfahnen aus Papier für die Torten und das Eis. Nein, kein Eis, ich kaufe nur italienischen Milcheis oder Sorbet-Eis, beides ist viel fettärmer als Torte. Brötchen, ungesundes Nutella und ungesunde Butter gehören leider dazu. Gesund zu essen kann ich unmöglich dreiundzwanzig Kindern an einem Nachmittag beibringen. Kakao kann man glücklicherweise fertig in Kartons kaufen. Süßigkeiten in großen Mengen gehören ebenfalls dazu. Kein Wunder, dass einige der Kinder längst dick sind. Drei Stunden sind eine lange Zeit, wenn man sie mit so vielen Kindern verbringen muss. Wie überlebe ich das? Am folgenden Tag kommt die Putzfrau, aber wer sorgt für die Unterhaltung? Wäre Anna da, würde ich mit Papierkitteln, Masken, Handschuhen, Spritzen ohne Kanülen, Verbandstoff und was sonst dazugehört ein Krankenhaus einrichten. Die Jungs könnten mit Krankentragen herumlaufen und auf einen Tisch mit Plastikmessern operieren. Aber es ist keine Anna da, die sich gut mit den Kindern versteht, vor allem mit den Mädchen. Hat man die Mädchen in der Hand, sind die Jungs schnell gezähmt. Die Mutter von der Klasse, die mir helfen wird, rät mir, einen Clown zu mieten. Ich mag Clowns nicht. Das ist ihre Performance-Angst, die deine Magenschmerzen verursachen, hat mir Thorsten erklärt. Sie haben vor dem Versagen Angst und suchen darum in der Rolle des Clowns Zuflucht. »Macht etwas, dass das Leben für alle besser wird, statt zu albern«, möchte ich ihnen zurufen. Ich bestelle zur Erleichterung der Putzfrau einen Clown, es wird schon nicht so viel Kakao an den Wänden kleben.

Der Geburtstag verlief ohne Zwischenfälle. Keiner hat lange geweint, keiner wollte vorzeitig nach Hause, keiner musste ins Krankenhaus. Als die Eltern kamen, um ihre Kinder abzuholen, habe ich ihnen ein Glas kühlen Rosé oder ein Bier eingeschenkt, ich wurde sie kaum wieder los. Die nette Zahnärztin war die perfekte Wirtin, man hätte glauben können, sie wäre meine Frau. Anschließend hat sie mit beim Aufräumen geholfen. Ich habe uns eine Kleinigkeit gekocht, sie hat zwei nette Töchter.

»Das Haus ist aber schön, man kann sich nicht vorstellen, dass hier ein Mann ohne Frau lebt.« Annas Haus gefällt ihr, Anna würde ihr nicht gefallen. Sie verabschiedet sich, gibt mir einen Kuss auf die Wange. Sie hat es gut gemacht. Mit einer solchen Frau wäre das Leben einfacher und ich hätte ein vernünftiges

Geschlechtsleben – einmal jeden siebten Tag Verkehr. Keine schlaflosen Nächte, Orgien, Eifersucht, wunde Fotzen voller Sperma, blaue Titten und Schwänze, die am Explodieren sind. Ein gutbürgerliches Leben, so wie Anna es jetzt hat. Das Eis in meiner Brust will nicht schmelzen.

Lasse, Schwarze und ich liegen in Lasses Bett. Er ist mit seinem Lego zufrieden, aber das Beste für ihn ist das neue Sportfahrrad mit zwei Taschen, damit er leichter seine Sachen hin und her transportieren kann. Es ist nicht einfach, in zwei Häusern zu Hause zu sein.

»Lasse, bist du mit dem Tag zufrieden?« Er nickt, bastelt mit seinem Lego.

»Gefällt dir die Zahnärztin?«

»Klar, aber sie ist nichts für dich. Du musst auf Anna warten.«

»Anna kommt nicht wieder, die hat ihren Prinzen gefunden.«

»Vati, du bist wie ein Felsen, bist immer da. Auf dich kann man sich verlassen. Anna braucht dich.«

»Lasse, du bist elf Jahre alt. Auf so was verstehst du dich noch nicht.«

»Du hast mir gesagt, dass ich hochbegabt bin.«

»Es ist Zeit zum Schlafen«, sagt der Vater, der keinen Ausweg findet. Zwei Stunden später wache ich in Lasses Bett mit schmerzenden Halsmuskeln auf, es ist zu eng für drei. Schwarze und ich gehen in Annas Schlafzimmer und legen uns ins große Bett. Ich lege meinen Kopf auf Annas Bettdecke, die immer noch nach ihr riecht. Ich habe ihren Bezug nicht gewechselt.

Von Anna kein Wort. Ihren Schmuck habe ich in einem Pappkasten im Schrank hinter den Schuhen versteckt. Abends sitze ich an Annas Schreibtisch, sie hat mir keine Adresse zugeschickt, ich muss abwarten. Draußen ist es Herbst, ein Wind aus Südwest entlaubt die Bäume, es wird früh dunkel, Zweige klopfen gegen die Balkontür, als wäre da jemand. Schwarze will schnell wieder rein ins Haus, beobachtet mich mit ihren gelben Augen vom Bett aus. Neuerdings schläft sie auf Annas Kopfkissen. Am Wochenende kommt Marie, sie wird in dem Zimmer schlafen, das sie mit Anna für sich eingerichtet hat. Das Zimmer könnte kaum weiblicher sein. Am nächsten kinderfreien Wochenende werde ich mit der Zahnärztin ins Theater gehen. Von meinen Grundsätzen her würde ich mich noch nicht mit anderen Frauen verabreden, aber irgendetwas muss passieren. Um eins Uhr früh, beginnt meine Nachtschicht, Lasse wird allein im Haus schlafen. Ich bereite das Frühstück vor, lege für Lasse auf dem Sofa in der Halle saubere Unterwäsche, Strümpfe, Hose, Pulli und ein Hemd bereit und versuche anschließend zu schlafen.

Anna küsst mich, der Alarm reist mich aus dem Schlaf, doch hier ist keine Anna. Treppen rauf und runter. »Doktor Fuglsang, was kann ich für dich tun?« Morgens übergebe ich die letzten Hausbesuche an den nächsten Arzt, der die Tagesschicht hat. Um sieben Uhr zwanzig bin ich zu Hause. Lasse schläft noch. Nachdem wir gefrühstückt haben, fahre ich ihn und sein Fahrrad in die Schule, die Patienten müssen warten.

Sonntag hole ich Thorsten zum Joggen ab, Marie und Lasse werden etwa zwei Stunden alleine zu Hause sein, sie werden es irgendwie schaffen. Als Lise das erfährt, macht sie sich Sorgen und verlangt den Schlüssel von mir. Die Kinder werden nicht alleine sein. Es ist ein typischer Herbsttag, sonnig, mit einzelnen Schauern, der Westwind jagt schwarze Wolken über den blauen Himmel. Wir laufen vom Fortunen aus bergab, es riecht nach Pilzen und Verwesung. Die Läufer vom Verein gegen Herzkrankheiten sind auch da, sie sind so angemessen und selig.

»Thorsten, fürchte diejenigen, die nur ‚das Gute‘ wollen, denn sie wissen, was das ist.« Thorsten lacht, wir laufen los.

»Da gibt es nichts zu lachen, Thorsten, solche Leute sind gefährlich.«

»Ich weiß, Andreas, so war es mit den Kommunisten. Wer mit ihnen nicht einer Meinung war, repräsentierte das Böse und durfte unterdrückt, gefoltert und ausgerottet werden. Wie geht es mit deiner Anna? Sie wurde ja auch vom Guten eingefangen.«

»Ich habe nichts von ihr gehört. Ich weiß nicht, wo sie lebt.«

Wir laufen an Backen vorbei, die Schießbuden, Karussells und Bierstuben sind im Winter geschlossen. Im Restaurant, der Kirsten Piils Quelle, ist viel los, eine angeheiterte Gesellschaft sitzt in zwei Kutschen, winkt mit den Champagnerflaschen und ruft uns etwas zu. Ein Weib entblößt ihre Brüste. »Schöne Männer, kommt zu Mutti«, die Sünde hat keine Grenzen. Wir laufen bei der roten Pforte in Klampenborg links ab, die ersten röhrenden Hirsche stehen am Waldrand. Zwei Hirsche, beide mit einem riesigen Geweih, stoßen zusammen, ein Rudel von Hirschkühen sieht ihnen zu, wer wird der Vater ihrer Kälber?

»Wie konnte das nur passieren, ihr habt euch doch geliebt und ihr habt denselben Trieb?«

»Kann ich nicht genau sagen, Thorsten.«

Wir stöhnen bergauf zum königlichen Jagdschloss. Es riecht nach Brunst, die Hirschkuhrudel sind unruhig, die Hirsche wollen sie in persönliche Harems aufteilen, es wird gelaufen und gekämpft.

»Wie im Märchen hat der Typ sie bewundert und sie schwärmerisch verehrt.«

Wir laufen bergab nach Raadvad mit dem dunklen Mühlendamm, wo die Nixe mich erwartet, die mich für immer mit ihren langen roten Haaren verzaubert.

»Regression, Andreas, das ist Regression.«

Der dunkle Damm, wir laufen über die Brücke, ich möchte mich in den Damm stürzen.

»Thorsten, Regression, wie soll ich das verstehen?«

»Zurück zum unschuldigen jungen Mädchen, der romantische Traum von der Prinzessin, die ihren Prinzen trifft und den Rest ihres Lebens im goldenen Käfig auf dem Schloss verbringt.«

»Aber das geht ja nicht, Thorsten. Es gibt kein Zurück, der Determinismus ist tot, die Welt ist ungewiss, es gibt keine Symmetrie zwischen der Vergangenheit und der Zukunft.«

»Ich weiß, Andreas, p mal q ist eine Konstante, die *Heisenberg'sche Unschärferelation* bedeutete den Tod des Positivismus und des Determinismus. Die Welt wurde ungewiss, die Zukunft unbestimmt, nicht erfreulich für die Kommunisten und die drei Söhne Abrahams, das Judentum, der Islam und das Christentum, da alle vier ein determiniertes, im Voraus festgelegtes Ende der Geschichte enthalten.«

Wir joggen durch den Wald zu der roten Pforte bei Hjortekær, dann etwa zwei Kilometer leicht bergauf bis zum Schloss, die Ebene stinkt nach Brunst. Wir haben den Wind im Rücken, schweigen, die Aussicht vom Schloss auf die vielen Tiere auf der Ebene ist aufregend, in der Ferne der blaue Öresund.

»Du wirst sie wiedersehen, Andreas. Anna hält es im goldenen Käfig der Sitte, bewacht von ihrem Mann, ihrer Schwiegermutter und den Frauen der guten Gesellschaft, nicht aus.«

»Aber Thorsten, du sagtest gerade, dass die Welt ungewiss ist, niemand kann sich sicher sein. Meine Mutter sagte immer, erstens kommt es anders und zweitens, als man denkt. Und doch wusste sie nichts von der Quantenmechanik.«

Wir drehen nach links ab, erst gehts kurzweilig bergauf und dann runter durchs Wolfstal zum Todesspurt. Ich gebe mir Mühe, überlebe trotzdem.

Lise hat den Tisch gedeckt, die Kinder essen, Marie und Kirsten sitzen nebeneinander, sind glücklich. Wir hätten in der Toftholm Allee bleiben sollen, es war zu viel Neues auf einmal, so wäre das mit Johann nicht passiert. Aber man kann nicht zurück, es geht nur in Richtung Ungewissheit.

»Wie geht es euch in dem neuen Haus, Andreas?«

»Einsam, aber ich und die Kinder, und natürlich Schwarze, werden es schaffen.«

»Vati ist nicht so gut zum Haare kämmen und von Haarklammern hat er keine Ahnung«, sagt Marie, die Mädchen kichern, ich bin halt nur ein Mann.

»Es ist merkwürdig, in Annas Haus zu wohnen, in dem sie alles eingerichtet hat.«

»Andreas, das macht es mit einer neuen Frau schwierig, sie wird alles verändern, damit es ihr Haus wird.«

»Das werde ich nie zulassen, Lise.«

»Andreas, du kannst nicht den Rest deines Lebens in einem Museum leben.«

»Anna wird schon wieder auftauchen«, meint Thorsten.

»Vielleicht, Thorsten, aber ich würde mich nicht darauf verlassen«, sagt Lise, sie versteht mehr von Frauen als wir Männer.

»Was ist mit dem Flug nach Brüssel, hast du abgesagt?«

»Ja, Lise, ich habe abgesagt, ich verkrafte es nicht.«

»Du hättest die Abwechslung nötig.«

»Ich gehe nächsten Samstag mit der Mutter einer Klassenkameradin von Lasse in das Königliche Theater, ein Ballett von John Neumeier, *Ein Sommernachtstraum* nach der Komödie von Shakespeare.«

»Andreas, das ist keine gute Wahl, es wird dich zu sehr an Anna erinnern«, sorgt Lise sich. »Sie ist wie der Traum.«

»Du hast recht, Lise, sie ist wie der Traum, aber den kann sie nur mit Andreas zusammen träumen«, sagt Thorsten, vielleicht hat er recht, er ist schließlich Psychiater.

»Du kannst bei uns den Heiligabend verbringen«, sagt Birgit am Telefon.

»Birgit, dieses Jahr feiern die Kinder bei mir.«

»Sei vernünftig, Andreas, du bist allein. Es ist gemütlicher bei mir und die Kinder von Lars kommen auch. Seine Exfrau fliegt über die Feiertage nach Island und seine Kinder wollen nicht mit. Sie können kein Isländisch.«

»Abgemacht, ich bringe Wein und Champagner mit. Das schafft man gerade noch als Junggeselle. Aber es sind noch fast zwei Monate bis Weihnachten. Da kann sich vieles ändern.«

»Anna kommt nicht wieder, Andreas. Für die warst du ein spannendes Abenteuer. Aber der Johann, das ist etwas ganz anderes. Solide, bekannte Familie, Reichtum, die richtigen Verbindungen, Jagdgesellschaften mit dem Königshaus, genau der Traum einer jungen Frau. Sie ist bereits zwanzig Jahre alt, kein unvernünftiger Teenager mehr, der das Abenteuer sucht. Werde du doch auch endlich erwachsen, Andreas.«

»Woher weißt du das alles?«

»Von Peder F. und seiner Frau, die in denselben Kreisen verkehren.«

Die ganze Stadt scheint Bescheid zu wissen, wie es mir ergangen ist, zumindest der Teil von Kopenhagen, der zählt. Bald wird es in den Zeitungen stehen. Merkwürdig, dass die Klatschblätter noch nicht bei mir angerufen haben. Aber das kommt sicher noch.

Lasse ist neuerdings viel zu Hause, er sorgt sich um seinen Vater. An sonnigen Tagen radeln wir zur Ampel und dann links über den Maglemosevej zum Strandweg. Auf dem Strandweg in Richtung Süden an den Modegeschäften vorbei. An der Weinhandlung dann links und wir sind im Hafen von Hellerup. Lasse steht nicht auf Segeln, aber wir schauen uns trotzdem die Boote im Jachthafen an. Vielleicht will er im Frühling Mitglied im Helleruper Kajak-Klub werden, aber nur, wenn sein Freund Sebastian auch dabei ist. Jedes Mal gehen wir bis zum Ende des Piers, setzen uns am kleinen Leuchtturm hin und beobachten das Meer. Selbst im kalten November segeln ein paar Mutige aus dem Hafen, hängen über der Reling, während ihre Boote über die raue See rasen.

»Sie kommt wieder, Vati.« Er hält meine Hand.

Möwen segeln im Wind, stürzen sich in die See, kämpfen mit den anderen um ihre Beute. Sie schreien wie verlorene Seelen, ringen wie ich um ihr Leben. Auf der Fahrt nach Hause kaufen wir uns eine Tafel dunkle Schokolade. Die ist nicht so ungesund.

Samstag ziehe ich meinen schwarzen Anzug an, aber kein schwarzes, fast bis zum Nabel aufgeknöpftes Hemd. Ich habe mir bei Magasin in der Kongens Nytorv ein weißes Hemd und eine dunkelblaue Krawatte gekauft. Ich komme mir wie ein Konfirmand vor. Ich stehe vor dem Spiegel, binde, wie vor 1968, meine Krawatte. »Zurück zum gutbürgerlichen Leben, Andreas. Du warst der Meinung, dass das für dich nicht mehr möglich wäre«, flüstere ich mir zu.

Um halb sechs hole ich die Zahnärztin ab. Vorher werden wir bei Brønnum essen, ein Restaurant an der Ecke neben dem Königlichen Theater. Sie hat ein nettes Haus. In der Halle riecht es ein bisschen wie bei meinen Großeltern. Ist sie auch eine

Art Feldwebel, wie meine Großmutti es war? Ich halte ihr die Autotür auf, sie setzt sich auf Annas Platz. Ich schaue sie nicht an, was hat sie auf dem Platz zu suchen? In der Tordenskjoldsgade neben dem Theater parken wir. Beim Aussteigen halte ich ihr die Tür auf, was fange ich nur mit dieser fremden Frau an? Wir steigen die Treppe zum Restaurant Brønnum hinauf.

»Doktor Fuglsang, ich habe einen Tisch für zwei Personen bestellt.«

Wir nehmen erst eine kleine Fischsuppe, dann eine Scholle und zuletzt Île flottante, dazu einen Chablis. Ich helfe ihr in ihren Mantel, nehme ihren Arm, die Vorstellung kann beginnen. Wir schreiten, zwischen den Bronzefiguren der beiden Dichter Ludvig Lensbaron Holberg und Adam Gottlob Oehlenschläger, die Treppe hinauf. Im Foyer suchen wir die Garderobe, das Stück läuft auf der alten Bühne, es ist die Premiere. Die Königin wird oben links in ihrer Loge sitzen, unsere Plätze sind unter ihr in der dritten Reihe. Wir werden zu unseren Sitzen geführt, warten auf die Königin. Endlich ist sie da, alle stehen von ihren Plätzen auf, bis sie ihren Platz eingenommen hat, die Vorstellung fängt an.

Die Musik von Mendelssohn Bartholdy ertönt, sehr lieblich, nett und ordentlich. Schlagartig erklingt drohend und unruhig die Musik von György Ligeti, begleitet uns in eine nächtliche Feenwelt im tiefen Wald der Lust. Anna tanzt in der Feennacht, heimliche Triebe offenbaren sich. Die Wirrungen der Liebe werden zu realen Trieben der Erotik, aber Neumeier bekommt ein schlechtes Gewissen und Johann führt Anna zum Altar. Die Liebe und die Erotik gehen zur Hochzeitsmusik von Mendelssohn Bartholdy unter, die Sitte siegt – und das nennt man eine Komödie? Es wird geklatscht, wieder und wieder müssen die Tänzer auf die Bühne. Die Leute sind erleichtert, es ging noch mal gut, ihre Ehen sind kein Irrtum, so ist es nun einmal, mehr kann man sich vom Leben nicht erwarten.

Schlange stehen, endlich bekommen wir unsere Mäntel, die Zahnärztin ist entzückt, es ist nach ihrer Meinung so wahr, dass die Verirrungen der Jugend mit der romantischen Ehe enden. Wie würde die Welt sonst aussehen? Überall Kopulation und Unzucht wie auf Grönland? Ich hake sie unter, sage nichts, es wäre sinnlos.

»Willst du hinten sitzen, der Beifahrersitz ist der gefährlichste im Auto.« Ein Wunder geschieht.

»Nett, wie du an mich denkst, Andreas.«

Ich öffne ihr die Tür, sie nimmt auf dem Hintersitz Platz.

»Andreas, der Abend war ein wundervolles Erlebnis. Darf ich dir ein Glas anbieten? Die Kinder sind bei ihrem Vater.«

Das hast du davon, Andreas. Jetzt will sie mit dir ficken! Wie schaffe ich das? Den ganzen Abend über hat sich unten nichts gerührt. Kaum ist sie aus dem Wagen, küsst sie mich schon.

»Du bist ein guter Mensch, Andreas«, säuselt sie.

Will sie sofort ein Kind mit mir? Ich fühle nach, Gott sei Dank, in der Hosentasche sind drei Kondome.

»Ein Glas Eiswein, Andreas. Das ist gerade das Richtige nach einem gelungenen Abend, Prost.« Sie legt ihren Kopf auf die Seite, lächelt mich von unten an und sagt: »Du bist ein schöner Mann, Andreas«, dabei drückt sie ihren Unterleib gegen mich.

Ich brauche jetzt sofort einen steifen Schwanz. Ich denke an Anna, wie sie nach dem Araber mit offenem Pelz in der Tür steht, wie aus ihrer angeschwollenen, rötlichen Fotze Arabersperma tropft.

»Welche Begeisterung, Andreas, wollen wir nach oben gehen?«

Wir gehen nach oben, ein schmales Doppelbett, ein paar Nachttische und ein eingebauter Schrank. Es riecht im Schlafzimmer kräftig nach Großmutti.

»Komm, sei nicht so zimperlich, Andreas, zieh dich aus.«

Was sind das für Unterhosen, die sie anhat? Gehen die bis zu den Achseln hoch? Oh Gott, sind das ein Paar Brüste. Werden die aber hin und her schlackern, sobald ich sie ficke. Sie legt sich mit breiten Beinen auf das schmale Bett, sagt: »Leck mich.«

Soll ich diesen riesigen Urwald lecken? Der Schwanz wird schon wieder schlapp. Ich darf kein Feigling sein, krieche zwischen ihre Schenkel und lecke los. Sie heult auf und genießt es, mir sitzen Haare zwischen den Zähnen und hinten im Gaumen ist auch eines, ich kämpfe gegen den Hustenreiz. Die Zahnärztin muss ich schnellstens zum Herrn schicken. Der kann sie fesseln und dann unten gründlich rasieren. Von den Knien bis zum Nabel. Und dann noch mit der Peitsche von oben bis unten behandeln, wie wird ihre Haut schön weich werden. Wundervoll, mein Schwanz steht endlich wieder, ich muss sie ficken, bevor es zu spät ist.

»Ich bin in dem sicheren Zeitraum, du kannst ohne.«

Sie schluckt also weder die Pille noch hat sie in der Gebärmutter eine Spirale. Sicherer Zeitraum? Von wegen! Wer glaubt schon daran, außer dem Papst? Rüber zur Hose, ein Kondom aus der rechten, nein, aus der linken Hosentasche, ist aber schwierig zu öffnen, endlich gelingt es mir mit der Hilfe meiner Zähne.

»Was machst du?«

»Sicherheitshalber ein Kondom, nur so.«

Er hängt schon wieder. »Anna liegt hinter dem Fenster, seine Hand in ihr, sein dicker Schwanz in ihr, ihre Zitzen tanzen, von Kanülen durchbohrt, ihre Fotze ist bis zum Bersten über seinem Phallus gespannt.« Er steht, das Kondom drauf und rein in die Vagina der Zahnärztin. Er hat Anna mehrmals mit Sperma vollgepumpt, endlich mein Orgasmus, ich habe meine Pflicht getan.

»Das habe ich schon lange nötig gehabt, Andreas. Bleibst du bis morgen?«

»Tut mir leid, aber ich habe morgen sehr früh eine Verabredung mit Thorsten.«

Die Zahnärztin hat mich und Lasse zum Essen eingeladen. Um sechs Uhr müssen wir da sein. Ich liefere Sebastian bei seinen Eltern ab, uns bleibt nichts anderes übrig, als weiterzufahren.

»Willkommen ihr beiden«, sagt die Zahnärztin. »Lasse, wir kennen uns ja schon.«

Wir setzen uns an den Tisch, Lasse neben mich.

»Nein, nein, die Kinder sitzen am anderen Ende, damit wir Erwachsene in Ruhe plaudern können.«

Scheiße, das wird Lasse sich nicht gefallen lassen. Seine Augen werden schwarz wie die seiner Mutter. Schweigend setzt er sich zwischen die beiden Mädchen.

»Für euch Kinder habe ich Frikadellen gemacht und dazu Kartoffelpüree und Erbsen. Andreas, wir beide bekommen Tournedos Rossini. Das habe ich von meinem Mann gelernt, seine Mutter ist Französin. Andreas, sprichst du Französisch?«

»Ja, ich habe Anna in einen Französischkurs kennengelernt.«

»Auf solche Menschen kann man sich nicht verlassen. Mein Mann denkt nur an sich.«

Ich gehe in die Küche und trage die Gerichte zum Tisch. Die eine Tochter weint.

»Mutti, Mutti, Lasse zieht mir an den Haaren.«

»Aber Lasse, so was tut man nicht«, sagt die Zahnärztin, sieht mit bösen Augen auf meinen süßen Sohn, der sein Revier verteidigt. Lasse schweigt, lädt Frikadellen auf seinen Teller, sodass für die beiden Gören nicht viele übrig bleiben. Gut mein Sohn, sei kein Schwächling!

»Mutti, Mutti, Lasse hat alle Frikadellen genommen.«

»Lasse, sei nicht so gierig. Man muss teilen. Hat dir dein Vater das nicht beigebracht?«

Widerwillig überlässt Lasse den Mädchen einige Frikadellen. Es wird schweigend gegessen, die gute Stimmung ist hin. Der Rotwein schmeckt mir nicht, der Tournedos Rossini ist mir zu fett, die Scheibe gebratene Foie gras ist mir zu großzügig. Plötzlich schießt eine Frikadelle quer über den Tisch.

»Lasse!«, brüllt die Zahnärztin, »Man merkt, ihr braucht eine Frau im Hause. Ich werde dir schnell beibringen, dich richtig zu verhalten.«

»Nichts wirst du ihm beibringen. Vielen Dank, aber wir müssen uns verabschieden. Es ist besser so.« Hand in Hand gehen Lasse und ich zum Wagen.

»Danke, mein Sohn.«

Zu Hause essen wir ein Käsebrot und trinken ein Glas Milch. Wir putzen, nebeneinanderstehend, unsere Zähne, nehmen dann Schwarze unter den Arm und kriechen alle drei in mein und Annas Bett. Annas Bettwäsche kommt bis morgen in den Schrank, Lasse schläft heute Nacht in ihrem Bett.

»Vati, die Zahnärztin ist nichts für uns.«

»Genau, Lasse, zum Glück sind wir sie los.«

Wir klopfen uns gegenseitig auf die Schulter, Lasse ist zum ersten Mal seit Jahren rechtzeitig aufgestanden. Wir bereiten zusammen das Frühstück vor, sitzen nebeneinander mit je einem Tablett vor uns im Bett, Schwarze stiehlt Müsli.

»Vati, warum steht Annas Schreibtisch immer noch im Schlafzimmer?«

»Das kann ich mir auch nicht erklären. Ich sollte ihr den Schreibtisch schicken, aber sie hat mir nie ihre neue Adresse mitgeteilt.«

»Genau, sie kann dich nicht verlassen. Vati, sie liebt ihren

Schreibtisch. Sie hat lange gespart, um ihn kaufen zu können. Das hat sie mir selbst erzählt.«

»Bei den Reichen ist sicher kein Platz für einen so schlichten Schreibtisch, Lasse.«

»Vati, dann ist da auch kein Platz für Anna.«

Abends mache ich ab zwanzig Uhr Nachtschicht in Kopenhagen, Lasse schläft bei Sebastian. Das Taxi fährt durch die Dronningens Tværgade. Sind das da Anna und Maria auf dem Fußsteig? Ihre langen roten Haare leuchten im Licht der Straßenlaternen. Das Eis in meiner Brust wird einen Moment durch Wärme gelindert, dann sind wir vorbei, drehen um die nächste Ecke. Soll ich aussteigen und zurücklaufen? Nein, das würde es nur noch schlimmer machen, ich laufe die Treppen hoch: »Doktor Fuglsang, was kann ich für dich tun?«

Wie jeden Mittwoch essen wir unsere Pizza und eine Apfeltorte mit Crème fraîche im Café a Porta. Wir sitzen ganz hinten, verborgen in einer Ecke im Lokal, damit keiner uns entdeckt. Toni wohnt bei seiner Frau in Genua, weswegen uns niemand Gesellschaft leistet. Zum Essen trinken wir San Pellegrino, denn Wein und Cola sind mir zu ungesund. Zu Annas Zeiten bestellten wir immer ein Glas Rotwein und Lasse eine Cola, aber jetzt herrscht der Puritanismus.

»Hej, hej, dürfen wir uns zu euch setzen?«

»Hej, Helen und Maria, darf ich euch etwas anbieten?« Die beiden wollen ein Glas Rotwein.

»Drei Glas Rotwein, Montepulciano, und eine Cola bitte. Woher wusstet ihr, dass wir hier sind?«

»Anna hat uns gesagt, dass du hier Mittwochabend nach der Sprechstunde isst.«

So, so, ganz hat man mich nicht vergessen. Anna redet mit ihren Freundinnen über mich.

»Was kann ich für euch tun? Ihr kommt vermutlich nicht zufällig vorbei.«

»Wir wollten dich wissen lassen, dass es Anna in ihrem neuen Leben gut geht. Dass es mit euch beiden und mit dem, was ihr getrieben habt, vorbei ist. Johann hat Ruhe und Vernunft in ihr Leben gebracht. Nimm es uns nicht übel, aber er hat sie vor dir gerettet.«

Lasse kippt seine Cola um, es werden ein paar extra Servietten und eine neue Cola gebracht.

»Darum sollst du sie in Ruhe lassen. Sie ist mit Johann und seiner fantastischen Familie sehr glücklich.«

»Klar, ich verstehe. Keine Angst, ich habe nicht die Absicht, mit ihr Kontakt aufzunehmen.«

Lasse will auf die Toilette, ich gehe mit. Mann neben Mann stehen wir und pinkeln.

»Lasse, irgendetwas stimmt mit Anna nicht. Sonst wären die beiden nicht gekommen.«

Wir schütteln unsere Glieder, waschen uns die Hände und gehen zurück zu den beiden Hyänen. Die haben es eilig, ihre Mission ist beendet. Sie trinken aus und verabschieden sich.

»Maria, hast du noch deinen Giorgio?«

»Ja, ich ziehe nach Kreta. Wir wollen heiraten, auf Wiedersehen.« Andere können scheinbar auch unvernünftig sein.

Pappschnee, wir joggen von Fortunen aus. Der Wind kommt von Nordost, sobald wir oben beim Jagdschloss ankommen, wird es unangenehm. Der Nordostwind trifft uns dort mit voller Kraft. Die Brunst der Hirsche ist fast vorbei, aber wir werden vorsichtig sein, letztes Wochenende ist hier ein Naturfotograf verunglückt. Er kam einem Hirsch zu nahe und wurde von ihm angegriffen. Ihm ist nichts Ernstes passiert, aber immerhin. Nach Klampenborg links die übliche Strecke, aber dann steht dicht am Pfad röhrend ein riesiges Tier mit einem enormen Geweih. Feldein laufen wir in einem großen Bogen an ihm vorbei, bekommen klatschnasse Schuhe und Strümpfe. Oben am Schloss trifft uns der Nordostwind, peitscht uns den nassen Schnee ins Gesicht.

»Thorsten, wie geht es dir und Lise?«

»Ein bisschen Flaute mit der Liebe, Andreas. Wir fliegen im Januar nach Gran Canaria. Da gibt es einige Klubs, wir können die Abwechslung gebrauchen. Lises Liebhaber ist zu langweilig, sie will ihn loswerden, und in der Schwarzen Loge ist nichts los. Am zweiten Weihnachtsfeiertag kannst du wieder zum Gästeabend vorbeikommen. Du musst die Krankenschwester einladen, damit ihr ein neues Paar bildet. An dem Tag ist immer viel los.«

»Die Krankenschwester, die habe ich ganz vergessen, ich werde sie anrufen.«

Der dunkle Mühlendamm, wir sind schnell an ihm vorbei, die Ebene mit dem Schloss, das Wolfstal, der Todesspurt, es ist überstanden.

Kalt, nass und verkommen, werden wir von Lise willkommen geheißen.

»Ihr Ärmsten, zieht euch schnell aus, ich habe für euch warmen Tee und einen Bademantel.« Sie hilft mir beim Ausziehen.

»Der ist ja steif, komm mit, Andreas, Kirsten ist bei ihren Großeltern.«

Thorsten deckt den Tisch, während ich Lise ficke. Es ist schön, ihre glatte Muschi zu lecken. Feucht, stramm und zugleich weich ist die Fotze, in die ich eindringe. Wir bekommen beide schnell einen Orgasmus, wir hatten es nötig, was tut man nicht alles für gute Freunde. Die gepflegte, perfekte Diana mit ihren kleinen, festen Zitzen liegt neben mir und sagt: »Hoffentlich zieht Anna wieder bei dir ein. Ich habe noch etwas mit ihr vor, aber bisher ist sie mir jedes Mal entwischt.«

»Das ist zu spät, Lise. Die Reichen bekommen, was sie sich wünschen.«

Thorsten serviert uns beiden Lüstlingen warme Fischfilets. Die Küche ist hell und freundlich, so gar nicht wie die Stube mit den dunklen Ledermöbeln und den erotischen Gemälden an den Wänden.

»Andreas, hattet ihr etwas mit dem Schauspieler Theo Hvid?«

»Wir hatten eine Affäre mit ihm. Das war letztes Jahr in den Sommerferien und Anna war anschließend noch ein paar Mal bei ihm. Warum fragst du, Lise?«

»Weil ich an Anna und dich gedacht habe, als ich ein Bild von ihm und seiner Verlobten, einer bekannten Tänzerin, im Klatschblatt sah.«

»Er wollte berühmt werden, Lise, und das hat er erreicht. Anna wollte er auch haben, aber das Einzige, was er von ihr hat, ist ein Kleid, und das Einzige, was ich von Anna habe, ist ein Schreibtisch. Ich habe nicht erwartet, dass es so enden würde.«

Es ist still in der Küche, was mache ich hier oder sonst wo?

»Schwarze ist allein und hat noch nichts zu essen bekommen.« Ich verabschiede mich.

Das jährliche Dinner mit den Kollegen war entmutigend. Dieses Jahr habe ich das Lokal ausgewählt, das Josty im Frederiksberg Garten. Wir hatten unseren eigenen Speisesaal mit Kronleuchtern und Kellnern, vorher wurde gekegelt, das Essen war perfekt. Die Kulisse für den Abend bildeten ein Schlosspark im englischen Stil und ein gelbes Barockschloss auf einem Hügel. Die Kollegen waren freundlich, aber es war deprimierend, sie mit ihren Ehemännern und Gattinnen zu erleben. Wird man nach wenigen Jahren Ehe schon so grau und langweilig? Es wurde nur von Arbeit, Reisen, Kindern und Hypotheken gesprochen. Ist das alles, was die Ehe uns bringt?

Am schlimmsten waren die frivolen Witze und Andeutungen, die auf heimliche sexuelle Sehnsüchte hindeuteten. Ich werde die Krankenschwester anrufen. Mit der kann ich es besser machen. Ihre Telefonnummer habe ich in meiner Geldbörse.

»Hier ist Andreas, wie geht es dir? Ich bin jetzt allein und du hast mir gesagt, ich soll dich anrufen.«

»In diesem Moment passt es mir nicht, aber zu Weihnachten reist mein Freund nach Australien. Er will vielleicht auswandern.«

»Falls du am zweiten Weihnachtsfeiertag frei hast, können wir zusammen in die Schwarze Loge.«

»Abgemacht, Andreas.«

»Thorsten wird dafür sorgen, dass wir auf der Gästeliste stehen.«

Die Krankenschwester ist schön, aufregend und freundlich, vielleicht kann ich es lernen, sie zu lieben?

»Bis dann.«

Weihnachten naht, ich gehe mit Lasse zum jährlichen Elterngespräch mit seiner Klassenlehrerin Frau Møller und dem Mathelehrer Herr Gamst. Vor dem Klassenzimmer warten die Eltern unruhig zusammen mit ihren Kindern. Wie jedes Jahr ist man verspätet, wir müssen warten, Lasse und ich langweilen uns, machen darum Unsinn. Wir laufen die Treppen rauf und runter, wer ist als Erster unten? Endlich sind wir dran, wir sind außer Atem und schwitzen, aber guter Laune.

»Welchen Eindruck habt ihr, wie es Lasse in der Schule geht?«, fragt Frau Møller mich und Lasse.

»Lasse gefällt es in der Schule. Manchmal langweilt er sich, aber im Allgemeinen ist er mit der Schule zufrieden.« Die beiden schauen uns verdutzt an.

»Ja, Lasse ist ein netter Junge und er verträgt sich gut mit seinen Klassenkameraden. Aber wir haben gemeint, ob ihr mit seiner Leistung zufrieden seid? Wir wissen, dass ihr euch momentan in einer schwierigen Lage befindet, aber er kann viel mehr leisten.«

»Lasse ist doch bereits im besten Drittel der Klasse, oder?«

»Ja, aber er könnte ganz vorne sein.«

»Er ist erst in der Volksschule, er muss auch Zeit fürs Leben haben. Mit dem Streben und den hohen Erwartungen kann er sich nach der neunten Klasse im Gymnasium sein Leben verderben«, sage ich. Das Gespräch ist frühzeitig vorbei, die nächsten Eltern sind schneller dran, als sie erwartet hatten.

Es ist langweilig, bei der Kasse im Supermarkt in der Schlange zu stehen. Deshalb nehme ich vom Regal ein Klatschmagazin und schaue mir Fotos von einer Weihnachtgala an. Im Smoking schaut Theo Hvid verliebt auf eine braun gebrannte, blonde Frau, die ein enges Kleid mit einem langen Schlitz trägt. Unter dem Kleid kann sie kaum ein Unterhöschen tragen. Auf der nächsten Seite steht Johann im Smoking, Anna in einem langen, silbernen Kleid. Beide lächeln in die Kamera, unter dem Bild steht geschrieben: »Paar des Jahres«.

»Kaufen Sie das Magazin nun oder kaufen Sie es nicht?«

»Entschuldigung, ich kaufe es.« Der Eisklumpen in meiner Brust ist dabei, mich zu erwürgen.

»Sie vergessen ihr Magazin.«

Die Dame an der Kasse reicht mir die Zeitschrift, ich hätte sie fast vergessen. Zu Hause packe ich meine Einkäufe aus und lege das Magazin ungeöffnet zu den alten Zeitungen in den Keller. Schwarze streicht um meine Beine, oben spielt Lasse mit Sebastian. Ich mache mir eine Tasse Tee und für die beiden Jungs eine Kanne Kakao. Abends starre ich in den Fernseher. Lasse darf sich das Programm aussuchen, bloß nicht denken oder fühlen, heute kommt Lasse viel zu spät ins Bett. Ich werde morgen den Geschirrspüler einräumen, jetzt bin ich zu kaputt dazu.

Annas Haus im Bregnegårdsvej liegt fast im Charlottenlund Wald, nur etwa vierhundert Meter vom Weihnachtsbaumverkauf bei der Station entfernt. Der erste Schnee ist gefallen, Lasse und ich ziehen mit dem Schlitten los, um drei Bäume zu kaufen. Wir haben unsere Mützen gut über die Ohren gezogen, das Thermometer zeigt fast zehn Grad unter null und es ist windig. Lasse wünscht sich einen kleinen Weihnachtsbock wie den, der vor dem kleinen Haus im Walde steht. Ein Vaterweihnachtsbock soll mit seinem Sohn in unserer Halle stehen.

»Der andere kleine Weihnachtsbock da sieht aus wie ein Mädchen«, sage ich. »Den kaufen wir für Marie.«

Ich suche den großen Tannenbaum aus, Lasse die beiden kleinen. Mit einem Strick binden wir die drei am Schlitten fest, die Böcke nehmen wir unter den Arm. Ab geht es durch den Schnee, wir nehmen den Pfad durch den Wald, denn wir brauchen dieses Abenteuer. Schwarze heißt uns willkommen, jetzt hat es die Katze mit drei Böcken zu tun, aber sie lässt sich nicht einschüchtern. Morgen kommt Marie und wir werden zusammen die Bäume schmücken. Anna würde kaum mit unserer Arbeit zufrieden sein, aber sie ist nicht da. Am nächsten Morgen sind alle drei Böcke umgekippt und es liegt überall Stroh in der Halle. Der Weihnachtskrieg hat begonnen, bis jetzt ist Schwarze die Siegerin.

Alle Geschenke sind eingekauft und Essen für die Feiertage ist reichlich im Kühlschrank. Den heutigen Abend verbringe ich mit den Kindern bei Birgit, wir werden Weihnachtslieder singen, die ihr Professor auf seinem Flügel begleitet. Sein jüngster Sohn ist im gleichen Alter wie Lasse, sie kennen sich vom Sommerhaus. Sobald der Professor entdeckt, dass das Leben mit Birgit ein ewiger Notzustand ist, werden wir womöglich Kumpel werden. Frieden und einen normalen Alltag kann Birgit eben nicht ertragen.

Ich packe die Kinder in den Wagen, wir wollen kurz Peder F. und seine Frau auf Sølystvej besuchen, um ihnen frohe Weihnachten zu wünschen. Vor dem Haus parken die beiden Chevrolets der Familie und dann noch der Jaguar Sovereign von Peter Junke. Kuss links, Kuss rechts, Charlotte strahlt, mit dem Geschäft geht es besser, seitdem die Zinssätze gefallen sind und der Kronenkurs sich stabilisiert hat. Noch kein neues Bärenburg, aber vor dem Bankrott stehen sie nicht mehr. Mit warmen, braunen Augen steht Peder F. groß, dunkel und breit da, einen Cocktail in der Hand.

»Willkommen, alter Freund.« Wir umarmen uns. Die Kinder gehen zu den anderen Kindern in die Küche, wo es reichlich Cola und Süßigkeiten gibt. Wir gehen ins Wohnzimmer zu Peter Junke und seiner Frau.

»Schade, das mit deiner Anna«, sagt Peter Junke. »Sie ist eine nette und kluge Frau. Kannst du in den Feiertagen vorbeischauen? Ich würde gerne etwas Medizinisches mit dir besprechen.«

Zu Peter Junke sagt man nicht nein, aber es lohnt sich, ihm einen Gefallen zu tun. Charlotte bietet mir ein Glas Glühwein an.

»Wo wirst du heute Abend feiern?«, fragt Charlotte.

»Bei Birgit und Lars. Wir werden eine große Familie bilden, seine Söhne werden auch dabei sein.«

»Deine Anna lebt mit einem Sohn aus meinem Bekanntenkreis zusammen«, sagt Peter Junke und sieht mich scharf an. »Mit dir kam sie mir glücklicher vor.«

Ich bekomme es eilig und verabschiede mich.

Die beiden Kinder stecke ich in die Badewanne, anschließend werden sie von Kopf bis Fuß mit frischen Klamotten von der Wäscheleine angezogen. Die beiden riechen sauber und frisch, nur Bügeln gibt es bei mir nicht. Schwarze bekommt einen halben Weihnachtshering und einen Kuss auf die Ohren. Zehn Grad unter null, trotzdem springt der Citroën beim ersten Versuch an. Auf Granhøjen ist der Schnee nicht geräumt. Eine Schaufel haben wir nicht dabei, aber wenn notwendig, kann Birgit uns behilflich sein. An der Haustür hängt ein Kranz aus Stroh mit einem roten Band aus Seide und einem roten Herzen in der Mitte. Wir klingeln, heute Abend kann nichts schiefgehen, hier herrscht die Liebe.

»Die Tür ist offen, zieht euch bitte die Schuhe aus.«
   Wir gehen in die Halle, Marie setzt sich auf einen braunen, antiken Stuhl, ich ziehe ihr die Schuhe aus. Ich muss noch einmal zum Wagen, um die Geschenke zu holen. Von der Decke hängt, wie in der Kirche, ein Messingkronleuchter. Entzückend der Spiegel über dem kleinen Springbrunnen in Terrakotta, beides hat Birgit sicher aus Venedig mitgebracht. Dort wohnt sie oft in einem Nonnenkloster und kehrt nachher schwer beladen nach Dänemark zurück. In den drei Stuben ist viel los. Lars sitzt an seinem Konzertflügel und spielt Chopin, so hat er seine Ruhe. Ich lege die Pakete unter den Tannenbaum, der auf einem Schemel steht, weil sonst für den Überfluss unter ihm kein Platz wäre. Die Professorensöhne der alten Kopenhagener Ärztefamilie sprechen ein Dänisch wie in einem Film aus den Fünfzigerjahren, man könnte glauben, man wäre bei der Königin zu Gast.

Birgit serviert für jeden Erwachsenen ein Glas Champagner, dazu frische Erdbeeren, mit dunkler Schokolade überzogen.
   »Andreas, es tut mir leid mit deiner Anna, sie muss dir fehlen.«
   Der Mann, der mir meine Frau ausgespannt hat, spricht mir sein Beileid aus! Verständlich, ein einsamer Ex-Ehemann kann gefährlich werden.

»Danke, Lars, es ist nicht einfach, ohne sie fertig zu werden.«

»Kann sein, dass du sie bald wiedersiehst«, sagt der Professor.

»Wieso?«

»Nur Gerüchte, Andreas, nur Gerüchte. Die Welt ist klein und es wird viel geschwatzt.«

Der Professor ist von der Königin dekoriert, er ist Ritter von Dannebrog und stammt aus einer angesehenen Kopenhagener Familie. Er kennt sich aus in den gehobenen Kreisen.

»Lars, was soll Anna schon mit einem einfachen Arzt aus der Provinz? Alle beneiden sie um die Position, die sie erreicht hat.«

»Man kann nie wissen, Andreas. Mein Vater verließ meine Mutter und ist mit einer Balletttänzerin durchgebrannt. Erst sterbend kehrte er nach Dänemark zurück. Das war damals ein Skandal.«

Das hätte ich nicht gedacht, Lars ist ja ganz menschlich.

»Die Tänzerin war sehr viel jünger als mein Vater und sie wohnt immer noch in ihrem Liebesnest in Frankreich. Ich habe sie dort ein paar Mal besucht. Die Tänzerin sprach nur von meinem Vater und lebte in der Vergangenheit.«

»Lars, hoffentlich passiert mir nicht dasselbe. Anna hat das Haus im Bregnegårdsvej eingerichtet.«

»Das Essen ist serviert, setzt euch bitte an den Tisch.«

Wir nehmen im Esszimmer am Tisch von Birgits verstorbener Großmutter Platz. Als wir arme Studenten waren, hat die Omi uns an diesem Tisch oft mit Entenbraten gefüttert. Die Söhne von Lars tragen dunkle Anzüge, nur Lars hat ein weißes Hemd und Jeans an. Sicherheitshalber habe ich meinen schwarzen Anzug und ein weißes Hemd angezogen, aber keine Krawatte wie Lars und seine Sprösslinge. Ganz werde ich nie dazugehören. Birgit sitzt zwischen Lars und Lasse, sie hat sich Mühe gegeben. Tiefer Ausschnitt, der Raum ist erfüllt von ihrem Parfum, Opium, Lasse soll mit allen Mitteln nach Granhøjen gelockt werden. Er hat es eilig. Den geräucherten Lachs mag er nicht, den Entenbraten mit brauner Soße, Rotkohl und Kartoffeln verschlingt er schnell, er will seine Geschenke.

»Bitte sehr, Lasse, ein Geschenk von Mutti und Lars.«

Marie bekommt auch eins und zuletzt holt Lars ein Geschenk für seinen Jüngsten. Die Kinder packen aus, danach wird das Dessert, Risalamande mit Kirschensoße, serviert. Der älteste Sohn von Lars ist im gleichen Alter wie Anna.

»Hast du schon dein Abitur gemacht?«, frage ich ihn.

»Letztes Jahr und jetzt besuche ich die Copenhagen Business School.«

»Warum willst du nicht Arzt werden wie dein Vater und dein Großvater?«

»Nein, ich möchte ein anderes Leben.«

Birgit regt sich auf, keiner hat die Mandel im Risalamande gefunden.

»Kinder, setzt euch an den Tisch, einer von euch muss die Mandel haben.«

Widerwillig setzen sie sich wieder hin, Lasse untersucht seine Nachspeise mit dem Löffel, die beiden anderen machen es ihm nach. Große Überraschung: Alle drei finden eine Mandel. Zum Glück hat Birgit auch drei Mandelgeschenke: für Marie eine Puppe und für die Jungs je ein Legoauto.

Alle helfen, den Tisch abzudecken. Birgit will allein den Geschirrspüler einräumen, wir werden in die große Stube kommandiert. Jeder bekommt ein Liederbuch in die Hand gedrückt und Lars setzt sich an den Flügel. Es ist Zeit, zu singen und um den Tannenbaum zu tanzen. Wir laufen und hüpfen Hand in Hand um ihn herum und schließen mit ‚Stille Nacht, heilige Nacht‘, das man so viele Jahre nach dem Krieg in gebildeten Kreisen wieder auf Deutsch singen darf. Der älteste Sohn von Lars ist verschwunden und taucht wenig später in Holzschu-

hen, mit einem langen, weißen Bart und einem Sack auf dem
Rücken wieder auf.

»Gibt es hier artige Kinder?«, fragt der Weihnachtsmann. Das
gibt es, das große Auspacken kann beginnen. Ich baue Le-
go-Modelle für Lasse, der mit seinen Rittern und seiner neuen
Playmobil-Burg eine Schlacht ausrichtet. »Vati, Vati«, ich muss
Marie mit ihren Barbiepuppen helfen, wofür meine großen
Männerhände nicht geeignet sind. Endlich Ruhe, das letzte
Paket ist ausgepackt, Birgit serviert Kaffee, Tee und Bûche de
Nöel und ich ergreife mit den Kindern die Flucht. Kuss links,
Kuss rechts: »Gehst du schon?«

»Die Kinder sind müde. So ist es besser, damit es keinen
Streit gibt.«

Mit einer Schaufel, einem Sack voller Geschenke und zwei
müden Kindern gehe ich zum Wagen. Annas Kopfkissen und
Bettdecke kommen in den Schrank, Vater, Kinder und Katze
schlafen alle im selben Bett.

Wir rodeln beim Charlottenlund Schloss, Marie und Lasse
toben sich aus. Ich freue mich auf einen ruhigen Abend, doch
erst einmal habe ich nach der großen Fresserei gestern Bewegung nötig. Wir rasen mit den Schlitten den Hügel hinunter
und laufen ihn wieder hinauf, die Kinder beschießen mich mit
Schneebällen.

»Hej, Theo, was machst du hier?«

»Meine Mutter wohnt in Charlottenlund, ich rodele hier mit
den Kindern meiner Schwester.«

»Wie geht es dir?«, frage ich. »Dich und deine Verlobte sieht
man überall in den Medien.«

»Gut, ich habe vor Weihnachten deine Anna mit ihrem Verlobten bei der großen Weihnachtsgala getroffen. Sie sind ein
fantastisches Paar, Anna hat Glück in der Liebe.«

»Hej, Theo, ich muss mich um die Kinder kümmern.«
Abends rufe ich die Krankenschwester an, wir treffen uns morgen um zwanzig Uhr, die Kinder werden bei Birgit sein.

Alte schwarze Lederhosen von Thorsten, schwarze Schuhe, nackter Oberkörper und eine Peitsche im Nietengürtel, Andreas ist als Sadomasochist verkleidet. Die Krankenschwester wohnt in Vangede, ich hole sie im Auto ab, stürze die Treppe hoch zum dritten Stock.

»Doktor Fuglsang, was kann ich für dich tun?«
»Du kannst mich ficken«, sagt sie lachend, die Krankenschwester heißt übrigens Jane. Sie gibt mir einen Kuss. Sie hat weiche, sinnliche Lippen, mein Schwanz schwillt an, soll ich sie sofort ficken?

»Wir müssen los, Doktor, es wird eine lange Nacht werden. In der Loge wirst du reichlich Gelegenheit haben, mich zu ficken.«
»Wir fahren wegen der Adresse noch bei Thorsten vorbei.«
Lise läuft nackt herum, Krankenschwester Jane hilft ihr, das Korsett zu schnüren. Ich möchte jetzt nur noch Lise ficken, sie ist eine enge Freundin von mir. Thorsten hat ein Taxi bestellt, wir tragen alle einen Mantel. Lise sitzt vorne, ein Glück, dass der Fahrer nicht weiß, was wir darunter anhaben.

»Das macht zweihundertzehn Kronen. Ihr habt wahrscheinlich einen ungewöhnlichen Abend vor euch.«
Lises Mantel steht offen.

Wir klingeln, über der Tür hängt eine Kamera, damit keine Unbefugten in die Loge eindringen. Es hat Zwischenfälle mit betrunkenen Männern gegeben, die glaubten, dass die Schwarze Loge ein Bordell sei. »Willkommen.« Wir hängen unsere Mäntel in die Garderobe und werden an die Bar gewiesen. Der Geschäftsführer begrüßt uns und erklärt uns die Regeln: die Schweigepflicht, dass ein Nein ein Nein ist, dass man rücksichtsvoll sein muss und andere nicht in ihrem erotischen Spiel stören darf. Wir unterschreiben ein Dokument, die uns zum Schweigen verpflichtet. Für einen Abend sind wir Mitglieder des intimsten Vereins Kopenhagens. Krankenschwester Jane und ich bleiben an der Bar, trinken ein Glas Cava. Jane trägt ein sehr kurzes, schwarzes Spitzenkleid aus Seide. Ihre Muschi ist glatt und errötet, ihre Brustwarzen sind rosa, wie es bei einer echten Blonden der Fall ist. Die Viertelschalen des Kleides bieten die Zitzen verlockend an. Ich beuge mich nieder, nehme vorsichtig eine der Brustwarzen zwischen meine Lippen, beiße erst sanft in die eine, dann in die andere.

»Härter!«, stöhnt sie, ich beiße zu, Jane windet sich stöhnend vor Genuss. Das Kreuz ist schon von einem athletischen Masochisten besetzt, der von einer kleinen, schwarzhaarigen Frau in langen Lederstiefeln gepeitscht wird. Ihre Peitsche trifft mit voller Kraft seinen Sack, sein Schwanz mit einer dunkelblauen Eichel steht, zum Platzen angeschwollen.

Die gepolsterte Bank mit den Handschellen ist frei. Ich führe Jane dorthin, zwinge sie auf die Knie und befestige sie mit den Handschellen, sodass sie auf Knien mit dem Oberkörper auf der Bank liegt. In der Bar hole ich Klammern und schwere Gewichte, die mit einer Kette verbunden sind. Die Klammern schraube ich an ihre rosa Brustwarzen. An den Klammern befestige ich die Gewichte, die ihre Zitzen lang ziehen.

»Gefällt es dir, bist du eine kleine Hure?«

»Ja.«

Ich ziehe einen Handschuh aus Latex über, lasse Silikonöl auf ihre Fotze tropfen und arbeite so lange mit meiner rechten Hand, bis sie tief in ihre Muschi eingedrungen ist. Langsam ficke ich sie mit der Hand, schön, wie ihre Fotze über meiner Hand zum Bersten gespannt ist. Die Hure bekommt einen Orgasmus und dann noch einen. Mein steifer Schwanz verlangt es, ich stoße ihn hinein in die nasse, weiche, gereizte Vagina. Mit der einen Hand ziehe ich an der Kette der beiden Gewichte, bis mein Samen in sie hineinspritzt und das Weib unter mir vor Lust heult und schreit. Jane stöhnt nochmals, als ich die Klammern losschraube und das Blut wieder in ihre Brustwarzen strömt.

Sobald sie von den Handschellen befreit ist, gehen wir an die Bar, um ein Glas Cava zu trinken. Ich vermisse Anna, möchte nach Hause, aber ich kann Jane nicht einfach sitzen lassen.

Ein Mann sucht eine Frau für ein Bondage, Jane willigt ein, sein Model zu sein, Knoten nach Knoten wird sie gefesselt. Ihre Brüste sind vom Seil eingeschnürt, ihre rosa Brustwarzen zum Platzen festgezogen. Sie hängt hilflos mit breiten Beinen im Raum – allen Augen ausgeliefert. Ich habe an der Bar meine Ruhe, brauche mir keine Mühe zu geben. Überall wird gepeitscht, gefickt und geknotet. Der Knotenmeister lässt heißes Kerzenwachs auf Janes Rücken und ihren Arsch tropfen. Die Dame in der Bar beruhigt mich, dass der Mann ein Experte sei und wisse, wie man den richtigen Abstand hält, damit keine Brandwunden entstehen. Jane wird zu Boden gesenkt, dann von unten nach oben von ihren Fesseln befreit. Die Dame in der Bar klärt mich darüber auf, dass man immer von oben nach unten fesselt, damit keiner umkippt, und dass man die Fesseln von unten nach oben entfernt.

Jane kommt zu mir an die Bar, sie trägt nur noch Stay-ups. Ihre Fotze ist angeschwollen und errötet, sie will Sex, zieht mir deshalb die Hose aus. Ihre weichen Lippen auf meinem Schwanz und ihre Krankenschwesterhände auf meine Hoden haben ihre Wirkung. Ich ziehe sie in den Raum hinter dem Schaufenster. Ihre Beine über meine Schultern, mein Schwanz gleitet hinein in ihre nasse, stramme Fotze. Langsam ficke ich sie, genieße den Anblick ihrer über meinem Phallus gespannten Muschi, den Anblick von ihren Titten im langsamen, geilen Tanz, wie sie seufzt und schwelgt. Ich lege sie in den Vierfüßlerstand, vögele sie wie ein Tier, halte sie dabei an ihren Haaren fest, ficke sie hart und rücksichtslos. Sobald ihr Körper vom Orgasmus geschüttelt wird, sie im Orgasmus schreit, sähe ich meinen Samen in sie, ich möchte ihre rosa Brustwarzen von ihren Brüsten abreißen.

Jane und ich liegen in einer dunklen Ecke des weitläufigen Lokals auf einer Liege aus schwarzem Leder. Nackt und eng umschlungen, atmen wir im Takt. Ich fühle ihren warmen, festen Frauenkörper, streiche ihr über die blonden Haare, küsse ihren kleinen weichen Bauch. Sie ist eine Venus wie Anna, nur hat sie Größe achtunddreißig statt vierunddreißig. Eine runde, feste und doch weiche Hüfte, ein schöner Po, weibliche Oberschenkel, nicht Stöcke wie in einem Modemagazin. Sie hat blaue Augen, aber kein Eismeer wie Anna, in dem ich für immer untergehen kann.

»Fantastischer Sex, Andreas.«

»Ja, wir beide ficken, dass die Engel singen und die Teufel lachen.«

Wir küssen uns, halten uns an den Händen, ich müsste glücklich sein, denke aber nur an Anna. Sie fehlt mir, das Eis in meiner Brust will nicht schmelzen. Hand in Hand gehen wir nackt an die Bar und bestellen ein letztes Glas Cava. Sklaven hängen von der Decke, Wachs tropft von langen, mit Klammern und schweren Gewichten beschwerten Brustwarzen. Ärsche, Rücken, Zitzen und Säcke werden gepeitscht, riesige steife Schwänze dringen rücksichtslos in Fotzen und Ärsche ein, mir fehlt Anna. Neben mir die schönste, freundlichste, sexuell freizügigste Krankenschwester der Welt, aber das Eis will nicht schmelzen, hoffnungslos treibe ich im Eismeer. Sie drückt ihre festen, warmen Brüste mit den rosa Knospen an mich. Ich greife sie, küsse die wunden Brustwarzen und beiße vorsichtig hinein, sie stöhnt, mein Glied wird steif.

»Komm, Andreas, wir ficken bei mir zu Hause weiter.«

Ich ziehe meine Hose und meinen Mantel an, sie nur ihren Mantel. In der Taxe habe ich meine Hand in ihrer Fotze, sie stöhnt leise, ihr Mantel öffnet sich, hoffentlich passiert kein Unfall. Die Fahrt bleibt ohne Vorfall, wir werden bei Jane abgesetzt. Nackt geht sie vor mir die Treppe hinauf, ihr schöner Arsch schwingt verlockend vor mir, ich möchte sofort tief in sie hinein. Sie verfügt über ein großes Doppelbett. Ich halte ihre Oberschenkel fest, lecke sie, bis sie im Orgasmus schreit, lege sie auf die Seite und dringe von hinten in sie ein. Ein fester Griff um ihre eine Brust. Ich halte sie fest, während meine Eichel den Punkt vor dem Mund der Gebärmutter massiert, unerbittlich, bis der Orgasmus sie entspannt und wir in einen tiefen Schlaf fallen. Morgens noch einmal Sex, dann ein gesundes Frühstück, wie ich es hätte machen können. Gäbe es Anna nicht, wäre ich jetzt hoffnungslos verliebt. Wenn ich an Anna denke, wächst in mir die Lust und in meiner Brust wird es warm und weich. Sehe ich Jane an, werde ich geil. Ich verabschiede mich, küsse sie, meine Gefühle werden sich hoffentlich bald verändern. Ich steige in ein Taxi und fahre zu Thorsten, um mein Auto abzuholen.

Schwarze ist beleidigt, geht trotz Schnee mit ihrem halben Hering in den Garten. Das Telefon klingelt, es ist Peter Junke, der mit mir reden will. Ich nehme meine Ärztetasche und fahre Richtung Norden, stehe bald südlich von Dyrehaven auf einem stillen Weg vor der hellbraunen Haustür seiner Villa aus gelben Backsteinen. Seine Frau öffnet mir erleichtert die Tür, sie ist glücklich, dass ich jetzt die Verantwortung übernehme. Peter

Junke liegt oben im Bett, nichts Ernstes, der Hausbesuch ist schnell erledigt.

»Könntest du die Verantwortung für Peters medizinischen Zustand übernehmen?«, fragt sie. Er ist ein schwieriger Patient. Es ist nicht erfreulich, jemand das Recht zuzugestehen, mich rund um die Uhr anzurufen, aber kann ich ablehnen? Sein Champagner und seine Rotweine sind hervorragend, die beiden sind freundliche Menschen, die mich kaum ausnutzen werden, also sage ich: »Ja.«

Wir schließen eine Vereinbarung und sie bekommen meine private Telefonnummer. Ich muss schaufeln, endlich ist der Wagen vom Schnee befreit, schlitternd fahre ich in den Bregnegårdsvej dreizehn, Schwarze steht mit kalten Pfoten vor der Haustür und will rein.

Die Krankenschwester Jane ist am Telefon. Ich entschuldige mich: die Kinder, die Nachtschichten, Silvester werde ich mit den Kindern feiern, im neuen Jahr werde ich sie anrufen. Ich ziehe meine Laufschuhe an, Scheißwetter, aber ich brauche die Freiheit und die Einsamkeit. Um die Ecke rein in den Wald, ich jogge vorsichtig auf dem schneeglatten Steg. Das gelbe Häuschen am zugefrorenen Teich liegt träumerisch auf einer Lichtung und wartet auf den Frühling. Das weiße Schloss steht stolz auf dem Hügel, auf dem schwarzen Dach liegt der Schnee. Die Schlossallee mit den hohen Buchen streckt sich fast bis zum schwarzblauen Öresund, in der See ist in der Ferne Flakfortet mit seinem Leuchtturm zu erkennen. Ich jogge auf dem Strandweg in Richtung Norden. Der Nordostwind treibt die schäumenden Wellen gegen das Bollwerk. Ich muss aufpassen, dass ich nicht durchnässt werde oder auf dem Eis ausrutsche. Am Himmel schweben im Wind Möwen auf ihrer einsamen Jagd nach Beute. Links hoch oben am Hang befindet sich die Amtswohnung des amerikanischen Botschafters mit Antennen und Stars and Stripes. Rechts am Meer steht die steinerne Statue des Polarforschers Knud Rasmussen, sein grönländischer Name ist Kunuunnguaq. Er starrt über die See hinüber zu seinem geliebten Grönland. Der Bellevue Strandpark liegt einsam im Schnee, wartet auf die hunderttausend Sommergäste, die ein erotisches Theater auf dem Strand aufführen werden. Bei Klampenborg stehen Schlitten, mit Pferden vorgespannt, sie warten vergebens auf Kundschaft. Ich laufe durch die rote Pforte in den Dyrehaven hinein, eine Märchenwelt aus Schnee und Eis öffnet sich vor meinem Blick. Ich jogge rechts in Richtung Norden, am Waldrand suchen Wildrudel Schutz vor dem Nordostwind, der auch mir ins Gesicht peitscht. Oben liegt das Jagdschloss, ich bin der einzige Mensch auf Erden. Nach Süden auf der Ebene kreuzt ein Rudel meinen Pfad, es ist schnell im Wald verschwunden. Ich laufe runter ins windstille Wolfstal, ein Schlitten mit klingelnden Glocken kommt mir entgegen.

»Frohe Weihnachten und ein gutes neues Jahr.«
   Sie sind an mir vorbei, ich bin wieder allein. Ich biege links ab und laufe an Kirsten Piils Quelle vorbei. Die ersten Gäste steigen aus Schlitten und suchen Zuflucht im warmen Lokal. Die Menschen sind aufgestanden, das Leben geht weiter. Nach der roten Pforte bei Klampenborg trifft mich der Nordostwind. Bei der amerikanischen Festung mit den vielen Antennen hoch oben am Hang wähle ich den alten Strandweg. Geschützt vorm Wind, jogge ich zwischen den Häusern zurück zum Charlottenlund Wald. Die Allee hinauf zum Schloss ist mit Spaziergängern bevölkert, die den Weihnachtsbraten und die Familie loswerden wollen. Auf dem Teich in der Lichtung mit dem Märchenhaus laufen Kinder Schlittschuhe, auf dem Hügel wird gerodelt. Kommt die Krankenschwester in mein Haus, muss ich Anna für immer hinauswerfen. Ihren Schreibtisch, ihre Bettdecke, ihr Kopfkissen und unser Doppelbett werden

mein Schlafzimmer verlassen. Ich kann es nicht ertragen. Wer bin ich ohne das Eismeer?

Silvester, die Kinder sind von Birgit zurück. Beide habe ich in die Badewanne gesteckt, stehe in der Küche und schäle die Kartoffeln. Heute Abend werde ich den Kindern den traditionellen Neujahrsdorsch mit Senfsoße servieren, dazu Kartoffeln mit Petersilie, als Dessert fettarmes italienisches Eis. Ich gehe zu den Kindern, wasche ihre Haare, packe sie in dicke Badelaken ein, kämme Maries langes Haar und befestige es mit ein paar bunten Haarklammern. Danach ziehen sie duftende frische Wäsche an. So können sie sauber und frisch ins neue Jahr rutschen. Das Wetter hat sich geändert, der Südwestwind hat den Winter verjagt, es ist ein milder, sonniger Tag.

Die Kinder sind aufgeregt, sie wollen zum Zelt im Charlottenlund Strandpark, um Feuerwerkskörper zu kaufen. Endlich ist ein Parkplatz frei, wir kaufen Papierhüte, Serpentinen und Bomben für den Tisch sowie Raketen und Feuerwerkskörper für die Straße, damit wir die bösen Geister verjagen können. Zu Hause laden wir alles aus, Lasse holt eine leere Flasche aus dem Keller und wir schicken sofort ein paar Raketen in den Himmel. Das haben die bösen Geister nicht erwartet, sie verlassen heulend unser Haus. Im Sofa hören wir im Fernsehen die Neujahrsansprache der Königin, während der Dorsch im Topf köchelt. Die Soße ist schnell gemacht, ich und die Kinder sitzen im Esszimmer im Licht der Kerzen am Tisch. Wir haben bunte Papierhüte auf dem Kopf und knallende Tischbomben fliegen uns um die Ohren. Schwarze darf nicht raus und hat sich im Keller versteckt. Weil die Kinder es eilig haben, schafft das Eis es nicht, auf den Tellern zu schmelzen. Die beiden wollen Raketen in den Himmel schicken und Knallkörper auf der Straße explodieren lassen. Mit einer stinkenden Zigarre zünde ich Raketen und Feuerwerkskörper an. Ich habe mich nie daran gewöhnt zu rauchen und mir wird übel. Nebenan stehen Väter im Rauch, auf den Treppen Frauen, die so viel Männlichkeit bewundern. Nach einer Stunde ist es vorbei, wir fahren zu Thorsten und Lise und wünschen ihnen ein gutes neues Jahr. Marie und Kirsten umarmen sich und verschwinden in Kirstens Zimmer, Lasse geht Sebastian besuchen.

»Warum hast du deine neue Freundin nicht dabei?«, fragt Lise.

»Es ist zu früh. Ist ja nur drei Monate her, dass Anna mich verlassen hat.«

»Sei vorsichtig, Andreas. Jane ist eine schöne Frau, jemand kann sie dir ausspannen.«

»Das wäre vielleicht das Beste, Lise. Sie ist nicht wie du und Anna. Mit ihr wird mein Geschlechtsleben langsam verwittern und die Liebe zur Routine. Ein Leben, wie die anderen es haben.«

Es klingelt an der Tür, Carsten und Lotte aus Brüssel sind die späten Gäste. Kuss links, Kuss rechts, sie fragen: »Kommst du uns bald in Brüssel besuchen.«

»Sehr gern, im April mit meiner neuen Freundin Jane.«

Lotte sieht in ihrem Korsett schön aus, nur hat sie wegen der Kinder ein Unterhöschen an und keine nackten Brustwarzen. Ich küsse sie mit einem festen Griff in ihren Po. Sie fühlt nach, mein Schwanz ist steif.

»Du musst ganz sicher nach Brüssel kommen«, flüstert Lotte.

Lise bemerkt die Konkurrenz, sie hat oben aufgeknöpft, sodass man ihre Titten sieht, ihr Kleid ist nach oben gerutscht, sie trägt kein Unterhöschen. Es ist zwölf Uhr, es ertönt der letzte Schlag der Rathausglocke, im Fernsehen ein Frauenchor, auf den Straßen der Krieg.

»Ich muss in den Bregnegårdsvej, um die Kinder ins Bett zu stecken.«

»Kommst du zurück?«
»Selbstverständlich.«

Marie finde ich in Kirstens Zimmer, sie ist schon eingeschlafen, ich trage sie in den Wagen. Lasse hole ich bei Sebastian ab. Hände waschen, Zähneputzen, die beiden schlafen sofort ein. Zurück zu Lise und Thorsten, wir ficken gemeinsam die Hure Lise, bis sie um Gnade bittet, ihre Fotze wund ist und ihre Oberschenkel von unserem Sperma feucht sind. Thorsten und ich umarmen uns, wir haben es gut gemacht, Lise bekommt einen Kuss. »Schlaf gut, geile Frau.« Die Kinder liegen in meinem Bett, Schwarze im Keller, keiner hat etwas bemerkt.

Neujahr langweilen wir uns, ich rufe Birgit im Sommerhaus an, wir können sie und Lars besuchen. Ich habe das Sommerhaus teilweise selbst gebaut, weshalb es reichlich mit Steinwolle isoliert ist. Wenn ich daran denke, wie ich unter dem Dach in dem Steinstaub herumgekrochen bin, muss ich husten und die Haut beginnt zu jucken. Für die Kinder nehme ich Bettdecken und Kopfkissen mit. Sie schlafen schon, bevor ich aus der Ausfahrt fahre. Die Straßen sind ohne Schnee und Eis, nach vierzig Minuten bin ich auf dem privaten Feldweg, der zu den exklusiven Häusern in der ersten und zweiten Reihe führt. Lars heißt uns willkommen, Birgit ist vorne in der ersten Reihe bei ihrem Vater. Die Kinder haben Hunger, ich kenne mich aus, gehe in die Küche und streiche ihnen ein Brot. Nachher wollen sie fernsehen, Birgit hat jede Menge Videos für Kinder und Jugendliche da, es regnet halt viel in Dänemark.

Lars und ich trinken eine Tasse Tee, während Birgit sich mit dem Nachbarn streitet. Sie hat einige seiner Tannen gefällt, die ihr zu hoch gewesen waren.

»Lars, wenn man mit Birgit lebt, gibt es immer Streit. Sie kann ohne nicht leben.«

»Andreas, ich habe gedacht, dass es nach der Scheidung mit dem Streit vorbei sein würde.«

»So ähnlich hatte ich es auch gedacht, Lars, aber Birgit gibt nie Ruhe. Erst glaubt man, dass man ihr helfen, sie vor den bösen Verfolgern retten kann. Aber dann merkt man, dass sie sich selbst die Verfolger besorgt, um leben zu können.«

»Hej, Andreas, willkommen. Lars, ich habe mit meinem Vater gesprochen. Er schreibt für mich einen Brief an den Nachbarn«, sagt Birgit aufgeregt, sie ist begeistert.

Ich gehe zum Strand, Birgit zu besuchen war ein Irrtum. Nach zwei Stunden bin ich zurück und fahre mit den Kindern in den Bregnegårdsvej dreizehn, fernsehen und streiten können wir auch zu Hause.

Nächstes Wochenende rufe ich Krankenschwester Jane an. Wäre es nicht so dunkel, könnte man glauben, dass bei dem milden Wetter der Frühling in Dänemark angekommen wäre.

»Jane, wir müssen reden, hast du heute Abend Zeit?«

»Klar, Andreas, du kannst um neunzehn Uhr bei mir vorbeikommen.«

Um sieben halte ich in Vangede vor dem Wohnblock aus gelben Ziegelsteinen mit einem roten Ziegeldach. Langsam steige ich hinauf in den dritten Stock und drücke auf die Klingel, Jane öffnet die Tür. Sie sieht aufregend aus in ihrem roten Kleid mit einem Ausschnitt fast bis zum Nabel und einem Schlitz fast bis zur Taille. Unterhöschen und Büstenhalter trägt sie nicht. Mein Schwanz steht, aber deshalb bin ich nicht gekommen.

»Jane, ich bin gekommen, um Abschied zu nehmen.«

»Warum?«

»Du bist eine wunderbare Frau, aber ich kann nicht.«

»Was kannst du nicht?«

»Bitte, Jane, hab Verständnis für meine Lage. Ich wohne in Annas Haus und Anna wohnt immer noch in meinem Kopf. Ich kann sie nicht verlassen, jedenfalls noch nicht. Aus uns kann momentan nichts werden.«

»Du bist ein armes Schwein, Andreas. Geh bitte und komm nie wieder.«

Ich stürze die Treppen hinunter zum Hauseingang, fühle mich wie erlöst. Hoffentlich treffe ich die Krankenschwester nie wieder. Nur ein Dummkopf fürchtet das Meer oder eine verschmähte Frau nicht.

Wenn die Kinder nicht da sind, mache ich entweder Nachtschicht oder fahre abends zum Schlossplatz. Von der Amaliegade aus wandere ich zur Amalienborg, dann zum Hafen, um drüben am Pier die königliche Jacht, die Dannebrog, zu betrachten. Anschließend gehe ich zurück zum Wagen und fahre um das Kastell herum zur Kleinen Meeresjungfrau. Von dort aus gehe ich zu Fuß zum Leuchtturm am Ende des Langelinie-Kais. In der Dunkelheit sitze ich auf einer Bank und schaue über das Meer, hinter mir liegt die Stadt mit dem Hafen und den Lichtern. Fröstelnd kehre ich zum Wagen zurück und fahre in den Bregnegårdsvej dreizehn, um die Buchhaltung zu machen. Verzaubert betrachte ich Annas zierliche Schrift, nur, das Leben muss weitergehen. Als Schlafmittel lese ich das *Wochenblatt für Ärzte* und *The Lancet*. Kann ich trotzdem nicht schlafen, ziehe ich meine Nike-Schuhe an und jogge zum steinernen Knud Rasmussen, nehme neben ihm Platz und starre über die See. Einmal wurde ich von der Polizei angehalten, jemand hat eine Frau im Wald bei der Charlottenlund-Station überfallen und missbraucht. Nach einer kurzen Befragung konnte ich weiterlaufen. Sobald ich vom Joggen zurück bin, ist Schwarze für mich da. Sie macht sich Sorgen, streicht um meine Beine und schläft nachts im Bett neben meinem Kopfkissen.

Jeden Tag mache ich mit Lasse etwa eine Stunde Hausaufgaben, das muss für die Volksschule reichen. Mein Sohn entwickelt sich hervorragend. Ein froher Knabe, der sich das Beste vom Leben erwünscht. Sebastian und Lasse sind tolle Freunde, sie streiten sich fast nie. Nur mit seiner Mutter hat Lasse Schwierigkeiten, wäre doch nur Anna da. Ab und zu hat sie versucht, ihn zu erziehen, aber das hat er nie ernst genommen. Mit einer Mutter wie Birgit war er Schimpfen, Raserei und Ohrfeigen gewöhnt, ein paar ernste Wörter von Anna hat er daher kaum wahrgenommen. Aber sie war ein Vorbild für seine Partnerwahl. Fleißig, klug, gewissenhaft, lieb und sexy, bekäme er später eine solche Frau, wäre er nicht schlecht dran.

Es ist Anfang Februar, im Garten wachsen an der Südseite der Hecke Winterlinge, die Vögel singen, als wäre der Frühling schon da. Ich stehe im Garten, mit der Ärztetasche in der Hand, und pflücke Winterlinge für die kleine Vase, die Anna so gern hatte. Ich gehe zur Haustür, öffne sie. In der Halle ziehe ich die Schuhe aus, da stehen schon ein paar Frauenschuhe, haben wir Besuch? Mit den Blumen in der Hand eile ich in die Stube, im roten Ledersessel sitzt Anna mit Schwarze auf dem Schoß.

»Bist du wieder da?«

»Ja.«

»Werde ich dich nie mehr los?«

»Nein.« Ich gehe im Eismeer unter.